Cluaran

W0060651

Das Buch

Tote Touristen, die Whiskyinsel Islay, geheimnisvolle Gerste – wieder einmal stechen die Ermittler Alan Derringer und Brian Strachan in ein Wespennest. Um diesen komplexen Fall zu lösen, bedarf es erneut der unkonventionellen Unterstützung durch Graham Morrice.

Die Autoren

Ralf Bernhardt und Hans Georg Würsching haben bereits mehrere Whiskybücher für Sammler geschrieben. Beiden Autoren wurde dafür der Titel "Keeper of the Quaich" verliehen, die höchste Auszeichnung in der schottischen Whiskyindustrie. Durch ihre langjährigen Kontakte zu Distillery Managern in ganz Schottland und ihr Wissen um den schottischen Whisky sind die Hintergründe für diesen Thriller bestens recherchiert.

Ähnlichkeiten mit lebenden Personen und existierenden Brennereien sind auch dieses Mal wieder fast zufällig und nur zum Teil nicht beabsichtigt.

Für alle inhaltlichen Fehler sind ausschließlich die Autoren verantwortlich. Sie wurden teils vorsätzlich, aber ausschließlich zum Wohle der erzählten Geschichte begangen.

Im Cluaran Verlag sind, neben den Whiskysammlerbüchern, bisher folgende Whisky-Krimis erschienen:

Wasser, Gerste, Leiche	ISBN 978-3-9809344-6-6
Riechen, Schmecken, Sterben	ISBN 978-3-9809344-8-0
Aqua Mortis	ISBN 978-3-9809344-5-9
heavily peated	ISBN 978-3-9809344-9-7

Ralf Bernhardt & Hans Georg Würsching

Islay
Connection

Ein Whisky-Krimi *No. V*

Deutsche Erstausgabe

CluaRan

Deutsche Originalausgabe

April 2015

Cluaran OHG
Publishers & Distributors
Schillerstraße 9
D-64683 Einhausen
Germany
info@cluaran.de
www.cluaran.de

1. Auflage

Umschlaggestaltung: Cluaran OHG
Druck + Bindung: Seraprint, Einhausen
Printed in Germany

Copyright © 2015 by Cluaran OHG

Alle Rechte vorbehalten. Das Werk darf – auch
teilweise – nur mit Genehmigung des Verlags wie-
dergegeben werden.

ISBN 978-3-9809344-4-2

Wenn mich jemand fragt, ob ich Wasser zu meinem Scotch möchte, antworte ich, dass ich durstig
bin und nicht schmutzig.

Joe E. Lewis

I drink to drown my sorrows
but this damned things have learn to swim.

Quelle unbekannt

Mir reicht ein Drink, um betrunken zu werden.
Ich weiß nur nicht, ob's der dreizehnte oder vier-
zehnte Drink ist.

Robert Burns

Whisky ist flüssiges Sonnenlicht.

George Bernhard Shaw.

Whisky ist für einen Schotten ebenso harmlos,
wie Milch für den Rest der Menschheit.

Quelle unbekannt

Inhalt

Cliffhanger

Er hatte sich seinen Urlaub eigentlich etwas anders vorgestellt – sogar völlig anders, um genau zu sein. Gestern Nachmittag hatte er noch voller Freude die heutige Tour geplant und alle Sachen bereitgelegt, die er dann in seinen Rucksack packen wollte. Er hatte sogar, entgegen seiner sonstigen Gewohnheit, dem Wetter freien Lauf zu lassen, diesmal eingehend das Internet befragt, um einen nahezu perfekten Tag mit Fernblick, stahlblauem Himmel und allem Drum und Dran zu erwischen. Doch das war gestern!

Heute hing er mit beiden Händen verzweifelt an der Kante einer Klippe und starrte mit angstgeweiteten Augen abwechselnd auf seine zerkratzten, blutigen Finger und hinab in den Abgrund.

15 Meter unter ihm befand sich der Strand. Allerdings kein schöner weicher Sandstrand, so wie man ihn in der Karibik erwarten würde. Die Ebbe hatte viele Steine in allen Größen freigelegt, die den Boden unter ihm bedeckten. Viele waren durch

Wasser und Wetter abgerundet aber etliche davon machten einen recht scharfkantigen Eindruck, speziell auch durch die Kolonien der darauf wachsenden Muscheln. Und alle wirkten eindeutig sehr hart. Nach unten klettern ging nicht, das hatte er schon vergeblich versucht. Denn dafür bot die Klippe viel zu wenig Vorsprünge, Felsnasen oder sonstige Absätze, auf denen er Halt finden könnte.

Mit seinen jungen Jahren hätte er unter dem Begriff „abhängen" bisher eigentlich immer etwas anderes verstanden. Und auch „Cliffhanger" war für ihn eher der Abbruch einer Geschichte, wenn sie gerade am Spannendsten war oder höchstens noch der Film mit Sylvester Stallone.

Mit seinen Füßen konnte er sich zwar etwas in den Ritzen der Felswand abstützen, doch die Wand war brüchig. Jedes Mal, wenn er versuchte sein Gewicht nach oben zu stemmen, brach der kleine Felsvorsprung unter seinen Füßen ab und fiel in die Tiefe. Und jedes Mal versuchte er dann, hektisch wieder Halt zu finden. Und jedes Mal brach ihm der Schweiß sofort am ganzen Körper aus. Er hielt dann inne und presste sich, so eng wie möglich, gegen den Fels. Er war inzwischen völlig dehydriert und geschwächt und kämpfte mit seiner letzten ihm noch verbleibenden Kraft ums Überleben.

Bei seinem nächsten Versuch fand er dann aber keinen Halt mehr für sein rechtes Bein. Verzweifelt versuchte er, von da an, sein Gewicht nur noch mit seinem linken Bein abzustützen. Ihm war völlig klar, dass nur Helden in einem Spielfilm es schafften, mehrere Minuten an einer Dachrinne oder einem anderen Vorsprung zu hängen, um sich dann elegant nach oben zu schwingen. So etwas funktionierte im wahren Leben leider nicht. Sein linkes Bein zitterte bereits heftig und seine Beinmuskeln krampften immer wieder.

Tränen liefen ihm über die Wangen in seinen Mund. Er wusste, dass seine Überlebenschancen gleich null waren. Alle seine Hilferufe waren ungehört verhallt und er machte sich inzwischen keinerlei Hoffnung mehr, dass ihn in dieser einsamen Gegend jemand finden würde. Schon gar nicht rechtzeitig, um ihn zu retten. Falls ihn jemand finden sollte, dann wohl nur noch als zerschmetterte Leiche, denn seine Kräfte ließen jetzt dramatisch nach. Ihm war bewusst, dass sein Körper schon bald wie eine Plastikpuppe auf den scharfen Felskanten aufschlagen würde. Knochen und Haut wären dann bestimmt zerschmettert und zerfetzt.

Warum war er nur in so eine Situation gekommen? Er hatte doch niemandem etwas Böses getan. Oder doch? In diesen letzten Sekunden rauschten die Bilder seines Lebens an ihm vorbei, ohne jedoch an einer bestimmten Stelle anzuhalten.

Dann versagten schließlich seine Fingermuskeln alle zugleich ihren Dienst und er stürzte in die Tiefe. Nur Sekunden später brach sein lang gezogener Schrei abrupt ab, als sein Körper auf den Steinen aufprallte und dabei nicht nur sein Kopf zertrümmert wurde.

Eine Möwe, die ihn die ganze Zeit schon interessiert beobachtet hatte, kam angeflogen und setzte sich auf das, was einmal sein Kopf gewesen war. Nach einem kurzen, sichernden Blick in die Runde fing sie an zu picken. Aber nach weniger als einer Minute trafen weitere Möwen ein und fingen an sich um das üppige Mahl zu zanken.

Als knapp drei Stunden später die Flut ihren
Höchststand erreicht hatte, kamen auch die Fische
und Krebse zu einem unverhofften, zusätzlichen
Festessen.

Da sein rechtes Bein zwar in einem merkwürdigen Winkel vom Körper abstand, sich aber genau
dadurch zwischen zwei Felsen eingekeilt hatte, gelang es den Wellen nicht seinen Körper von den
Felsen zu lösen und ihn hinaus aufs weite Meer zu
tragen.

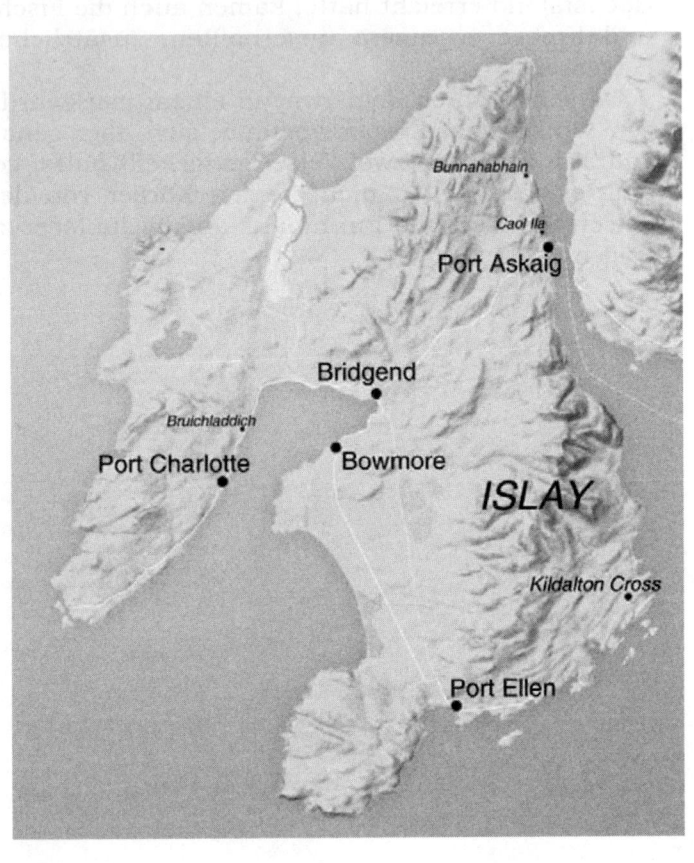

Port Ellen

Das Wetter wurde, wie immer auf der Insel Islay, durch die alles bestimmende Großwetterlage draußen auf dem Atlantik geprägt. Obwohl das „echte" Atlantikwetter, das vermutlich nur von den wenigen noch verbliebenen Fischern wirklich verehrt wurde, eigentlich höchstens bei reinem Westwind die Insel erreichte. Und nur dann fanden die sogenannten Islandtiefs aus der Tiefdruckrinne im Seegebiet um Island ihren Weg nach Schottland.

Die im Norden und Nordwesten vorgelagerten anderen Inseln der Inneren Hebriden und vor allem das im Süden und Südwesten schützend gelegene Irland bildeten sozusagen den Korridor für das, was die meisten Kontinental-Touristen das „Atlantik-Feeling" nannten.

Die netten Nachbarn aus Irland hatten nicht nur jahrhundertelang mit den Schotten gegen die Engländer gekämpft, nein, sie fingen auch heute noch den Großteil der Schlechtwetterfronten ab, die vom

Atlantik kommend nach Osten zogen. Irland wurde nicht umsonst „die grüne Insel" genannt, denn es regnete dort viel häufiger als in Schottland. Und was sich über Irland aus den Wolken entleerte, kam erst gar nicht mehr ins Land der Schotten.

Für Kenneth McAlpine war dieses ganze Wetter-Blabla nur etwas für Touristen oder für die letzten dieser verbliebenen Insel-Gruftis. Diese Opas, die ihre spärliche Rente in den wenigen Pubs der Insel in Bier verwandelten und mit immer den gleichen Geschichten von der rauen, aber guten alten Zeit aufwarteten. Er hatte andere Sorgen als das Wetter. Das war für ihn einfach so, wie es gerade war und fertig! Ändern konnte man doch eh nichts dran. Warum sollte er es also zum Thema machen?

Auf Islay geboren, hatte er leider nie den Sprung gewagt, die Insel rechtzeitig zu verlassen. Im Gegensatz zu den meisten seiner damaligen Schulfreunde, die in Glasgow oder einer anderen hippen Stadt auf dem Festland ihr ganzes persönliches Potenzial zum Einsatz brachten. Wobei, bei näherem Betrachten, sein Potenzial lediglich aus einer sehr mittelmäßigen Schulausbildung, einer abgebrochenen Lehre im Sanitärhandwerk und einer einigermaßen kontinuierlichen Mitarbeit auf der kleinen Farm seiner Eltern bestand.

Darüber hinaus verfügte Kenneth auch noch über ein unerschöpfliches Maß an Glauben an die Zukunft beziehungsweise eine unerschütterliche Überzeugung daran, dass eines Tages aus heiterem Himmel das Glück aus großen Fässern auf ihn niederregnen würde. Doch es ging Jahr um Jahr vorüber, ohne dass das Glück den Weg nach Islay und bis über Kenneth Kopf gefunden hätte.

Doch eines Tages war es dann doch soweit! Das Glück war ihm hold, zumindest tropfenweise, als Colin Dexter, der technische Betriebsleiter der Port Ellen Maltings, dringend einen Hilfsarbeiter mit ein wenig technischem Verstand suchte.

Der bisherige, langjährige Mitarbeiter Laurence Whately hatte nämlich, im zarten Alter von 72 Jahren, einen Céilidh[1] im lokalen Pub nicht überlebt. Er wollte es partout nicht auf sich sitzen lassen, dass ein paar belgische Touristen die Reels[2] und Jigs länger tanzen konnten als er.

Nach den Belgiern kam noch ein Amerikaner aus Michigan auf die kleine Bühne, der extra aus seiner Heimat mitgebrachten Sand auf dem Boden verstreute, weil er sich angeblich nicht sicher war, ob es in Schottland Sand gäbe. Danach begann er mit einem eindrucksvollen Step Dance, der alle Anwesenden begeisterte. Als er so über die Bühne wirbelte, schaute er Laurence herausfordernd an, worauf dieser auch gleich versuchte bei diesem ausdrucksstarken Tanz ebenfalls noch mitzuhalten. Leider spielte nach wenigen Minuten sein altersschwaches Herz plötzlich nicht mehr mit und

---

1 Céilidh, gälisch für „Besuch", bezeichnete ursprünglich ein geselliges Zusammensein beliebiger Art, quasi eine Party. Heute versteht man darunter meist eine besondere Tanzveranstaltung, bei der Céilí-Tänze getanzt werden oder ein Bühnenkonzert bzw. eine gesellschaftliche Veranstaltung mit Musik-, Gesangs- und Tanzdarbietungen.

2 Der Jig und der Reel sind charakteristische Tänze des schottischen Hochlands. Der Jig war ursprünglich ein Solo-Stepptanz. Der Reel wurde in seiner Grundform von drei oder vier Personen getanzt, die gleichzeitig eine Art Achterfigur tanzen. Diese Form ist als Tanzfigur (Reel of three oder Reel of four) noch immer Bestandteil des modernen Highland Dancing und des Scottish Country Dance. Das Tempo beträgt etwa 100–120 bpm. Zum Tanzen ist generell ein hohes Tempo gefordert!

er schlug hart auf die Bretter, die für ihn die Welt bedeutet hatten.

So wurde aus dem aufstrebenden Hilfs-Farmer Kenneth McAlpine über Nacht der aufstrebende Hilfs-Mechaniker Kenneth McAlpine.

Wie meist an einem Montagmorgen stand Kenneth noch leicht verkatert vor einer der sieben Drums, in denen die Gerste für alle Islay Whisky Brennereien gemälzt wurde.

Für jemanden, der nur etwas mehr als drei Stunden Schlaf gefunden hatte und zudem über einen nicht unerheblichen Pegel an Restalkohol verfügte, stellte die Geräuschkulisse in dem Raum ungefähr so etwas wie den Vorhof zur Hölle dar. Denn eigentlich hatte er einen Kopf wie fünfhundert Iren nach dem St.-Patricks Day.

In der riesigen Wellblechhalle, dem Drum Room, trieben große Elektromotoren über außen liegende Zahnradkränze die liegend gelagerten Trommeln mit Quietschen und Brummen an. Jeder, der zum ersten Mal vor den gut fünf Meter hohen und fünfzehn Meter langen Ungetümen aus Stahl stand, die jeweils eine Kapazität von über fünfzig Tonnen Gerste aufnehmen konnten, kam sich ein wenig vor, wie in der Kulisse von Charly Chaplins „Moderne Zeiten".

Oberhalb dieses, einem Schiffsbauch gleichenden Maschinenraums, befanden sich die Steeping Tanks, in denen die Gerste für gut 42 Stunden eingeweicht wurde, um sie zum Keimen zu bringen. Mit einer Feuchtigkeit von rund 40 Prozent kamen sie dann in die Germination Drums, um die nächsten viereinhalb Tage dort permanent umgewälzt und mit Luft durchspült zu werden.

Da die Anlage an sich gut gepflegt war, verbrachte Kenneth die ersten Stunden dieses nach Regen und Wind riechenden Montags damit, die lange Halle abzuschreiten und den Geräuschen der Maschinen zu lauschen. Das machte er heute aber auch, um diesem penetranten Dampfhammer in seinem hinteren Schädelbereich nicht zuhören zu müssen.

Um genau 09:58 Uhr, kurz vor seiner Frühstückspause, fiel Kenneth ein Geräusch am Germination Drum No. 2 auf, das in der Kakofonie der Maschinengeräusche selbst ihm merkwürdig fremd vorkam. Ein dumpfes unregelmäßiges Bollern, so als würde ein großer Sack Kartoffeln eine Eisentreppe hinunter gerollt.

Trotz der dringend benötigten Kaffeepause, heute zusätzlich mit zwei Aspirin und einem Liter Cola angereichert, blieb Kenneth in seiner gelbleuchtenden Arbeitsweste vor der Trommel stehen. Er nahm seinen weißen Helm ab, der hier grundsätzlich Vorschrift war und seine Frisur stets schon zwei Minuten nach Arbeitsantritt ruinierte, und lauschte gebannt.

Ja, dieses Geräusch kam eindeutig aus dem Inneren dieser Trommel. Kurz entschlossen kniete er sich hin und blickte darunter, um zu sehen, ob die Lagerrollen etwa einen Schaden hatten. Diese liefen jedoch sauber und rund. Da er aber genau für so einen Fall überhaupt hier war, nämlich den reibungslosen Ablauf des Keimungsprozesses zu überwachen und sämtliche Störungen zu melden, zögerte er nicht lange und lief zu seinem Schichtleiter Steve in den Bürotrakt, gleich neben der Maschinenhalle.

Nach zwei Minuten kehrten beide zusammen in den Drum Room zurück. Steven Boulder, 49 Jahre alt und langjähriger Mitarbeiter der Maltings war schon seit der Installation der Anlagen im Jahre 1973 dabei und kannte hier quasi jede Schraube mit Namen. Auch er setzte nun seinen Helm ab, legte ihn vor sich auf den Boden und fuhr sich wie immer mit der rechten Hand durch seine stoppelkurzen ergrauten Haare. Dann stellte er sich eine Minute lang schweigend vor die betreffende Trommel und lauschte, während Kenneth hinter ihm versuchte, sich möglichst geräuschlos zu verhalten.

Anschließend steckte Steve seinen Generalschlüssel in den roten Schlüsselschalter des Antriebsmotors von Drum No. 2. Nach einer Drehung und dem Quittieren eines blinkenden Tasters blieb die Trommel nach wenigen Sekunden stehen und auch das seltsame Geräusch war nicht mehr zu hören.

»Gut, mein Junge, da hast du ja mal richtig gut aufgepasst. Das hört sich wirklich nicht normal an.«

»Ist das Ding kaputt?«, wollte Kenneth wissen.

»Kann sein. Weiß ich aber noch nicht. Bestenfalls haben wir einen fetten, verbackenen Klumpen Gerste da drin. Glaub ich aber nicht. So ein Geräusch hab ich bisher noch nie gehört. Und ich bin immerhin schon seit fast 40 Jahren hier!«

»Was hast du jetzt vor? Können wir uns das mal von innen ansehen?«

»Witzig!«, Steve rollte die Augen. Was war nur mit der Jugend von heute los, hatten die denn keinen

Grips mehr im Kopf? »Da ist zwar nicht die volle Menge von sonst 50 Tonnen Gerste drin, sondern die neue Charge, die wir zu Testzwecken erhalten haben. Aber auch solange da nur 25 Tonnen Malz drin sind kommt da keiner rein. Lass uns mal rechnen.« Steve kniff leicht die Augen zusammen und wackelte etwas mit dem Kopf. »Die Charge ist jetzt seit Donnerstag, 08:00 Uhr, da drin. Wäre also eigentlich bei der Belademenge erst für heute gegen 20:00 Uhr fällig. Denke aber, dass wir es riskieren können, unseren „Green Malt"[3] ein paar Stunden früher raus zu lassen, ohne größeren Schaden anzurichten. Seit wann hast du das Geräusch denn gehört?«

Kenneth kniff die Augenbrauen zusammen. »Also, ich hatte am Freitag um 18:00 Uhr Schluss. Bis dahin habe ich nichts gemerkt. Und sonst habe ich doch heute Morgen um halb acht erst wieder angefangen. Kann sein, dass es dieses Geräusch schon den ganzen Morgen gab, ich hab es aber eben erst so richtig bemerkt.« Entschuldigend zog er die Schultern hoch. Was Steve wieder dazu brachte, über den IQ seines Helfers nachzudenken. Der glänzte doch permanent mit erstaunlicher Unbildung, fundiertem Halbwissen oder umfassender Ahnungslosigkeit. Und wieder einmal dachte er an den Spruch seines Vaters, der stets gesagt hatte: *„Jedes Mal, wenn ich dachte, dass mir der Tiefpunkt menschlicher Intelligenz gegenüberstand, kam jemand mit dem Bagger vorbei und hat ihn noch mal unterkellert."*

---

3 Als Green Malt (Grünmalz) werden die gekeimten Gerstenkörner bezeichnet, deren Keimling ca. ¾ der Kornlänge haben soll. Green Malt ist die Zwischenstufe bei der Malzherstellung und bezeichnet die Herstellphase nach dem Maischen und vor dem Trocknen. Danach wird die Gerste in die Kilns gefördert, um den Keimungsprozess durch Trocknung (Darren) zu stoppen.

»Okay, dann werde ich nachher mal Brodie anrufen, der war übers Wochenende hier. Bin mal gespannt, ob der was gehört hat. Im Produktionsprotokoll hat er zumindest nichts eingetragen, also war wohl auch nichts. Aber denk dran: Das, was wir jetzt festgestellt haben, müssen wir beide nachher noch dokumentieren und gemeinsam quittieren. Aber erst einmal lassen wir das Malt raus.«

Steve drückte routiniert ein paar weitere Tasten, bis die Trommel sich für ein paar Sekunden wieder in Bewegung setzte und genau auf der Position verharrte, in der sich die Ablassklappen direkt über dem langen Förderband unterhalb der Drums befanden. Er schaltete das Förderband ein und nach einem weiteren Knopfdruck öffneten sich die Klappen und das „grüne Malz" ergoss sich auf das schwarze Förderband. Damit wurde das kostbare Gut mit einem sirrenden Geräusch zu einem Schraubenförderer verfrachtet, der wiederum die Gerste zu den Kilns hinauf transportierte.

Steve und Kenneth beobachteten konzentriert, wie sich die gekeimten Körner rauschend auf das Förderband ergossen. Beide hatten die Strahlen ihrer Taschenlampen auf die Öffnung in der Trommel gerichtet als Kenneth seine abrupt fallen ließ und rücklings auf seinen Hintern fiel. »Scheiße hab ich mich erschreckt! Hast du das gesehen?«

Steve, der sich dabei mehr über Kenneth Akrobatik amüsierte, blickte wieder zur Klappe. »Nö, was denn?« Dabei dachte er, der kann doch nicht weiter denken, als eine Kröte hüpfen kann. Eine übergewichtige Kröte. Bei starkem Gegenwind. Mit Gewichten an den Beinen …

Doch dann kniff auch er die Augen zusammen. Sein ganzer Körper krampfte sich unwillkürlich zusammen, als er im Strom der Gerstenkörner einen menschlichen Arm aus der Trommel herausragen sah.

»Scheiße!«, war das einzige Wort, das noch über seine Lippen kam.

Ärger

Bull in field

Zur gleichen Zeit, in einem der Büros im Obergeschoss des Verwaltungsgebäudes der Port Ellen Maltings, war nicht Gerste, sondern Kaffee das gerade alles beherrschende Thema. Und es lag Ärger in der Luft.

»Den kannst du echt keinem zumuten! Wirklich nicht. Der ist ja grauenerregend!«

»Ach, jetzt hör aber auf! Du mit deinem Spleen. Der ist gut und basta. Schließlich hat Doreen ihn extra mit den guten Bohnen gekocht.« Ashley Dunnett, Manager und damit Chef der Mälzerei, ließ sich genervt in seinen abgewetzten Ledersessel hinter dem Schreibtisch fallen, wippte kurz hin und her und winkte ab.

»Ja, aber wie denn? Mit einem „Kaffeevollautomaten"!« Graham sprach dieses Wort aus als würde er das Wiederaufleben der Inquisition auf den Hebriden anprangern. »Da kannst du den Whisky ja auch gleich aus Malz-Konzentrat herstellen. Bäh!«

Graham Morrice, Head of Distilleries & Maturation der Scottish Whisky Society, kurz SWS genannt, und Herr über mittlerweile vierzehn schottische Destillerien, knallte den Becher auf die Schreibtischplatte aus Eichennachbildung. Seine spezielle Liebe zu dem Bohnengetränk war inzwischen in ganz Schottland berühmt und berüchtigt. Da er aber auch bei seinen Kollegen und Freunden durchaus beliebt war, versuchte der eine oder andere immer mal wieder, es ihm recht zu machen – und scheiterte dabei regelmäßig.

»Wenn es dich demnächst mal wieder in die Speyside verschlagen sollte, kommst du mich besuchen und ich zeig dir mal, was Kaffeekultur ist!« Graham ließ sich in seiner dunkelblauen Jeans und dem grauen Fleecepulli auf einem der Besuchersessel nieder und schaute erst seine neuen Freizeitschuhe aus Wildleder und dann Ashley frustriert an.

»Mein lieber Graham, so wie mir deine geschätzte Frau Ishbel am Samstag gesagt hat, wolltet ihr hier auf Islay doch eine Woche lang ausspannen. Wenn du dich weiterhin so aufregst, kriegt ihr noch einen Riesenkrach, das sag ich dir.«

»Ach? Wirklich? Nur weil ich diesem Trottel von Kellner am Samstag erklären musste, dass man Single Malt nicht in Tumblern serviert, auch wenn diese Amerikaner es zum hundertsten Mal verlangen? Und dann auch noch mit zwei Eiswürfeln drin! Himmel, in was für Zeiten leben wir eigentlich?« Aufgebracht schüttelte Graham seinen Kopf und raufte sich dabei seinen spärlich vorhandenen blonden Haarwuchs.«

»Nicht nur das«, antwortete Ashley grinsend. »Dass du dich hier bei mir im Büro befindest, und nicht mit deiner Gattin auf einem Spaziergang, könnte auch dazugehören. Schließlich seid ihr doch frisch verheiratet.«

»Blödsinn! Nein, nicht das mit dem frisch verheiratet. Das stimmt schon, obwohl es auch schon bald zwei Jahre her ist. Ishbel hat aber vollstes Verständnis dafür, dass ich jetzt bei dir bin. Ich habe ihr versprochen, dass ich Killarow nicht betreten werde. Aber wenn ich schon mal hier auf Islay bin, kann ich auch mal ein Stündchen mit dir übers Geschäft reden. Da ist Ishbel voll auf meiner Wellenlänge. Schließlich geht es ja dabei nicht um das Allgemeine, sondern sozusagen um mein ganz privates Anliegen mit dem Dandaleith-Whisky. Das ist für sie völlig in Ordnung.«

Insgeheim machte Graham dabei drei virtuelle Kreuze. Natürlich hatte er Ishbel vor Antritt ihrer Reise nicht nur zugesagt, dass er sich keineswegs in die unter seiner Obhut liegende SWS-Islay-Brennerei Killarow in Bridgend begeben würde. Er hatte ihr vollmundig versprochen, dass er sich überhaupt nicht um das Thema Brennerei kümmern würde. Dass das Thema Dandaleith-Whisky da eine klitzekleine Ausnahme darstellen würde, hatte er ihr erst in einem günstigen Moment vorgestern Abend mitgeteilt. Sie hatte es glücklicherweise ziemlich gelassen aufgenommen.

»Na, wenn du meinst. Du kennst sie schließlich besser als ich«, antwortete Ashley.

»Eben. Und außerdem, schau doch mal aus dem Fenster. Seit wir am Donnerstag auf der Insel angekommen sind, regnet es bis auf letzten Samstag fast ununterbrochen und ist noch dazu windig und schweinekalt. Was soll das denn für ein Wetter sein? Da gehen doch noch nicht einmal die

Ileachs[4] spazieren. Wenn ich gewusst hätte, dass das Wetter auf eurer Insel so schlecht ist, wäre ich erst im Juli oder August gekommen.«

»Da hättest du mit Sicherheit auch mehr Sonne abbekommen als jetzt. Aber für Mitte Mai ist es auch bei uns viel schlechter als sonst. Und außerdem war der Winter in ganz Europa dieses Jahr viel länger und dunkler als die ganzen Jahre zuvor. Da müssen wir auch auf Islay wohl etwas länger auf den Frühling warten. Ab dieser Woche Donnerstag soll es aber aufhören zu regnen und auch etwas wärmer werden. Und für nächste Woche Donnerstag sind sogar 17 Grad gemeldet.«

»Wow, dann findet das Frühjahr auf Islay dieses Jahr also an einem Donnerstag statt?«, sagte Graham in einem Anflug von Sarkasmus.

»Ha, ha. Aber gut, zurück zum Thema.« Ashley Dunnett beugte sich an seinem Schreibtisch nach vorne und schob die Ärmel seins dunkelgrauen Anzugjacketts nach oben, um beiläufig auf die Uhr zu sehen. Dies tat er nicht unbedingt, um die Uhrzeit zu erfahren, sondern eher um sein leichtes Unbehagen über das kommende Thema zu überspielen. »Deine Vorstellungen sind, ganz ehrlich gesagt, wirklich nicht akzeptabel. Tut mir leid.« Er richtete seinen Blick nun genau auf Graham. »200 Pfund die Tonne kann ich dir nicht zugestehen. Das liegt weit unter unseren Kosten. Du weißt ganz genau, wenn wir keinen Kooperationsvertrag mit den Islay-Destillerien hätten, hätten wir längst dichtmachen können. Dieses Thema diskutieren

---

4 Mit Ileach, wörtlich aus dem gälischen übersetzt, „von Islay", bezeichnen sich die Einwohner der Insel Islay selbst. Ileach findet sich auch als Synonym für Islay in vielen lokalen Ortsbezeichnungen, z. B. An Caol Ileach = Islay Sound = der Islay Sund, Meerenge zwischen Islay und Jura. Ileach ist auch der Name der lokalen, unabhängigen Zeitung.

wir nun schon ... wie lange bis du jetzt der Obermotz bei der SWS? Drei Jahre? Mach für deine Killarow Distillery einen gescheiten Vertrag mit mir, dann kann ich dir auch bei deinen Spezialwünschen entgegenkommen. Fertiges Malz vom Festland kannst du inzwischen für 150 die Tonne bekommen, das weißt du! Wenn du weiterhin günstiges Malz haben willst, dann musst du halt da kaufen.«

»Da kaufe ich doch das ganze Jahr über. Geschenkt! Das erwartet der Vorstand schließlich von mir! Ich will diesmal aber speziell eure Gerste haben, die hier auf Islay gemälzt wurde. Und das möglichst in Bio-Qualität. Ende.«

»Genau, Ende! Wenn du uns willst, musst du halt auch uns bezahlen! Tut mir leid und wenn du Bio willst, kommst du mit deinen Preisvorstellungen sowieso nicht hin. Da musst du mal bei 250 Pfund anfangen zu rechnen. Hilft dir aber alles nichts. Bio-Gerste ist in Schottland aus. Nur noch vom Kontinent oder in der nächsten Saison.« Ashley Dunnett verschränkte seine Arme und blickte nun demonstrativ aus dem Fenster.

»Mann, was bist du unnachgiebig! Jetzt überleg doch mal. Wenn es sich herumspricht, dass die SWS für besondere Abfüllungen euer getorftes Malz verwendet, das könnte euch doch völlig neue Absatzchancen ermöglichen.«

»Ach, hör doch auf, du alte Krämerseele. Spar dir deine Vertriebsszenarien für deine Kunden auf. Mach mit uns den Rahmenvertrag und wir reden über Preise. Wenn du aber nur ab und zu kleine Mengen für einzelne Abfüllungen bei uns kaufen willst, kann ich dir preislich nicht entgegenkommen. Sorry! Du kannst ja deinen Speyside-Whisky noch bei uns auf Islay lagern, das wirst du dir doch wenigstens leisten können.«

»Das ist doch aber nicht das Gleiche, das weißt du doch auch. Da kommt dann vielleicht irgendetwas „Curioses"[5] raus, aber nicht das, was ich haben will. Rauchigkeit gelangt bekanntermaßen nur über die getorfte Gerste in den Whisky.«

»Das stimmt natürlich. Aber noch mal, Islay Gerste kostet einfach mehr als normale. Punkt. Aus. Schließlich müssen wir immer noch einen Großteil unserer Gerste vom Festland importieren, um sie hier zu mälzen und das hat nun mal seinen Preis. Außerdem sind wir voll ausgelastet durch den steigenden Bedarf aller unserer lokalen Brennereien.«

Graham registrierte, dass er bei Ashley auf unüberwindbaren Widerstand stieß und sich dieser nicht von seinen Argumenten überzeugen ließ. Deshalb resignierte er und brach das Gespräch enttäuscht ab.

»Wirklich schade, Ashley, das hätte sich durchaus für dich lohnen können.«

»Ja, kann sein, aber sicherlich nicht wirtschaftlich. Nur vom Drauflegen kann aber keiner auf Dauer leben.«

»Na gut, wie du meinst, es war zumindest einen Versuch wert.« Mit diesen Worten klopfte sich Graham demonstrativ mit beiden Händen auf die Oberschenkel und stand auf.

Auch Ashley erhob sich, ging um seinen Schreibtisch herum und reichte Graham zum Abschied die Hand. »Nichts für ungut, Graham. Bleibt ihr noch bis zum Festival nächste Woche?«

---

5 Anspielung von Graham auf den 10-jährigen „Curiositas" von Benriach.

»Nein, wir sind nur noch bis diesen Freitag da, dann geht es mit der Morgenfähre nach Kennacraig und wieder zurück in die Speyside. Außerdem habe ich gerade das Speyside Whisky Festival hinter mir, da waren wir auch mit drei Brennereien beteiligt, das reicht erst mal. Touristen und Veranstaltungen sind wie Whisky. Zuviel ist auch nicht gut.«

»Was? So etwas aus deinem Mund!«, lachte Ashley.

»Na, du weißt schon wie ich das meine«, grinste ihn Graham an. »Messetage sind anstrengende Tage.«

»Ja, das kenne ich.« Ashley begleitete Graham noch das Treppenhaus hinunter bis auf den Besucherparkplatz. »Also dann, eine schöne Zeit noch auf Islay und schönen Gruß an Ishbel.«

»Danke, richte ich ihr aus.«

Damit verabschiedete sich Graham vom Manager der Port Ellen Maltings und ging zu seinem Auto, um zu Ishbel zu fahren, die im Hotel in Port Charlotte auf ihn wartete.

Deshalb bekam er auch nicht mehr mit, wie kurz darauf Steve Boulder aufgeregt aus dem Produktionsgebäude zu Ashley Dunnett lief, um ihn über den entsetzlichen Fund zu informieren.

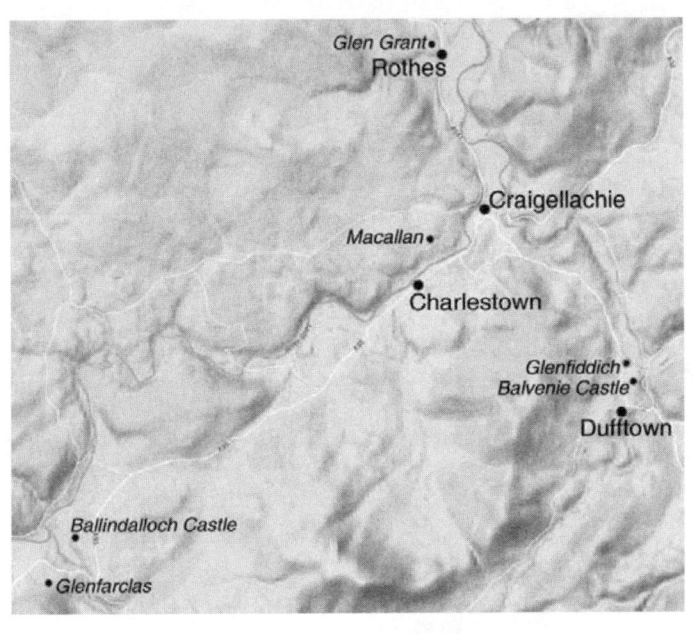

Glen Grant•
Rothes

•Craigellachie

Macallan•

Charlestown

Glenfiddich•
Balvenie Castle•

Dufftown

Ballindalloch Castle
•

•Glenfarclas

Nebel

Während auf Islay immer noch leichter Regen fiel, war in der Speyside dichter Nebel unterwegs. Andreas Vollmer aus Bremen war am Tage zuvor in der größten Whiskyregion Schottlands eingetroffen.

Leider hatte er zu spät erfahren, nämlich als seine Reise schon längst gebucht und bezahlt war, dass er knapp das Speyside Whisky Festival verpassen würde. Dieses endete genau an seinem Ankunftstag. Er hoffte aber dennoch, dass es ihm gelingen würde, noch eine besondere Abfüllung zu finden, die er käuflich erwerben könnte.

Er liebte schottischen Whisky, allerdings nicht so sehr die rauchigen Exemplare von Islay, sondern lieber die Sorten aus der Speyside, speziell die im Sherryfass gereiften. Schon seit Jahren faszinierte ihn das Kultgetränk, das auch in Deutschland immer mehr Anhänger fand und dabei ganz nebenbei mehr und mehr „Experten" hervorbrachte. So wie ihn.

Mittlerweile hatte auch er sich ein umfangreiches Fachwissen angeeignet - zumindest seiner Meinung nach - das ihn in die Lage versetzte selbst Tastings anzubieten. Zumindest hatte er schon zwei durchgeführt, die auch recht gut mit seinen Freunden und Bekannten besucht waren. Er hatte sich danach sogar überlegt, ob er nicht ein Buch über seine profunden Erfahrungen schreiben sollte, hatte aber leider noch keinen Verlag gefunden, der ihn dabei ernsthaft unterstützen wollte. [6]

In den nächsten beiden Wochen wollte er deshalb einige Brennereien besichtigen und natürlich auch sehen, ob es dort eventuell etwas Neues gab, das er in Deutschland nicht kaufen konnte. Damit würde er dann das nächste Tasting ausrichten und in den Brennereien vielleicht auch noch die eine oder andere nette Anekdote für sein geplantes Buch erfahren.

Seit gestern war Andreas Gast in dem B&B von Sally Cairndow in Dufftown, der Whisky-Hauptstadt der Speyside. Dass es sich bei seiner Zimmerwirtin um eine Tante von Graham Morrice handelte, wusste er noch nicht. Und er würde es auch nie erfahren.

Seine noch verbleibende statistische „Restlaufzeit" von 45 Jahren und acht Monaten wurde gerade genau um 45 Jahre und acht Monate verkürzt. [7]

Er war in seinem dunkelgrünen Golf IV unterwegs, den er von zu Hause mitgebracht hatte. Andreas wollte eigentlich erst nach Inverness fliegen und

---

6 Anm. d. Redaktion: Auch wir haben es abgelehnt.
7 Anm. d. Redaktion: Das hat er jetzt davon.

sich dort einen Leihwagen nehmen, hatte sich aber dann doch für die Fähre von Ijmuiden nach Newcastle entschieden. So konnte er den Heimtransport von flüssigen Souvenirs viel leichter bewerkstelligen.

Als er heute Morgen aus dem Fenster blickte, sah er erst einmal fast nichts. Dichter Nebel zog wie eine Wand aus tief hängenden Kumuluswolken, von Craigellachie kommend, in die kleine Stadt im Nordosten der Highlands. Der Zusammenfluss der Flüsse Fiddich und Dullan Water sorgte vermutlich zusätzlich dafür, dass sich der Nebel nicht so schnell auflöste.

Er hatte sich deshalb kurzfristig entschlossen, gleich nach dem Frühstück, nach Craigellachie zu fahren. Er wollte die eiserne Brücke von Thomas Telford bei diesem romantischen Nebel fotografieren, um dann anschließend gleich die Macallan Distillery anzusteuern.

Kaum war er auf dem kleinen Parkplatz an der Brücke angekommen, traf ein weiteres Auto ein und parkte direkt neben ihm. Dass dieses Fahrzeug dabei den Blick von der Straße auf seinen Wagen versperrte, fiel ihm allerdings nicht auf. Genauso wenig hatte er bemerkt, dass genau dieses Auto schon schräg gegenüber von seinem B&B geparkt hatte und ihm von dort aus gefolgt war.

Dass der Fahrer, der gleich darauf auf ihn zukam, Handschuhe trug, bemerkte er auch nicht sofort. Und erst recht nicht, dass der mit einer Hand eine Flasche verdeckt hinter seinem Körper hielt. Der Mann trat an sein Auto heran und erweckte zunächst den Eindruck, als ob er etwas fragen wollte. Andreas drückte auf den elektrischen Fensterheber und ließ die Scheibe auf seiner

Seite runter. »Hallo«, sagte er dann freundlich. »Kann ich Ihnen helfen?«

»Ja, sehr gerne«, antwortete der Mann mit einem unverkennbar französischen Akzent. »Ich glaube ich habe mich in dem Nebel verfahren. Könnten Sie mir bitte sagen, wo wir hier genau sind.«

»Na klar, kein Problem.« Andreas griff neben sich auf den Beifahrersitz, wo er einen detaillierten AZ Road Atlas liegen hatte und legte ihn sich auf den Schoß.

Der Mann beugte sich scheinbar interessiert zu ihm ins Auto. Aber noch während Andreas die richtige Seite aufschlug, richtete sich der Mann wieder auf und schüttete einen Großteil des Inhalts seiner Flasche über Andreas Kopf.

Dass es sich bei der Flüssigkeit um E605 handelte, wusste Andreas nicht. Auch ihre tödliche Wirkung kannte er nicht. Denn entgegen der landläufigen Meinung, dass dieses früher bei Selbstmördern so beliebte Gift getrunken werden musste, um seine tödliche Wirkung zu vollziehen, gab es noch eine andere todsichere Methode.

Die Flüssigkeit war durch Vergällung völlig ungenießbar und hätte deshalb kaum getrunken werden können, auch nicht von einem noch so ernsthaft engagierten, verzweifelten Selbstmörder.

E605 war aber auch eines der stärksten Kontaktgifte. Der Mann wusste genau, wenn man sein Opfer mit genügend Flüssigkeit überschüttete, war es rettungslos verloren. Und genau so war es dann auch bei Andreas.

Erst reagierte er überrascht, als die Flüssigkeit seinen Kopf durchnässte und ihm am Hals entlang unters Hemd lief.

»Hey! Was soll ...«, doch weiter kam er nicht. Während der Mann den Rest in der Flasche über Andreas Oberkörper ausgoss und dann etwas zurücktrat, spürte sein Opfer die schrecklichsten Schmerzen seines Lebens. Er begann laut zu schreien. Und er schrie. Und schrie! Und schrie!

Er schrie um sein Leben, wurde von heftigen Krämpfen geschüttelt, bekam Schweißausbrüche, dann unkontrollierbaren Durchfall und kotzte sich schließlich die Seele aus dem Leib, bis ihn der Tod durch Atemlähmung endlich erlöste.

Der Mann hatte verhindert, dass Andreas die Tür des Autos öffnen konnte. Er achtete dabei peinlich darauf, dass er nicht selbst in Kontakt mit seinem Opfer oder gar der Flüssigkeit kam.

Als er sicher war, dass Andreas tot war, ging er an den beiden Picknickbänken vorbei hinunter zum Fluss, warf die leere Flasche in den River Spey und sah zu, wie diese von der Strömung davongetragen wurde.

Er ging wieder zu seinem Auto zurück und fuhr davon. Natürlich wusste er ganz genau, wo er war und natürlich auch, wohin er jetzt als Nächstes fahren würde.

Gut zwei Stunden später bog ein Leihwagen von der A941 ab und fuhr auf den Parkplatz. Als die beiden Touristen sahen, dass der Fahrer des einzigen anderen Autos dort noch in seinem Wagen saß, hatten beide sofort das Gefühl, dass da etwas nicht stimmte.

Sie gingen deshalb hinüber, um ihn zu fragen, ob alles in Ordnung sei. Als sie aber sahen, dass mit dem Mann ganz und gar nichts in Ordnung war und zusätzlich auch noch die Sauerei im Auto entdeckten, begann der eine zu würgen und erbrach sich neben das Auto.

Der andere wollte erst die Autotür öffnen und kontrollieren, ob der Fahrer wirklich tot war, aber irgendein Schutzengel hielt ihn gerade noch rechtzeitig davon ab. Vielmehr griff er zu seinem Handy und rief die Notrufnummer 999 an.

»Ja, ein Toter ... nein, garantiert kein Unfall ... an der Telford Bridge ... ja, wir warten.«

Coroner und Polizei trafen 15 Minuten später auf dem Parkplatz ein. Während einer der beiden Polizisten zu den Touristen ging, eilte Burt Starr, der Coroner, schnellen Schrittes zum Auto von Andreas Vollmer. Als Gerichtsmediziner war er beauftragt, zweifelhafte oder unnatürliche Todesfälle vor Ort zu untersuchen.

Doch dann stutzte er, als er den stechend knoblauchartigen Geruch wahrnahm. Vorsichtig näherte er sich nun dem Auto und schaute durch die immer noch geöffnete Seitenscheibe ins Innere, ohne dabei etwas zu berühren.

Was er sah, bestätigte in ihm den Verdacht, den der Geruch bei ihm ausgelöst hatte. Das schmerzhaft verzerrte Gesicht des Mannes, der selbst im Tod noch zu schreien schien, die durchnässten Haare und die Kleidung reichten ihm für seine Entscheidung.

Er trat vom Auto zurück und griff zu seinem Handy. Dann telefonierte er mit seiner Leitstelle und forderte Verstärkung an, die in entsprechenden Schutzanzügen kommen sollten. Nachdem er das Gespräch beendet hatte, ging er hinüber zu den beiden Polizisten, die bereits die Touristen befragten.

An die Touristen gewandt fragte er: »Hat jemand von Ihnen den Toten berührt oder das Auto?« Er hatte natürlich auch das Erbrochene neben dem Auto entdeckt.

»Nein«, antwortete der Tourist, der für die zusätzliche Sauerei am Fundort verantwortlich war. »Mir war nur richtig schlecht geworden, als ich den Mann aus der Nähe gesehen habe. Entschuldigung.«

»Kein Problem«, entgegnete der Coroner. »Das kann jedem passieren.« Dann schaute er den anderen Touristen fragend an.

»Nein, ich habe auch nichts angefasst«, antwortete der Mann, der auch die 999 angerufen hatte. »Warum fragen Sie?«

»Ich will nur ausschließen, dass ... mmh.«

»Wieso, was ist denn?«, fragte der Mann erstaunt. Auch die Polizisten schauten den Coroner neugierig an.

»Na ja ...«, zögerte der Coroner erst, ließ sich dann aber doch zu einer Antwort hinreißen. »Also gut. Es könnte vielleicht sein, dass der Mann da drüben vergiftet wurde. Und wenn, dann eventuell mit einem Kontaktgift.« Als ihn alle erschrocken ansahen, fügte er schnell hinzu. »Moment, Moment, das ist nur eine vage Vermutung. Und wenn jeder sich von dem Auto entfernt hält, besteht so oder so auch keine Gefahr. Vielleicht täusche ich mich ja auch. Aber ich möchte auf jeden Fall auf Nummer sicher gehen.«

»Dann müssen wir den Fundort wohl erst einmal absperren«, meinte einer der Polizisten pragmatisch. Er wollte schon zum Auto gehen, um das Absperrband zu holen, als sein Kollege ihn zurückhielt.

»Lass mal stecken, Jim. Hier besteht ja nicht unbedingt die Gefahr, dass zahlreiche Neugiernasen am Fundort herumtrampeln. Wir können ja einfach die Zufahrt zum Parkplatz locker versperren und dann bleiben alle Spuren rund um das Auto auch so erhalten, wie sie derzeit sind. Und selbst wir versauen nichts da drüben.« Er nickte mit dem Kopf in Richtung Auto.

»Na gut Ed, wenn du meinst. Dann mache ich mit der Befragung weiter.«

»Ruf lieber mal in der Zentrale an, die sollen die Spurensicherung schicken. Und die sollen sich ebenfalls mit Schutzanzügen eindecken. Sag denen, dass es sich eventuell um ein Kontaktgift handelt.«

Sergeant Eddie Thompson grinste innerlich. Sein neuer Police Constable Jim Colley war noch etwas grün hinter den Ohren aber total engagiert. Er hätte in seiner Absperrwut vermutlich ungewollt sämtliche Spuren rund ums Auto zertrampelt, wenn er ihn nicht zurückgehalten hätte. Und er hätte dabei bestimmt auch den gesamten Vorrat an Flatterbändern aufgebraucht, den er finden konnte.

Normalerweise war Ed immer mit Ruby Tuesday unterwegs, die inzwischen aber geheiratet hatte und sehr zu ihrer eigenen Freude endlich ihren Familiennamen ändern konnte und jetzt Lightbody hieß. Außerdem war der Grund für ihre Heirat der Umstand, dass sie von ihrem langjährigen Freund in andere Umstände versetzt worden war und ihr erstes Kind erwartete.

Jim sollte Ruby für die restlichen Wochen bis zur Geburt des Kindes und die danach geplante Elternzeit vertreten. *Mir bleibt auch nichts erspart*, dachte Ed noch.

An den Coroner gewandt, den er etwas zur Seite genommen hatte, fragte er leise: »Wie soll es denn jetzt weiter gehen? Muss etwa der Kampfmittelräumdienst kommen?« Ed und Burt grinsten beide.

»Nein, ganz so schlimm ist es nicht. Aber wenn ich recht habe, könnte es sich hier eventuell um E605 handeln.«

»Was, dieses alte Pflanzenschutzmittel?« Eddie klang richtig verblüfft.

»Ja, genau das.«

»Wie kommst du denn darauf?«

»Ich habe erst vor Kurzem ein paar Berichte in meinen Fachzeitschriften über unvorsichtige Farmer gelesen, die sich in den letzten Jahrzehnten alleine durch Berührung mit dem Zeug umgebracht haben. Und dabei wurde auch dieser knoblauchartige Geruch erwähnt, den ich vorhin wahrgenommen habe. Parathion, also E605, wird extra mit Knoblauchgeruch stark aromatisiert.«

»Und das würde auch uns töten, wenn wir den armen Kerl da nur berühren?«

»Ja, wenn du an eine richtig feuchte Stelle kommst, schon. Sagt dir Tabun oder Sarin etwas?«, fragte Burt den Polizisten mit leicht hochgezogenen Augenbrauen.

»Sarin? Etwa das Gift, welches die bei den U Bahn-Anschlägen verwendet haben?«

»Genau das!«, antwortete Burt.

»Das soll ja ein widerliches Zeug sein, nicht?«

»Stimmt genau. Und E605 ist sozusagen der chemische kleine Bruder.«

»Mann-o-Mann.«

»Deshalb halten Coroner und Feuerwehr, wenn das in einem Fall bekannt ist, einen entsprechenden Sicherheitsabstand ein und schreiten nicht zur Rettung, da sie sich sonst selbst extrem gefährden. Bis dann die notwendigen Schutzanzüge endlich da sind, ist das Opfer aber meist schon tot. Und das ist dann für diejenigen vor Ort besonders schlimm, wenn sie nur dabeistehen müssen, ohne helfen zu können und dabei mit ansehen müssen, wie der arme Kerl elendiglich verreckt.«

»Mein Gott, wer tut sich denn nur so was an?«

»Keine Ahnung. Ich gehe aber nicht davon aus, dass es sich hier um Selbstmord handelt.«

»Du meinst der wurde ermordet.«

»Höchstwahrscheinlich. Wer sich mit E605 so gut auskennt, dass er weiß, dass es auch als Kontaktgift tödlich ist, der kennt auch die Wirkungsweise. Und ich kann mir nicht vorstellen, dass sich jemand freiwillig auf diese schreckliche Art umbringt. Da gibt es wesentlich humanere Methoden, bei denen man nicht so furchtbare Schmerzen aushalten muss.«

Ed Thompson nickte zu den Argumenten des Coroners. »Da ist was Wahres dran. Außerdem ist das Seitenfenster offen. Warum sollte er das öffnen? Nur damit ihn die Leute da drüben eventuell schreien hören? Das glaube ich auch nicht.« Er zeigte dabei in die Richtung, in der das Craigellachie Hotel lag.

»Ja, ebenfalls ein sehr gutes Argument«, pflichtete ihm Burt Starr bei.

»Vermutlich hat der arme Kerl seinem Mörder, warum auch immer, das Seitenfenster geöffnet und der hat ihn dann mit dem Zeug übergossen.«

»Stimmt, so könnte es gewesen sein.«

»Und was passiert jetzt als Nächstes?«, fragte Ed.

»Meine Kollegen werden in den entsprechenden Schutzanzügen gleich da sein«, antwortete der Coroner. »Die werden Bodenproben rund ums Auto untersuchen, um festzustellen, ob die Brühe das Erdreich vor dem Auto kontaminiert hat. Wenn nicht, kann die Spurensicherung außerhalb des Fahrzeugs ihre Arbeit machen und wir holen den Leichnam dann raus, wenn die fertig sind.«

»Und wenn deine Leute etwas im Boden finden?«

»Dann ist Quarantäne angesagt, bis der Boden soweit abgetragen ist, dass keine Rückstände mehr gefunden werden.«

»Puh, was für ein Aufwand wegen so eines Dreckszeugs.«

»Ja, damit ist aber auch wirklich nicht zu spaßen.«

Es dauerte dann doch noch über eine halbe Stunde, bis die Kollegen des Coroners auf dem Parkplatz eintrafen und ein paar Minuten länger, bis das Team der Spurensicherung vorfuhr.

Die zwei Touristen waren von den Polizeibeamten inzwischen weggeschickt worden, nachdem die Personalien erfasst und die Aussagen aufgenommen waren. Der Coroner hatte beide vorher noch sicherheitshalber untersucht, ob irgendwelche Hautreizungen erkennbar seien, hatte aber nichts gefunden. Ohne es direkt auszusprechen, hatte er auch nichts anderes erwartet, denn wenn die beiden in Kontakt mit dem potenziellen Gift gekommen wären, hätten sie sich inzwischen mit lauten Unmutsbezeugungen bemerkbar gemacht. Mit anderen Worten, sie hätten wahrscheinlich schreiend am Boden gelegen.

Es war schon ein gespenstischer Anblick, als sich wenig später nur noch vermummte Gestalten auf dem kleinen Parkplatz aufhielten. Das SpuSi Team hatte auch den beiden Streifenpolizisten Schutzanzüge mitgebracht und die hatten diese ebenfalls ganz schnell angezogen. Sie waren offensichtlich erleichtert, dass sie sich ebenfalls schützen konnten, auch wenn keine direkte Gefahr bestand.

Der Fotograf hielt auf Bildern und Video die nähere Umgebung des Fahrzeuges fest und achtete dabei speziell auf Fußabdrücke. Dann gab er den anderen ein Zeichen, dass sie mit ihrer Arbeit beginnen konnten.

Die Kollegen des Coroners hatten glücklicherweise auch einen Fachmann für Bodenanalysen und Umweltschutz auftreiben können und gleich mitgebracht. Der Spezialist untersuchte sofort den Boden und nahm dazu an mehreren Stellen rund um das Fahrzeug und speziell neben der Fahrertür Proben, um diese sofort mit einem Schnelltest zu untersuchen.

Nachdem sich herausgestellt hatte, dass der Boden nicht kontaminiert war, sondern nur das Innere des Autos, räumte dieser wiederum dem Spurensicherungsteam das Feld.

Mit allem gebotenen Respekt vor dem vermeintlichen Kontaktgift wurden erst die Fahrzeugtür und dann das Fenster auf Fingerabdrücke untersucht. Auch die Dach-Reling wurde dabei nicht vergessen.

Als sie damit fertig waren schoben sie eine mitgebrachte Bodenwanne unter die Fahrzeugtür. Diese sollte beim Öffnen der Tür verhindern, dass etwa noch vorhandene Restflüssigkeit aus dem Auto herauslief und den Boden verseuchte.

Vorsichtig öffneten sie dann die Fahrzeugtür und alle waren froh, dass dabei tatsächlich nichts heraustropfte.

Danach übernahm der Coroner mit seinem Team die weitere Untersuchung. Sie hatten eine dicke, wasserdichte Plane auf dem Boden vorm Auto ausgebreitet, hoben den Körper vorsichtig aus dem Auto heraus und legten ihn darauf ab. Sorgfältig wurde der Fahrer dann einer ersten Untersuchung unterzogen. Wenn man sich vorstellt, dass selbst die Leichen der nach E605-Einnahme Verstorbenen noch derart toxische Körperausdünstungen entwickeln, dass ein Annähern an die Körper nur unter schwerem Atemschutz möglich ist, konnte man die vorsichtige Vorgehensweise der Fachleute gut nachvollziehen.

Die Autotür wurde, nach der Entnahme des Toten, gleich wieder geschlossen, nachdem die Seitenscheibe vorher noch hochgefahren worden war. Es sollte später abtransportiert und in Quarantäne genommen werden. Große Aufkleber wurden auf allen Fenstern angebracht, die mit „Nicht öffnen – Kontaktgift!" alle warnten, die mit dem Auto zu tun haben würden. Der Abschleppdienst war bereits informiert worden und unterwegs.

Nach der ersten Untersuchung des Leichnams wurde dieser in die Rechtsmedizin nach Aberdeen überführt.

Ein Polizist blieb als Wache zurück und wartete, bis der Abschleppdienst eintraf.

Weniger als eine Stunde später hatte Brian Strachan und sein Team von der Mordkommission eine Information über diesen Fall auf seinem Schreibtisch oder genauer gesagt in seinem elektronischen Postfach.

Wollust

Graham betrat ihr gemeinsames Hotelzimmer im Port Charlotte Hotel gegen 11:30 Uhr und ging auf Ishbel zu, die auf dem Bett saß und Socken strickte. Er gab ihr einen Kuss auf den Mund, warf seinen wetterfesten Blouson achtlos auf einen der Sessel neben dem Bett und setzte sich dann neben sie.

Da Ishbel von Natur aus eher eine positiv gestimmte Frohnatur war, zumindest nach eigener Darstellung, hatte sie das momentane Urlaubswetter nicht aus der Ruhe bringen können. Sie hatte es sich in ihrem bordeauxroten Flanell-Hausanzug und den dunkelgrauen Wollsocken gemütlich gemacht. Auf einem der Nachttische dampfte eine große Tasse Tee. Im Fernseher in der oberen Zimmerecke lief leise die Aufzeichnung eines Konzerts des London Symphony Orchestra. Sie hatte die Vorhänge vor der doppelflügeligen Balkontür beiseite gezogen, um einen ungehinderten Blick über den Loch Indaal zu bekommen.

Graham nahm trotz seiner leicht muffeligen Laune nicht ohne einen Anflug von Stolz wahr, dass seine Ishbel in dem bequemen aber doch figurbetonten Hausanzug eine extrem gute Figur machte. Er hatte ihn ihr vor knapp zweieinhalb Wochen zu ihrem 48sten Geburtstag zusammen mit dieser Reise nach Islay geschenkt. Natürlich hatte er dieses Kleidungsstück nicht persönlich ausgesucht. Er wäre wahrscheinlich nicht mal auf die Idee dafür gekommen. Hierzu hatte Susan Edkins, eine von Ishbels besten Freundinnen und Lebensgefährtin seines Freundes Alan maßgeblich beigetragen. Sie hatte Graham nicht nur den Tipp für das passende Geschenk geliefert, sondern war auch noch bereit dazu gewesen, ihm das passende Teil zu besorgen. Graham zeigte sich bei Themen wie Kleidergröße, Schnitt und Form völlig überfordert. Selbst für sich eine passende Krawatte zu finden, bedeutete für ihn schon eine einkäuferische Höchstleistung.

Ishbel wiederum hatte schon bei Grahams Betreten des Hotelzimmers mit einem einzigen Blick an seiner Miene sofort erkannt, dass er über den Ausgang seines Gespräches bei den Port Ellen Maltings nicht zufrieden war.

»Na, mein Schatz, was ist denn los?«, fragte sie ihn nun und legte ihr Strickzeug neben dem Bett auf den Boden. »Hat dir Ashley etwa einen untrinkbaren Kaffee serviert, oder warum schaust du so verdrießlich aus der Wäsche?« Natürlich kannte sie Grahams Marotte, dass nur ein von ihm hergestellter Kaffee ein guter Kaffee war. Deshalb ließ sie ihn zu Hause auch den Kaffee immer selbst zubereiten. Und sie musste zugeben, dass er dafür auch eindeutig ein Händchen hatte. Grahams Kaffee schmeckte zwar sehr stark aber auch wirklich gut.

»Ja, das auch. Der war wirklich schlimm, obwohl seine Sekretärin sich angeblich viel Mühe gemacht haben soll.« Graham stockte in seiner Antwort.

»Na sag schon, welche Laus ist dir noch über die Leber gelaufen?« Sanft strich sie zuerst über seinen Oberarm und fuhr ihm dann mit einer kecken Bewegung durch sein leicht regenfeuchtes Haar.

»Der will mir sein Gerstenmalz nicht verkaufen!«, platzte es nach einer kurzen Pause aus Graham heraus. Ishbel hörte dabei die große Enttäuschung deutlich in seiner Stimme.

»Der will dir gar nichts verkaufen? Das kann ich mir nun überhaupt nicht vorstellen. Ashley ist doch Vollblutkaufmann, der lebt doch eigentlich nur fürs Verkaufen.«

»Aber der will einfach nicht meinen Preis akzeptieren«, entgegnete Graham zornig.

»Aha, daher weht also der Wind«, antwortete Ishbel wissend. »Da sind sich also zwei Kaufmänner nicht über den Preis für die Beute einig geworden.«

»Äh, ja. Das ist aber auch ärgerlich, dass sich Ashley nicht darauf eingelassen hat. Dabei würde der Verkauf seiner Islay Gerste an uns doch auch seinem Ansehen gut tun.«

»Und warum will er deinen Preis nicht akzeptieren?«, kam Ishbel auf den Kern des Problems zurück.

»Weil er dann damit nichts mehr verdienen würde. Das behauptet zumindest diese Krämerseele.«

»Aha. Und du würdest natürlich umgedreht ihm sofort was verkaufen, auch wenn du nichts daran verdienen würdest?«

»Ähm, na ja, nein, natürlich nicht.«

»Na siehst du«

»Aber das ist doch auch was völlig anderes!«

»Männer!«, beendete Ishbel die Diskussion und verdrehte dabei die Augen. Dabei bewies sie mal wieder, wie sehr Frauen auch mit der speziellen Betonung von nur einem einzigen Wort viel Information und Emotion weitergeben konnten.

Immer noch schmollend hatte sich Graham daraufhin in den einzigen Sessel im Zimmer gesetzt, der noch nicht von Kleidungsstücken aller Art in Beschlag genommen war. Dann griff er nach einem Whisky Magazin, das er sich von zu Hause mitgebracht hatte, und begann zu lesen.

Ishbel nippte an ihrem Tee und strickte anschließend grinsend weiter.

Gegen 12:30 Uhr legte Graham das Magazin, das er sicherlich schon zum dritten Mal durchgeblättert hatte, zur Seite und fragte mit einem Blick auf seine Armbanduhr: »Wollen wir dann mal eine Kleinigkeit essen gehen?« Er kannte inzwischen die Essgewohnheiten seiner Frau und wusste, dass sie förmlich zum Tier werden konnte, wenn sie mittags nicht wenigstens eine kleine warme Mahlzeit bekam.

»Ja gerne, ich komme um vor Hunger«, antwortete Ishbel dann auch prompt und legte sofort ihr Strickzeug neben sich.

»Was hältst du davon, wenn wir runter ins Hotelrestaurant gehen, dann müssen wir bei dem tollen Wetter wenigstens nicht außer Haus.« Mit einem Blick aus dem Fenster hatte er gesehen, dass immer noch „Drizzel"[8] vom Himmel fiel. Er dachte dabei an das schottische Sprichwort: *Ob es heute regnet, hängt vom Wetter ab.*

»Gerne, einverstanden«, stimmte ihm Ishbel zu.

Nachdem sie sich schnell zum Ausgehen fertiggemacht hatten, gingen sie hinunter ins Erdgeschoss. Jeder Mann, der eine einigermaßen modebewusste Frau sein eigen nennen darf, die auch nur ein wenig Wert auf ihre Erscheinung legt, weiß genau, dass die Beschreibung „schnell fertigmachen" ein typisch weiblicher Code für ein recht umfassendes Programm an Körperpflege, Kosmetik und einer fundierten Überprüfung des gesamten Bestands eines Kleiderschranks darstellt. Im Klartext hieß dies, dass Graham sich, nachdem er seinen Fleecepulli aus und ein frisches grüngestreiftes Hemd angezogen hatte, zwei weitere Whisky-Magazine zu Gemüte führte, vom Balkon einen Fischtrawler beim Auslaufen beobachtete und sich die 13:00 Uhr Nachrichten im Fernsehen ansah.

Als sie dann irgendwann doch noch im Restaurant ankamen, ließen sie sich von der Bedienung einen Tisch in dem hübsch eingerichteten und eingedeckten Raum zuweisen. Das Restaurant befand sich im vorderen Teil des Hotels und sie saßen direkt am Fenster mit Blick auf die Bucht. Ishbel hatte sich letztendlich doch für ein, wie sie es nannte, leichtes Urlaubs-Outfit entschieden, welches aus einer modischen schwarzen Jeans und

---

8 Als **Drizzel** wird ein sehr feiner Nieselregen bezeichnet, quasi ein Sprühregen. Die galische Sprache hat angeblich mehr Worte für die verschiedenen Regenarten, als die Eskimosprache für Schnee. Ein paar geläufige Namen zur Info: **Driech** = leichter, lang anhaltender konstanter Regen, **Boch** = heftiger, lang anhaltender konstanter Regen, **Pissin Doon** = die schwerste Art von Regen, quasi ein Starkregen, **Drookit** = Regen, bei dem man bis auf die Knochen nass wird, **Plowtery** = leichter Regen mit großen Tropfen, **Leaskin** = schwerer Regen mit großen Tropfen.

einem altrosa-farbenen Cashmerepullover mit V-Ausschnitt bestand. Alles andere wäre hier auf Islay zu dieser Zeit auch „over-dressed" gewesen.

Da sowohl für Ishbel als auch für Graham das Mittagessen zumindest im Urlaub einen höheren Stellenwert besaß als das Abendessen, stellten sie sich aus der Karte ein individuelles Menu aus drei Gängen zusammen. Dann gaben sie der bereits wartenden Bedienung ihre Bestellung auf, inklusive ihrer Getränkewünsche.

Beide hatten sich für die Lagavulin Scallops als Vorspeise entschieden, da sie den Geschmack der Jakobsmuscheln mochten. Die freundliche Kellnerin kam auch gleich mit den Getränken zurück an den Tisch und stellte vor Ishbel das bestellte Wasser und vor Graham das Pint mit dem lokalen Ale auf den Tisch.

Nicht lange, nachdem sie sich zugeprostet hatten, wurde auch schon die Vorspeise serviert. Die Scallops, die mit dem torfigen Whisky der lokalen Lagavulin Distillery sowie Gartenkräutern und einem Limettendressing verfeinert waren, schmeckten wirklich gut.

Während sie nach dem Genuss der Vorspeise auf das Hauptgericht warteten, kam Ishbel aufgrund des heutigen Datums fast zwangsläufig auf ein ganz bestimmtes Thema zu sprechen. »Ich kann mir nicht helfen. Ich muss immer noch mit Schrecken daran denken, wie du vor genau zwei Jahren diesen furchtbaren Autounfall hattest.« So als könnte dies in genau diesem Augenblick wieder passieren, griff sie über den Tisch und umklammerte fest Grahams linke Hand. Dabei bekamen ihre weit geöffneten Augen einen seltsamen Glanz.

Graham nickte nachdenklich. »Ich werde den 12. Mai 2011 und den Anschlag auf mich mit Sicherheit niemals vergessen können. Das kannst du mir glauben«, antwortete er dann.

»Ich hatte solche Angst um dich, als ich dich in Inverness im Krankenhaus besucht habe. Da war mir erst richtig bewusst geworden, wie knapp du damals mit dem Leben davon gekommen warst.«

»Tja, wenn Nicholas nicht angehalten und mich dadurch gerettet hätte, wäre sicherlich diese Verrückte zurückgekommen und hätte mir den Rest gegeben. Die wollte mich wirklich umbringen. Mann, Mann.« Graham erhob sein Glas und nahm daraus einen großen Schluck. Das Schluckgeräusch war dabei etwas lauter als üblich.

»Furchtbar, einfach furchtbar! Mir läuft heute immer noch ein kalter Schauer über den Rücken, wenn ich nur daran denke«, antwortete Ishbel, nun mit großen Tränen in den Augen. Mühsam versuchte sie, das beginnende Beben ihrer Schultern zu unterdrücken. Ihr Mund wurde zu einem weißen Strich, so sehr versuchte sie, sich zu beherrschen.

»Ja, ich denke nur sehr ungerne daran zurück. Und zum Glück träume ich inzwischen kaum noch davon. Ich bin oft genug schweißgebadet davon aufgewacht«, murmelte Graham vor sich hin. Die gut fünf Sitzungen, die Graham damals bei der Opferbetreuung wahrnahm, hatten durchaus ihre positive Wirkung, wie er sich insgeheim immer wieder eingestehen musste. Andernfalls hätte seine eher typisch männliche Verdrängungstaktik irgendwann für noch mehr schlaflose Nächte gesorgt.

»Armer Schatz.« Ishbel griff mit der anderen Hand über den Tisch, welche Graham gerne mit seiner freien Hand entgegen nahm. »Ich habe damals Nick sehr oft in meinem Nachtgebet bedacht. Und ich finde es nach wie vor sehr gut, dass du ihm so ein persönliches Geschenk gemacht hast. Darüber hatte er sich ja wirklich sehr gefreut.« Sie versuchte sich und Graham auf andere, positivere Gedanken zu bringen.

Graham nickte Ishbel lächelnd zu. Er hatte Nicholas Kruger, dem Fahrer, der ihn noch rechtzeitig gefunden und damit Schlimmeres verhindert hatte, ein Fass von seinem neuesten Whisky, dem Dandaleith, spendiert. Grahams Großzügigkeit beschränkte sich zwar zuerst nur auf ein 10-Liter-Fässchen. Ishbel konnte ihn dann aber doch davon überzeugen, dass sein Leben mindestens ein reguläres großes Fass wert sei. Dieses wurde dann in einer kleinen feierlichen Aktion mit dem Namen seines Retters beschriftet und reifte seit diesem Tag im Warehouse No. 1 der Ben Rhinnes Distillery, um irgendwann für ihn abgefüllt zu werden. Das Fass lag in der gleichen Reihe wie die Fässer für Prince Charles und andere honorige Persönlichkeiten.

Dass es tatsächlich ein Fass Dandaleith geworden war, verdanke Nicholas Kruger allein Grahams trotziger Hartnäckigkeit, wenn es um Whisky ging. Dass vermutlich eine aus seiner Sicht völlig Irre vor gut zwei Jahren nicht nur die neuen Warehouses auf seinem geerbten Grundstück nahe Glenallachie samt 250.000 Litern der Dandaleith-Replik und des neuen Dandaleith New Make abgefackelt hatte, war ja nicht alles. Viel schlimmer war schließlich die Tatsache, dass bei der schrecklichen Explosion einer Brennblase in der Ben Rhinnes Distillery auch noch ihr jüngster Mitarbeiter Jimmy Drummond sterben musste. Aber er hatte es sich und insbesondere dem toten Jimmy versprochen! Nachdem die unendlich nervtötenden Verhandlungen mit den Versicherungen, nach einem halben Jahr, endlich über die Bühne waren, konnte er die Lagerhallen zügig wieder aufbauen. Dass er dabei den damaligen Fundort der Moorleichen nun „ganz zufällig" nicht mehr überbaute und stattdessen dort eine Art „Moorleichen-Visitor-Center" einrichtete, verdankte er allein Ishbels Vertriebs-Geschick. Sie war eindeutig der Ansicht, dass ein solch bedeutsamer Fundort grundsätzlich der Öffentlichkeit, gegen ein geringes Eintrittsgeld, zugänglich gemacht werden musste. Dass diese Besucher dann nebenbei auch noch auf den neuen Whisky der Ben Rhinnes Distillery namens Dandaleith aufmerksam gemacht wurden, konnte man getrost als Kollateralschaden abtun. Graham musste spontan lächeln.

»Was hast du?«, fragte Ishbel etwas irritiert.

»Ach, ich habe bei dem Gedanke an Nicholas auch gleich an unsere neuen Warehouses denken müssen. Und dabei fiel mir wieder dein Schachzug mit dem Moorleichen-Monument ein. Das war wirklich clever!«

Jetzt musste auch Ishbel wieder lächeln. »Du musst zugeben, diese Gelegenheit durfte man einfach nicht ungenutzt verstreichen lassen! Selbst heute kommen doch in der Saison noch Hunderte Besucher, um sich die Moorleichen-Nachbildungen anzusehen. Ich weiß, du hast mich damals für etwas gefühlskalt gehalten, ja sogar makaber hast du gesagt ...«

»Entschuldige ...«, unterbrach Graham sie.

»Nein, nein, schon gut. Du hast ja eigentlich schon ein wenig recht gehabt. Aber du musst zumindest auch heute zugeben, dass man dieser vor 200 Jahren ermordeten Familie keine bessere späte Ehre hätte erweisen können. Immerhin sind die echten Toten ja dann ordentlich auf dem Friedhof bei Craigellachie beigesetzt worden.«

»Ich weiß, ja, ich weiß. Dass du aus den Besuchereinnahmen die Trauerfeier und zudem einen neuen Grabstein gekauft hast, fand ich ja auch sehr nobel.« Graham streichelte Ishbels Hand und lächelte sie an.

»Und dass dich Charles Maclellan an den Einnahmen an seinem Buch beteiligt hat, nur weil wir es dort und im Distillery-Shop verkaufen, hat ja auch was für sich«, sinnierte Ishbel weiter. »Schade nur, dass es mit seiner Begnadigung damals doch nicht geklappt hatte und er noch bis Ende des Jahres einsitzen muss.« Dann beugte sie sich vor, drückte seine Hand erneut und sah ihn ernst an. »Weiß du eigentlich, dass du für mich der nobelste und tollste Mann der Welt bist?«

Etwas irritiert über diesen spontanen Gefühlsausbruch flackerten kurz seine Augen. »Äh, wenn ich Brian wäre, würde ich jetzt antworten: klar, natürlich! Deswegen liebst du mich ja schließlich so! Da ich aber leider nur ich bin, weiß ich das nicht ... so genau und warum.«

»Ach, du Stoffel! Du grundanständiger Mensch! Warum musstest du denn einen guten Teil dieser neuen Einnahmen sofort an Jimmys Eltern weitergeben? Und das bis heute noch? Weil du sofort daran gedacht hast, dass die Lebensversicherung wegen Jimmys „teilweiser Mitschuld" an der Explosion die Summe nur zu einem Teil ausgezahlt hat.«

»Ach, Geld! Das hilft doch nicht über den Tod des eigenen Sohnes ...«

»Graeme! Das hab ich dir jetzt schon gut 1000-mal gesagt. Es war gut so. Die beiden stehen finanziell nicht gut da! So konnten sie wenigsten die Anwälte bezahlen und die Trauerfeier. Und einen schönen Grabstein. Und anschließend lange zu ihren Verwandten nach Jersey fahren, um ein wenig Abstand zu bekommen. Also Schluss jetzt, du Gutmensch!«

»Na gut. Dann freu ich mich eben darüber, dass wir dank der neuen Brennblase und den neuen Warehouses mittlerweile unser eintausendstes Fass Dandaleith eingelagert haben. So!«

»Hah! Du hast in unserem Urlaub ja doch gearbeitet! Hast du etwa John angerufen?«

»Nein, ich bin unschuldig. John hat mich angerufen. Er wollte nur wissen, ob wir irgendeine spezielle Zeremonie haben wollten. Ich habe aber abgelehnt. Ich denke, es reicht, wenn wir nächstes Jahr, wenn die ersten Fässer Dandaleith drei Jahre alt geworden sind, sie in einer kleinen Feier endlich auf den Namen Whisky taufen dürfen.«

»Wohl doch nicht etwa mit irgendeinem Pfarrer oder so?« Ishbel wurde plötzlich sehr misstrauisch.

»Ach nein, Unfug! Nur eine ganz kleine Tauffeier dachte ich. Mit wenigen ausgesuchten Gästen. Presse, Funk, Fernsehen. Ein paar Prominente. Fernsehstars, Popsänger und so halt.« Graham versuchte, dabei sehr ernst zu schauen.

»Gute Idee«, pflichtete ihm Ishbel genauso ernst bei. »Ich bin für Sir Elton John und Rod Stewart. Und dann würde ich vorschlagen, dass Prinz William und Herzogin Kate das erste Fass taufen.«

Nun konnten beide nicht mehr an sich halten und lachten lauthals los. Das amüsierte Grinsen der übrigen Gäste spornte sie dabei nur weiter an. Nach gut zwei Minuten wischten sie sich beide die Tränen aus den Augenwinkeln und prosteten sich zu. »Oh, Graeme, ich danke dir für dieses schöne Geburtstagsgeschenk. Ich hätte nicht gedacht, dass wir auf dieser leider so regnerischen Insel so viel Spaß haben würden. Diese schönen Strandwanderungen mit dir ...« Ishbel stockte und Tränen zeigten sich in ihren Augenwinkeln.

»Was ist denn jetzt?«, fragte Graham besorgt.

»Jetzt fällt mir mein Gedanke von eben doch wieder ein, ich Heulsuse! Ich bin immer noch dankbar dafür, dass dein Bein so gut verheilt ist. Als ich dich damals im Royal Infirmary im Gipsbett liegen sah und von den diversen Knochenbrüchen hörte, hatte ich schon befürchtet du würdest für den Rest deines Lebens ... hinken.« Sie schaffte es auch heute noch nicht, ihre wahren Befürchtungen auszusprechen. Sie hatte ihren Graham gedanklich schon im Rollstuhl gesehen. Ishbel nahm ihre Hände wieder zurück und tupfte sich mit einem Taschentuch die Augenwinkel trocken.

»Aber die Ärzte haben doch wirklich wahre Wunder vollbracht. Mein linkes Bein ist inzwischen vollständig verheilt. Nur bei großen Anstrengungen oder langen Wanderungen spüre ich noch etwas.«

Diesmal nickte Ishbel. Sie hatte natürlich auch schon registriert, dass dann und wann ein leichtes Hinken bei ihm auftrat. »Das bemerkt man aber wirklich kaum noch«, bestätigte sie ihm.

Sie wurden kurz unterbrochen, als endlich das Hauptgericht serviert wurde. Ishbel hatte sich für das Filet vom schottischen Rind an einem Duett von Kartoffeln und Baby Spinat, verfeinert mit grünen Pfefferkörnern und Thymian Jus entschieden. Graham hatte das Lamm mit gerösteten spanischen Rüben, pürierten roten Bohnen umgeben von Sultaninen an Madeirasoße gewählt.

Die freundliche Bedienung schenkte Ihnen noch den bestellten Wein ein, nachdem Graham ihn probiert und durch ein Nicken akzeptiert hatte. Während sie sich bereits um die anderen Gäste kümmerte, betrachteten Ishbel und Graham die beiden Teller, die vor ihnen standen. Die Hauptgänge waren, genau wie die Vorspeise auch schon, optisch sehr ansprechend zubereitet und arrangiert.

Plötzlich waren alle dunklen Gedanken wieder verschwunden. Sie schauten sich tief in die Augen und prosteten sich dann zu. Danach widmeten sich dem appetitlichen Essen.

Nach den ersten Bissen legte Graham dann aber doch wieder sein Besteck bei Seite, tupfte sich mit der weinroten Stoffserviette den Mund ab und schaute Ishbel schmunzelnd an. »Aber das vorletzte Jahr hatte ja auch durchaus seine positiven Zeiten, nicht wahr?! Schließlich haben wir ja am 20. August geheiratet.« Er bewies damit, dass er das Datum ihres Hochzeitstages auch nach zwei Jahren Ehe immer noch nicht vergessen hatte.

»Ja, das war in der Tat der schönste Tag meines Lebens. Und speziell mit Alan und Brian als Trauzeugen und den Mädels hatten wir sogar noch bis spät in die Nacht hinein einen Mordsspaß.«

Beide grinsten, als sie daran dachten, dass Alan und Brian mit ihren Frauen die Letzten waren, die das Festzelt neben der Kapelle St. Mary of the Hills in Charlestown am frühen Morgen verlassen hat-

ten, und dass sie mit dem Taxi heimfahren mussten, weil alle vier definitiv nicht mehr in der Lage
waren selbst zu fahren.

»Nicht nur der "Braune Champagner" hatte dabei den beiden Männern gut geschmeckt. Aber sie
haben schon maßgeblich dazu beigetragen, dass
die Flasche Dandaleith am Ende leer war«, lachte
Graham.

Dann hing jeder seinen Gedanken noch etwas
nach und genoss dabei das Hauptgericht.

»Mhm, das Steak war wirklich lecker«, sagte Ishbel
als sie ihren Teller leer hatte.

»Mein Lamm auch«, antwortete Graham.

»Aber ich hätte es fast nicht geschafft. Die haben
wirklich ordentliche Portionen hier.«

»Und sehr gut kochen können sie obendrein.«

»Ich freue mich schon auf den Nachtisch«, erwiderte Ishbel.

Graham grinste, da er sich jedes Mal wunderte,
dass Ishbel oft ihr Hauptgericht nicht komplett essen konnte und ihm immer noch etwas davon ab-
gab, aber einen Nachtisch sofort im Anschluss
problemlos komplett vertilgen konnte. *„Nachtisch
passt immer rein, der läuft doch durch"* war normalerweise dabei ihr Motto, wenn er sie darauf hin-
wies.

Und so war es auch heute. Als die Nachspeise
serviert wurde, machte sich Ishbel wieder mit
Heißhunger darüber her. Sie hatte eine gebackene
Bitterschokolade mit Drumbuie Sahne in einer
Orangenpastete gewählt, während Graham, fast
schon traditionell, eine Crème brulée nahm. Heute

hatte er sich für eine Lavendel Variation davon entschieden.

Anschließend bestellte Graham für sich noch einen doppelten Espresso, weil er sich bereits am Vortag davon überzeugt hatte, dass die italienische Kaffeemaschine in der Bar ein Produkt herstellte, das seiner Vorstellung eines guten Espressos relativ nahe kam. Natürlich hatte er dabei die Bedienung mindestens fünfmal mit der Frage genervt, ob der doppelte Espresso auch wirklich aus zwei Portionen gemahlener Bohnen sei und nicht einfach nur die doppelte Menge Wasser enthielte. Ishbel verzichtete auf einen Espresso, da sie im Gegensatz zu ihm kein starker Kaffeetrinker war und beim Thema Koffein nachmittags lieber kürzertrat.

Nach dem Espresso stellte Graham, mit einem Blick aus dem Fenster fest, dass es inzwischen aufgehört hatte zu regnen und sogar blauer Himmel erkennbar war.

»Was meinst du, wollen wir gemeinsam runter fahren nach Port Ellen und dort den Singing Sands Strand anschauen?«, fragte er Ishbel.

»Ja, gerne. Ich habe schon von diesem schönen Strand gehört. Mal sehen, ob der wirklich singt.« Ishbel freute sich auf einen gemeinsamen Ausflug.

Sie winkten der Bedienung, bezahlten die Rechnung und gingen zurück aufs Zimmer, um sich für den Ausflug entsprechend umzuziehen. Diesmal schaffte es Ishbel in rekordverdächtig kurzer Zeit. Zudem packte sie auch zwei kleine Regenschirme in ihren Rucksack, da sie dem schönen Wetter nicht ganz traute.

Auf dem Weg nach Port Ellen fuhren sie zunächst an der Bruichladdich Distillery vorbei. Graham winkte im Vorbeifahren Jim McEwan zu, den er von Messen her kannte und der zufälligerweise gerade aus dem Tor der Brennerei trat. Am Islay House vorbei kamen sie zur Straßenkreuzung bei Bridgend und bogen nach rechts ab in Richtung Bowmore. Graham wollte nicht die Seitenstraße nach Port Ellen fahren, sondern die Hauptstraße über Bowmore nehmen.

»Wo haben die Singing Sands eigentlich ihren Namen her?«, fragte Ishbel, als sie an der Runden Kirche von Bowmore vorbeikamen.

»Man sagt der Name kommt von dem Klang, den die Schuhe erzeugen, wenn die Sohle über die Oberfläche des Strandes gerieben wird«, antwortete Graham. »Es müssen dabei aber ganz bestimmte Parameter erfüllt sein, damit das funktioniert. Der Sand muss eine Körnung zwischen 0,1 und 0,5 Millimeter haben und die Sandkörner müssen rund sein. Der Sand muss außerdem Silikat enthalten und eine bestimmt Feuchtigkeit haben. Und außerdem ist das Ganze dann noch abhängig von der Dicke der trockenen Sandoberfläche.«

»Wow, du kennst dich bei dem Thema aber bestens aus.« Ishbel war echt verblüfft.

»Na ja«, gab Graham etwas kleinlaut zu. »Nachdem ich bei meinem letzten Islay Besuch stundenlang mit meinen Schuhen auf dem Sand rumgeschabt habe, ohne dabei den geringsten Ton zu erzeugen, habe ich mich im Internet mal schlaugemacht. Jetzt weiß ich, dass ich damals entweder nicht die richtigen Bedingungen des Sandes oder nicht die richtigen Schuhsohlen hatte, oder beides.«

Beide lachten herzhaft über Grahams Einge-ständnis.

Bald darauf passierten sie den kleinen Flughafen bei Glenegedale und sahen dabei eine der kleinen Maschinen der Loganair mit dem hellen und dun-kelblauen Aufdruck „flybe" neben dem Flughafen-gebäude wenden und zur Startbahn rollen. Sie würde dann vermutlich nach Glasgow oder Oban weiterfliegen.

Nachdem sie wenig später dem scharfen Links- und dann Rechtsknick der Straße gefolgt waren, dauerte es nicht lange und sie konnten in der Fer-ne schon die Gebäude der Port Ellen Maltings er-kennen. Graham fuhr daran vorbei, nicht ohne da-bei wehmütig und ein klein wenig missgestimmt an sein Gespräch mit Ashley zu denken, und bog gleich danach nach rechts ab in Richtung Cragabus. Er fuhr weiter zum Carraig Fhada Lighthouse und parkte sein Auto am Kilnaughton Friedhof.

»So, dann lass uns mal an den Strand gehen und ausprobieren, ob wir ihn heute zum Singen bringen«, sagte Graham zuversichtlich, nachdem sie ausgestiegen waren.

Ein leichter Südwestwind trug den Geruch des Atlantiks zu ihnen und Ishbel band sich ihr buntes Kopftuch um. »Vielleicht hast du ja mehr Glück als ich beim letzten Mal«, erwiderte er und grinste.

Sie spazierten an der Bucht entlang in Richtung Leuchtturm und erreichten nach zehn Minuten die Carraig Fhada Farm. Kurz vor den ersten Gebäu-den führte ein ausgeschilderter, ausgetretener Fußweg nach rechts den Hügel hinauf und zu den Singing Sands. Es handelte sich tatsächlich um einen schönen Strand und sie genossen den tollen

Blick über die Bucht auf Port Ellen und die Kilnaughton Bay und den Leuchtturm. Sie konnten sogar in der Ferne die Kintyre Halbinsel erkennen, da sich nach dem Regen ein klarer Tag entwickelt hatte. Nur die Regenwolken am Horizont ließen noch den Regen vom Vormittag erahnen.

»Wunderschön hier«, konnte Ishbel deshalb auch nur sagen und Graham stimmt ihr zu.

Nach dem üppigen Mittagessen genossen beide einen ausgedehnten Strandspaziergang und sahen dabei drei Schwäne vor der Küste hin und her schwimmen. Lustigerweise folgten ihnen die Schwäne auf ihrem Weg am Strand entlang, hielten an, wenn sie anhielten, und schwammen weiter, wenn sie weitergingen. Ganz so als wollten sie die beiden Menschen auf ihrem Spazierweg begleiten.

Irgendwann konnte Graham nicht mehr an sich halten und bat Ishbel, stehen zu bleiben. Dann stellte er sich wie eine perfekte Kopie von Fred Astaire in Position und begann mit den Füssen wie wild auf dem Sand hin und her zu rutschen. Ishbel brach in schallendes Gelächter aus, welches Graham nur mit der Aufforderung quittierte: »Gackere nicht, komm lieber her und hilf mir, Miss Ginger Rogers.« Dabei hielt er ihr den ausgestreckten Arm hin. Angesteckt von Grahams Euphorie griff sie kurz entschlossen zu und stieg in seinen merkwürdigen Sand-Stepptanz ein. Abgesehen davon, dass sie jeden Psychiater im Umkreis von 100 Meilen sofort dazu veranlasst hätten, sie mindestens 48 Stunden unter Beobachtung zu stellen, erzeugten sie keinen weiteren Effekt. Kein einziges der Sandkörner unter ihren huschenden Füssen wollte einen Ton von sich geben, geschweige denn singen.

Später, als sie außer Atem ihren Spaziergang fortsetzten, setzten sie sich zwischendurch immer wieder mal auf die Steine am Strand, hielten Händchen und genossen die Sonne, die Stille und die schöne Aussicht. Und natürlich auch ihre einsame Zweisamkeit.

»Hier könnte ich stundenlang sitzen und einfach nur aufs Wasser hinausschauen«, sagte Ishbel.

»Ja, ein idealer Platz um völlig abzuschalten«, meinte auch Graham.

Das mit dem „stundenlang", wurde von beiden dann auch verwirklicht, denn das Wetter hielt und die Natur war einfach zu schön, um sofort wieder zurückzufahren.

Auf dem Rückweg sahen sie tatsächlich einen Mann im Wasser schwimmen. »Die sind aber wirklich abgehärtet hier«, konnte sich Ishbel nicht zurückhalten.

»Und auch ganz schön leichtsinnig. Hier soll es nämlich heftige Strömungen geben«, meinte Graham und schüttelte seinen Kopf.

Sie hatten einen wunderschönen Nachmittag am Strand verbracht und waren richtig erstaunt, wie spät es schon war, als sie beim Auto ankamen. Es war schon nach 18:00 Uhr, als sie wieder zurück nach Port Charlotte fuhren.

Unterwegs meinte Graham noch: »Lass uns noch eine Kleinigkeit im Pub essen und ein Pint dazu trinken, bevor wir wieder zurück aufs Zimmer gehen.«

Nach einem leckeren Bar Meal als Abendessen und dem Pint Bier aus der lokalen Brauerei, fragte Graham, auf dem Weg zurück zu ihrem Hotelzimmer: »Willst du noch etwas stricken oder wollen wir gleich zu Bett gehen?«

»Du weißt doch, Woll-Lust wird durch Stricken befriedigt.« Ishbel grinste ihn dabei schelmisch an.

»So, so, da hatte ich aber eine andere Lösung im Kopf.«

»Ach, welche denn?«

»Na komm mit, dann zeige ich es dir.«

»Da bin ja mal gespannt«, lachte Ishbel. Sie freute sich, dass sich die Laune ihres Göttergatten wieder deutlich gebessert hatte.

Scherbenhaufen

In der Polizeistation in der Beech Avenue in Bowmore war bereits am Morgen um 09:12 Uhr ein Notruf eingegangen. Sean Rhodes, der Pächter der Jugendherberge in Port Charlotte, hatte die Polizei darüber informiert, dass ein deutscher Tourist vermisst werde.

Der Sergeant vom Dienst ließ sich die Anmeldepapiere faxen und nahm eine Vermisstenanzeige auf, da seit dem Verschwinden des Touristen bereits mehr als 24 Stunden vergangen waren. Der Mann namens Klaus Böckling hatte sich am Freitag dort für eine Woche einquartiert. Am Samstagmorgen war er nach dem Frühstück zu einem Ausflug auf die Halbinsel Oa aufgebrochen, um dort zum American Monument zu wandern. In vorbildlicher Weise hatte er den Herbergsvater vorher darüber informiert. Er war allerdings bis heute noch nicht von seiner Wanderung zurückgekehrt.

Da es allerdings nicht unüblich war, dass Touristen unterwegs Bekanntschaften mit anderen machten, auch dem anderen Geschlecht, und dann auch mal eine Nacht woanders verbrachten, hatte der Leiter der Jugendherberge erst am Montagmorgen Verdacht geschöpft.

Ein Großteil der Sachen von Herrn Böckling war nämlich noch in der Jugendherberge. Aber er und sein Auto blieben seit Samstag verschwunden.

Der Sergeant schickte seinen Kollegen, Police Constable Steven Field, zum Youth Hostel, der die anderen Bewohner des 4-Bett-Zimmers befragen und möglichst ein Bild des vermissten Touristen besorgen sollte.

Eine anschließende Rückfrage von ihm bei Caledonian MacBrayne, kurz CalMac genannt, die als einzige Fährgesellschaft für die westlichen Inseln zuständig waren, brachte keine weiteren Erkenntnisse. Unter dem Namen Böckling war außer der Anreise keine weitere Buchung erfolgt und auch das Fahrzeug war nicht auf einer der letzten Fähren gemeldet worden. Die Fährgesellschaft hatte aber einen entsprechenden Eintrag in ihrem Buchungssystem vorgenommen, damit eine Warnmeldung aufpoppen würde, sollte sich ein Klaus Böckling für sich oder sein Fahrzeug um ein Fährticket bemühen.

Gegen 11:00 Uhr hatte es sich der Sergeant wieder in seinem Schreibtischsessel bequem gemacht und einen neuen Kaffee eingeschenkt, als der zweite Notruf an diesem Tage eintraf.

»Sergeant Duffy. Strathclyde Police Bowmore. Was kann ich für Sie tun?«, meldete er sich routiniert.

»Hallo Pat, hier spricht Ashley Dunnett von der Maltings. Wir haben ein Riesenproblem hier.«

»Hallo Ash. Was gibt´s denn? Ist dir die Gerste ausgegangen?«

Die Insel war klein und die knapp 3.500 ständigen Bewohner kannten sich untereinander gut, speziell dann, wenn sie auch noch in einer besonderen Funktion tätig waren. Und natürlich wurde dann auch gerne gefrotzelt.

»Nein, Pat, kein Spaß heute. Wir haben offensichtlich einen Toten hier. Steve hat ihn entdeckt, als er das Green Malt abgelassen hat. Er liegt unter der Gerste begraben auf dem Förderband.«

»Einer von deinen Leuten?«

»Nein, die sind alle noch da. Wir wissen nicht, wer es ist. Und wir haben auch noch nicht genauer nachgesehen.«

»Gut so! Bitte nichts anfassen. Ich komme sofort runter.«

»Okay mach das bitte, aber beeil dich.«

Nachdem Sergeant Patrick Duffy den Telefonhörer aufgelegt hatte, rief er erst einmal laut »Scheiße!« Was war das heute nur für ein Tag? Auf der sonst so beschaulichen Insel Islay war irgendwie der Teufel los – und das auch noch weniger als eine Woche vorm Islay Whisky Festival, wo Tausende von genussfreudigen Touristen die Gegend vereinnahmen würden.

Er griff wieder zum Telefon und rief erst einmal Caitlin McEachern an, den zweiten Police Constable auf Islay. Sie hatte heute eigentlich frei, musste aber einspringen und Telefondienst machen, da es nur drei Polizisten auf Islay gab und die Polizeistation nicht verwaist sein durfte. Nachdem er ihr erklärt hatte, was los war, versprach sie auch sofort zu kommen.

Dann rief er PC Field an. »Hi Stevie, wie weit bist du mit dem vermissten Touristen?«

»Hi Pat. Ich bin gerade ins Auto gestiegen, um wieder zurückzufahren. Was gibt´s«

»Fahr bitte direkt weiter zur PE Maltings, die haben einen Toten in der Gerste. Ich fahre jetzt ebenfalls dorthin. Caitlin kommt und macht Telefonbereitschaft.«

»Einen Toten? Mein Gott, was ist denn heute nur los?«, rief Steven Field erschrocken aus.

»Das habe ich mich auch schon gefragt«, antwortete Pat. »Und beeile dich bitte, mach die „Musik" an. Ash klang als wäre die Sache wirklich schlimm.«

Steven schaltete wie angewiesen Blaulicht und Sirene an und fuhr los. »Okay habe ich. Glaubst du, dass es sich bei dem Toten eventuell um den vermissten Smokehead[9] handelt?«

»Was? Darüber habe ich noch gar nicht nachgedacht. Hast du ein Bild oder eine Beschreibung von ihm bekommen?«

»Ja, ich habe ein digitales Bild von ihm. Seine Zimmernachbarn haben welche gemacht und auf Facebook gepostet. Manchmal ist dieser neumodische Kram doch für etwas gut. Sean war dann so nett und hat es für mich ausgedruckt.«

»Super, dann können wir das ja mit unserem Toten bei Ashley abgleichen. Also bis gleich.«

Pat war bereits auf dem Weg zum zweiten Streifenwagen hinter dem Gebäude und stieg ein. Auch

---

9 Smokehead ist nicht nur der Name einer Serie von Abfüllungen des Independent Bottlers Ian MacLeod. Mit Smokehead bezeichnen die Einwohner von Islay die Touristen, die in erster Linie wegen der rauchigen Whiskys nach Islay kommen.

er fuhr mit Blaulicht und Sirene vor bis zur Hauptstraße in Bowmore und hoch zur Runden Kirche, um dann über die A846 bis zur Port Ellen Maltings zu fahren. Unterwegs zur Kirche winkte er Caitlin zu, die ihm auf ihrem Fahrrad entgegenkam.

Wenig später blitzten die Blaulichter rhythmisch vor dem Gebäude der Port Ellen Maltings auf. Constable Field, in einen neongelben, reflektierenden Überhang gehüllt, brachte blau-weiß gestreiftes Flatterband in einem großen Bogen vor dem Eingang zu dem Gebäude an, in dem der Tote gefunden worden war.

Die Mitarbeiter der Mälzerei sammelten sich hinter der Absperrung und fragten nach der Ursache des Polizeiaufgebotes. Der Constable wollte dazu jedoch nichts sagen, verpflichtete aber alle, dass sie dableiben sollten, um von ihm und seinem Kollegen noch befragt zu werden.

Ein Rettungswagen und das Auto des Sergeant standen innerhalb der Absperrung, aber der Notarzt und sein Assistent waren, zusammen mit Sergeant Pat Duffy, immer noch im Gebäude.

Im Inneren der Produktionshalle standen Ashley Dunnett, sein Vorarbeiter Steve Boulder und der Hilfsarbeiter Kenneth McAlpine schon eine ganze Weile in der zweiten Reihe. Oder mit anderen Worten: Sergeant Duffy und die Ärzte hatten sie weit genug weg vom Fundort der Leiche geparkt, damit sie ihnen nicht im Wege rumstanden oder gar Spuren vernichteten.

Heutzutage verwandelt die Spurensicherung bei einer schweren Straftat den Tatort praktisch in ein Labor, damit vor Ort schon alles genauestens überprüft werden konnte. Und außerdem wurde der Tatort oder Fundort einer Leiche zu einer geschlossenen Gesellschaft, durch die Absperrung der Polizeikollegen. Deshalb gab auch Steven Field draußen alles, um zu verhindern, dass irgendjemand sich vom Tatort entfernte oder gar zu der Fundstelle vordringen konnte.

Pat Duffy, der nicht sein ganzes Leben lang Dienst auf Islay machen wollte, träumte schon lange von einer Karriere auf dem Festland. Für seine beruflichen Vorstellungen war auf Islay einfach zu wenig los. Er hatte deshalb schon einiges dafür getan, dass sein Traum eines Tages wahr werden konnte.

Er hatte nicht nur seine Weiterbildung zum Crime Scene Examiner mit Diplom abgeschlossen, sondern auch den Crime Scene Investigator Stage Two Kurs, an der National Policing Improvement Agency in Durham, als Jahrgangsbester absolviert. Pat wollte als Spurensicherer, möglichst sogar als Chef eines Spurensicherungsteams, weiterarbeiten. Entsprechende Bewerbungen hatte er bereits an das Scottish Police Authority Forensic Services geschickt.

Die generellen Anforderungen dafür erfüllte er bereits und hatte auch zusätzlich als Fotograf sehr gute Qualifikationen zu bieten. In Bowmore hatte er schon mehrfach tolle Landschaftsbilder ausgestellt. Neben seinem Auge für Details verfügte er über einen starken Magen, was für diesen Berufswunsch ein zusätzliches Plus bedeutete.

Aus seinem Spurensicherungskoffer hatte er sich Latexhandschuhe angezogen, mit denen er sich nicht nur selbst schützen konnte, sondern vor allem keine Spuren verunreinigte. Den Tyvek Schutzanzug, mit Haube und Gesichtsmaske, hatte er sich ebenfalls angezogen, genauso wie die Überschuhe mit gekennzeichneter Schuhsohle „Police", damit seine Fußabdrücke nicht mit denen Verdächtiger verwechselt werden konnten. Mit einem Digitalthermometer hatte er bereits die Lufttemperatur in der Umgebung der Leiche gemessen.

Inzwischen waren auch die Aufnahmen des Fundortes und der Leiche sowie die nähere Untersuchung rund um das Förderband von ihm abgeschlossen worden. Sergeant Duffy hatte den Ärzten das Signal gegeben, die Leiche aus dem Malz herauszuholen und für eine erste Untersuchung und Sicherung eventueller DNA Spuren auf einen bereitgelegten offenen Leichensack zu legen. Da es auf Islay keinen eigenen Coroner gab, wurde die erste Leichenschau offiziell durch den lokalen Notarzt durchgeführt, der dazu nicht nur die entsprechende Zusatzausbildung, sondern auch die Genehmigung hatte. Als er mit der Untersuchung fertig war, stülpte er spezielle Kunststoffsäcke über die Hände der Leiche und verschloss sie dann.

Pat Duffy hatte sich in der Zwischenzeit auf den Weg nach oben gemacht, weil er den Bereich rund um die Steeping Tanks auf Spuren untersuchen wollte. Auch die Stelle, an der die Gerste angeliefert wurde, sollte anschließend von ihm noch einer genaueren Untersuchung unterzogen werden.

Beim Rausgehen traf er aber auf Constable Field, der mit der Absperrung des Fundortes fertig war und sich zu den Männern an der Front gesellen wollte. Sie gingen daher zusammen wieder zu dem Notarzt zurück, der mit seinem Assistenten neben der Leiche stand.

»Und, wisst ihr schon etwas über den Toten?«, fragte Constable Field seinen Sergeant auf dem Weg dorthin.

»Nein, Stevie, nichts. Er hat keine Papiere bei sich und es gibt auch sonst keinerlei Hinweise in seiner Kleidung, wer er ist oder woher er kommt.«

Steven Field hatte jetzt einen freien Blick auf die Leiche, die vor ihm auf dem Boden lag ... und zuckte erschrocken zurück. »Oh Gott, was ist denn mit dem passiert?«

Der Tote hatte praktisch kein Gesicht mehr, und als der Blick von Constable Field am Toten entlang glitt, dessen Hände schon ordentlich in Klarsichttüten steckten, entdeckte er, dass auch der restliche Körper des Mannes stark verunstaltet worden war.

»Den würde vermutlich noch nicht einmal seine eigene Mutter wiedererkennen«, meinte der Notarzt.

»Glaubst du, dass diese Verstümmelungen durch die Trommeln verursacht wurden?«

»Davon gehe ich zunächst einmal aus. Das Gewicht der Gerste, die Scherkräfte der Trommelbewegung und die diversen Einbauten in der Trommel sind ziemlich ungesund für einen menschlichen Körper. Dem sind vermutlich alle Knochen im Leib gebrochen worden. Die enorme Anzahl an Schnittwunden und stumpfen Traumen kommen noch dazu. Mit den Worten meines kleinen Sohnes würde ich bei diesem Ergebnis von „Matsche-

Pampe" reden. Ob er dabei noch lebte und wann das ungefähr geschehen ist, muss der Rechtsmediziner feststellen.«

»Wer macht denn so was? Hat der sich selbst umgebracht?« PC Field war entsetzt. So etwas hatte er in seiner ganzen Laufbahn noch nie gesehen. Das kannte er noch nicht einmal aus dem Fernsehen.

»Suizid halte ich für unwahrscheinlich. Was für mich deutlich gegen die Selbstmord-Theorie spricht, sind die Finger.« Der Notarzt kniete sich wieder neben die Leiche und hob eine der Hände in dem Klarsichtbeutel hoch, sodass die beiden Polizisten die verunstalteten Finger genauer sehen konnten. »Seht ihr das?«

Constable Field beugte sich näher heran und wich sofort wieder zurück. »Oh Gott, da ist ja gar kein Fleisch mehr an den Fingerkuppen!«

»Genau. Selbst wenn der arme Kerl tagelang mit den Fingern an der Innenseite der Trommel geschabt hätte, dürfte, zumindest nach meinem Empfinden, nicht so viel Gewebemasse fehlen. Ich will hier niemandem vorgreifen, aber ich behaupte mal, dem Mann hier wurden die Fingerkuppen abgeschnitten.«

»Abgeschnitten?« Stevie Field schüttelte irritiert den Kopf. »Wir sind doch hier nicht beim Paten oder was? Gleich erzählt ihr noch was über die Mafia!« Sein gesamtes Weltbild, oder besser sein Bild über die beschauliche Insel Islay, die er seine Heimat nannte, brach gerade zusammen.

Sergeant Duffy schaltete sich ein und versuchte seinen Constable zu beruhigen. »Lass erst einmal die Rechtsmedizin überprüfen, was wirklich die Todesursache ist. Und du, Stevie, beruhigst dich wieder und hältst vor allem die Klappe über all das, kapiert?« Dabei tippte er mit seinem Zeigefinger auf die Brust des Constables. »Aber, na ja, seltsam ist es schon. Und ich gebe dir absolut recht, diese Finger sehen nicht nach Unfall aus. Das sollten wir schnellstens nach oben melden.«

»Ich habe hier das Bild von dem verschwundenen Touristen«, sagte der Constable. Er wollte dem Befehl seines Vorgesetzten folgen, sich professionell zu verhalten und insbesondere wollte er sich auf andere Gedanken bringen. Nachdem er das Bild aus seiner Tasche gezogen hatte, zeigte er es den beiden. »Das ist er. Klaus Böckling aus Buxtehude, 21 Jahre alt, Pferdeschwanzträger, Whisky-Fan, Alleinreisend, will auf Islay wandern und dann zum Festival bleiben.« Er leierte die Daten in der üblichen Art von Polizisten herunter, die eine schnelle Zusammenfassung gaben.

Auf dem Bild war ein junger schlanker Mann zu sehen, der in Freizeitkleidung an einem Strand stand und in die Sonne lachte.

PC Field bückte sich und hielt das Bild neben den Toten. Auch wenn das Gesicht des Toten quasi keine normalen Konturen mehr hatte, führte der Abgleich mit dem Bild des vermissten Touristen zu keinen Übereinstimmungen. Die Leiche war deutlich dicker und von seiner Erscheinungsform auch kleiner als der Tourist. Und lange Haare hatte er auch nicht, die waren zumindest noch deutlich zu erkennen.

»Das ist nicht der vermisste Touri«, sagte der Notarzt und alle anderen nickten dazu.

»Dann müssen wir in beiden Fällen wohl weitersuchen.« Sergeant Duffy klang nicht gerade begeistert und stand wieder auf. »Ihr könnt den Toten jetzt einpacken.«

Die zwei Ärzte schlossen daraufhin den Leichensack und bereiteten den Toten für den Abtransport in die Rechtsmedizin vor. Er sollte in einem Kühlhaus am Hafen von Port Ellen zwischengelagert werden, bis der Weitertransport aufs Festland und nach Aberdeen organisiert war.

Nach kurzer Abstimmung mit seinem Sergeant gingen die beiden Polizisten gemeinsam zu den Port Ellen Mitarbeitern, um sie zu befragen und deren Aussagen aufzunehmen. Dabei benutzte Constable Field ein handliches Diktiergerät für die Aufzeichnung der Gespräche.

»Wer hat den Toten gefunden?«, fragte Pat Duffy.

»Ich«, sagte Kenneth.

»Wir«, sagte Steve Boulder und zeigte dabei auf Kenneth und sich.

»Aha«, sagte Constable Field.

»Also gut, ihr beide habt ihn also gefunden. Wie war das genau abgelaufen?«, brachte Sergeant Duffy das Gespräch voran.

Kenneth lebte förmlich auf und schilderte enthusiastisch, wie er auf das Bollern in der Trommel aufmerksam geworden war, und dass er sich gleich dachte, dass da etwas Schlimmes passiert sein musste. Ohne ihn wäre es schließlich nie so weit gekommen, dass man das Verbrechen überhaupt entdeckt hätte.

Steve verdrehte dabei die Augen und übernahm dann die Gesprächsführung. Er informierte die beiden Beamten wie sie die Ablassklappe schließlich geöffnet hatten und dabei dann der Körper des Mannes aufs Förderband geplumpst war.

»Ich bin dann zum Telefon gegangen und habe Ashley angerufen und der hat anschließend euch verständigt.«

»Ja und den Kerl da hat es wirklich ordentlich erwischt. Mann ey, der wurde ja förmlich abge-schlachtet und regelrecht hingerichtet. Klasse! Das ist ja viel besser als in jedem Horrorfilm«, sagte Kenneth mit einem Leuchten in den Augen. End-lich war hier mal etwas los, dachte er noch. Und auch noch ganz nach seinem Geschmack. Das war definitiv besser als jede Horror DVD, die er bisher gesehen hatte.

Natürlich war er in der Zeit, als sein Vorarbeiter telefonierte, zu der Leiche gegangen und hatte sie sich genau angesehen und auch ein paar Bilder mit seinem Handy gemacht. Seine Freunde würden Augen machen.

Alle anderen schauten ihn gerade irritiert an.

Was war nur mit der heutigen Jugend los?, dachte Sergeant Duffy. Ist für die das ganze Leben nur ein Computerspiel?

Constable Field kannte den Jungen natürlich, denn er hatte bis vor wenigen Monaten beruflich immer wieder mal mit ihm zu tun gehabt. Ruhestö-rung, Trunkenheit am Steuer und auch mal ein kleiner Diebstahl waren in der Akte von Kenneth vermerkt. Intelligenz, Einfühlungsvermögen und Weitsicht standen dort allerdings nicht drin. Des-halb dachte er bei sich: Kenneth war und blieb das beste Argument für Geburtenkontrolle.

Steve Boulder, der tagtäglich mit Kenneth zu tun hatte, hing zwar ähnlichen Gedanken nach, ging inzwischen aber noch einen Schritt weiter: Der Kerl war ein gutes Beispiel dafür, warum manche Tiere ihre Jungen fressen.

Ashley Dunnett fragte sich erneut, warum er sich nur dazu hatte hinreißen lassen diesen Kerl einzustellen und dachte bei sich: Als Mensch zu doof, als Schwein zu kleine Ohren.

Da der Sergeant und sein Constable keine Lust mehr hatten sich weiter mit Kenneth zu unterhalten und vor allem auch merkten, dass sie hier keine weiteren Infos mehr erhalten würden, beschlossen sie, sich aufzuteilen.

Sergeant Duffy wollte jetzt endlich die Spuren rund um die Steeping Tanks sichern und PC Field sollte die andern Männer der PE-Maltings befragen, die immer noch draußen warteten. Der Manager der PE-Maltings wurde gebeten, die Frachtpapiere des Sattelzugs herauszusuchen, der die letzte Charge Gerste angeliefert hatte. Ashley Dunnett versprach, dass er gleich morgen früh seine Sekretärin Doreen darum bitten würde, die gewünschten Unterlagen an die Polizeistation zu faxen.

Danach schickten die beiden Polizeibeamten alle Anwesenden aus dem Raum und sperrten den Zugang zum Fundort ab.

Als sie sich eine knappe Stunde später wieder draußen an ihren Autos trafen, informierte Steven Field seinen Sergeant, dass die Befragung der anderen Mitarbeiter auch nichts Sinnvolles ergeben hatte. Keiner hatte etwas Verdächtiges gesehen oder gehört. Niemand, der nicht zur PE-Maltings gehörte, war auf dem Gelände gesehen worden. Lediglich die übliche Handvoll neugieriger Touristen hatte über den Zaun gesehen und versucht Bilder von der ehemaligen Port Ellen Distillery zu machen.

Sergeant Duffy hatte auch keine verwertbaren Spuren rund um die Steeping Tanks und den Einlasstrichter für die Gerste gefunden. Er ging aber dennoch davon aus, dass die Leiche nur dort über einen der Tanks in die Germination Trommel gelangt sein konnte. Das Rohr von den Einweichbecken bis in die Drums war zumindest groß genug, dass da ein Mensch durchflutschen konnte.

Pat Duffy fasste die Ergebnisse zusammen: »Was haben wir? Einen unbekannten Toten in den Maltings, der meiner Meinung nach offensichtlich einem Verbrechen zum Opfer fiel und bei dem sich jemand sehr viel Mühe gemacht hatte seine Identifizierung zu verhindern. Keiner hat was gesehen und gehört. Es gibt keine Spuren bei den Steeping Tanks und es bleibt offen, ob der Tote zusammen mit der Gerste in die Tanks gelangt war oder davor beziehungsweise danach hineingeworfen wurde. Außerdem haben wir noch einen verschwundenen Touristen, der vielleicht auch tot sein könnte, momentan jedenfalls verschwunden ist.«

»Ganz schön viel an einem Tag«, stimmte ihm PC Field zu.

»Genau. So viel haben wir sonst in einem ganzen Jahr nicht zu tun. Und einen Mord haben wir zum Glück durchschnittlich nur alle zehn Jahre auf Islay.«

»Die Rechtsmedizin findet vielleicht noch Spuren und Hinweise auf die Identität des Toten. Die kann uns bei dem Fall vermutlich weiterhelfen.«

»Uns nicht, denn da müssen wir die Kollegen vom Festland einschalten. Diese grausame Art von Mord ist eine Nummer zu groß für uns.«

»Stimmt. Und wegen des verschwundenen Touristen müssen wir wohl auch den Polizeihubschrauber anfordern, damit der uns bei der Suche unterstützt.«

»Immerhin kennen wir die Farbe und den Fahrzeugtyp seines Wagens. Das Auto müsste jedenfalls schneller zu finden sein als sein Besitzer.«

»Also komm, lass uns zurückfahren, damit Caitlin noch etwas von ihrem freien Tag hat. Dann organisieren wir alles Weitere und sortieren den Scherbenhaufen von heute. Vielleicht ergibt sich ja ein sinnvolles Bild.«

Sie konnten beide noch nicht ahnen, dass der Scherbenhaufen noch viel größer werden sollte.

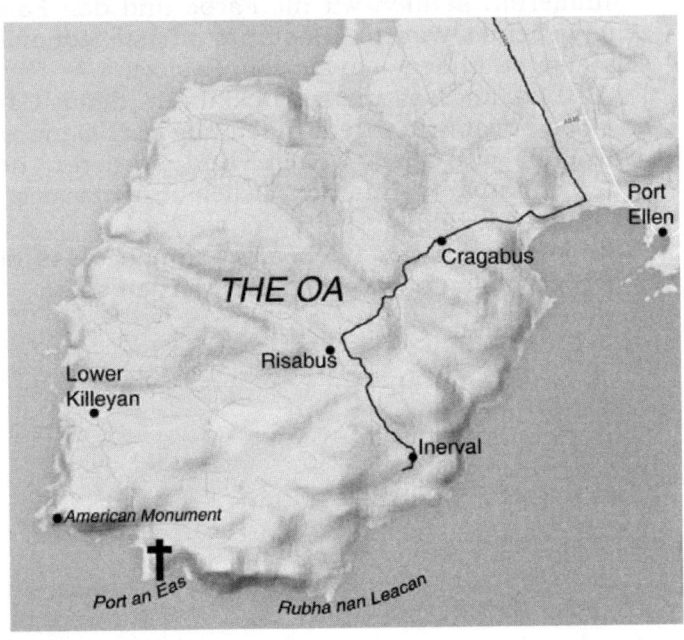

Freier Fall

Der angeforderte Polizeihubschrauber zog am nächsten Morgen seine Kreise über der Oa Halbinsel. Und tatsächlich dauerte es auch nicht lange, bis die Hubschrauberbesatzung das Fahrzeug des verschwundenen Klaus Böckling im Süden der Oa Halbinsel gefunden hatte. Es stand in der Nähe von Lower Killeyan auf einem Feldweg und war leer.

Nachdem die Besatzung ihre Kollegen am Boden informiert hatte, damit die zum Auto fahren konnten, begannen sie mit ihrer Wärmebildkamera die gesamte Küste der Halbinsel und auch die Oa Halbinsel selbst abzusuchen. Sie wollten damit überprüfen, ob der Vermisste vielleicht irgendwo lag und aus eigenen Kräften nicht mehr zu seinem Auto gelangen konnte.

Sie wussten allerdings nicht, dass der Gesuchte zu diesem Zeitpunkt aber schon tot und vom Meer so abgekühlt worden war, dass sie mit ihrer Kamera nichts finden würden.

Natürlich hatte der Hubschrauberpilot auch die Küstenwache verständigt und das Boot der Islay Royal National Lifeboat Institution (RNLI), der Britischen Seenotrettungsgesellschaft, war in Port Askaig alarmiert worden.

Da die Polizei auf Islay über kein eigenes Polizeiboot verfügte, sprangen die Jungs der RNLI auch immer dann ein, wenn eine polizeiliche Suchaktion zu Wasser durchzuführen war.

Das Lifeboat der Severn Klasse mit der Kennung 17-08 und dem Namen Helmut Schroder of Dunlossit II [10] war eines der größten Boote in der RNLI-Flotte und ersetzte 1997 die Helmut Schroder of Dunlossit I, ein Boot der Thames Klasse.

Wie es der Zufall so wollte, fand zum Zeitpunkt der Alarmierung gerade ein Presseinterview statt. Der Reporter der lokalen Ileach Zeitung hatte die sieben anwesenden Crewmitglieder gefragt, ob sie denn wirklich bei jedem Wetter rausfahren würden oder ob es nicht manchmal vorkomme, dass die Wetterbedingungen sie auch dazu zwangen, im Hafen zu bleiben.

Insgesamt gab es in Port Askaig zwanzig ehrenamtliche Crewmitglieder, darunter auch drei Frauen, von denen aber heute keine anwesend war so-

---

10 Dunlossit Castle aus dem Jahre 1868 wurde 1937 von dem preußischen Helmut Freiherr von Schroder gekauft und nach seinem Tod 1969 von seinem Sohn Bruno, einem Milliardär und Banker, und seiner Schwester Charmaine übernommen, die dort aufgewachsen waren. Beide unterstützten 1997 die Anschaffung des neuen Lifeboats, in dem sie jeweils 675.000 Pfund der Anschaffungskosten von knapp 1,4 Millionen übernahmen. Deswegen trägt auch das neue Boot weiterhin den Namen ihres Vaters. Die Rettungsstation in Port Askaig wurde 1934 eröffnet und kann heute von Besuchern besichtigt werden. Das leuchtendorange Boot hebt sich stark von den überwiegend weiß gestrichenen Häusern des Ortes ab.

wie zwei festangestellte Vollzeitkräfte. Der Bootsführer David McLennan und der Mechaniker David
McArthur, von allen liebevoll „Beastie" genannt,
beantworteten die Frage unisono: »Niemals! Wir
fahren selbst bei der wildesten See und dem
stärksten Sturm raus, wenn auch nur der Hauch
einer Chance besteht, jemanden da draußen zu
retten.«

»In so einem Fall im Hafen zu bleiben, ist keine
Alternative!«, ergänzte der Bootsführer noch.

Und schon schallte der Alarm durch das Gebäude. Wenige Sekunden später stand der Reporter alleine vor der abgeschlossenen Station und die
Männer der Seerettung liefen die kurze Treppe zum
Hafen hinunter auf dem Weg zu ihrem Boot.

Da die See an diesem Tag relativ ruhig war, fuhr
das Lifeboat wenig später mit seiner maximalen
Geschwindigkeit von 25 Knoten an der Ostküste
Islays entlang nach Süden. Die 2 Caterpillar Moto-
ren mit jeweils 1.250 PS brachten das 17 Meter
lange Schiff schnell voran und David McLennan
genoss die wilde Fahrt mit seinem „Schätzchen"
wie er sein Lifeboat liebevoll nannte.

Nachdem sie den Sound of Islay hinter sich gelassen hatten, fuhren sie am McArthur´s Head[11]
mit seinem imposanten Leuchtturm vorbei. David
war schon mehrmals von Ardtalla aus zu dem
Leuchtturm gewandert und hatte die fantastische

---

11 An McArthur's Head, einem Kap an der Ostküste von Islay, etwa zehn Kilometer südlich des Fährhafens Port Askaig, errichteten die Geschwister Thomas
und David Stevenson im Jahre 1861 einen 13 Meter hohen Leuchtturm an der
südlichen Einfahrt des Islay-Sunds. Er ist einer von sieben Leuchttürmen auf
Islay und steht 39 Meter hoch auf der Klippe. Er ist von einer weißen, der Küstenlinie folgenden Mauer umgeben. Der Scheinwerfer ist etwa 31 km weit sichtbar
und leuchtet alle 10 Sekunden. 1969 wurde der Leuchtturm automatisiert. Zusammen mit dem Leuchtturm am Ruvaal markiert er Nord- und Südeinfahrt der
Meeresstraße.

Aussicht von dort genossen. Einmal war er dabei auch auf den anderthalb Kilometer weiter westlich gelegenen 332 Meter hohen Beinn na Caillic gestiegen. Der „kleine Hügel der alten Frau", wie der Name des Berges übersetzt hieß, bot einen schönen Rundblick auf die fünf benachbarten Erhebungen sowie die nahegelegene Bucht Proaig Bay.

Kurz darauf kamen sie zur Claggain Bay und umrundeten den Ardmore Point[12]. David wusste natürlich, dass nicht weit von dort das Kildalton Cross[13] stand. Sie fuhren aber weiterhin schnell an den kleinen Inseln vorbei und passierten die bekannten Whisky Brennereien Ardbeg, Lagavulin und Laphroaig. Es dauerte nicht mehr lange und sie hatten die kleine Insel Texa umrundet und fuhren in die Kilnaughton Bay ein, die zum natürlichen Hafen von Port Ellen führte.

Als die Rettungsmannschaft hinter dem Carraig Fhada Leuchtturm, auf der Höhe der Singing

---

12 Ardmore Point ist ein Kap an der Südostküste von Islay. Es befindet sich etwa 3,5 km südlich von Trudernish Point und 11 km östlich des Fährhafens Port Ellen nahe der Siedlung Ardmore. Ardmore Point markiert den am weitesten östlich gelegenen Punkt der Insel und ragt etwa 600 m aus der Landmasse hervor. Die nächstgelegene Straße endet etwa 700 m westlich in Ardmore. Um Ardmore Point sind neun Schiffsunglücke verzeichnet. Das bisher jüngste Unglück fand am 25. Februar 1975 statt, als das Dampfschiff Shuna dort auf ein Riff auflief.

13 Das Kildalton Cross (schottisch-gälisch Cros Cill Daltain) ist ein Keltenkreuz. Es befindet sich im Südosten der Insel nahe den Siedlungen Kintour und Ardmore. Das Kreuz steht auf dem Friedhof der Kildalton Chapel. Kildalton Cross wird auch als das Große Kreuz bezeichnet, um es von dem außerhalb des Friedhofes befindlichen Kildalton Small Cross zu unterscheiden. Das 2,65 m hohe Kreuz mit seinem 1,32 m langen Querbalken ist aus einem Stück eines lokal vorkommenden Steins gefertigt. Die Vorderseite ist mit typischen Ornamenten sowie Schlangen, Drachen und Vögeln verziert. Auf der Rückseite sind hingegen biblische Szenen dargestellt. Kildalton Cross ist von gleicher Machart wie die Kreuze auf Iona und stammt wahrscheinlich ebenso aus der zweiten Hälfte des achten Jahrhunderts.

Sands von Traigh Ban, an der Halbinsel The Oa angekommen war, fuhr das Boot langsam nach Südwesten weiter in Richtung American Monument.

Alle Besatzungsmitglieder hatten sich, mit Ferngläsern bewaffnet, auf der Landseite an der Schiffs-Reling eingefunden und suchten vom Wasser aus die Küste der Oa Halbinsel und das Meer davor ab. Keiner der Männer ging dabei allerdings davon aus, dass sie nach so vielen Tagen noch eine im Meer treibende Leiche finden würden. Die war entweder schon sehr weit hinausgetrieben worden oder inzwischen wohl eher zu Fischfutter mutiert.

Sie beschränkten sich daher darauf mit ihren starken Ferngläsern das Ufer abzusuchen, in der Hoffnung, dass der Gesuchte noch irgendwo auf dem Festland liegen würde. Da die Ebbe bereits um 10:00 Uhr ihren tiefsten Stand erreicht hatte und bis 16:45 Uhr noch genügend Zeit blieb, bis die Flut wieder ihren Höchststand erreichen würde, konnten sie auch den Teil des Strandes sehen, der sonst vom Meer bedeckt war.

Sie umrundeten zunächst Rubha nan Leacan, ein Kap im Südosten der Halbinsel Oa, das gleichzeitig den südlichsten Punkt Islays markierte.

In der Ferne war schon das American Monument zu erahnen. Aber soweit kamen sie nicht, denn nicht weit vom Port an Eas entfernt entdeckten sie einen ungewöhnlich großen Möwenschwarm, der sich auffällig verhielt und um etwas zu streiten schien. Dass die „Ratten der Meere" sich bei jeder noch so kleinen Beute einfanden, war allen Küstenbewohnern bekannt. Mittlerweile versuchte man dieser Plage Herr zu werden, indem man an allen touristisch bevölkerten Plätzen schon Warnschilder aufstellte. Sie sollten die Touristen davon abhalten, diese „ja ach so putzigen" Plagegeister auch noch anzufüttern. Diesmal allerdings musste es sich hier um eine ziemlich üppige Beute handeln. Solche Massen an Vögeln waren sonst nur bei verendeten Robben oder großen Fischkadavern anzutreffen. Als der Skipper näher heranfuhr, entdeckten sie die Ursache für den Streit der Möwen. Am Fuße der steilen Klippen neben dem Strand lag eine Leiche!

»Das hatte ich mir doch gleich gedacht«, sagte David der Skipper über den Bordlautsprecher zu seinen Kollegen. »Ich hatte die ganze Zeit schon vermutet, dass wir den Gesuchten entweder am American Monument oder hier finden würden. Wenn überhaupt.«

Der Skipper funkte sowohl die Hubschrauberbesatzung als auch die Kollegen an Land an. »Wir haben ihn gefunden. Er liegt tot unterhalb der Klippen des Port an Eas, östlich vom American Monument.«

Der Hubschrauber würde noch solange in der Nähe der Fundstelle kreisen, bis die Kollegen aus Bowmore vor Ort waren.

»Bist du sicher, dass er tot ist?«, fragte ihn Sergeant Duffy.

»Bei einem freien Fall aus der Höhe auf festen Stein ist das durchaus anzunehmen. Außerdem: Würdest du völlig ruhig und entspannt liegen bleiben, wenn zwanzig Raubmöwen auf dir sitzen und Stücke aus dir rauspicken?«, fragte der Skipper zurück.

»Nein, eher nicht.«

»Ich auch nicht, aber ein halbwegs Toter schon«, antwortete ihm der Bootsführer.

»Okay, ich hab´s kapiert. Wir machen uns auf den Weg.«

»Kennst du den Weg bis zu dem Friedhof von Kilnaughton?«

»Klar, ich kenne auch den Strand. Wir sind schon zweimal vom Leuchtturm Carraig Fhada aus dorthin gewandert.«

»Gut. Ich schicke drei von meinen Jungs mit dem Schlauchboot rüber, damit die die Vögel vertreiben. Die warten dann auf euch. Wenn ihr da seid, meldet euch, dann kann ich euch einweisen, wie ihr am besten zu der Leiche runterkommt.«

»Okay, danke. Over and out.«

Nachdem die RNLI-Männer mit dem Kran das Schlauchboot zu Wasser gelassen hatten, fuhren drei von ihnen, mit Helmen und Rettungswesten geschützt, rüber zur Küste und verjagten die Vögel.

Einer der Männer ging vor der Leiche in die Hocke und betrachtete sie aus sicherer Entfernung, denn er wollte keine Spuren zerstören.

Das weiche, fast nebelhaft wirkende und fließende etwas, war ein hellgraues Sweatshirt. Ein Sweatshirt, das hier nicht hingehörte ... und der Inhalt schon gar nicht. Ein Arm ragte aus dem Kleidungsstück hervor, oder zumindest das, was davon noch übrig war. Felsen und Wellen sowie Fische, Krebse und Möwen hatten ihn übel zugerichtet.

Sein Blick glitt an dem Arm entlang in Richtung Kopf, der von langen schwarzen Haaren gnädig verhüllt wurde, in denen sich Algen verfangen hatten. Das ist doch eine Frau, dachte der Mann vom

Rettungsboot. Das kann nicht der gesuchte Tote sein. Aber schon die nächste Welle offenbarte, dass es sich um einen Mann mit langen Haaren handelte. Und es offenbarte sich gnadenlos, dass die Möwen ihr Festessen schon gefeiert hatten. Sie hatten die Augen gestohlen und nur noch tiefe, schwarze Löcher hinterlassen. Auch Nase, Mund und Wangen waren verschwunden und der kärgliche Rest an Fleisch und Gewebe bildete eine grausige Totenmaske, die keines Menschen würdig war.

Auch wenn der Mann berufsbedingt schon öfter mit Wasserleichen zu tun hatte, war er immer noch weit davon entfernt, an deren Anblick gewöhnt zu sein. Durch den Aufenthalt im Wasser war der Prozess der Verwesung auch in diesem Fall deutlich weiter fortgeschritten als bei zeitlich vergleichbaren Leichen auf dem Festland. Zusätzlich kamen die Treibspuren durch die Wellen und natürlich der Tierfraß hinzu. Alles in allem das Gegenteil eines erfreulichen Anblicks. Deshalb richtete er sich umgehend wieder auf und sagte zu seinen Kollegen: »Der ist richtig tot!.«

Er blieb dann als Wache bei der Leiche zurück, in erster Linie um weiteren Vogelfraß zu verhindern. Über Funk informierte er den Skipper über den Fund.

Seine beiden Kollegen gingen an der Küste entlang nach Westen, weil sie dort vom Rettungsschiff aus eine Stelle entdeckt hatten, an der man hoch auf die Klippe und auch herunter gelangen konnte, ohne sich dabei abseilen zu müssen. Sie würden dann oben auf die Kollegen der Polizei aus Bowmore warten.

Sergeant Duffy und Constable Field hatten den Notarzt verständigt und sich dann zusammen mit ihm in ihrem Range Rover auf den Weg zum Mull of Oa gemacht.

Am Parkplatz beim Friedhof von Kilnaughton verließen sie dann den Fahrweg und fuhren übers Feld weiter bis zu der Stelle, die ihnen die Küstenwache durchgegeben hatte.

Die Richtung war schon aus der Ferne leicht zu erkennen, da der Hubschrauber immer noch in der Nähe in der Luft stand. Er war allerdings weit genug draußen auf dem Meer, um durch seinen Rotorwind keine Spuren zu vernichten.

Wenig später erreichten die Polizisten die Stelle, an der die beiden Crewmitglieder des Rettungsbootes auf sie warteten. Zusammen mit dem Notarzt kletterten dann alle hinunter zum schmalen Strand und gingen dann weiter bis zum Fundort der Leiche.

Dort angekommen begrüßten sie den immer noch Wache haltenden dritten Mann des Rettungsbootes. Durch den Lärm des Hubschraubers hatten in der Zwischenzeit keine Möwen mehr versucht, auf der Leiche zu landen. Sie hatten wohl dem großen Vogel kampflos das Feld überlassen.

Als die Männer bei der Leiche eintrafen und dem Hubschrauberpiloten das Signal gaben, dass sie ihn nicht mehr benötigten, drehte dieser ab und flog zum Flughafen bei Glenegedale, an der Laggan Bay, zurück.

Der Notarzt war inzwischen an die Leiche herangetreten und schaute sich die Bescherung aus der Nähe an. Er warf allerdings ebenfalls nur einen kurzen Blick auf den Mann und stellte, an die anderen gewandt, umfassend fest: »Tot!«

Da alle Anwesenden keinerlei Zweifel an der Richtigkeit dieser präzise gestellten und fundierten Diagnose hatten, bestätigten sie die Aussage mit einem kurzen Kopfnicken. Sergeant Duffy streifte sich die Latexhandschuhe über und ging seiner Tätigkeit als Spurensicherer nach.

An der Leiche selbst konnte er außer dem Tierfraß und den Verletzungen durch den Sturz allerdings keine weiteren Spuren finden. Als Letztes maß er noch die aktuelle Wassertemperatur und notierte sie in sein Notizheft. Er wollte aber auch noch die Klippe oberhalb der Fundstelle absuchen, um zu prüfen, ob es dort Spuren gab, die auf ein Fremdverschulden hindeuteten.

PC Field hatte das Bild des verschwundenen Touristen dabei und bei einer ersten Überprüfung zeigte sich, dass der Tote durchaus Klaus Böckling sein konnte. Alles Weitere würde die Rechtsmedizin klären, die Vergleichs-DNA aus der Jugendherberge erhalten würde.

Wegen der sehr steinigen Verhältnisse am Strand, aber auch dem schlechten Zustand der Leiche, konnte der Tote nicht auf dem Landweg zum Auto transportiert werden. Das hatte die Küstenwache schon im Vorfeld den Polizisten mitgeteilt und den Abtransport angeboten.

Deshalb war der Notarzt auch im Polizeifahrzeug mitgefahren. Er hatte nämlich seinem Assistenten den Auftrag gegeben, nach Port Ellen zu fahren und dort auf ihn zu warten. Zudem brachte die langsam einsetzende Flut die Beamten nun etwas unter Zeitdruck. Der Körper wurde vorsichtig in den mitgebrachten schwarzen und wasserdichten Leichensack gelegt. Einige der an der Leiche noch befindlichen Krebse wurde ebenfalls „eingetütet", um den Pathologen die Bestimmung der Wundenmuster zu erleichtern.

Die Männer der Küstenwache verfrachteten den Leichensack aufs Schlauchboot und fuhren dann, zusammen mit dem Notarzt, zurück zum Life Boat. Als die Leiche mithilfe des Krans an Bord des Seenotrettungskreuzers gehievt und anschließend das Schlauchboot ebenfalls wieder gesichert worden war, wendeten sie ihr Boot und fuhren zurück nach Port Ellen.

Am Hafen wartete schon der Rettungswagen auf sie und übernahm den Toten sowie den Notarzt.

Auch dieser Tote kam ins Kühlhaus am Hafen von Port Ellen und traf dort auf die Leiche aus der Maltings. Beide sollten noch am gleichen Tag mit der 18:00 Uhr Fähre zum Festland nach Kennacraig transportiert werden. Der gesamte Transport zum Festland und weiter zur Rechtsmedizin würde mit einem speziellen Kühlwagen erfolgen, der um 12:05 mit der Fähre in Port Ellen eingetroffen war. Sergeant Duffy hatte gestern am späten Nachmittag noch auf dem Festland angerufen und der Kühlwagen war bereits heute Morgen mit der 09:45 Uhr Fähre gestartet.

Die beiden Polizisten waren wieder zu ihrem Geländewagen zurückgegangen.

»Zwei Tote in so kurzer Zeit! Mannomann«, sagte PC Field.

»Wir müssen unbedingt die Kollegen vom Festland einschalten, das wächst uns langsam über den Kopf. Da kommen wir mit unseren Mitteln nicht mehr weiter.« Sergeant Duffy schüttelte ungläubig den Kopf. »Was ist nur los auf Islay? Das hatten wir doch noch nie!«

»Ich habe da so ein ganz komisches Bauchgefühl. Ganz so, als wäre das immer noch nicht alles und als würde sich da noch mehr ereignen.«

»Bloß nicht. Ich hoffe du irrst dich, und zwar gewaltig.«

»Das wünsche ich uns auch, aber trotzdem ...«

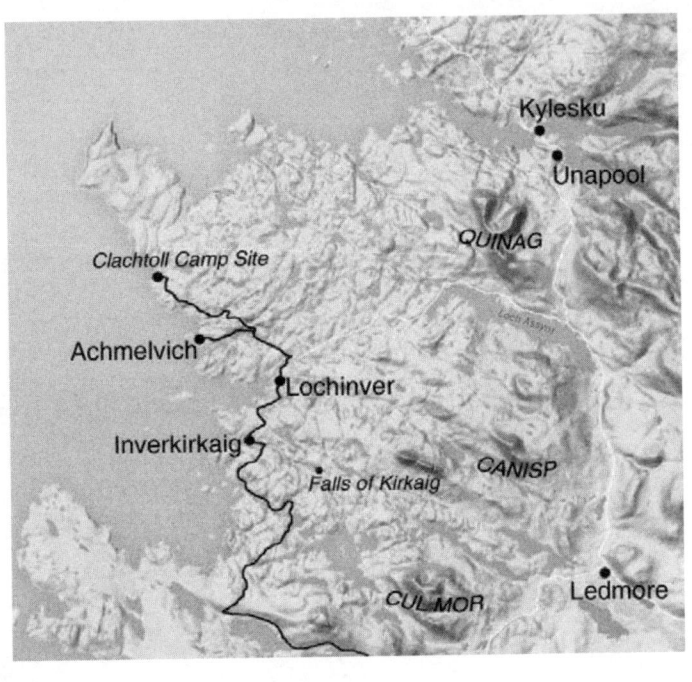

Scharfe Kurven

Sjoerd und Marejke Adreansen aus Holland, 26 und 24 Jahre alt, fuhren gerne nach Schottland. Sie interessierten sich aber mehr für die Natur als für den Whisky und waren jetzt schon zum dritten Jahr in Folge in „ihrem" schönen Land.

Dieses Mal wollten sie zur Westküste der Highlands und an ihr entlang hoch bis Durness fahren. Da sie beide noch Studenten waren, hatten sie sich entschieden, wie die letzten beiden Male, auch dieses Jahr im Zelt zu übernachten.

Die gut ausgebauten und sauberen Campingplätze in Schottland boten ihnen alle Bequemlichkeiten die sie ihrer Meinung nach brauchten. Sie wollten aber auch immer wieder mal die Gelegenheit nutzen, dass man in Schottland sogar wild campen durfte. Das würde nicht nur die eine oder andere einsame aber schöne Lage mit sich bringen, sondern auch ihre Urlaubskasse weiter entlasten.

Sie kannten und sie liebten sich seit vier Jahren und auch, wenn sie, wie die meisten Jugendlichen in ihrem Alter, zu Hause gerne feierten und fast jeden Abend unterwegs waren, verbrachten sie ihren Urlaub aber am liebsten zu zweit alleine. Sie waren sich auch ohne weitere Gesellschaft genug und liebten die romantischen Stunden an einsamen Stränden und in trauter Zweisamkeit; nur mit einer Wolldecke, einer Flasche Rotwein aus dem Supermarkt und dem einen oder anderen „Genussmittel" ausgerüstet.

Auf der B869, einer kurvenreichen Single Track Road, die entlang der Küste von Süden über Lochinver in Richtung Nordwesten und dann nach Osten in Richtung Unapool führte, fuhren sie mit ihrem betagten und auch schon leicht klapprigen Kia Carnival zunächst die knapp fünf Kilometer lange Strecke bis nach Achmelvich. Die letzten zwei Kilometer führten dabei über eine enge Seitenstraße mit scharfen Kurven.

Ihr Ziel war der Achmelvich Beach, die vielleicht schönste Strandlandschaft im Norden Schottlands. Der traumhaft schöne Strand mit seinem weißen Sand war genau genommen eine Ansammlung von kleinen Stränden inmitten von felsigen Buchten und Landzungen. Achmelvich war eigentlich nicht wirklich ein kleiner Ort, sondern eher ein kleiner Campingplatz mit einer Jugendherberge.

Sie hatten schnell und doch weit genug weg von der Straße und ihrem Auto eine abgelegene Bucht gefunden und sich dort auf einer mitgebrachten Decke niedergelassen. In der windgeschützten Ecke zwischen den Felsen war es angenehm warm und die Sonne half ebenfalls mit, dass sich bei ihnen ein Summerfeeling entwickelte.

Marejke hatte sich zunächst nur mit BH und Slip bekleidet in die Sonne gelegt. Es dauerte aber nicht lange, bis sie den BH auszog und sich oben ohne neben Sjoerd sonnte. Sie lächelte ihm zu und legte ihre Hand auf seinen nackten Oberschenkel. Sjoerd brauchte keine weitere Aufforderung und begann sie zärtlich am ganzen Körper zu streicheln. Wenig später liebten sie sich in freier Natur und ahnten dabei nicht, dass sie neben den üblichen Schafen auch noch von einer weiteren Person interessiert beobachtet wurden.

Leicht erschöpft aber glücklich fuhren sie eine Stunde später wieder zurück zur B869 und bogen nach links ab.

Nur fünf Kilometer nördlich von Lochinver lag hier westlich der Straße der familienbetriebene 2,5 Hektar große, grasbewachsene Campingplatz von Clachtoll. Er war bekannt für seine spektakuläre Lage in der Nähe des Meeres und verfügte mit der Bay of Clachtoll über einen eigenen kleinen, wunderschönen Strand aus weißem Sand, umspült von türkisblauem Wasser. Neben den Plätzen für Zelte gab es 20 Stellplätze für Caravans mit Wasser- und Stromanschluss.

Beim Einchecken hatte der Platzwart sofort erkannt, dass er ein verliebtes Pärchen vor sich hatte und ihnen einen abseits gelegenen schönen Platz für ihr Zelt nahe am Strand zugewiesen. Augenzwinkernd hatte er ihnen noch einen schönen Aufenthalt gewünscht.

Nur sehr wenige andere Touristen waren zu dieser Jahreszeit noch hier. Dafür hoppelten umso mehr Hasen auf dem Platz herum. Die beiden bauten ihr Zelt auf dem ihnen zugewiesenen Platz auf, der abseits von den anderen Campern und durch eine kleine Düne vor deren Blicken geschützt lag.

Anschließend genossen sie eng umschlungen den atemberaubenden Ausblick auf die Berge im Süden. Das beeindruckende Profil der Westflanke des Suilven dominierte die Landschaft in Richtung Südosten. Für viele wäre dieser Ausblick alleine schon Grund genug gewesen, eine Reise hierher zu unternehmen.

Sie legten die Decke vor ihrem Zelt aus und bereiteten sich ihr Abendbrot zu. Aus Wurst, Käse und Brot aus dem Tesco Markt von unterwegs, zusammen mit Joghurt zum Nachtisch und für jeden eine Dose Bier, entstand ein leckeres Abendessen, das sie mit Blick aufs Meer genossen.

Nachdem sie die Reste wieder weggeräumt und den Müll entsorgt hatten, gingen sie an den Strand, setzten sich und schauten der Sonne beim Untergehen zu. Dabei zog Marejke eine ihrer von zu Hause mitgebrachten selbst gedrehten Zigaretten aus der Innentasche ihrer Jacke. Sjoerd zündete sie mit seinem Feuerzeug an und bald zog ein angenehm süßlich riechender Duft über den Strand.

Spät abends, als sie vor dem Zelt ein Lagerfeuer in der vorhandenen Erdkuhle entzündet hatten, gesellte sich ein anderer Camper zu ihnen. Der Mann war zwar kein gebürtiger Holländer, konnte aber dennoch fließend holländisch sprechen und außerdem hatte er sogar eine Flasche Single Malt und mehrere Edelstahlbecher dabei. Das machte das Kennenlernen allemal einfacher.

Der Mann war zudem sehr nett und wirkte sofort sympathisch auf Sjoerd und Marejke. Sie erlaubten ihm deshalb gerne, sich zu ihnen ans Lagerfeuer zu setzen. Zunächst tauschten sie Tipps über weitere Sehenswürdigkeiten in der Nähe aus, wobei der Mann ihnen empfahl, sich am nächsten Tag die Halbinsel Stoer mit dem gleichnamigen Leuchtturm anzusehen.[14] Er empfahl ihnen auch die sieben Kilometer lange Rundstrecke zum siebzig Meter hohen Old Man of Stoer.

Sie lachten viel gemeinsam, speziell als die Flasche Whisky immer leerer wurde. Weder Sjoerd noch Marejke bemerkten dabei, dass der Mann ihnen deutlich mehr Whisky verabreichte, als er selber trank. Die zwei Joints, die Marejke zwischendurch kreisen ließ, taten ihr Übriges.

Auch dass er ihnen nach Mitternacht ein starkes Schlafmittel in ihre Becher mischte, bemerkten die beiden nicht mehr, da sie zu diesem Zeitpunkt schon etwas betrunken und selig „high" waren. Mit dem letzten Schluck aus den Bechern war dann auch die Flasche leer. Der Mann verabschiedete sich wenig später von ihnen und ging zu seinem Zelt auf der anderen Seite des Platzes zurück, während sich das Pärchen ebenfalls schlafen legte.

Dass der Mann zwei Stunden später zurückkehrte, bemerkte niemand der wenigen Anwesen-

---

14 Der Stoer Head Leuchtturm wurde von David und Thomas Stevenson gebaut. Er ist zwar nur 14 Meter hoch und wirkt dadurch recht gedrungen, aber aufgrund seiner Lage wirft er sein Licht aus 54 Meter Höhe über dem Meeresspiegel. Es gibt dort zwei Ferienwohnungen, die durch den National Trust for Scotland an diejenigen vermittelt werden, die auf der Suche nach der ultimativen get-away-from-it-All Unterkunft sind.

den auf dem Campingplatz. Auch das holländische Pärchen schlief inzwischen tief und fest.

Der Mann kniete sich im Zelt zwischen die beiden Schlafenden und öffnete ihre Schlafsäcke. Danach band er ihnen die Hände auf dem Rücken und die Beine an den Knöcheln sowie auf Kniehöhe mit dünnem Hanfseil fest zusammen, sodass sie sich nicht mehr hätten wehren können, auch wenn sie jetzt aufwachen sollten.

Und sie werden ganz bestimmt noch aufwachen, dachte er. Die auf sie zukommenden Schmerzen würden niemanden schlafen lassen. Niemanden! Er sollte eigentlich das Ganze nach einem schrecklichen Unfall aussehen lassen, aber bei zwei verliebten Menschen, die ständig zusammenhingen, war das nicht so einfach. Hanf war robust genug, um ganze Bäume festbinden zu können, zudem konnte man es nahezu rückstandsfrei entsorgen. Mit etwas Glück würden irgendwelche trotteligen Dorfpolizisten und Landärzte das Ganze auch wirklich als Unfall aufnehmen und keinen weiteren Verdacht schöpfen. Und falls nicht, tot war tot und das war das Wichtigste!

Zu guter Letzt zwängte er jedem einen mitgebrachten Knebel in den Mund. Es handelte sich dabei um die Nachahmung eines sogenannten Ball Gags[15]. Er hatte hierfür jedoch extra eine Variante gewählt, die aus einem fest gepressten Leinenball und einem Stoffband bestand; also die „Bio-Version", wie er sie nannte. Ökologisch abbaubar!

Ohne ihre Hände benutzen zu können, würde es ihnen nicht gelingen den Knebel auszuspucken

---

[15] Bei einem Ball Gag handelt es sich, normalerweise, um einen bis zu 5 cm dicken Gummiball, der hinter die Zähne geschoben wird und, mit einem breiten Kunstlederband, fest um den Kopf befestigt werden kann.

oder zu lösen und deshalb auch nicht laut zu schreien.

Dabei schaute er gedankenversunken auf das schlafende Mädchen. Wirklich schade, dachte er. Die ist ausgesprochen hübsch und sexy. Und in ihrem jetzigen Zustand würde ich lieber etwas völlig anderes mit ihr und ihren scharfen Kurven machen.

Fast schon zärtlich strich er dabei mit seiner rechten Hand über ihren schlanken Körper, der sich unter ihrem langen T-Shirt, das sie als Nachthemd trug, fest und jung anfühlte. Die schönen Brüste. Der flache Bauch. Die schlanken, festen Schenkel. Er wusste genau, wie sie nackt aussah, schließlich hatte er die beiden nachmittags beobachtet. Und er hatte auch genau gesehen, was sie mit ihrem schönen Körper so alles anstellen konnte. Aber dann zog er seine Hand wieder zurück und griff stattdessen in seine Tasche.

Nichts da, Pflicht ist Pflicht!

Er zog eine große Sprühdose mit Feuerzeugbenzin aus seiner Tasche und spritzte eine ordentliche Portion über den Körper des bewusstlosen Mannes. Dann wandte er sich wieder der Frau zu und tränkte auch deren Nachthemd mit Benzin. Dabei ließ er es sich aber nicht nehmen, den Bereich um ihren Busen besonders zu tränken, sodass sie bei einem Wet T-Shirt Wettbewerb hätte teilnehmen können. Er konnte dadurch deutlich ihre Brustwarzen erkennen und das war auch seine Absicht gewesen. Beide Körper glänzten danach förmlich vor Benzin. Ein letzter Blick noch auf die junge Frau, dann verschloss er ihren Schlafsack wieder. Anschließend zog er auch den Reißverschluss des jungen Mannes hoch bis zum Hals.

So, damit wird es euch bestimmt nicht mehr gelingen, rechtzeitig aus den Schlafsäcken heraus zu kommen. Anschließend nahm er die nahezu volle Literflasche Lampenöl, die die beiden vor ihrem Zelt stehen hatten, entleerte sie auf den Schlafsäcken und zog eine Spur bis zum Eingang. Glücklicherweise hatten doch alle diese Öko-Touristen einen Hang zum Nostalgischen. Petroleumlampen und ein schönes Lagerfeuer direkt vorm Zelt. Noch einfacher könntet ihr es mir gar nicht machen, dachte er leicht amüsiert. Was hätte er für einen harten Job, wenn sich alle mit den neumodischen LED-Lampen ausrüsten würden und Nichtraucher wären.

Mit einer eleganten Bewegung zog er ein Sturmfeuerzeug aus seiner Tasche und ließ es aufschnappen. Dann hielt er die Flamme ans Ende der Ölspur. Langsam, geradezu bedächtig lief die Flamme nach links und rechts gleichzeitig auf die Schlafsäcke der noch immer Ahnungslosen zu. Zwei Flammenspuren erreichten die Öffnung der Schlafsäcke, entzündeten erst großflächig das Lampenöl und dann das Benzin auf den Gesichtern der beiden und krochen dann in die Schlafsäcke hinein.

Während der Mann den Reißverschluss des Zeltes schloss und eilig davonging, wachten die Zwei im Zelt auf. Das inzwischen lodernde Feuer umschloss sie und verbrannte gnadenlos ihre Haut.

Verzweifelt versuchten sie sich zu wehren, aber wegen der Fesselung konnten sie weder um sich schlagen, noch sich aus dem engen, brennenden Schlafsack befreien. Ihre Schreie wurden durch den Knebel unterdrückt und nur ein gequältes aber leises Jammern war außerhalb des Zeltes zu hören.

Erst als die Hanffesseln und der Knebel verbrannt waren, wäre es ihnen möglich gewesen, den flammenden Mantel abzuschütteln, aber zu diesem Zeitpunkt hatten sich die Flammen und das schmelzende Kunstgewebe der Schlafsäcke schon so tief in ihre Haut gefressen, dass die beiden nichts mehr um sich herum wahrnahmen und starben.

Das ganze Zelt brannte lichterloh aber leise, sodass niemand der anderen Camper etwas von dem tragischen Unglück, das sich in ihrer Nachbarschaft vollzog, mitbekam. Alle schliefen tief und fest. Bis auf einen, der das Geschehen aus sicherer Entfernung beobachtete, um sicherzugehen, dass auch niemand etwas bemerkte und eventuell den beiden zu Hilfe eilen konnte.

Er hasste Camping! Und war deshalb froh, dass er sich jetzt gleich auf den Weg machen und weiterfahren konnte, dachte er dabei.

Es dauerte nicht mehr lange und die Flammen fanden keine neue Nahrung mehr und verloschen unbemerkt. Die verbliebenen Fiberglasstangen des verbrannten Zeltes brachen wie in einem schlechten Film sozusagen als Schlussakt über einem stark rauchenden, undefinierbaren Haufen in sich zusammen. Stille kehrte ein – die Stille des Todes.

Am nächsten Morgen pünktlich um 07:00 Uhr hatte der Inhaber des Campingplatzes seinen üblichen Rundgang begonnen, um einerseits zu überprüfen, ob nachts noch jemand angekommen war, der noch bezahlen musste und andererseits auch, um zu kontrollieren, dass keiner seinen Abfall einfach so weggeschmissen hatte.

Es dauerte nicht lange, bis er auch zu der Stelle kam, an dem das junge holländische Pärchen sein Zelt aufgestellt hatte. Als er um die kleine Düne herumging, erkannte er sofort, dass hier etwas nicht stimmte. Sogar ganz und gar nicht stimmte.

Das Zelt war weg und an seiner statt war ein großer, verbrannter Haufen Unrat zu erkennen. Was hatten die hier nur angestellt? Hatten die hier etwa ihren Müll verbrannt und waren dann abgehauen?, fragte er sich. Dabei hatten die doch so einen verliebten und sympathischen Eindruck auf ihn gemacht.

Erst als er noch näher herangetreten war, erkannte er, dass das Zelt noch da war oder besser gesagt das, was einmal ein Zelt gewesen war. Außerdem roch es hier äußerst unangenehm, geradezu penetrant ekelerregend. Ein Geruch, den auch der einsetzende Ostwind nicht vertreiben konnte und dessen Quelle wohl immer noch in dem verkohlten Durcheinander steckte.

Er konnte diesen Geruch zwar nicht genau zuordnen, wusste aber instinktiv, dass es jetzt an der Zeit war, die Polizei zu verständigen. Die Ärmsten, dachte er noch als er zu seinem Handy griff und die 999 wählte.

Gut 15 Minuten später traf ein Polizeifahrzeug aus Lochinver ein und die beiden Polizisten ließen sich von Thomas Cream, dem Platzwart, zu dem ausgebrannten Zelt führen. Auch sie erkannten sofort an

dem immer noch penetranten Geruch, dass hier wohl mindestens ein Mensch verbrannt war.

Ohne näher heranzutreten, begann der eine den Fundort weiträumig abzusperren, während der andere das für die Highlands und Islands zuständige Major Investigation Team, dem MIT im North Command, anrief. Die Spurensicherung wurde angefordert und ein Beamter der Mordkommission. Anschließend trieben sie die übrigen Campingplatzgäste, die beim Eintreffen des Streifenwagens natürlich alle neugierig zur Brandstelle gekommen waren, zu den fest installierten Picknicktischen und Bänken, um sie dort einer ersten Routine-Befragung zu unterziehen. Nachdem alle Personalien aufgenommen waren und jeder Anwesende versicherte, nichts Ungewöhnliches in der Nacht bemerkt zu haben, setzten sich die beiden Polizisten mit dem Platzwart in dessen Büro zusammen, von dem aus sie sowohl die Zufahrt zum Campingplatz, die übrigen Gäste als auch den abgesperrten Fundort beobachten konnten. Thomas Cream hatte Kaffee für alle zubereitet und die dampfenden Becher vor die Polizisten gestellt.

Die Polizisten stellten ihre routinierten Fragen und der Platzwart lieferte zunächst eine Beschreibung des Pärchens und vergaß auch nicht die Polizisten darauf hinzuweisen, wie verliebt die beiden waren.

»Die haben bestimmt keinen Selbstmord begangen. Das muss ein Unfall gewesen sein«, schloss er seine Ausführungen.

»Das wird später die Untersuchung zeigen, wenn die Kollegen von der Spurensicherung da sind. Bis dahin warten wir es ab.« Jack Parker, der Police Sergeant aus Lochinver, machte sich dennoch eine entsprechende Notiz auf seinem Block. »Ist Ihnen sonst noch etwas aufgefallen?«, fragte er dann weiter.

»Ja, da momentan noch nicht wirklich viel los ist auf dem Campingplatz, ist mir aufgefallen, dass ein weiterer Camper heute Morgen schon früh abgereist war. Das muss so gegen 05:00 Uhr gewesen sein. Schon bevor ich meine morgendliche Runde gedreht habe, war der verschwunden.«

»Interessant!« Sergeant Parker beugte sich vor. »Haben Sie Name und Adresse?«

»Leider nicht. Das heißt doch, den Namen habe ich. Moment bitte.« Thomas Cream ging zu seinem Schreibtisch und holte ein Anmeldeformular. »Hier ist er: John Druitt.«

»Sonst nichts? Keine Adresse? Keine Passnummer?« Jack Parker wirkte ungläubig.

»Nein, leider nicht«, antwortete der Platzwart kleinlaut. Er wusste, dass er seiner Pflicht nicht richtig nachgekommen war. »Der Mann hatte im Voraus bar bezahlt und wollte heute Morgen das Formular ausfüllen.«

»Haben Sie sich wenigstens die Autonummer notiert?«

»Leider nein, es war schon spät als er kam.«

»Das gibt es doch nicht«, rief der Sergeant wütend und wandte sich seinem Kollegen zu. »Da lässt der Kerl einen Zeugen, wenn nicht sogar einen Täter unerkannt laufen.«

»Täter? Sagten Sie nicht eben, dass es ein Unfall war? Glauben Sie wirklich, dass das einer absichtlich gemacht hat?«, fragte Thomas Cream kleinlaut.

»Ob es ein Unfall war oder er etwas mit der Sache zu tun hatte – keine Ahnung, vermutlich aber schon, warum sollte er sich sonst aus dem Staub gemacht haben?«, antwortete Jack Parker wieder etwas ruhiger. »Zumindest ist es doch ein sehr merkwürdiger Zufall. Keiner, auch Sie nicht, haben Hilferufe oder Schreie gehört. Selbst wenn man noch so besoffen ist, würde man doch rumbrüllen, wenn einem das Zelt unter dem Hintern abfackelt, oder? Und ansonsten ist es hier doch ... naja, totenstill. Geben Sie uns also eine genaue Beschreibung des Mannes und bemühen Sie sich, dass Sie dabei kein wichtiges Detail auslassen.«

Der angeforderte Beamte der Mordkommission heizte mit seinem Auto von Inverness kommend die A835 entlang in Richtung Ullapool, um dann über Ledmore Junction und Ardvreck nach Lochinver zu fahren. Die gut 160 Kilometer lange Strecke gab ihm dennoch genug Zeit, seinen Gedanken nachzuhängen.

Es geschah mal wieder an einem Dienstag. Warum ausgerechnet an einem Dienstag? Der war doch eigentlich der unbedeutendste Tag der Woche. Für einen Dienstag nahmen sich die Leute normalerweise nichts Besonderes vor. Es fanden keine Hochzeiten statt und keine besonderen Partys. Man fuhr an einem Dienstag nicht in den Urlaub und auch für den Verlauf der Woche war er nur ein Lückenfüller nach dem Montag, der das Ende des Wochenendes kennzeichnete sowie den Beginn einer neuen Woche voller Arbeit und vor dem Mittwoch, der die Hälfte der Woche einläutete und schon wieder aufs nahende Wochenende hoffen ließ.

Sie hatten schon einmal einen Mörder gejagt, der immer dienstags zugeschlagen hatte. Hatte das etwa bei Familie Mörder Tradition?

Und noch ein Gedanke kam ihm, als er am Loch Glascarnoch entlangfuhr, das fast 8 Kilometer lang direkt neben der Straße entlang führte. Warum bekomme immer ich diese Fälle? Hoffentlich hat das nicht schon wieder etwas mit Whisky zu tun. Nicht dass Graham ihm wieder seine Zusammenarbeit aufzwang.

Brian Strachan kratzte sich am Kopf, während das Blaulicht und die eingeschaltete Sirene dafür sorgten, dass er weitestgehend freie Fahrt hatte.

Nach knapp 1 ½ Stunden kam er am Campingplatz in Clachtoll an und hatte für die Fahrt hierher einen neuen Streckenrekord aufgestellt. Das Spurensicherungsteam aus Ullapool war natürlich trotzdem schon lange vor ihm da und hatte auch gleich mit seiner Arbeit begonnen.

Brian folgte dem Kollegen von der Spurensicherung, der ihn abholte, auf dem schmalen Pfad, der aus auf Ziegelsteinen ruhenden Holzbrettern bestand und den diese mit dem blauweißen Absperrband gekennzeichnet hatten. Normalerweise werden zur Sicherung und Erhaltung von Beweismitteln doch erhöhte geriffelte Blechplatten ausgelegt. Die sind aber in Ullapool wohl gerade vergriffen, dachte Brian, während er hinter dem Kollegen auf den Brettern ging. Die ermittelnden Beamten sollten darauf zum Tatort gelangen können, ohne rechts und links davon herumzutrampeln und dabei eventuelle Spuren zu vernichten. Fünfzig Meter vom Fundort der Leichen entfernt hatten die Polizisten Schutzschirme aus heller, aber undurchsichtiger Plane aufgespannt, um die Blicke der wenigen Neugierigen abzuhalten.

Als Brian an den Ereignisort trat, die Hände in Latexhandschuhen und die Füße in blauen Überschuhen, nickte er dem Chef des SpuSi-Teams, den er von einem Seminar her kannte, freundlich zu. In der Mitte des gesicherten Fundortes lag etwas, das entfernt an die Körper von zwei Menschen erinnerte.

»Hallo Adam. Nein, ich freue mich nicht, dich zu sehen. Immer, wenn wir uns begegnen, ist kein Zapfhahn in der Nähe. Dafür umso mehr unerfreuliche Dinge wie diese. Was hast du diesmal für mich? Und sag jetzt bitte nicht „zwei verbrannte Leichen". Das sehe und vor allem rieche ich selbst.«

»Hallo Brian. Das Kompliment kann ich dir zurückgeben. Oder, huch, Entschuldigung! Muss ich jetzt „Sir, Superintendent, Sir!" sagen?«, fragte Adam Macfadyen mit gespielt entsetzter Miene und bezog sich dabei auf Brians unverhoffte Beförderung.

»Das mit dem „Sir" hättest du eigentlich schon die ganzen letzten Jahre tun sollen. Aber so ist das halt mal mit dem Landvolk. Keine Manieren! Aber geschenkt! Also komm, was ist hier los?«

»Nach der ersten Untersuchung würde ich sagen, dass bei beiden über neunzig Prozent der Haut verbrannt ist. Es sind praktisch keine Gesichter mehr da und die inneren Organe wurden förmlich gekocht. Es war definitiv irgendeine Form von Brandbeschleuniger im Spiel. Viel mehr kann ich dir noch nicht sagen, außer Fundort ist gleich Tatort.«

»Ich hasse Brandleichen. Der Geruch bleibt mir zu lange in Erinnerung, da kann ich wieder wochenlang nicht grillen, ohne daran zu denken.«

»Hey, Sarkasmus ist eigentlich mein Job!«, entgegnete Adam entrüstet.

Wie fast alle Polizisten, Feuerwehrmänner, Notärzte und auch etliche Journalisten hatten die beiden auch für sich entdeckt, dass schwarzer Humor ein probates und schnelles Mittel war, um eine emotionale Distanz zu den schrecklichen Dingen zu erhalten, mit denen sie zwangsläufig bei ihrer Arbeit zu tun hatten.

»Kannst du aber einen tragischen Unfall definitiv ausschließen? Die Zwei haben sich doch nicht an ihrer inneren Hitze selbst entzündet, oder?«

»Ja, lieber Brian, wie immer bist du ein präziser Beobachter.« Lächelnd ging er über Brians Sarkasmus hinweg. »Das war vermutlich Fremdverschulden. Und wie auch immer das passiert ist, die beiden hatten keinerlei Chance aufs Überleben. Die waren in ihren Schlafsäcken offensichtlich wie gefangen. Das siehst du an der Körperhaltung. Da wohl niemand etwas gehört hat, nehme ich mal vorsichtig und ohne Gewähr an, dass sie vorher schon tot oder zumindest massiv betäubt waren. Ich erkenne hier die Reste von Schlafsäcken, bei denen die Reißverschlüsse noch recht gut erhalten sind. Und die sind geschlossen. Der Rest der Schlafsäcke ist hier und hier und hier mit den Körpern verschmolzen.« Mit einer Pinzette zeigte er auf die betreffenden Stellen.

»Waren die beiden vielleicht gefesselt, sodass sie sich nicht befreien konnten?«, wollte Brian wissen.

»Kann ich dir leider nicht sagen. Wir sehen hier aber keine Reste von Stromkabeln oder Blitzbindern oder sonst was. Könnte natürlich alles verbrannt oder geschmolzen sein. Das müssen die Jungs an den Edelstahltischen rausfinden.«

»Aber noch mal und nicht fürs Protokoll«, insistierte Brian. »Du glaubst nicht an einen Unfall?«

»Nicht fürs Protokoll und ganz privat?«, fragte Adam leise. »Kein Mensch, der nicht tibetanischer Mönch oder Märtyrer ist, zündet sich selbst an. Wenn man sich vorher so betäuben wollte, dass man die Verbrennungsschmerzen nicht mehr spürt, könnte man kein Feuer mehr anzünden. Ich glaube nicht an den verzweifelten Freitod zweier unglücklich Verliebter.« Mit einem Seitenblick auf die leeren Flaschen Wein neben dem erkalteten Lagerfeuer fuhr er fort: »Selbst du könntest nicht so viel Alkohol in dich rein pumpen, um dabei nicht laut schreien zu müssen. Daher, wie gesagt, kann man Unfall meiner bescheidenen Meinung nach auch ausklammern. Das sieht für mich nach einem geschickt getarnten Mord aus.«

Genauso leise antwortete Brian. »Also erst betäuben oder töten. Und dann alles anzünden, um die Spuren zu verwischen oder sie erst damit zu töten? Hauptsache kein Geschreie, um ja nicht die Ruhe der anderen Camper zu stören.«

»Genau!«

»Also ein wahrer Menschenfreund.«

»Wer tut nur so etwas? Ein Profi-Killer? Ein Irrer? Jemanden der Leute anzündet hatten wir noch nicht.«

»Das finden wir schon noch heraus.«

»Gut. Falls es so war, dann finde das Schwein!«, antwortete der Chef der Spurensicherung heftig. Auf einen fragenden Blick von Brian fügte er hinzu:

»Das Mädchen hier dürfte ungefähr im gleichen Alter gewesen sein wie meine Tochter.«
Brian nickte verständnisvoll.

Nachdem Brian mit der Besichtigung des Tatortes fertig war, ging er zurück zum Büro des Platzwartes, wo auch die beiden Polizisten aus Lochinver auf ihn warteten.

Er stellte sich den Anwesenden vor: »Mein Name ist Detective Superintendant Brian Strachan, Kriminalpolizei aus Inverness!«

Alle anderen nannten ebenfalls artig ihre Namen. Sergeant Parker informierte ihn über die Befragung von Thomas Cream und versprach Brian sowohl die Mitschrift als auch die Beschreibung der toten Touristen sowie des vermeintlichen Täters noch heute elektronisch zu schicken.

Auch Brian schüttelte den Kopf, als er hörte, dass der Platzwart nicht auf die Vorlage des Ausweises des verschwundenen Mannes bestanden hatte. »Na ja, aber wenn der besagte Typ etwas mit der Sache zu tun hätte, wäre der Ausweis dann auch gefälscht gewesen und hätte uns auch nicht weitergeholfen.«

»Gefälscht?«, Jack Parker war erstaunt.

»Ja, schon möglich. Das war keine spontane Tat. Vermutlich war das alles genau geplant. Und wer bringt schon einfach so zwei normale Touristen um?«

»Sie meinen das war ein gezielter Mord?«

»Ist im Bereich des Möglichen, aber das müssen die Ermittlungen ergeben.«

»Unglaublich!«

»Also bitte senden Sie mir Ihre Unterlagen so schnell wie möglich.«

»Klar mache ich. Bis Sie in Inverness zurück sind, haben sie die schon in Ihrem Computer.«

»Super, vielen Dank!« Brian verabschiedete sich von den Kollegen und drehte sich im Türrahmen noch einmal auf dem Absatz um. Mit einem Lächeln, das die Sahara zufrieren lassen könnte, deutete er mit dem Autoschlüssel in der Hand auf den Platzwart. »Wenn ich hier in der Gegend, in irgendeiner Pressemitteilung oder auch nur vom Schwippschwager meiner ehemaligen Kindergärtnerin das Wort „Mord" lese oder nur höre, dann wäre das, was den beiden da draußen passiert ist, ihr persönliches Paradies!«

Mit einer immensen inneren Anspannung fuhr er zurück nach Inverness. »Scheiß-Dienstage!«

Brians Laune hätte sich noch weit mehr verschlechtert, wenn er zu diesem Zeitpunkt schon gewusst hätte, was demnächst noch so alles auf ihn zukommen würde.

Böses Blut

Sergeant Duffy hatte am Dienstagnachmittag die Kollegen vom Festland verständigt und über die beiden Toten und die näheren Umstände bei der Auffindung der zwei Leichen informiert. Die versprachen, sich umgehend auf den Weg nach Islay zu machen.

Da sie unbedingt mit ihrem eigenen Wagen anreisen wollten und es für die 18:00 Uhr Fähre schon zu spät gewesen war, entschieden sie sich die Fähre am Mittwoch zu nehmen. Mittwochs fuhren die Fähren vom Festland zwar nur nach Port Askaig, aber da sie sich mit ihren Kollegen von der Insel in der Polizeistation in Bowmore treffen wollten, war das kein Nachteil, sondern auf der A846 sogar ein paar Meilen kürzer.

Beide Festlandskollegen hatten allerdings keine Lust so früh aufzustehen, um die 07:45 Uhr Fähre noch zu erreichen und hatten sich daher lieber für die 13:00 Uhr Fähre entschieden. Pünktlich um 14:55 Uhr trafen sie dann in Port Askaig ein und machten sich in ihrem Polizei Range Rover auf den Weg nach Bowmore.

Kurze Zeit später trafen sie sich mit Sergeant Duffy und PC Field in deren Büro in der Polizeistation. Nach einer kurzen Begrüßung gingen alle gemeinsam in das kleine Besprechungszimmer, in dem Wasser, Kaffee und Tee bereitstanden.

Die beiden Kollegen vom Festland, die sich als Detective Sergeant Craig Walken und seine Chefin Detective Inspector Loreena Black vorgestellt hatten, nahmen Platz und bedienten sich bei den Getränken, nachdem Sergeant Duffy sie dazu aufgefordert hatte. Vor ihnen lagen bereits Dossiers, die er gemeinsam mit Caitlin zusammengestellt hatte. Durch die späte Ankunft der beiden hatten sie dafür genügend Zeit gehabt. Und außerdem wollte Pat Duffy den Kriminalbeamten vom Festland zeigen, dass die „Inselaffen" durchaus in der Lage waren, schnell und effizient zu arbeiten.

Sergeant Duffy übernahm die Vorstellung der bisher ermittelten Einzelheiten zu den zwei Todesfällen und wies dabei auch jeweils auf die entsprechenden Bilder hin, die in die Dossiers eingefügt waren. Auf einer großen Landkarte von Islay zeigte er dabei die beiden Fundorte, von denen natürlich auch Bilder gemacht worden waren.

DI Black, eine sehr schlanke, fast schon dünne Frau in einem dunklen Hosenanzug, mit schwarzen Haaren, die sie zu einem Pferdeschwanz gebunden hatte, fragte immer wieder nach und machte sich dann fleißig weitere Notizen. Sie war eine energische, energiegeladene Frau und zeigte eindeutig, wer hier die Führungskraft am Tisch war. Und zwar die Einzige. Dass sich für diese Autoritätsposition einige Falten mehr in ihre eher rosige Gesichtshaut gegraben hatte, nahm sie billigend in Kauf. Die zahlreichen grauen Haare übertönte sie trotzdem regelmäßig. Dieses bisschen Eitelkeit gestattete sie sich dann doch noch.

Duffy grinste innerlich über dieses Alpha-Männchen-Gehabe und fragte sich, ob es den Begriff Alpha-Weibchen mittlerweile auch schon außerhalb des Tierreichs gebe. Er machte aber nicht den Fehler sie zu unterschätzen, denn sie machte neben ihrem Vorgesetztengehabe zudem einen sehr kompetenten Eindruck und wusste offensichtlich, von was sie sprach.

»Bei dem Toten an der Klippe wurde wirklich keine Fremdeinwirkung festgestellt?«, fragte sie gerade.

»Nein, keinerlei Abwehr- oder sonstigen Kampfspuren«, antwortete Sergeant Duffy. »Auch sonst haben wir keinerlei Verletzungen gefunden, die nicht auf den Sturz von der Klippe oder seinem Kampf am Klippenrand zuzuordnen sind.«

»Kampf am Klippenrand? Also doch Fremdeinwirkung?«, fragte DI Black lauernd.

Pat Duffy merkte, dass er sich wohl recht ungeschickt ausgedrückt hatte. »Nein, nein. Wir gehen nur davon aus, dass er, bevor er in die Tiefe stürzte, erst eine gewisse Zeit an der Klippe hing, es aber aus eigener Kraft nicht schaffte, sich hochzuziehen und über den Klippenrand in Sicherheit zu bringen. Auch das hat Spuren an den Händen und Beinen hinterlassen. Wir haben Kratzspuren und frische Gesteinsabbrüche am oberen Klippenrand gefunden. Wäre er gestoßen worden, so wäre er in der Regel weiter von der Klippe weg gefallen. Er hätte sich dann wohl nicht mehr irgendwo festhalten können.«

»Okay verstehe. So haben wir es in der Schule gelernt. Die Ausnahme bestätigt aber meist die Regel. Also wird weiter untersucht, nehme ich doch an?«

»Aber natürlich. Genaueres muss aber in der Rechtsmedizin ermittelt werden. Dazu fehlen uns hier leider die technischen Möglichkeiten.« Insgeheim dachte er dabei, dass die personellen Möglichkeiten für eine bessere Spurensicherung und Auswertung durchaus auf der Insel vorhanden waren.

»Apropos Ermittlung. Ich habe mir Ihre Akte angesehen, bevor wir hierher gefahren sind und weiß von Ihren speziellen Interessen und Weiterbildungen«, erwiderte sie. Damit gab sie ihm auch die Bestätigung, dass sie sich wirklich vorbereitet hatte und wissen wollte, auf wen sie auf Islay bei der Polizei traf. Dass sie sich auch die Akten der anderen Mitarbeiter der Polizeistation in Bowmore angesehen hatte, musste sie nicht extra erwähnen.

»Klingt recht vielversprechend, wie Sie sich so gezielt auf eine neue Aufgabe bei der Polizei vorbereiten«, fügte sie noch hinzu. »Und Jahrgangsbester in Durham, alle Achtung«.

Pat Duffy war sehr angenehm, aber auch sehr positiv überrascht. Das hätte er von ihr nicht erwartet. Diese Bemerkung, zusammen mit dem Lächeln, mit dem sie ihn dabei bedachte, ließ das Eis schmelzen und die Stimmung im Raum deutlich positiver werden.

»Danke, äh, Ma´am«, erwiderte er und nickte dabei leicht. Auch er lächelte dabei.

»Aber zurück zu unserem Toten«, sagte sie dann und führte das Gespräch wieder auf die professionelle Ebene. »Solange keine Fremdeinwirkung nachgewiesen werden kann, sollten wir also offiziell zunächst von einem Unfall ausgehen.«

Nickend stimmte er ihr zu. »Das kommt leider auch hier bei uns immer wieder vor, dass sich Touristen beim Wandern überschätzen und es dadurch zu einem Unfall kommt. Glücklicherweise gehen die aber meist glimpflich aus. Wir sollten aber dennoch die Möglichkeit eines Verbrechens noch nicht völlig ausschließen.«

»Nichts anderes haben wir bei den Ermittlungen geplant«, erwiderte sie und grinste ihn herausfordernd an. »Gut, dann noch mal zu dem Toten in der Mälzerei. Anhand der hervorragenden Bilder, die Sie vermutlich auch noch selbst gemacht haben, und der Detailschärfe steht wohl eindeutig fest, dass dies kein Unfall war, sondern definitiv Mord.«

»Ja, das sehen wir hier auch so.«

»Es wundert mich, dass Sie auf Ihrer beschaulichen Insel mit dem organisierten Verbrechen zu tun haben.« So gab sie zum ersten Mal ihre Gedanken zu diesem Fall preis. Dies war demnach auch nach ihrem Erfahrungsspektrum kein gewöhnlicher Mord.

»Sie glauben also auch, dass es sich bei dem Täter eher um einen Profikiller handelte?«, platzte PC Field dazwischen. Er konnte sich bei der Aussage nicht länger zurückhalten.

»Vermutlich schon. So banal es klingt, ist es dennoch so, dass sich ein „normaler" Mörder nicht die Mühe macht sein Opfer so gezielt zu entstellen, dass man es später nicht mehr identifizieren kann. Wenn überhaupt, dann bemüht er sich eher seine eigenen Spuren zu vernichten. Und dass er dabei auch noch so akribisch vorgeht, wie in diesem Fall

... Zähne und Gesicht entstellt ... Fingerkuppen weg ... Da hilft wohl lediglich ein DNA-Test.«

Pat Duffy nickte. »Aber die Mafia hier auf Islay? Das halte ich schon für etwas abwegig. Das gab es hier noch nie!«

»Tja, irgendwann ist immer das erste Mal.«

»Trotzdem, ich kann mir keinen Grund vorstellen, warum die Mafia hier aktiv werden sollte. Was gibt es hier schon? Wir sind doch viel zu klein für Drogen oder Prostitution.«

»Whisky!«, meldete sich Sergeant Walken zum ersten Mal zu Wort. »Islay ist doch weltweit bekannt als die Whisky-Insel. Das kann durchaus Begehrlichkeiten wecken. Denken Sie nur an den groß angelegten Whiskyschmuggel vor drei Jahren. Da gab es genügend Tote in ganz Europa. Und alles nur wegen Whisky!«

»Okay, das stimmt schon. Davon haben wir natürlich alle gelesen. Dennoch, die meisten Brennereien gehören zu internationalen Konzernen, die lassen sich nicht so leicht erpressen. Und die anderen sind zu klein, als dass es sich lohnen würde. Da hätten wir bestimmt schon was davon gehört, wenn hier jemand aktiv geworden wäre.« Pat Duffy war nachdenklich geworden.

»Vielleicht steckt ja auch kein organisiertes Verbrechen wie die Mafia dahinter«, kam ihm Loreena Black zu Hilfe. »Aber irgendein Profi war hier schon am Werk, das lässt sich nicht leugnen. Ob der jetzt von einem gehörnten Ehemann beauftragt wurde oder von jemand anderem, das müssen wir noch herausfinden.«

»Ich bin jedenfalls gespannt, ob wir über die DNA-Untersuchung einen Treffer landen, den wir in unserer Kartei haben«, ergänzte Craig Walken.

»Das ist unsere einzige Hoffnung. Seine Kleidung wurde so weit wie möglich auf Fremdspuren untersucht, aber wir haben dabei nichts gefunden. Was bei dem Fundort aber auch nicht verwunderlich ist. Falls da etwas vorhanden war, ist es unterwegs in den Trommeln vernichtet worden.«

»Haben Sie denn inzwischen herausgefunden, wie der Mann überhaupt in die Gerste gelangt sein konnte?«, wollte DI Black nun wissen.

Duffy blickte seinen Kollegen an und Steven Field fuhr fort: »Eine Möglichkeit wäre, dass er mit der Gerste bei Anlieferung direkt rein geworfen wurde. Die Anlieferung der Gersten-Charge erfolgte wie immer mit einem Sattelzug mit Silo-Auflieger und der Fahrer fuhr auch danach wieder weg. Nach Aussage des Distillery Mitarbeiters, der die Lieferung entgegengenommen hat, war er alleine im Führerhaus und auch sonst war nichts Auffälliges zu entdecken. Wir haben sicherheitshalber bei CalMac nachgefragt und die haben uns bestätigt ...«, Steven griff zu seinem Block, der vor ihm auf dem Tisch lag und blätterte zu einer bestimmten Seite. »Genau, dass der Fahrer am Dienstag, den 07. Mai nur für sich und den Sattelzug gebucht hatte und auch am gleichen Tag mit der Abendfähre alleine wieder zum Festland zurückgefahren war.«

»Okay, aber vielleicht war der Tote dennoch im Truck. Er lag eventuell versteckt in der Schlafkabine«, warf Craig Walken ein.

»Durchaus denkbar, daran hatten wir auch schon gedacht. Aber, das lässt sich jetzt wohl leider nicht mehr nachprüfen.«

»Haben Sie den Namen der Spedition und des Fahrers?«, schaltete sich Loreena Black wieder ein.

»Ja natürlich, das finden Sie alles in den Unterlagen. Die Spedition kam aus Belgien, da sollten Sie mal über die Kollegen vor Ort nachfragen«, entgegnete PC Field.

»Gut, wir kümmern uns darum und schalten auch Interpol ein. Wenn wir jetzt einmal davon ausgehen, dass der Fahrer nichts mit dem Toten zu tun hat und die Anlieferung der Gerste ebenfalls in keinem direkten Zusammenhang steht, wie hätte der Mann sonst noch in die Gerste gelangen können?«

»Der Tote hätte vor dem Befüllen der Steeping Tanks oder die knapp 2 Tage danach noch hineingelangen können«, Steven Field schaute in seinen Unterlagen nach.

»Ein relativ langer Zeitraum also. Verwunderlich ist aber dennoch, dass keiner was gesehen oder gehört hat.«

»In so einem Fall geht man immer zuerst in den nächstgelegenen Pub. Da ist nämlich immer einer der seine Klappe nicht halten kann und irgendetwas über irgendjemanden ausplaudert«, grinste Sergeant Duffy.

»Und hatten Sie Erfolg?«, grinste DI Black zurück.

»Leider nein. Es hat tatsächlich keiner etwas mitbekommen.«

»Schade!«

»Nur um alle Möglichkeiten auszuschließen«, warf DS Walken ein. »Schließen Sie einen Selbstmord wirklich völlig aus?« DI Black schaute ihren Mitarbeiter überrascht an.

»Ja, eindeutig«, antwortete Pat Duffy, der ebenfalls überrascht war, weil sie das Thema eigentlich schon abgehakt hatten. »Einige, also eigentlich die meisten der Verletzungen, könnten zwar rein theoretisch auch durch die großen Trommeln entstanden sein, z.B die erheblichen Verletzungen des Kopfes einschließlich der Zähne. Aber die Fingerkuppen sind alle so fachmännisch zerstört worden, dass das wohl nicht in den Trommeln passiert sein kann.«

»Vielleicht hat der Mörder ja eingeplant, dass durch die Trommeln der gesamte Körper so stark verletzt werden würde, dass diese Spuren an den Fingern danach auch nicht mehr zu erkennen sind. Dann hätte es durchaus mit viel – oder besser sehr wenig - Fantasie und einer Menge Faulheit aufseiten der örtlichen Polizei auch nach Selbstmord oder einem völlig unglaublichen Unfall aussehen können.«

»Da müsste einer aber schon mehr als nur verzweifelt gewesen sein, um sich auf so eine Art umzubringen.«

»War da nicht mal ein Whisky Manager, der in einem Maische Bottich ertrunken ist?«

»Ja, das war der arme Brian Ettles von Glenfiddich, der hatte sich dort hineingestürzt und ist ertrunken. Das war tatsächlich Selbstmord!«

Sie führten ihre Gespräche noch eine Weile weiter, bis Inspector Black die vor ihr liegenden Unterlagen zusammenschob und sagte: »Also, wenn es nach mir geht, können wir morgen gerne wieder zurückfahren aufs Festland. Ich weiß die Untersuchung der Todesfälle hier in sehr guten Händen«

»Danke für das Kompliment. Dann werden wir Sie weiterhin über Mail informieren und telefonisch Kontakt halten und uns regelmäßig austauschen.«

»Ja, das sehe ich auch so. Wir werden, wenn wir wieder in unserem Büro sind, eine Meldung an die anderen Dienststellen eingeben. Nur für den Fall, dass es in Schottland ähnliche Fälle geben sollte.«

»Das gibt sonst nur böses Blut, wenn wir das nicht melden«, grinste Sergeant Walken.

»Wir hatten sicherheitshalber schon ein B&B für Sie gebucht, und wenn Sie möchten, können wir heute Abend auch gerne gemeinsam essen gehen, Ma´am.«

»Danke, das klingt sehr verlockend. Das Angebot nehmen wir gerne an«, entschied DI Black für sich und ihren Sergeant.

»Vielleicht können Sie vorher bitte noch mit CalMac telefonieren, dass wir morgen mit der Fähre um 09:45 Uhr von Port Ellen aus zurückfahren wollen.« DI Loreena Black hatte sich gerade noch den Fahrplan Islay – Kennacraig angesehen, den sie bei der Überfahrt mitgenommen hatte.

»Klar, kein Problem, Ma´am.«

So kam es, dass sich die zwei Polizisten von Islay mit ihren beiden Kollegen vom Festland im Port Charlotte Hotel zum Abendessen trafen. Vier Tische weiter saßen Ishbel und Graham und genossen ihr kleines Abendessen und eine Flasche Wein. Da sie sich aber natürlich nicht gegenseitig kannten, liefen die Gespräche völlig getrennt voneinander und auch leise genug, dass man an den Nachbartischen nichts vom Inhalt mitbekam.

Und so kam es dann auch, dass Graham immer noch keine Ahnung davon hatte, dass es auf Islay zwei Tote gab, von denen zumindest einer wohl ermordet worden war.

Police Scotland

Die Polizeiorganisation in Schottland wurde zum 01. April 2013 neu organisiert. Aus den acht unterschiedlichen Constabularies, auch Police Forces genannt, der Scottish Crime and Drug Enforcement Agency (SCDEA) und der Association of Chief Police Officers in Scotland (ACPOS) wurde eine neue, vereinte Organisation mit dem Namen Police Scotland.

Sie war ab diesem Zeitpunkt verantwortlich für das gesamte Land mit seinen über 78.000 Quadratkilometern Fläche und bildete die zweitgrößte Einheit der Polizei in Großbritannien nach der Metropolitan Police London.

Unter der Leitung des Polizeipräsidenten Stephen House, dem einzigen Chief Constable in der neuen Organisation, wurden 17.830 Police Officers, 7.411 Police Staff and 1.371 Special Constables zusammengefasst. 28 % der Police Officers waren weiblich sowie 63% der Police Staff und 37% der Special Constables.

CC House wurde unterstützt von einem Team aus vier Deputy Chief Constables, sechs Assistant Chief Constables sowie drei Directors.

Diese umfangreiche Organisationsänderung hatte natürlich auch Auswirkungen auf die bisherige Struktur und viele Funktionen der Mitarbeiter. Und, wie bei allen Neustrukturierungen in der ganzen Welt, waren auch bei der Polizei in Schottland persönliche Veränderungen „leider nicht immer vermeidbar". Manche hatten Glück, für die meisten anderen lief es relativ neutral ab, aber einige verloren auch ihren gewohnten Status. Ein nicht so gern gehörter aber umso öfter formulierter, beliebter Ausdruck bei aufkeimender Kritik lautete dann: „Auf Einzelschicksale kann zum Wohle des Ganzen keine Rücksicht genommen werden!"

Chief Constable Bill Timmins, der bisherige Chef von Alan, bekam ein Deputy vor seinen Chief Constable Titel gesetzt. Das war allerdings in seinen Augen keine Degradierung, denn er bekam weiterhin das gleiche Gehalt und hatte einen größeren Verantwortungsbereich. Timmins, der mit seinen 63 Jahren die Tage bis zu seiner Pensionierung quasi schon zählen konnte, sah das alles gelassen, denn seine Pension wurde dadurch nicht beeinflusst und das war inzwischen schon ein wichtiger Faktor für ihn geworden. Er leitete jetzt die SCD (Specialist Crime Division) für ganz Schottland. Die Alternative für ihn wäre die ihm angebotene Frühverrentung gewesen. Da er sich dafür aber noch etwas zu jung fühlte und zudem die Zahl seiner privaten Hobbys auf die Zahl Null zulief, freundete er sich schnell mit dem „Deputy" an. Außerdem war er der designierte Vertreter von Stephen House geworden.

An ihn berichteten zwei Assistant Chief Constables und einer davon war Alan Derringer, der bereits im Januar dank der Umstrukturierung zum ACC befördert worden war. Somit war er einer der nicht ganz so zahlreichen Nutznießer der Veränderungen. Auf eine reguläre Beförderung hätte er nämlich mit seinen knapp 46 Jahren als momentan jüngster Chief Superintendent Schottlands noch einige Jahre warten müssen. Alan war jetzt zuständig für Major Crime and Public Protection, während sein Kollege ACC Ruaraidh Nicolson den Bereich Organised Crime, Counter Terrorism & Safer Communities leitete. Zu Alans Dezernat gehörte auch eine kleine Sondereinheit, die extra dafür eingerichtet worden war, um sich ausschließlich mit Serienverbrechen und solchen Morden zu befassen, die stark im Interesse der Öffentlichkeit standen, spezielles Fachwissen erforderten und viel Ermittlungszeit beanspruchten. Er konnte diese Sondereinheit nach Belieben erweitern, wenn es ein Fall erforderte.

Alle elf Führungskräfte des Top Management hatten ihren vorübergehenden neuen Amtssitz im Tulliallan Castle[16] gefunden. In der National Strategic Command Base (NSCB) befand sich ebenfalls das schottische Police College, das Ausbildungs- und Trainingszentrum der schottischen Polizei.

Auch Brian hatte bei der Restrukturierung in der Polizei-Hierarchie einen Schritt nach oben ge-

---

16 Tulliallan Castle in Kincardine, Fife, ist eine Mischung aus gotischer und italienischer Architektur und steht auf einem großen Parkgelände von fast 36 ha etwas nördlich der Kincardine Bridge, die hier den Firth of Forth überbrückt. Das Schloss wurde 1812-1820 für Admiral Lord Keith, der unter Lord Nelson diente, erbaut und ist seit 1954 das Heim des Scottish Police College. Über die Jahre wurde die Anlage immer weiter ausgebaut, um den stark wachsenden Bedürfnissen nach Unterkunft, Verpflegung, Training und Ausbildungsmöglichkeiten gerecht zu werden.

macht und war jetzt als Detective Superintendent tätig. Da man schon seit geraumer Zeit auf eine Verjüngung der Truppe baute, wäre diese Beförderung regulär bei seinen 57 Jahren eigentlich kaum noch drin gewesen. Dank seiner Verdienste bei der Klärung der letzten Serienmorde in Schottland, hatte man bei ihm aber eine Ausnahme gemacht.

Allerdings war seine Berichtslinie verändert worden und er berichtete nicht mehr direkt an Alan, sondern hatte einen neuen Assistant Chief Constable "vor die Nase" gesetzt bekommen. ACC Campbell Thomson leitete das neue Local Policing North, das für Mordfälle im Norden Schottlands zuständig war.

Die MITs waren über das ganze Land verteilt und für die Aufklärung von Mordfällen und anderen schweren oder komplexen Verbrechen zuständig, vergleichbar einer deutschen Mordkommission. Sie waren aber nicht nur für ihr eigenes Gebiet verantwortlich, sondern konnten auch bei Bedarf im gesamten Land eingesetzt werden oder für einen überregionalen Fall auch unter die Leitung eines einzigen MIT Beamten gestellt werden, der die Zusammenarbeit koordinierte. Und Brian war jetzt der stellvertretende Leiter der für den Norden Schottlands zuständigen Mordkommission.

Die Beförderung von Alan und der neue Arbeitsplatz im Tulliallan Castle verleitete Brian natürlich bei jeder Gelegenheit dazu mit Alan über dessen neuen Status zu frotzeln. So auch vor gut fünf Wochen, als sie sich in Inverness trafen, weil Alan beruflich dort im Polizeipräsidium zu tun hatte. Natürlich nutzte Alan immer diese Gelegenheiten, um in Brians Büro vorbei zu schauen. Mit seinen eins siebenundneunzig war Brian gut zehn Zentimeter größer als Alan und machte mit seinem gut 120 kg schweren, stabilen und kräftigen Körperbau seinem Spitznamen „Der Bär" immer noch alle Ehre.

Lachend kam Brian hinter seinem Schreibtisch hervor und schüttelte Alan kräftig die Hand. »Na du alter Schlossherr. Wie geht es dir denn so?«, fragte er.

»Von wegen Schlossherr. Wie kommst du denn auf die Idee?« Alan tat ahnungslos, während er sich die schmerzende Hand rieb. Er hatte sich über all die Jahre, die er Brian jetzt schon kannte, zwar angewöhnt seinem Freund ebenfalls sehr kräftig die Hand zu drücken, aber das schien Brian gar nicht zu bemerken.

»Na, immerhin wohnst du privat neben einem Schloss und arbeitest jetzt auch noch zusätzlich in einem.«

»Ach du meinst die Festung, wie das Gebäude von den seitherigen „Bewohnern" genannt wird.« Alan zeichnete mit den Fingern Anführungsstriche in die Luft.

»Ja, und dann haben die das Schloss sogar extra noch nach dir benannt.«

»Wie das denn?«

»Na, Tulli-Allan«

»Also erstens schreib ich mich mit nur einem „L" und zweitens heißt das Schloss schon seit Jahrhunderten so, als mit Sicherheit noch keiner an mich dachte.«

»Also ich finde das jetzt auf jeden Fall witzig.«

»Na gut, wenn du meinst.«

»Und einen Orden hast du auch noch bekommen. Wow!«

»Na ja, da bin ich wirklich stolz drauf. So etwas bekommt man ja schließlich nicht alle Tage.«

Alan war am 17. November 2012, im St. James´s Palace in London, von "Her Majesty the Queen" der Orden mit der schönen Bezeichnung "The Queen's Police Medal for Distinguished Service" verliehen worden. Ein Zeremoniell, das ihm heute noch in sehr angenehmer Erinnerung war. Auch wenn er damals zum ersten Mal wieder richtig nervös und aufgeregt war. Er durfte seinem offiziellen Titel jetzt den Zusatz QPM hinzufügen, damit auch alle erkannten, welche Ehrung ihm wiederfahren war.

»Ja, wenn den einer verdient hat, dann du.« Brian meinte das ehrlich und Alan wusste das auch. »Jedenfalls wurde es Zeit«, fügte Brian noch hinzu, »dass nach diesem monatelangen Polizei-Quartett-Spielen und Flaschendrehen jetzt endlich die neue Polizeiorganisation steht.«

»Ich finde es auch gut, dass das Personalkarussell sich nicht mehr dreht und die neue Organisation endlich ihre Arbeit aufnehmen kann.«

»Ja, ja, aber wir kleinen Polizeibeamten, die wie immer die meiste Arbeit gemacht haben, gingen natürlich wieder mal leer aus«, maulte Brian.

»Na komm schon, nur weil du beim Schnick-Schnack-Schnuck gegen Campbell verloren hast und der jetzt dein Chef ist, statt du seiner?«, fragte Alan lachend.

»Ja genau, eine völlige Fehlbesetzung«, meinte Brian nicht wirklich ernsthaft und zeigte dies durch sein breites Grinsen.

»Immerhin bist du jetzt sein offizieller Stellvertreter in der Mordkommission und zum Detective Superintendent ernannt worden. Damit hast du doch auch einen schönen Karriereschritt gemacht, der so nicht zu erwarten gewesen wäre.«

»Na ja, du weißt ja, dass mir Karriere nicht wirklich wichtig ist. Ich habe lieber eine interessante Aufgabe, wo ich direkt etwas bewegen kann, als irgendwo Politik zu machen.«

»Ja, ich weiß, mein Lieber. So kenne ich dich.«

»Und sonst, wie geht es dir so? Hast du dich schon an deinen neuen Arbeitsplatz gewöhnt?«

»Na ja, es ist schon ein verdammt weiter Weg von Huntly bis Kincardine, fast 280 Kilometer und man weiß nie, wie lange es wirklich dauert. Aber es soll ja nur vorübergehend sein, dann ziehen wir um nach Alloa ins Randolphfield Gebäude, aber dann sind es auch nur 20 Kilometer weniger. Bis zu einer endgültigen Entscheidung, wo die neue Zentrale hinkommen soll, pendele ich halt hin und her oder bleibe auch die Woche über mal in einem Zimmer in Kincardine, wenn sehr viel los ist. Das kostet halt alles Zeit und Geld.«

»Na, mit deinen 110.000 Pfund Jahresgehalt kannst du dir doch die Fahrtkosten problemlos leisten und trotzdem noch das eine oder andere gönnen.« Brian kannte Alans ungefähres Jahresgehalt, da die Gehälter der leitenden Beamten der Polizei weitestgehend offengelegt wurden.

»Du weißt doch, dass in unserem neuen Haus noch einiges zu tun ist. Und so wie es aussieht, müssen wir dieses Jahr auch noch unser Dach neu isolieren und eindecken lassen. Und außerdem weißt du genau, dass dies wohl kaum mein größtes Problem ist.«

Brian war sofort klar, worauf Alan anspielte. Susan, Alans Lebensgefährtin, war von dieser neuen

Arbeitsplatzverteilung weiß Gott nicht angetan. Nach einer langen Phase der Wochenendbeziehung - sie in Alans Haus in Inverness, er in seinem Appartement in Aberdeen – hatten sich beide vor nicht ganz zwei Jahren entschieden, ein gemeinsames Häuschen zu kaufen, von dem aus beide zur Arbeit fahren konnten. Schnell hatten sie ein für sie beide ideales Haus in Huntly, im Herzen der Speyside gefunden und sich darin verliebt. Durch die Nähe zu Graham und Ishbel – Charlestown lag keine halbe Stunde von Huntly entfernt- wuchs zwischen den beiden Frauen eine echte Freundschaft heran.

Kaum eineinhalb Jahre später, im Herbst 2012, wurden die ersten konkreten Pläne für die Umstrukturierung der Polizei bekannt. Wie fast jeder Beamte, so glaubte auch Alan, dass von den Veränderungen nur alle anderen betroffen seien, nur er nicht. Und wie fast für jeden Beamten, so gab es auch für Alan das böse Erwachen.

»Hey, bist du jetzt unter die weisen Grübler gegangen?«, unterbrach Alan Brians Gedanken.

»Was? Ach, Quatsch! Ich hab nur mal wieder überlegt, wie ich oder wir dir helfen könnten?«

»Mein guter alter treuer Freund Brian!« Alan drückte Brians Schulter. »Ich weiß deine Anteilnahme zu schätzen, das weißt du. Aber du weißt auch, dass ich da nur ganz alleine mit klar kommen muss. Obwohl, ein wenig körperliche Unterstützung bei den Dachschindeln, dem Gewächshaus, dem Gemüsebeet, den Fliesen für die Gästetoilette und so, könnte ich schon gebrauchen. Du weißt doch, mein armer Rücken, meine Knie, mein Ellenbogen ...« Alan schlurfte in einer erbärmlichen

Körperhaltung zu Brians Schreibtisch, um sich dort abzustützen.

»Du armer, armer notleidender Polizist und Hausbesitzer. Ich beantrage sofort deine Rente.«

»Ja, ja, lästere du nur«, grinste Alan und richtete sich wieder auf. »Du kannst uns ja mal wieder zum Essen einladen, damit wir wenigstens diese Kosten sparen.«

»Klar, gerne. Die Grillsaison muss ich demnächst unbedingt eröffnen. Da seid ihr dann dabei. Versprochen«

»Gut, wir kommen gerne.«

»Hast du eigentlich schon gehört, dass die Kollegen in Strathclyde einen neuen Dienstwagen haben?«, fragte ihn Brian und wechselte abrupt das Thema.

»Nein, aber wenn du das so sagst, gibt es dazu doch bestimmt noch eine besondere Geschichte.«

»Ganz genau. Die haben von Mitgliedern einer kriminellen Gang aus Glasgow, im Rahmen ihrer Ermittlungen, einen getunten und veredelten Audi Q7 beschlagnahmt und kurzerhand zum Streifenwagen umfunktioniert, so mit Blaulicht, Polizeiaufschrift und allem Drum und Dran..«

»Tja, Schotten sind eben sparsam und erfinderisch«, lachte Alan.

»Jetzt fährt die Polizei von Strathclyde mit dem auffälligen Q7 Streife in weiteren Gang-Gebieten - sozusagen als Abschreckungsmaßnahme.«

»Jetzt weiß ich endlich, woher Crockett und Tubbs in Miami Vice die Ferraris herhatten! Hoffentlich macht das Modell bald europaweit Schule. Mir würde ein Aston Martin DB9 aber sicherlich noch besser stehen.«

»Sicher Bond! Sicher!«, lachte Brian.

Bald danach verabschiedeten sie sich voneinander und Brian versprach Alan demnächst mal wieder anzurufen, damit beide dann wieder auf andere Gedanken kämen.

Am 15. Mai gegen 10:00 Uhr klingelte Alans Telefon in seinem Büro in Kincardine. Da Claudia Swanson, seine Assistentin, gerade nicht da war, nahm er den Telefonanruf direkt entgegen, speziell, nachdem er Brians Telefonnummer im Display erkannt hatte.

»Vorzimmer Claudia Swanson«, meldete er sich.

»Hey, du hast ja schon wieder Karriere gemacht«, begrüßte ihn Brian schlagfertig. Beide lachten.

»Na, was verschafft mir denn die Ehre?«, fragte Alan dann.

»Mir ging die ganze Zeit unser letztes Gespräch noch im Kopf herum.«

»Was denn, dass mit dem Karriere machen oder das mit deiner tatkräftigen Unterstützung beim Dachdecken?«, unterbrach ihn Alan spöttelnd.

»Nein, das mit dem Grillen natürlich«, antwortete Brian. »Ich habe Janet mal gefragt, wann es bei uns klappen würde und ich hätte da zwei Termine für euch im Angebot. Da du ja ab nächste Woche Urlaub hast, hast du ja auch jede Menge Zeit. Und denk ja nicht, dass wir deinen Geburtstag morgen vergessen würden. Keine Chance, das weißt du! Wir schreiben die wichtigen Dinge immer mit einem Meißel in unsere Terrassenplatten. Dann stolpern wir jeden Abend darüber. Ich habe dir ein Extra-spezial-Alan-wird-46-Angus-Steak zurückgelegt. Das wirst du vertilgen, ohne Wenn und Aber.«

»Himmel, Brian. Lasst mich doch mit diesem Geburtstags-Tamtam in Ruhe. Du weißt doch, dass ich diesen Rummel um Tage, die nicht mal ich mir merken kann, hasse! Das Steak kannst du mir auch ohne irgendwelchen Schnickschnack grillen. Susan hat meinen Urlaub auch schon voll verplant. Ich habe mir schon überlegt, ob ich nicht einen schwierigen Fall vortäuschen soll, damit ich meinen Geburtstag irgendwo in der Provinz in einer Dorfpolizeistation verbringen und obendrein unseren Urlaub verschieben muss. Hier habe ich alles in allem doch mehr meine Ruhe als daheim.« Er lachte, aber Brian hätte auch so gewusst, dass Alan das alles nicht ernst gemeint hatte.

»Also schreib dir mal die beiden Termine auf und melde dich, welcher euch besser passt.«

»Klar mache ich gerne und danke schon mal für die Einladung.«

Alan und Brian redeten noch über ihre aktuellen Fälle und Brian erzählte von dem verbrannten Pärchen, bei dem er persönlich am Fundort war.

»Zum Glück haben die Toten dieses Mal nichts mit Whisky zu tun. Und noch besser ist, dass nicht schon wieder ein Serienmörder in Schottland unterwegs ist.« Alan klang irgendwie erleichtert.

»Ja, ich bin auch heilfroh, dass es immer noch normale Mörder gibt«, erwiderte Brian.

»Jedenfalls, es bleibt dabei, habe ich ab Montag zwei Wochen Urlaub. Also pass du mir schön auf die Mörder auf, dass die mich nicht dabei stören.«

Sie ahnten beide noch nicht, wie sehr sie sich doch irren sollten, und dass Alans Urlaub völlig anders verlaufen würde als geplant.

Gier

Nach einem ausgiebigen Frühstück, bei dem Graham natürlich wieder etwas an dem Kaffee im Hotel auszusetzen hatte, verließen er und Ishbel das Port Charlotte Hotel und fuhren zum Fähranleger in Port Ellen.

Pünktlich um 09:45 legte die Fähre ab und sie traten die gut 2-stündige Heimfahrt zurück aufs Festland an. Sie kamen planmäßig um 12:05 Uhr in Kennacraig an und fuhren mit Grahams Auto über Oban, Fort William und Aviemore zurück in die Speyside.

An die Tatsache, dass es sich dabei immer noch um Grahams geliebten 110er Land Rover Defender handelte, hatte sich Ishbel mittlerweile gewöhnt. Nachdem er mit seinem ersten Land Rover, mit dem er sich vor fast drei Jahren einen Jugendtraum erfüllt hatte, eben diesen fast tödlichen, schrecklichen Unfall hatte, dachte sie, dass es damit nun gut sei. Zumal sie in dem Fehlen von Airbags und Knautschzonen auch eine Mitschuld an seinen schlimmen Verletzungen sah. Hierauf hatte er seinerzeit immer recht genervt reagiert und behauptet, dass erstens dieses Argument ja nur aus dem Mund eines völligen technischen Analphabeten kommen könne und zweitens gerade diese solide und stabile Bauart erst Schlimmeres an Leib und Leben verhindert hätte. Und außerdem wäre er als Traditionalist geradezu verpflichtet, die wenigen verbliebenen britischen Insignien hochzuhalten.

Dass sich Land Rover, beziehungsweise Jaguar wie alle anderen britischen Automarken ebenso bereits in der Hand ausländischer Investoren befand, konnte er dabei traditionell britisch ausblenden. Also kaufte er sich noch kurz vor ihrer Hochzeit erneut einen Defender – diesmal zu ihrer Erleichterung in Silber und nicht wieder in „Förstergrün".

Und, um das Wohlwollen seiner geliebten Ishbel nicht völlig aufs Spiel zu setzen, ließ er für eine, zumindest seiner Meinung nach, horrende Summe Geld auch noch Recaro-Sitze einbauen, die ihrem Körper geradezu schmeichelten (nach Angabe des Verkäufers). Seitdem konnte er bei längeren Fahrten tatsächlich ein gewisses Wohlgefühl an ihr feststellen und das Thema „Försterauto" war kein Thema mehr.

Gegen 17:00 Uhr erreichten sie wieder ihr Haus in Charlestown am Anfang der Chapel Terrace. Nachdem beide das Auto entladen und das Gepäck ins Haus gebracht hatten, machte sich Graham sofort auf den Weg in die Küche, während Ishbel im Wä-

scheraum noch die Wäsche vorsortierte und schon mal in die Waschmaschine steckte.

Im Gegensatz zu vielen anderen Menschen - Ishbel eingeschlossen - konnte Graham Tag und Nacht große Mengen Kaffee trinken, ohne dass dies irgendwelche negativen Auswirkungen auf sein Schlafverhalten oder gar seinen Blutdruck hatte.

Als er etwas später wieder zu Ishbel trat, hatte er deshalb auch eine Magnumtasse voll dampfenden und stark duftenden Kaffee in der Hand.

Ishbel, die Grahams Vorlieben für Kaffee kannte, diese zwar nicht teilte, aber dennoch tolerierte, grinste ihn an. »Na, hast du endlich deine Babywanne Kaffee wieder?« So nannte sie das fast einen halben Liter fassende Monstrum neckisch.

»Endlich mal wieder richtiger Kaffee. Die ganze Welt geht noch den Bach runter, zumindest was richtigen Kaffeegenuss betrifft«, seufzte Graham.

»Du weißt aber schon, dass deine Spezialmischung Marke Sekundentod nicht jedem schmeckt, oder?«

»Ja, ja, das weiß ich. Das muss er ja auch nicht. Hauptsache mir schmeckt er. So stark, wie er ist, so lecker ist er aber auch. Und außerdem, du kennst meine Ansicht, macht ein guter Geschmack halt manchmal einsam. Damit muss man dann eben leben.«

»Du und dein Kaffee«, ergänzte Ishbel noch und damit war für sie alles zu dem Thema gesagt. »Hast du eigentlich schon gesehen, dass der Anrufbeantworter blinkt?«

»Nein, aber das ist bestimmt für dich«, antwortete Graham.

»Jetzt geh schon ran und hör die Nachrichten ab, ich schalte inzwischen die Waschmaschine an.«

Damit machte sich Ishbel mit einem weiteren Bündel Wäsche auf den Weg in den Wirtschaftsraum neben der Küche.

Grummelnd ging Graham an den Anrufbeantworter und ließ sich die gespeicherten Nachrichten vorspielen.

Als Ishbel wieder zu ihm kam, schaute sie ihn fragend an, da Graham ein nachdenkliches Gesicht machte. »Na, war was Besonderes?«

»Eigentlich nicht, nur Werbung und Leute, die keine Nachricht hinterlassen haben. Und Alan, der sich für die Geburtstagskarte von Islay bedankt hat. Allerdings ...«

»Na was denn«, fragte Ishbel, als Graham eine kleine Pause machte und sichtbar grübelte.

»Tante Sally hat auch angerufen und die Nachricht hinterlassen, dass mit einem ihrer Gäste was Schlimmes passiert sei. Sie hat aber weiter nichts gesagt.«

»Na, dann ruf sie doch zurück, dann erfährst du alles.«

»Ja, mache ich. Aber erst würde ich gerne was essen.«

»Gut, dann richte ich das Abendbrot. Hunger habe ich nämlich auch.«

Nach dem Essen erinnerte Ishbel ihren Graham wieder daran, dass er noch seine Tante anrufen wollte. Graham hatte das in seiner gewohnten Art schon wieder verdrängt.

Grahams Tante Sally Cairndow war nach dem gewaltsamen Tod ihres Mannes Ben im September 2009 von der Cairndow Farm zunächst zu ihrer

Schwester gezogen. Sie konnte und wollte die Farm nicht weiter bewohnen geschweige denn bewirtschaften. Daher war es damals für sie eine große Freude gewesen, die Farm und das Gelände an ihren Lieblingsneffen Graham weitergeben zu können. Dass es sich hierbei mit den alten Grundmauern der Dandaleith Distillery um einen derart geschichtsträchtigen Grund und Boden handelte, freute sie im Nachhinein umso mehr. Inzwischen hatte sie dank Grahams Unterstützung ein kleines aber feines B&B in Dufftown erworben, welches sie mit großer Hingabe führte.

»Hallo Tante Sally«, begrüßte Graham sie.

»Hallo Graham, mein lieber Neffe, schön, dass du endlich anrufst. Ihr seid ja nie zu Hause.« Ihre Stimme klang vorwurfsvoll.

»Wir waren auf Islay, Tante. Und sind heute erst zurückgekommen.«

»Ja, ja, immer unterwegs, aber nie da, wenn man dich braucht. Ich hatte wirklich die Hoffnung, dass deine Frau für mehr Disziplin in deinem Leben sorgt.«

»Bitte, Tante Sally, lass Ishbel aus dem Spiel. Du hättest mich ja auch direkt auf dem Handy anrufen können, wenn es so dringend ist. Du hast doch schließlich meine Nummer.«

Aber Tante Sally konnte Ishbel natürlich nicht so schnell in Ruhe lassen. »Ist deine Frau immer noch berufstätig? Verdienst du nicht genug, damit sie zu Hause bleiben kann? Ich dachte, du bist jetzt ein Direktor oder so was. Arbeitet sie etwa immer noch in der Destillerie? Das ist nichts für eine anständige Frau!«

»Tante Sally!« Langsam wurde Graham ein klein wenig ungehalten und bereute schon seinen Anruf.

»Ishbel ist eine moderne Frau und arbeitet gerne. Ich bin zwar so was wie ein Direktor, aber auch Ishbel liebt ihren Beruf. Zudem ist sie ja fast auch eine Direktorin.« Damit spielte Graham auf den Sachverhalt an, dass Ishbel seit seiner Beförderung zum Head of Distilleries & Maturation immer noch „kommissarische" Distillery Managerin von Ben Rhinnes war. Offensichtlich bewahrheitete sich auch hier die allgemeine Tatsache, dass es nichts Langlebigeres als Interimsmaßnahmen und Notlösungen gab. »Und Ishbel ist zudem die beste Hausfrau und Köchin der Welt. Und disziplinieren kann sie mich wie keine Zweite ...« An dieser Stelle kam Graham ins Stocken, weil Ishbel im Hintergrund vor Lachen beinahe erstickte und demonstrativ einen Kochlöffel wie einen Schlagstock schwang. Erst jetzt wurden ihm seine letzten Worte richtig bewusst. Er lief puterrot an und hoffte inständig, dass seine Tante wirklich ein so sittsames Leben geführt hatte, wie sein seliger Onkel Ben immer behauptet hatte. Schnell versuchte er, das Thema zu wechseln. »Also, wie gesagt, ich habe auch ein Handy ...«

»Ach was, der neumodische Schnickschnack«, unterbrach ihn seine Tante, »das ist nichts für so eine alte Frau wie mich. Ich halt mir doch keine kleinen Rasierapparate ans Ohr, wie sieht das denn aus?«

»Was ist denn nun passiert?«, fragte Graham inzwischen völlig entnervt. Er hatte dabei das Bild vor Augen, wie sich seine Tante ihr komplettes altmodisches Festnetztelefon ans Ohr drückte.

»Mein Gast ist tot, das ist passiert. Der wurde an der Telford Bridge ermordet.«

»Was? Das gibt es doch nicht!«

»Doch, wenn ich es dir sage. Irgendjemand hat den mit E605 vergiftet.«

»Wie, den hat jemand gezwungen E605 zu trinken? Das kann ich nicht gar nicht glauben. Bist du dir da wirklich sicher?«

»Natürlich bin ich mir da sicher. Mein Gott, mit E605. Natürlich weiß ich, was das ist, das haben wir doch damals auf unserer Farm auch immer verwendet. Das war doch was richtig Gutes für unsere Pflanzen! Außerdem hat mir Eddie Thompson das genau so gesagt! Dass der arme Kerl damit vergiftet wurde und der muss es ja wohl schließlich wissen, denn er ist ja Inspector bei der Polizei. Und er war schließlich auch bei der Leiche.«

»Erstens ist Ed Sergeant, Tante. Nicht Inspector. Und zweitens war E605 gut für Pflanzen, richtig. Aber nicht für Menschen. Daran hat sich bis heute nichts geändert. Aber trotzdem klingt es unglaublich, wer macht denn so was?«

»Na, das wissen die von der Polizei auch noch nicht. Die ermitteln immer noch, obwohl das schon am Montag passiert ist.« Auch Grahams Tante neigte zur wohl altersbedingten Ungeduld.

»Das ist ja wirklich eine schlimme Sache.«

»Ja, erst wird mein armer Ben ermordet, dann brennt auch noch unsere Farm ab und jetzt bringt jemand meinen Gast um. Das ist doch nicht normal.«

»Ja, das ist schon komisch, aber ich sehe da keinerlei Zusammenhang. Das sind doch ganz eindeutig drei völlig unterschiedliche Ereignisse.«

»Alles hat mit mir zu tun. Wie steh ich denn jetzt da? Was sollen denn die Leute von mir denken? Mein Ruf ist ruiniert!«

»Na, jetzt übertreib mal nicht, Tante Sally. Du hast weder deinen Mann ermordet, noch die Farm abgebrannt. Die beiden Fälle sind doch längst aufgeklärt. Und wie ich dich kenne, hast du deinen Gast auch nicht ermordet. Wenn doch, dann hättest du den höchstens zu Tode verwöhnt aber keinesfalls vergiftet.«

»Trotzdem, da kommt doch jetzt keiner mehr zu mir ins B&B.«

»Das glaube ich nicht, Tante. Er ist doch nicht bei dir ermordet worden, sondern an der Brücke. Aber, was soll ich da jetzt tun? Ich kann dir doch in dem Fall nicht helfen.«

»Die Polizei hat mich und alle meine anderen Gäste verhört. Stundenlang! Stell dir das mal vor. Was sollen die denn jetzt nur von mir denken?«

»Tante Sally! Jetzt mach aber bitte mal halblang. Die Polizei hat mit Sicherheit nicht deine Gäste stundenlang verhört. Das kam dir sicher nur so vor. Natürlich müssen die doch alles über diesen armen Mann erfahren, weißt du? Die müssen doch rausbekommen, warum man ihn ermordet hat. Das ist völlig normal, dass die alle befragen, die ihn kennen.« Graham konnte nur mit dem Kopf schütteln.

Aber Sally ließ nicht locker. »Du kennst doch die beiden Direktoren von der Polizei. Die waren doch sogar eure Trauzeugen. Frag die doch mal, ob die da nicht was tun können, damit man den Mörder schneller findet.«

Für Tante Sally schienen alle Leute, die irgendwie einen Beruf „ganz oben" hatten, Direktoren zu sein. Unabhängig ob sie bei der Polizei oder in der Fleischwarenindustrie arbeiteten. »Puh, du verlangst Sachen. Die sind doch bestimmt schon an der Klärung dran. Und so etwas geht nicht immer so schnell, wie du dir das wünschst, liebe Tante.« Aber bevor seine Tante noch antworten konnte, fügte Graham noch schnell hinzu: »Also gut, ich frag die mal.«

»Danke, du bist ein guter Junge.«

Tante Sally schien beruhigt und das hatte Graham mit seiner Antwort auch erreichen wollen. Sie musste ja nicht wissen, dass er eigentlich nicht vorhatte, seine Freunde und leitenden Polizeibeamten deswegen zu kontaktieren. Sie verabschiedeten sich schließlich und legten auf.

Graham berichtete Ishbel, die sich inzwischen wieder beruhigt hatte, von seinem Telefonat, und sie stimmte ihm zu, dass er zwar durchaus mal wieder mit Alan telefonieren könnte, aber nicht unbedingt wegen dieser Sache. Die Polizei war sicherlich dran und vermutlich kümmerte sich Brian mit seinem Team um den Fall. Aber da dies offensichtlich nichts mit Whisky zu tun hatte, hatte Graham kein spezielles oder persönliches Interesse daran. Und darüber war auch Ishbel froh, dass ihr Göttergatte nicht schon wieder Detektiv spielen wollte. Sonst müsste sie ihn am Ende doch noch disziplinieren!

Am nächsten Morgen, nach dem gemeinsamen Frühstück, rief Graham bei Ashley Dunnett auf Islay an. Er wollte ihn noch mal fragen, ob er es sich in der Zwischenzeit nicht doch noch anders überlegt hatte. Schließlich war bei einem Schotten ja erst nach dreimal Nein wirklich ein Nein gemeint.

»Guten Morgen Ashley, Graham hier.«

»Oh, hallo Graeme. Was verschafft mir denn die Ehre? Und noch dazu an einem Samstagmorgen.«

»Ich weiß doch, dass du deine Maltings auch an einem Samstag nicht alleine lässt und da ganz gerne den Papierkram erledigst.«

»Stimmt, das hatte ich dir ja mal verraten. Also, weswegen rufst du an?« Ashley klang recht kurz angebunden.

»Ich wollte dich noch mal fragen, ob du dir das vielleicht inzwischen doch anders überlegt hast und bereit bist für eine Sonderproduktion Gerste.«

»Oh Mann, du immer mit deiner Gier, wenn du dir etwas in den Kopf gesetzt hast. Du lässt einfach nicht locker. Aber ich habe momentan ganz andere Sorgen als deine blöde Gerste.« Jetzt klang er sogar genervt und ärgerlich.

»Aber hallo! Ashley, was ist denn los? Warum so ärgerlich? Das war doch nur eine Frage unter Kollegen! Da brauchst du doch nicht gleich beleidigt zu sein.«

»Mensch, wir haben einen Todesfall in unserer Maltings und da kommst du wieder mit deiner Gerste an.«

»Na Entschuldigung, das kann ich doch nicht wissen. Wer ist denn gestorben? Kenn ich den?«

»Nein, den kennt noch nicht einmal die Polizei.«

»Die Polizei? Was hat die denn damit zu tun? War es ein Unfall?«

»Wie man es nimmt.« Ashley wurde wieder etwas ruhiger. »Wir haben eine Leiche im Green Malt gefunden und der Mann wurde offensichtlich ermordet.«

»Ermordet? Mein Gott, Ashley, das ist ja schrecklich.«

»Ja, wenigstens dabei sind wir einer Meinung.«

»Na komm, ich verstehe dich ja. Bei einem solchen Fall wäre ich auch durch den Wind.«

»Noch mehr als sonst?«, frotzelte Ashley.

»Was? Ach so. Ja genau.« Graham lachte und Ashley stimmte ein.

»Aber was ist denn da passiert? Wie kam der denn bei euch ins Malz?«

»Das wissen wir auch noch nicht. Und auch die Polizei rätselt noch. Die haben sich sogar Verstärkung vom Festland geholt.«

»Was, wegen eines Toten?«

»Es hat den Anschein, als wäre der von einem Profi ermordet worden. Und es ist nicht der einzige Tote auf Islay. Seit du fort bist, wurde noch ein zweiter Toter gefunden. Ein Tourist, der über die Klippen auf der Oa Halbinsel gestürzt ist.«

»Man kann euch nicht alleine lassen. Und das auf eurer friedlichen Insel.«

»Ja, zwei komische Todesfälle in so kurzer Zeit ist für Islay schon sehr ungewöhnlich und macht sich so kurz vorm Festival auch nicht besonders gut, das sag ich dir!«

»Siehst du da etwa einen Zusammenhang?«

»Nein, der Touri hatte keinen Kontakt zu uns und auch sonst nichts mit Whisky zu tun. Zumindest nicht, soweit ich weiß.«

»Dann war das deiner Meinung nach also Zufall?«

»Ja, ich denke schon. Und wegen deiner Gerste: Meine Einstellung dazu hat sich nicht geändert und wird sich auch nicht ändern. Aber nichts für ungut.«

»Na ja, okay. Einen weiteren Versuch war es zumindest wert. Viel Erfolg bei der Aufklärung eures Todesfalles und trotzdem viel Erfolg fürs Fest.«

»Danke, auch dir alles Gute.«

Damit verabschiedeten sie sich voneinander.

Graham fand die Zahl an Toten aber dennoch merkwürdig. Jetzt stieg sein Interesse, Alan und Brian zu kontaktieren doch deutlich an und er beschloss, Alan am Montag mal anzurufen. Er empfand die Sache aber noch nicht so wichtig, als dass er ihn deswegen am Wochenende stören wollte.

Er konnte dabei nicht ahnen, wie falsch er mit dieser Einstellung lag.

Lautlos

Der Tesco Metro Market an der Kreuzung Lady Mary Row und Lochend Street (B842), mit seinen blau gefärbten Fensterfronten und der Aufschrift „Enjoy the Taste of Scotland", war das Einkaufszentrum der kleinen Stadt.

Er wurde auf dem Gelände der ehemaligen Lochhead Distillery errichtet, während sein Parkplatz auf dem Grund der ehemaligen Hazelburn-Brennerei lag. Um den Standort der ehemaligen Brennereien zu markieren, waren auf seinem Dach zwei kleine Kiln angebracht worden.

Auch wenn Campbeltown nur etwas mehr als 5.000 Einwohner zählte, war die kleine Stadt dank ihrer Whiskybrennereien doch weltbekannt. Der Ort lag direkt am Campbeltown Loch auf der Kintyre-Halbinsel und war früher für seinen Schiffbau und als geschäftiger Fischereihafen bekannt.

Heute waren, von den einst über 30 Brennereien, nur noch die Springbank, Glen Scotia und

Glengyle Distillery vorhanden, in denen bekannte Whiskymarken hergestellt werden. Das Gebiet um Campbeltown wird aber auch weiterhin als eigenständige schottische Whiskyregion geführt.

Das war auch der Grund, warum Luc Filliers, Whisky-Fan aus Belgien, sich hier aufhielt. Er war eigentlich auf dem Weg nach Islay und wollte dort nächste Woche pünktlich zum Whisky Festival eintreffen. Da der Weg dorthin über den im Norden von Kintyre gelegenen Ort Kennacraig führte, hatte er sich entschlossen vorher noch einen Ausflug nach Süden zu unternehmen, um sich dort die Brennereien anzusehen.

Er war dazu von Ardrossan aus mit der Fähre um 09:45 Uhr nach Brodick auf Arran und von Lochranza um 12:00 Uhr dann weiter nach Claonaig übergesetzt, wo er pünktlich um 12:30 Uhr bei ruhiger See ankam. Auf der B842 war er dann an der Ostküste der Halbinsel Kintyre entlang die 26 Meilen nach Süden gefahren. Bei diesem angenehmen Wetter genoss er die landschaftlich schöne Strecke mit ihren tollen Ausblicken hinüber zur Insel Arran.

Als er gestern in Campbeltown angekommen war, fuhr er erst noch die 10 Meilen weiter nach Southend und über Carskiey dann weiter bis zum Mull of Kintyre. Auf der Single Track Road zum Leuchtturm summte er, wie wahrscheinlich alle anderen Touristen in den letzten 35 Jahren auch, das gleichnamige Lied von Paul McCartney vor sich hin. Paul McCartney und seine Band „Wings" hatten das Kap 1977 weltweit bekannt gemacht, als sie den Song „Mull of Kintyre" veröffentlichten.

Er erreichte den Leuchtturm auf der steil nach unten führenden, sehr kurvigen Straße und freute sich, dass es das Wetter immer noch gut mit ihm meinte und ihm heute sogar eine tolle Fernsicht gewährte. Vom Kap aus konnte er die nördliche Küste von Antrim in Nordirland mit der nur gut 25 Kilometer entfernten Insel Rathlin Island sehen.

Nach einem schönen Nachmittag am Leuchtturm zog es ihn wieder zurück nach Campbeltown, um dort zu übernachten. Am nächsten Tag wollte er die Springbank Distillery besuchen, danach im lokalen Supermarkt einkaufen und nachmittags dann weiterfahren nach Kennacraig.

Mit der Abendfähre um 18:00 Uhr sollte es dann von dort aus nach Port Ellen weitergehen. Er hatte die entsprechende Fährpassage bereits im Vorfeld gebucht. Da er erst nach 20:00 Uhr in Port Ellen ankommen würde, hatte er auch gleich schon ein B&B gebucht und sein „late arrival" angekündigt.

Dass er allerdings nie dort ankommen würde und auch die Fähre umsonst im Voraus bezahlt hatte, konnte er zum jetzigen Zeitpunkt nicht im Entferntesten ahnen.

Nach einem üppigen Full Scottish Breakfast, etwas was er sich auf seinen Schottlandreisen nie nehmen ließ, war Luc Filliers nun aufgebrochen und begann seinen Tagesplan abzuarbeiten: Besichtigung der Springbank Distillery, dann den Cadenhead Whisky Shop, dann den Tesco Markt und schließlich die Weiterfahrt zur Fähre.

Luc wollte möglichst bald die kleine Stadt wieder verlassen, denn schon vor dem Sommer waren auf der Halbinsel Kintyre zahllose Touristen unterwegs. Speziell Campbeltown mit seinen Brennereien wirkte dabei wie ein Magnet und hatte natürlich auch ihn angezogen. Abseits von Campbeltown, im Süden der Halbinsel, konnte man aber noch stundenlang wandern, ohne einem anderen Menschen zu begegnen. Und er wollte sich auch die Natur unterwegs zur Fähre noch etwas näher ansehen.

Der Inhaber des kleinen B&B hatte ihm den Tipp gegeben, am Ronachan Point einen Stopp einzulegen. Dort könne er die Seehund-Kolonie beobachten und fotografieren, die sich regelmäßig auf den Steinen vor der Küste aufhielt. Von ihr hatte diese Stelle auch ihren Namen, denn das gälische Wort Ronachan bedeutete nichts anderes als „Platz der Seehunde".

Pünktlich um 10:00 Uhr erreichte er die Glengyle Distillery in der Bolgam Street, die eng mit der Springbank Distillery verbunden war und seit mittlerweile fast vier Jahren unter dem Markennamen Kilkerran eine spezielle Abfüllung auf den Markt brachte, die am 25. März 2004 destilliert worden war. Wie es der Zusatz „Work in Progress" auf dem Etikett schon erkennen ließ, wurde seit dieser Zeit jährlich eine neue Abfüllung auf den Markt gebracht, die jeweils um dieses eine Jahr älter war.

Auch Luc hatte sich diese inzwischen vier Editionen von Anfang an gekauft und gemeinsam mit Freunden getestet, wie sich der Whisky von Abfüllung zu Abfüllung langsam entwickelte und sich dabei von Jahr zu Jahr veränderte. Im Herbst dieses Jahres sollten sogar zwei neunjährige Abfüllungen gleichzeitig auf den Markt kommen. Zusätzlich zu der bisherigen in Bourbon-Fässern gelagerten Sorte sollte noch eine im Sherryfass gelagerte Version erscheinen. Luc wollte herausfinden, ob er davon schon etwas probieren oder vielleicht sogar kaufen konnte.

Er hatte sich deshalb für Springbank und die benachbarten Brennereien wie Hazelburn, Glen Scotia und Glengyle interessiert, weil diese immer noch von Nachfahren der Familie Mitchell geführt wurden. Das war heute schon eine große Besonderheit in der schottischen Whiskyindustrie, denn eine derartige Unabhängigkeit konnte man sonst nur noch bei Glenfarclas in der Speyside finden. Springbank dürfte mittlerweile sogar die einzige Destillerie in Schottland sein, in der alle zur Scotch-Whisky-Produktion notwendigen Arbeitsschritte noch manuell ausgeführt wurden – selbst die Gerste wurde in Campbeltown eigens für die Springbank Distillery angebaut.

Er hatte sich mit dem Manager Frank McHardy verabredet, dem Director of Production, der sich gerne bereit erklärt hatte ihn persönlich herumzuführen. Er war zwar nach fast 50 Jahren inzwischen offiziell in Rente, hatte aber sein gesamtes Produktions-Know-how in den Herstellprozess des Kilkerran Whisky eingebracht und war deshalb immer noch gerne bereit interessierten Besuchern dieses Wissen zu vermitteln.

Luc und er trafen sich vor dem weiß angestrichenen Gebäude. Sie kannten sich schon durch mehrere Kontakte auf Whiskymessen, in der Zeit als Frank noch für Springbank tätig war, und begrüßten sich herzlich.

Frank war ein großer Verfechter davon, dass ein guter Whisky nur mit natürlichen Rohstoffen aus der direkten Umgebung hergestellt werden sollte, dass auch für die Reifung genügend Zeit gewährt werden musste und die Abfüllung ohne Zusatz von Farbstoffen oder Kältefiltrierung erfolgen sollte.

Stolz zeigte er Luc bei ihrem gemeinsamen Rundgang durch die Distillery, dass nur Wasser aus dem benachbarten Crosshill Loch für den gesamten Prozess eingesetzt wurde. Auch die Gerste stammte weitestgehend aus der Region und wurde in schlechten Jahren durch schottische Gerste von der Ostküste ergänzt. Sie wurde dann bei Springbank eingeweicht und auf deren Floor Maltings ausgebreitet und alle vier Stunden von Hand gewendet. Der Reifeprozess wurde dann später über Torffeuer gestoppt, um eine gemälzte Gerste mit ca. 15 ppm Peat zu erhalten.

In der Glengyle Distillery erfolgte dann die Vermahlung der Gerste in einer Bobby Mühle, die ihnen von Craigellachie geschenkt worden war. In einer Semi Lauter Mash Tun wurde dann aus jeweils vier Tonnen Malz die Würze gewonnen, um dann in den vier Washbacks aus Lerchenholz, mit jeweils 30.000 Liter Kapazität, mit Hefe angereichert zu werden.

In zwei Brennblasen erfolgte dann der zweifache Brennvorgang. Interessanterweise handelte es sich dabei um die gleichen Brennblasen, die Frank vor vierzig Jahren schon bei Invergordon benutzt hatte, als er mit ihnen die gelegentliche Produktion von Ben Wyvis Single Malt durchführte. Er hatte nämlich bei dem Grain Hersteller Invergordon seine Karriere in der Whisky-Industrie begonnen.

Die Abfüllung des New Spirit erfolgte dann noch vor Ort. Die gefüllten Fässer wurden dann mit dem Traktor zu Springbank gefahren, um dort in deren Lagerhäusern zu reifen.

Frank McHardy bestätigte Luc, dass es nun jedes Jahr eine Abfüllung "Work in Progress" mit je 12.000 Flaschen geben werde. Es handelte sich dabei immer um Mischungen aus je 30 Fässern, die nach der "Vermählung", wie das Vermischen mehrerer Fässer genannt wurde, noch mal für 6 Monate ins Holz durften. Geplant war, dass der Kilkerran ab dem 12.Lebensjahr zum "Standard" werden sollte, also ab 2016. Die Abfüllung der Flaschen erfolgte ebenfalls bei Springbank.

Zum Abschied lud Frank ihn noch ein im nächsten Jahr wieder zu kommen, da die Glengyle Distillery im Mai 2014 ihr 10-jähriges Bestehen feiern wollte. Dabei sollte es eine speziell von den Besuchern per Hand abgefüllte Sonderedition geben und ein Set aus 6 verschiedenen Flaschen des dann 10-jährigen Whiskys.

Das klang für Luc so interessant, dass er versprach, im Folgejahr erneut nach Campbeltown zu kommen.

Im Anschluss an seinen interessanten Besuch bei der Glengyle Distillery machte Luc noch einen Abstecher zum Cadenhead Whisky Shop. Auch William Cadenhead gehörte seit 1969 zur J&A Mitchell Gruppe, denen auch Springbank und Glengyle gehörten. Der unabhängige Abfüller William Cadenhead füllte hauptsächlich ausgewählte Fässer schottischen Whiskys in Flaschen in der Abfüllanlage bei Springbank, um sie dann zu verkaufen.

Luc wollte in dem Shop nach interessanten Flaschen suchen, die er zu Hause mit Freunden verkosten oder verkaufen konnte. Und er wurde auch tatsächlich fündig und verließ das Geschäft mit zwei Kartons gefüllt mit je sechs Flaschen Single Malt Whisky.

Was er nicht wusste, war, dass seine Freunde zu Hause vergeblich auf diesen Whisky warten würden.

Nachdem er den Whisky in seinem Auto sicher verstaut hatte, machte er sich auf den Weg zum nahegelegenen Tesco, um sich für die nächsten Tage mit Getränken und Kleinigkeiten zum Essen einzudecken. Außerdem wollte er anschließend noch tanken, da es hier vermutlich billiger war als auf der Insel Islay, dem nächsten und letzten Ziel seiner diesjährigen Schottlandreise.

Luc hatte den kleinen Einkaufskorb vor sich auf den Boden gestellt, da die drei 2-Liter-Flaschen Highland Spring Wasser schon etwas schwerer wogen als er zunächst dachte und betrachtete sich die Angebote in der Schokoladen- und Keksabteilung.

Er hatte nicht bemerkt, dass ihm ein Mann in den Supermarkt gefolgt war und sich ihm jetzt von hinten näherte, bis er ganz dicht hinter ihm war. Doch dann ging der Mann an ihm vorbei. So, als wollte er direkt vor Luc eine der Tafeln Schokolade aus dem Regal nehmen, blieb er genau neben ihm stehen. Luc konnte sogar noch das feine, entschuldigende Lächeln auf den Lippen des Fremden sehen, als plötzlich etwas sehr heißes seinen Brustkorb füllte. Dieses extrem unangenehme Gefühl ließ jedoch fast wieder nach, als sein Herz den

Dienst quittierte und die Blutversorgung des Gehirns einstellte. Trotzdem stand Luc immer noch auf den Beinen und schaute seinen Mörder mit weit aufgerissenen Augen und einem Ausdruck starren, ungläubigen Erstaunens an.

Nur ein sehr leises „Plopp - plopp" war zu hören, das selbst für ihn nicht lauter klang, als das leise, kurze Räuspern eines Menschen. Er hatte mit beiden Schüssen natürlich genau ins Herz getroffen. Aus dieser kurzen Entfernung war das ja schließlich auch keine Meisterleistung. Er schaffte das sogar noch aus einer viel größeren Distanz.

Während Luc Filliers zunächst noch wie eingefroren still und unbeweglich da stand, drehte sich der Mann ohne innezuhalten wieder um und ging ohne Eile den Gang zurück in Richtung Kasse. Dabei steckte er seine Waffe wieder unter seiner Jacke in das Holster, sodass sie niemand mehr sehen konnte.

Beim Umdrehen sah er noch aus den Augenwinkeln, wie sein Opfer in sich zusammensackte und lautlos gegen das Regal mit den diversen Schokoladeprodukten fiel und dann daran merkwürdig langsam zu Boden rutschte.

Er lächelte und dachte dabei: Einen süßen Tod habe ich mir eigentlich immer etwas anders vorgestellt. Nachdenklich betrachtete er die Tafel Schokolade, die er ohne sie anzusehen vor Luc Filliers mit seiner linken Hand aus dem Regal genommen hatte: Cranberry Zartbitter. Sein Lächeln gefror zu einer gequälten Grimasse. Igitt! Aber man konnte ja nicht immer Glück haben ...

Unterwegs zur Kasse nahm der Mann noch einen 1,5-Kilo-Beutel Alpen Müsli mit, da nicht nur er, sondern auch seine ganze Familie diese Art von Müsli am liebsten aß. Obwohl der Name und der Hinweis „nach Schweizer Rezept" eigentlich darauf schließen ließen, dass das Müsli auch in seinem Heimatland zu kaufen war, hatte er es bislang nur in Großbritannien gefunden. Alleine deshalb hatte sich die Reise für ihn also schon gelohnt.

Er stellte sich an der Kasse in der kleinen Schlange an und wartete insgeheim darauf, dass in dem Gang, wo jetzt der Tote lag, ein Tumult losbrechen würde. Aber nichts geschah. Auch als er seelenruhig sein Müsli und die Tafel Schokolade bezahlt hatte und den Markt verließ, war immer noch nichts zu bemerken. Er war darüber doch etwas irritiert, denn er hatte eigentlich damit gerechnet, dass Panik ausbrechen würde. Es waren zwar nicht sehr viele Kunden im Markt, aber dass bisher noch niemand den Toten entdeckt hatte, war mehr als verwunderlich. Es sollte ihm aber recht sein, dann konnte er den Markt völlig unauffällig verlassen.

Und in der Tat wurde der Tote erst bemerkt, als der Mann schon mit seinem Auto vom Parkplatz gefahren war und sich auf den Weg zu seinem nächsten Ziel gemacht hatte.

Heimvorteil

Ein dunkelblauer Volvo XC70 jagte die A82 am Loch Ness entlang in Richtung Südwesten. Das aufgesetzte und eingeschaltete Blaulicht sorgte dafür, dass er meist freie Fahrt hatte. Falls das nicht sofort klappte, schaltete der Fahrer das Martinshorn ein und erschreckte die vor ihm träumenden Fahrer. Die 2,5 Liter Maschine mit ihren 228 PS unterstützte seine sportliche Fahrweise außerordentlich.

»Warum können sich die Leute nicht montags oder dienstags umbringen lassen? Warum muss das immer samstags oder sonntags passieren? Kennen die Mörder denn kein Wochenende oder warum können die nicht unter der Woche arbeiten wie alle anderen auch? Dienstage sind doch so schön ruhig und für nichts anderes gut. Und dann auch noch immer genau die Wochenenden, an denen ich was anderes vorhabe.« Brian schimpfte vor sich hin, als er mit seinem Dienstwagen auf dem Weg zum Fundort der Leiche war.

»Und warum muss immer ich diese Fälle übernehmen?« Er ignorierte dabei, dass er an diesem Wochenende Bereitschaft hatte, falls es in Schottland zu einem unerklärlichen Gewaltverbrechen kam. »Und dann auch noch am anderen Ende der Welt. Das versaut mir mal wieder alles! Einmal, bitte nur einmal einen Toten am Mittwochnachmittag im Pub direkt bei mir um die Ecke. Damit ich endlich mal einen Heimvorteil bei meiner Arbeit habe. Und ich muss dann aus ermittlungstechnischen Gründen auch alle Zapfhähne überprüfen. Aber nein ...«

Es war vielleicht ganz gut, dass Brian alleine im Wagen war und die Fahrt lange genug dauerte, dass sich sein Ärger bis zur Ankunft bei den Kollegen vor Ort wieder gelegt hatte. Zumindest weitestgehend.

Brian parkte seinen Volvo direkt vorm Eingang des Tesco Supermarktes in Campbeltown. Die Beamten hatten bereits alle zum Zeitpunkt des Leichenfunds noch verfügbaren Kunden des Marktes und die beiden Kassiererinnen in das Café im Eingangsbereich verfrachtet. Sie hatten sich die Leiche aus der erforderlichen Distanz kurz angesehen und erkannt, dass der junge Mann wohl erschossen worden war.

Danach hatten sie sicherheitshalber das gesamte Gebäude abgesperrt, um es später dem Spurensicherungsteam zu übergeben. Zu diesem Team gehörte auch der Fotograf, der seiner Bestimmung gemäß alles genau fotografierte, damit später mit den Fotos nochmals alle Bereiche der Fundstelle in allen Einzelheiten nachgestellt werden konnten.

Der Fotograf war ein alter Hase. Er war nur noch wenige Jahre von seiner Pensionierung entfernt. Es war ihm längst in Fleisch und Blut übergegangen, nichts zu berühren oder zu verändern. Auch er trug das kleidsame Ganzkörperkondom der Spurensicherung, um mit dieser Schutzkleidung keine eigenen Verunreinigungen an den Tatort zu bringen.

Die Vorschriften besagten, dass die Kollegen der SpuSi als Erste den Tatort beziehungsweise Fundort untersuchten, ohne dabei allerdings die Leiche anzurühren, und erst wenn das Team fertig war, konnte der Coroner seine Arbeit beginnen. Solange mussten alle anderen warten.

Als der Fotograf fertig war, schleppten die Frauen und Männer in weißen Anzügen ihre großen Koffer zum Fundort, während der Coroner weiterhin mit seiner Arzttasche in der Hand auf seinen Einsatz wartete.

Die beiden Polizisten hatten in der Zwischenzeit die Personalien der Supermarkt-Kunden aufgenommen und alle Anwesenden einzeln befragt. Das Ergebnis der Befragung war allerdings niederschmetternd: Keiner hatte etwas Verdächtiges gesehen. Und keiner hatte einen Schuss gehört. Auch den Kassiererinnen war niemand aufgefallen, der sich verdächtig verhalten oder den Supermarkt eilig, und ohne etwas gekauft zu haben, verlassen hatte.

Brian war entsprechend enttäuscht, als er das hörte.

Der Coroner war mit seiner Arbeit fertig und trat wieder zu den wartenden Beamten.

»Wie sieht es aus?«, fragte Brian.

»Schlecht, er ist tatsächlich tot. So ein Tod ist schon eine unangenehme Sache, wenn man ihn nicht richtig auskuriert.«

Brian verdrehte die Augen. »Ist das alles, was Sie herausgefunden haben? Was ist denn die Todesursache?«

Mit Blick auf die Leiche antwortete der Coroner: »Was glauben Sie denn? Fußpilz, Schuppenflechte?«

»Ersparen Sie uns Ihren makabren Humor. Sie haben doch sicherlich eine Vorstellung.«

»Fragen Sie in der Rechtsmedizin nach, die können Ihnen die ganzen Details sagen, wenn sie ihn untersucht haben.«

»Ja, das mache ich schon noch. Aber einen Hinweis werden Sie mir doch geben können.«

»Ich habe meine Glaskugel leider nicht dabei.«

Brian seufzte und dachte dann, eine Glaskugel wäre manchmal gar nicht so schlecht. Zur Not könnte er das Ding immer noch jemandem an den Kopf werfen. Wie diesem Arzt zum Beispiel. Dann guckte er grimmig.

»Der Tote ist männlich und wurde wahrscheinlich erschossen. Das legen zumindest die beiden unnatürlichen Löcher im Brustkorb nahe. Und wegen des starken inneren Blutverlustes ist er sehr blass. Und auch tot. Mehr kann ich wirklich nicht sagen«, beeilte sich der Arzt noch schnell hinzuzufügen.

»Na also geht doch!« Immer diese hochnäsigen Leichenfledderer dachte Brian dabei. Dass der Mann im Supermarkt erschossen wurde, hatten die lokalen Polizisten schon längst erkannt. Wozu brauchte man also die Kerle in so einem Fall eigentlich noch? Brian wandte sich dem Chef der Spurensicherung zu. »Habt ihr was gefunden, was uns weiterhelfen könnte?«

»Nein, leider nicht. Zumindest nicht auf den ersten Blick. Die Faserspuren und eventuelle Fremd-DNA auf seiner Kleidung müssen noch ausgewertet werden.« Nach einer kurzen Pause fügte er noch zögerlich hinzu: »Ich mache mir aber keine großen Hoffnungen, dass wir dabei etwas finden werden.«

»Ach, und warum nicht?«, fragte Brian erstaunt.

»Keiner hat einen Schuss gehört. Der Mörder muss ihn also lautlos getötet haben und hat dazu wohl einen Schalldämpfer benutzt.« Die beiden Polizisten, die zuerst am Tatort eingetroffen waren, nickten bestätigend.

»Verstehe«, antwortete Brian. »Und wer so eine Tat begeht, ist Profi und trägt selbst im Sommer Handschuhe und hinterlässt keine verwertbaren Spuren.«

»Genau.«

»Gut kombiniert Watson. Sie sollten zur Polizei gehen. Da können Sie dann meinen Job machen und ermitteln.« Brian grinste den Chef der Spurensicherung dabei an, sodass dieser wusste, dass es sich dabei nicht um einen Vorwurf zum Thema „Amtsanmaßung" handelte.

»Ansonsten haben wir seinen Ausweis und sein Handy gefunden und ein Fährticket für die Abendfähre nach Islay.«

»Na, der Platz wird ja wohl jetzt frei bleiben.«

»Es handelt sich um einen gewissen Luc Filliers aus Antwerpen, Belgien. 28 Jahre alt, war heute

Morgen bei Springbank, hat zumindest ein Eintrittsticket in der Tasche.«

»Okay, sonst noch etwas?«

»Wir haben auch einen Autoschlüssel gefunden. Wir denken mal, dass der Wagen draußen auf dem Parkplatz steht. Wenn wir ihn gefunden haben, werden wir den auch noch gründlich untersuchen.«

»Gut, ich schaue mich hier noch etwas um und komme dann raus zu euch.«

»Okay, bis dann.«

Zu den Polizisten gewandt fragte Brian: »Habt ihr den Marktleiter gefragt, ob er euch eine Kopie der Videoaufzeichnung geben kann?« Er zeigte dabei auf eine Überwachungskamera, die schräg über ihnen an der Decke hing.

»Nein«, stammelte einer der beiden.

»Noch nicht«, fügte der andere schnell hinzu.

»Na, dann macht das mal. Und wenn er welche hat, die vom Parkplatz natürlich auch. Und lasst euch nicht abwimmeln. Wenn der was aufgezeichnet hat, soll er euch die Bänder oder was auch immer er hat mitgeben. Keine Ausreden akzeptieren. Zur Not droht ihm mit erschießen.«

Er ließ zwei verdutzte Polizisten stehen und wandte sich dem Ausgang zu. Doch dann drehte er sich noch einmal um. »Ihr könnt die Kunden und die Mitarbeiter dann nach Hause schicken. Aber seht euch draußen mal bei den Neugierigen um, vielleicht ist da ja noch jemand dabei, der etwas gesehen hat. Aber vorher fotografiert ihr mir alle Schaulustigen da draußen unauffällig. Ihr wisst ja, einige von den Perversen schauen gerne noch zu, wenn wir ihr Kunstwerk begutachten.«

Die beiden Beamten nickten und machten sich auf den Weg zum Marktleiter.

Brian schaute sich die Leiche noch etwas näher an. Sie war vom Coroner bereits umgedreht worden, nachdem die Spurensicherung mit ihrer Arbeit fertig war. Als er aber wie erwartet auch nichts Besonderes an dem Toten feststellen konnte, gab er den beiden Männern des lokalen Bestattungsunternehmens das Zeichen, dass sie den Toten in den mitgebrachten Zinksarg legen und abtransportieren konnten.

Dann verließ Brian ebenfalls den Supermarkt und ging zu den Kollegen der SpuSi, die inzwischen den Wagen des Toten entdeckt hatten. Sie waren in ihren kleidsamen Schutzanzügen auch aus der Ferne leicht zu erkennen.

Brian grübelte auf dem Weg zum Auto des Erschossenen darüber, dass er jetzt mit dem Toten an der Telford Brücke und den zwei Verbrannten in Clachtoll schon drei Mordfälle auf dem Tisch hatte. Drei Mordfälle mit vier Toten, um genau zu sein. Das war schon sehr seltsam und auch irgendwie auffällig. So viele Tote und dann auch noch in der kurzen Zeit. Vielleicht gab es da ja doch einen Zusammenhang?

Morgengrauen

SEMPER VIGILO

Alan hatte nun seit gestern endlich seinen lang ersehnten Urlaub und arbeitete seitdem in ihrem Haus in Huntly. Gemeinsam mit Susan hatte er sich für die zweiwöchige Auszeit von seiner Arbeit einiges vorgenommen. Er wollte zumindest mehrere Räume tapezieren und ein paar kleine bauliche Veränderungen vornehmen. Susan wollte ihre schon seit Jahren gehegten Ideen zu einem eigenen blühenden Garten in die Tat umsetzen. Die großen baulichen Herausforderungen, wie das Dach, wollte er sich für den Spätsommer aufsparen. Oder sie vielleicht sogar doch lieber einem Fachmann überlassen. Mal sehen.

In Alans Bekanntenkreis gab es Männer, die zum Auswechseln einer kaputten Glühbirne den Elektriker kommen ließen oder zum Rasenmähen und Schneiden einer einzigen Hecke den Landschaftsgärtner. Dafür hatte er nur ein Kopfschütteln übrig, auch wenn er höflich genug war, den

Kopf erst dann zu schütteln, wenn die Bekannten außer Sichtweite waren.

Für ihn stellten solche Tätigkeiten keine besondere Herausforderung dar, er machte sie sogar richtig gerne. Als Ausgleich zu seiner sonst überwiegenden Kopfarbeit benutzte er gerne in seiner Freizeit seine Hände, um etwas zu erschaffen. Am liebsten würde er natürlich ihr neues Haus komplett selbst umbauen und überall persönlich Hand anlegen. Leider hatte er nicht immer genügend Zeit dafür, sodass er sich dann doch ab und zu professionelle Hilfe holen musste, damit es mit den Bauprojekten voranging. Und ihm war darüber hinaus natürlich klar, dass bei brisanten Projekten wie dem Dach, allein aus gewährleistungstechnischen Gründen, die Beauftragung einer Firma Sinn machte.

Während er mit dem Spachtel die alte Tapete im Flur abschabte, fiel sein Blick auf Susans Tasche mit dem Emblem des Jubilee Hospital & Huntly Health Centre. Er merkte, wie dabei wieder diese leise Wut in ihm aufstieg. Nachdem sie in dieses Haus gezogen waren, hatte Susan sich über ein Jahr in dem örtlichen Krankenhaus um eine Stelle beworben. Sie hatte jeden Monat dort vorgesprochen und hatte jede einzelne Klinke dort blank geputzt. Nicht, dass ihr der bisherige Job im Krankenhaus in Elgin nicht gefallen hätte. Die Fahrt dorthin war ja auch im erträglichen Rahmen. Es war allein die Aussicht, zu jedem Schichtbeginn keine 20 Minuten zu Fuß oder kaum 5 Minuten mit dem Fahrrad zum Arbeitsplatz zu benötigen. Dann hätte sie unendlich viel mehr Zeit, sich um ihr neues trautes Heim und den Garten zu kümmern, so sagte sie. Sie hatte insgeheim schon immer Ishbel beneidet, die von der Ben Rhinnes Distillery zu Grahams und ihrem Haus keine zehn Minuten zu Fuß brauchte.

Natürlich würde sie dieses neue Leben nicht wieder aufgeben wollen. Nur weil es Schottlands Behördenplaner mal eben für effizienter hielten, alle oberen Ränge in Glasgow zu platzieren. Ihr neu gewonnenes und toll funktionierendes Zusammenleben wollte sie aber ebenso wenig aufgeben. Eigentlich genau wie er. Aber was sollte er denn machen? Kündigen? Eine Detektei eröffnen? Hausmann werden? Er liebte seinen Beruf genauso wie sie ihren. Er liebte sie genauso wie sie ihn. Im Moment zeigte sich seine Zukunft nur in völligen Nebelschwaden. Umso heftiger kratzte er an der alten Tapete, die in großen Stücken von der Wand abfiel. Scheiß-Behördenplaner!

So in seinen Frust versunken spürte Alan ein plötzliches Vibrieren über seinem Herzen. Kurz darauf legte er den Spachtel auf die Leiter und griff in die Innentasche seines Arbeitshemdes. Von dort zog er zwei Mobiltelefone heraus. Mit einem leisen Gefühl der Enttäuschung erkannte er, dass das Brummen von seinem Diensttelefon kam. Er hatte eigentlich auf einen Anruf von Susan auf dem Privathandy gehofft.

Im Display konnte er den Namen von Claudia Swanson, seiner Assistentin, lesen und wusste, dass es wohl etwas wirklich Dringendes sein musste, sonst hätte sie ihn niemals im Urlaub angerufen. Es gab eine Absprache zwischen ihnen, dass sie ihn im Urlaub nicht stören würde und lediglich bei „halb dringenden" Sachen ihm eine Mail schickte, die er dann beantworten konnte, wenn es ihm passte. Die einzige Ausnahme dazu hatte sie schon gemacht, als sie ihm an seinem Geburtstag eine Glückwunsch SMS geschickt hatte.

Da er in den Tagen danach weder eine Mail noch eine andere Nachricht von ihr erhalten hatte, sondern sie sofort zum Telefon gegriffen hatte, ließen in ihm sämtliche Alarmglocken anschlagen.

»Hallo Claudia, was gibt es denn?«, fragte er deshalb auch sofort, immer noch halb muffelig und halb neugierig.

»Hi Alan, sorry, dass ich störe, aber ...«, sie zögerte kurz.

»Na, nun sag schon.« Alan stieg von der Leiter und ging über die Tapetenreste ins Wohnzimmer.

»Der CC hat darum gebeten, dass du ihn anrufst, wenn du mal kurz Zeit hast.« Claudia hatte sich noch immer nicht daran gewöhnt, Bill Timmins als Deputy Chief Constable oder DCC zu bezeichnen, oder ihn gar Bill zu nennen. Für sie würde er wohl immer der CC bleiben.

Alan kannte seinen Chef Deputy Chief Constable Willie „Bill" Timmins gut genug, um zu wissen, dass diese Bitte von ihm dem Befehl gleichkam, alles stehen und liegen zu lassen und sofort zum Rapport anzutreten – das galt auch für einen telefonischen Rapport.

»Hat er gesagt warum?«

»Nein, aber du kennst ihn doch. Wichtige Dinge würde er mir doch nicht anvertrauen, sondern nur dir direkt.«

»Ja, ja, der alte Geheimniskrämer. Dabei weiß er doch längst, dass du mein volles Vertrauen genießt und er dir alles genau so sagen kann wie mir.«

»Ja, dass weiß er bestimmt. Aber er hält nun mal an alten Traditionen fest und da vertraut er niemandem so, wie du mir. Noch nicht einmal seiner eigenen Sekretärin. Vermutlich noch nicht einmal seiner eigenen Frau.«

Alan wusste, dass Hollie, die Sekretärin von Timmins, das schon mehrfach Claudia gegenüber geäußert hatte und sie wohl auch etwas neidisch darauf war, wie vertrauensvoll sie und Alan miteinander umgingen. Wenn Claudia inzwischen nicht zum zweiten Mal frisch verheiratet beziehungsweise Alan nicht ebenfalls glücklich liiert gewesen wäre, so wäre vermutlich längst das eine oder andere Gerücht kursiert, dass sie etwas miteinander hätten. Aber sie waren einfach nur Kollegen, die sich vertrauten und extrem gut verstanden.

»Hast du sonst irgendwelche Informationen?«

»Brian wurde ebenfalls zum Chief Constable einbestellt. Und Timmins hat euch beide für 11:00 Uhr zu einer Telefonkonferenz eingeladen.«

»Das ist also seine Bitte an mich, ihn „doch mal anzurufen, wenn ich Zeit habe"? Toll! – Aber, Moment, das ist ja schon in knapp 10 Minuten!«, rief Alan mit einem Blick auf seine Uhr aus.

»Stimmt. Aber wenigstens musst du dich nicht extra umziehen oder frisch machen, es ist schließlich keine Videokonferenz«, lachte Claudia.

»Oh Mann, mir bleibt aber auch gar nichts erspart.« Alan ahnte nicht, dass Brian wenige Sekunden vorher genau den gleichen Wortlaut zu seiner Sekretärin gesagt hatte.

»Na ja, vielleicht ist es ja nicht so schlimm.« Claudia klang dabei jedoch nicht wirklich überzeugt. Denn wenn der Chief Brian und Alan sprechen wollte, lag wohl etwas Großes in der Luft.

»Jedenfalls einen erfolgreichen Urlaub noch. Falls möglich«, verabschiedete sie sich von Alan.

Irgendwie hatte Alan aber das Gefühl, dass sein Urlaub plötzlich ernsthaft gefährdet war. Und falls es soweit kommen würde, dass ihm dann noch einige weitere nicht gerade herzliche Gespräche mit Susan bevorstehen würden.

Weniger als 10 Minuten später saß Alan in seinen Arbeitsklamotten an seinem Schreibtisch und wählte die Nummer von DCC Timmins. Schon nach dem zweiten Klingeln ging Timmins persönlich dran, ohne, wie sonst üblich, den Umweg über seine Sekretärin zu nutzen.

»Hallo Alan, na endlich«, meldete er sich, statt einer Begrüßung und mit einem leicht vorwurfsvollen Unterton.

»Hallo Bill«, erwiderte Alan ebenfalls kurz angebunden. Seine Fassung hatte er zwar wiedergefunden, seine gute Laune aber noch lange nicht.

»Hallo Alan«, sagte Brian. Er zeigte damit, dass er ebenfalls bereits zugeschaltet war und die Konferenzschaltung stand.

»Gut, jetzt, wo alle da sind, wollen wir auch gleich zur Sache kommen.« Bill Timmins raschelte mit ein paar Papieren, die vor ihm lagen. »Der Justizminister hat mich angerufen und Kenny MacAskill hat mir die Hölle heißgemacht wegen der Anzahl gewaltsamer Todesfälle und tödlicher Unfälle von Touristen in Schottland in den letzten Tagen. Es wird ihm langsam zu dumm, dass bei der Aufklärung der Fälle noch keine konkreten Ergebnisse vorliegen. Der gute Ruf Schottlands leidet und Ministerpräsident Alex Salmond hat ihn offensichtlich aufgefordert, in der Sache etwas zu unternehmen und sich persönlich darum zu kümmern.«

»Aha, daher weht also der Wind«, konnte es sich Brian nicht verkneifen.

»Wir haben mittlerweile sechs ungeklärte Todesfälle innerhalb von wenigen Tagen«, schnaufte Timmins. »Und da haben Sie nichts Besseres zu tun, als einfach in Urlaub zu gehen. Wer hat das denn genehmigt?« Das war eindeutig an Alan adressiert.

Alan verzichtete darauf seinem Chef zu erklären, dass er ihm den Urlaub persönlich genehmigt hatte und sagte lieber gar nichts. Timmins schien auch keine Antwort erwartet zu haben, denn er sprach gleich weiter.

»Zwei Tote auf Islay, davon einer definitiv Mord! Zwei Tote bei Clachtoll, beide definitiv Mord! Ein Toter bei Craigellachie, definitiv Mord! Und jetzt noch der Tote in Campbeltown, ebenfalls definitiv Mord! Das ist doch nicht normal, meine Herren!« Timmins war bei der Aufzählung immer lauter geworden.

»Sechs Tote!«, rief Brian erstaunt aus. Er hatte mit den Fingern mitgezählt. »Und das innerhalb von einer guten Woche! Das ist wirklich nicht normal.«

»Das sehe ich auch so, auch wenn ich da noch keinerlei Zusammenhang erkennen kann«, ergänzte Alan.

»Meine Herren! Kümmern Sie sich gefälligst darum! Bilden Sie eine Sonderkommission und liefern Sie mir umgehend Ergebnisse! Ich erwarte diese Woche noch einen positiven Bericht!« Mit diesen Worten beendete Timmins das Gespräch und legte einfach auf.

Damit wurde auch die Konferenzschaltung unterbrochen und Alan sowie Brian konnten sich auch nicht weiter unterhalten. Deshalb legten sie ebenfalls auf.

Es dauerte aber nur Sekunden, bis Alans Handy wieder vibrierte und Brian ihn anrief. »Na, du Leiter der neuen Sonderkommission«, begrüßte er ihn.

»Oh Mann, das hat mir gerade noch gefehlt. Ausgerechnet jetzt im Urlaub. Wie soll ich das nur alles bewerkstelligen?«

»Na, das schaffst du doch locker.«

»Ich bin ACC und nicht Gott, mein Lieber.«

»Ich dachte das wäre das Gleiche«, frotzelte Brian.

»Tja, ich war auch enttäuscht, als ich die Wahrheit erfahren habe.«

»Da ich mir sehr gut vorstellen kann, wie meine Janet jetzt reagieren würde, denke ich, dass es bei Susan ähnlich sein wird. Da ich im Hintergrund noch keinerlei Kampfgeräusche höre, nehme ich mal an, dass Susan gerade glücklicherweise nicht im Haus ist und den Panzer startet?«

»Gottseidank! Da kann ich wenigstens mal kurz darüber nachdenken und muss nicht sofort in den nächsten Schützengraben springen«, griff Alan Brians Steilvorlage auf. »Ich will mir das noch gar nicht vorstellen, wie sie reagieren wird.« Er wusste ziemlich genau, dass seine Susan „not amused" sein würde, wenn er den gerade begonnenen Urlaub und vor allem die Arbeiten im Haus nach zwei Tagen wieder abbrechen würde. Und er musste es tun! Darüber war er sich völlig im Klaren.

»Ich habe da eine grandiose Idee«, unterbrach Brian Alans sorgenvolle Gedanken.

»Was denn willst du etwa grillen?«, fragte Alan sarkastisch.

»Nein, ausnahmsweise mal nicht. Aber ich will dir helfen.«

»Du bist natürlich in der Soko dabei. Das sollte dir doch klar sein.«

»Nein, das meinte ich nicht. Ich will dir bei euch zu Hause helfen.«

»Häh, wie das denn? Willst du etwa Susan schonend beibringen, dass mein Urlaub beendet wurde?«

»Nein, das musst du schon selbst machen. Ich will dir aber helfen, dass es dir nicht zu schwer fallen wird.«

»Du sprichst in Rätseln, mein Lieber.«

»Okay, dann höre einfach zu. Ich ziehe mich jetzt um, setze mich in mein Auto und komm zu dir rüber gefahren.«

»Aha, und dann? Stellst du dich mit breiter Brust dazwischen, wenn Susan beginnt, die Kücheneinrichtung nach mir zu werfen?« Alans Ton wurde immer verzweifelter.

»Du sollst zuhören! Ich nehme mir den restlichen Tag wegen dringlicher Termine frei und bin in einer Stunde bei dir. Dann tapezieren wir gemeinsam deine Wohnung fertig und schmieden dabei schon mal einen Plan, wen wir alles in die Soko holen und wie wir vorgehen wollen.«

»Das würdest du machen? Ehrlich?«

»Klar, Mensch. Dafür sind Untergebene doch da!«

»Insbesondere die Sorte von Untergebenen, die auch zum engsten Freundeskreis zählen, nehme ich an?« Alans Strahlen konnte man förmlich durchs Telefon hören.

»Na, wenn du's schon erwähnst ...«

»Wow, jetzt bin ich aber echt gerührt«, meinte Alan ehrlich. »Was ist denn mit Jane? Willst du sie mitbringen?«

»Nette Idee, aber Jane hat heute Abend ihren Nachbarschafts-Mädels-Geheimnis-und-Getuschel-Abend. Der dauert eh immer bis in die Puppen. Das ist schon okay! Glaub mir! Aber du hast mich noch auf einen anderen Gedanken gebracht«, ergänzte Brian, auch um nicht selbst rührselig zu werden. »Da meine fürsorgliche Jane dann nicht mein Ableben durch jämmerliches Verhungern verhindern kann, müssen wir für Ersatz sorgen. Nach getaner Arbeit müssen wir also auf jeden Fall noch eine Kleinigkeit essen. Ich bring deshalb ein paar Steaks mit. Mach schon mal deinen kleinen Hobby-Grill für Anfänger klar und stell die Kohlen bereit. Ich spüre jetzt schon so einen versteckten Hunger.«

Beide lachten und verabschiedeten sich. Alan war mal wieder richtig froh, in Brian so einen guten und verlässlichen Freund zu haben. Fröhlich vor sich hin pfeifend ging er zurück in den Flur und schabte weiter die alten Tapeten ab.«

Alan und Brian waren tatsächlich mit dem Tapezieren zweier Räume fertig geworden und Susan war total beeindruckt mit dem Arbeitspensum der beiden, als sie nach Hause kam. Sie ahnte allerdings mit ihrer typisch weiblichen Intuition sofort, dass die Anwesenheit und Hilfe von Brian letztendlich nichts Gutes zu bedeuten hatte.

Die zwei Männer berichteten ihr deshalb von ihrem Telefonat mit Bill Timmins und der aktuellen „Mörderlage in Schottland", wie es Brian ausdrückte.

Susan war natürlich nicht glücklich darüber, dass der geplante Urlaub und die damit verbundenen Renovierungspläne ins Wasser fielen, hatte aber auch Verständnis für die Notlage der beiden Kriminalisten. Sie kannte aus ihrer Tätigkeit als Ärztin schließlich selbst genug Gelegenheiten, wo sie gezwungen war, gemeinsame Vorhaben platzen zu lassen.

Die Anwesenheit Brians half letztendlich, dass sich ihr Ärger in Grenzen hielt, zumal er versprach, dass er nach Klärung des Falles gerne wieder zum Grillen vorbeikommen würde und vorher durchaus ein paar Leibesübungen machen könnte.

Während Brian grillte, Susan einen Salat zubereitete und gleichzeitig zwei Kräuter-Baguette in den Backofen geschoben hatte, klemmte sich Alan ans Telefon und tätigte etliche Anrufe. Er hatte die Teilnehmer seiner ehemaligen Soko „Whisky-Mörder" nach und nach alle auf ihrem Handy erreicht und Glück gehabt, dass keiner in Urlaub war oder in nächster Zeit gehen wollte. So war es kein Problem für ihn gewesen, Sie alle für den nächsten Vormittag nach Inverness einzubestellen. Die erforderlichen Freistellungen durch ihre jeweiligen Vorgesetzten würde Timmins persönlich übernehmen müssen.

Als Alan zu Brian an den Grill trat und ihn informierte, dass sich alle am nächsten Morgen um 09:00 Uhr in Inverness treffen würden, rief dieser in gespieltem Entsetzen aus: »Um 09:00 Uhr? Mitten in der Nacht!«

»Na, um die Zeit ist es schon längst hell, also mindestens Morgengrauen.«

»Mir graut vor jedem Morgen. Wenn ein Tag schon mit Aufstehen anfängt, das kann nichts Gutes werden.«

Beide lachten, denn Alan wusste, dass Brian spätestens um 08:00 Uhr im Büro eintraf, wenn nicht schon vorher ein Termin vereinbart war.

Später hatte Brian die fünf mitgebrachten Steaks gerecht aufgeteilt – zumindest aus seiner Sicht. Drei für sich und je eins für Susan und Alan. Zum Ausgleich begnügte er sich mit einem Hauch Salat zu seinem Fleisch und nur 2 Scheiben Baguette.

Wiederbelebung

Pünktlich um 09:00 Uhr trafen sich die Mitglieder der Sonderkommission in den Räumen der ehemaligen Polizeizentrale in Inverness. Bill Timmins hatte es sich nicht nehmen lassen, alle Anwesenden im Besprechungszimmer persönlich zu begrüßen.

Alan wusste natürlich, dass er dies nicht nur aus reiner Höflichkeit tat, sondern in erster Linie, um sich zu überzeugen, dass man seinem „Wunsch" nachgekommen war. Nachdem er allen die Bedeutung schneller Ermittlungserfolge klar gemacht hatte, wünschte er viel Erfolg und verabschiedete sich auch gleich wieder.

Alan hatte nicht viel übrig für das Aufstellen von strikten Regeln und Direktiven. Das war nur was für die „Großkopferten", damit die sich sicherer fühlten. Er nutzte diese Vorgaben nur, wenn sie ihm weiterhalfen, ansonsten umging er sie großzügig. Es hielt sich ja doch niemand daran und die meisten nahmen sie noch nicht einmal bewusst zur Kenntnis. Mit dieser Einstellung und seiner oft recht unkonventionellen Art hatte er sich nicht nur Freunde gemacht, speziell in den oberen Führungsebenen. Aber er war damit bislang immer am besten gefahren und der Erfolg gab ihm stets recht.

Bei dem letzten Ermittlungsverfahren, in dem das gleiche Team zusammengearbeitet hatte, hatten sie sich so weit an die Vorschriften gehalten, wie das bei Vorschriften, die größtenteils von völlig praxisfremden Beamten erstellt worden waren, überhaupt möglich war. Also, eigentlich gar nicht. Dennoch hatten sie ihren letzten gemeinsamen Fall in Rekordzeit gelöst. CC Timmins wusste das auch und akzeptiere es, denn Erfolg war das Wichtigste, auch für ihn. Und auf einen schnellen Erfolg kam es jetzt an.

Nachdem Timmins den Besprechungsraum verlassen hatte, schaute Alan in die Runde.

Das Sonderteam setzte sich zusammen aus den Profis der jeweiligen Disziplinen des Forensic Support Departments, die für die schnelle Vor-Ort-Analyse eines Tatortes unabdingbar waren. Er wollte Einzelheiten, die eventuell erst erkennbar waren, nachdem ein Opfer in der rechtsmedizinischen Abteilung untersucht worden war, sofort bekommen. Daher hatte er erwirkt, dass ihm nicht nur zwei Profis auf dem Gebiet der Biologie, Chemie und Forensik, einer davon Gerichtsmediziner, direkt zur Verfügung gestellt wurden, sondern auch Charles Pollock aus Nairn, immer noch unangefochtene Koryphäe der Scene Examination Branch.

Charles „Charly" Pollock, 1962 geboren, in Ehren ergrauter, ehemals langhaariger Scene

Examiner und seit Jahren Freund von Alan und Brian war nur sechs Jahre jünger als Brian und damit der Dienstälteste von den neuen Teammitgliedern. Dem Schwund seines geliebten Haupthaares begegnete er nun mit einem Radikalschnitt auf 2 mm Länge, was ihm ein leicht militärisches Aussehen verlieh. Alan hatte ihn auf mehreren CSI-Fortbildungskursen getroffen, den Letzten hatte Charly sogar geleitet. »Charly hast du etwa die Seiten gewechselt? Vom linken, langhaarigen Bio-Spinner zum Full Metal Jacket?« zog Alan ihn auf. »Siehst ja mordsmäßig martialisch aus.«

»Ach was!«, entgegnete Pollock. »So können die guten kosmischen Strahlen besser an mein siebtes Chakra, weißt du?!« Dabei rieb er sich seinen stoppeligen Schädel und grinste in die Runde.

Pollock gegenüber saßen Ewen „Gilly" Gillies, am 18. Mai 1967 „destilliert" und seit letzter Woche nun 46 Jahre in einem „edlen Fass gereift!", wie er gerne erzählte. Dabei deutete er grundsätzlich wie ein Dressman auf seinen ziemlich sportlichen Körper. Seine Affinität zu Edelbränden hatte er durch seine Tätigkeit als Forensiker während der letzten Fälle im Brennerei-Milieu bekommen.

Neben ihm saß Andy McPhee, Baujahr 1966, ebenfalls Forensiker und Coroner. Sie traten immer als Doppelpack auf und trugen deshalb den Spitznamen "die siamesischen Zwillinge" oder, unter Freunden, die „blutigen Schwestern". Obwohl weder schwul noch sonst wie verschwägert, ließen sie sich immer nur zusammen zu Einsätzen verpflichten oder in andere Einheiten versetzen. Beide waren anerkannte Experten auf ihrem Fachgebiet und gemeinsam mehr als doppelt so effizient.

Nicolette „Nicky" McGovern, die 1979 das Licht der Welt erblickte, IT Spezialistin und die einzige Frau im Team, noch dazu eine hübsche, saß neben Andy. In ihrem modernen Kostüm, das ihr wie angegossen passte und ihren schlanken, sportlichen Körper betonte, hatte sie den Raum betreten und sofort alle Männeraugen auf sich gezogen. Sie war extrem clever und furchtbar nett. Beim Arbeiten schien sie eine Abneigung gegen Papier zu haben, denn alle Notizen wurden von ihr direkt in Excel-Listen oder anderen Datenbanken erfasst. Deshalb wunderte es Alan nicht, dass auch heute ein Tablet-PC und ein Laptop vor ihr lagen.

Und natürlich hatte sie gestern bei Alans Anruf leistungsstarke Computer mit mindestens drei Bildschirmen gefordert, damit sie mehrere Dateien und Programme gleichzeitig anzeigen und bearbeiten konnte. Zwei hausinterne Datenprofis standen ihr bei den Routinearbeiten rund um die Uhr zur Verfügung. Wie immer wussten alle anderen nicht, ob Nicky nun endlich in festen Händen war oder immer noch Single. Bei ihrem Arbeitspensum war eine feste Partnerschaft eigentlich gar nicht denkbar. Kam es jedoch zu offiziellen Anlässen, stand immer rätselhafterweise ein attraktiver Mann an ihrer Seite.

Und da war natürlich auch Brian, 1956 geboren und seit Jahren ein sehr guter Freund von Alan. Wahrscheinlich sogar der Beste, den er hatte, dachte Alan. Seinen Spitznamen der „Bär", hatte er vor Jahren von Charly, Ewen und Andy erhalten und er überragte alle anderen hier fast um einen Kopf. Sein Körper erweckte dabei immer noch den Eindruck, dass ihm das Wort Körperfett nur aus der Literatur bekannt war. Obwohl er der Älteste im Raum war, machte er durchaus den Eindruck, dass er es mit den meisten Jüngeren ohne Probleme aufnehmen konnte. Auch mit allen gleichzeitig und, egal, um was es dabei ging.

Eine bunt gemischte Gruppe von Spezialisten, eigentlich alles Einzelgänger, bis auf die „Zwillinge", die aber alle zu einem Respekt einflößenden Team mutierten, sobald Alan sie zusammenrief. Damit war das erfahrene Team aus früheren Tagen wieder vollzählig versammelt und bereit die Verbrecher in Schottland das Fürchten zu lehren.

Alan standen noch weitere zwanzig Mitarbeiter der Polizei in Inverness auf Abruf zur Verfügung, denn er musste rasch zu einem Erfolg kommen. Timmins hatte ihm weitere Unterstützung zugesagt, sollte er dafür Bedarf haben. Diese zusätzlichen Mitarbeiter sollten sich in erster Linie um die altmodische Polizeiarbeit, allerdings mit modernen Methoden kümmern: Die Überwachungsvideos auf den Straßen auswerten, mit der Software der Kennzeichenerkennung nach den Autos der Touristen suchen, die Facebook-Seiten und den Twitter-Feed von allen überprüfen, nachschauen mit wem sie auf Linkedin verbunden waren und die Einzelverbindungsnachweise der Telefone kontrollieren.

Nachdem sich alle mit dem bereitgestellten Kaffee versorgt hatten - außer Nicky, die hatte ihre Tasse Tee mitgebracht - und der von Ewen Gillies und Alan mitgebrachte Geburtstagskuchen verteilt war, wandte sich Alan an sein Team.

»Es sind genug Tote für alle da«, sagte Alan. Alle schauten ihn fragend an, denn Sarkasmus war eigentlich Brians Spezialgebiet. »Sechs Tote, sechs Akten und sechs Ermittler«, klärte er sie auf.

»Ich liebe Sechs«, erwiderte Brian zweideutig und schluckte ein großes Stück Karottenkuchen hinunter.

»Scherzkeks«, kommentierte Alan. Was Brian sofort unter einem gemurmelten „Endlich!" dazu veranlasste, auch nach den bereitgestellten Keksen zu greifen, da die Kuchenplatte leider schon leer war.

»Jeder von euch hat eine Akte vor sich liegen. Gilly und Andy, ihr nehmt euch bitte gemeinsam den Fall des verbrannten Pärchens vor.« Alan unterstützte damit die ihm bekannte Forderung der beiden auf enge Zusammenarbeit. Diese beruhte in erster Linie auf der Tatsache, dass sich einer absolut auf den anderen verlassen konnte und sie als Team zu Höchstleistungen fähig waren.

»Trotz dieser ekelhaften Fälle ist es doch schön, dass das alte Team mal wieder reaktiviert wurde. Na ja, bei dir kann man wohl eher von Wiederbelebung sprechen«, grinste Brian den Scene Examiner Charly an. Er fasste seine Freude über das Soko-Team in seiner gewohnt charmanten Art zusammen.

»Das sagt gerade der Richtige«, entgegnete Charles trocken. »Dürfen Leute in deinem biblischen Alter eigentlich noch arbeiten? Vom Können mal ganz abgesehen.«

Alan schmunzelte, da ihm dieser kurze und vermeintlich beleidigende Schlagabtausch zwischen den beiden bestätigte, dass sie sich immer noch sympathisch waren. Auch die anderen Mitglieder der Sonderkommission grinsten dazu. Alle, außer Nicky, die sich zwar ebenfalls freute, wieder dabei zu sein, dieses für sie typische Macho-Gehabe aber nicht wirklich mochte.

Deshalb antwortete sie auch gleich darauf: »Können wir, wenn ihr euer Revier endlich markiert habt, mit der Arbeit anfangen? Oder braucht ihr dafür noch etwas mehr Zeit ... in eurem Alter?«

Da sie mit Abstand die Jüngste im Team war, schaute sie die beiden dabei schelmisch an.

»So, nachdem ihr euch alle gegenseitig gezeigt habt, wie froh ihr seid wieder dabei zu sein, machen wir uns jetzt aber tatsächlich an die Arbeit«, beendete Alan das Geplänkel. »Der DCC will Ergebnisse sehen, also lassen wir ihn nicht unnötig warten. Jeder arbeitet sich in die vor ihm liegenden Unterlagen ein und nach dem Mittagessen treffen wir uns alle wieder hier. Und ... Action!«

Damit löste sich die Versammlung auf und jeder ging an seinen ihm zugewiesenen Schreibtisch und begann mit der Durchsicht der Akten, in denen auch die Bilder vom Tatort abgeheftet waren.

Um 13:30 Uhr trafen sich alle Mitglieder der Soko wieder im Besprechungsraum. Jeder legte seine Unterlagen vor sich auf den Tisch und schaute auf Alan, der am Kopfende stand.

Nur Brian fehlte in der Runde. Alan blickte die anderen fragend an. »Weiß jemand, wo Brian steckt?«

»Brian hat vorhin zu mir gesagt, dass er dich sucht«, antwortete Charles Pollock.

»Hat er auch gesagt, worum es geht?«

»Nein, nur dass es wirklich wichtig ist.«

»Dann hat ihm bestimmt jemand seine Kekse geklaut.«

Wie aufs Stichwort stürmte Brian in den Raum und richtete einen Kugelschreiber auf die Anwesenden, ganz so, als hätte er eine Waffe in der Hand. »Los, die Kekse her. Sofort! Dann wird auch niemand verletzt«, rief er dabei.

Alle lachten und mit einem gespielt bösen Blick schob Brian die Schachteln mit den Plätzchen in die Nähe des Platzes, an den er sich dann setzte.

Mit Blick auf Alan sagte er dann: »So, ich bin so weit, wir können anfangen.« Dabei öffnete er geräuschvoll die erste Schachtel.

»Danke lieber Brian. Zu gütig!«

Nach einem kurzen Blick in die Runde wandte sich Alan an Nicky. »Ladies first. Nicky möchtest du anfangen?«

»Gerne.« Nicky hatte den Fall des Toten an der Telford Bridge recherchiert. Sie war die Einzige, die keine Unterlagen dabei hatte, denn alle wichtigen Informationen waren von ihr fein säuberlich im Computer erfasst worden und deshalb klappte sie ihr Laptop auf. Mit einem kurzen Blick darauf blickte sie in die Runde.

»Andreas Vollmer aus Bremen, Deutschland, 29 Jahre alt, alleinreisend, letzter Aufenthaltsort war das B&B von Sally Cairndow in Dufftown. Übrigens die Tante von Graham Morrice, die wir ja beide gut kennen.«

»Oh Gott, nein. Lass diesen Kelch an uns vorüber gehen«, rief Brian aus und blickte dabei sehnsüchtig an die Zimmerdecke. »Nicht schon wieder einen Fall, bei dem sich Graham permanent einmischt und alle wuschelig macht.«

Alle Anwesenden grinsten. Der eine oder andere aber auch recht gequält.

»Weiter im Text«, fuhr Nicky fort. »Die Rechtsmedizin hat schnell gearbeitet, wohl schon in eigenem Interesse, um sich nicht selbst zu gefährden. Und die haben tatsächlich festgestellt, dass es sich um E605 handelt.«

Ein Raunen ging durch den Raum, während Nicky fortfuhr. »Ich habe daraufhin aus dem Internet alle sinnvollen Informationen zu dem Gift gesammelt und für euch zusammengefasst.« Sie blickte auf ihren Ausdruck und las fehlerfrei ab: »E605 ist eine organische Phosphorverbindung mit der chemischen Bezeichnung O,O-Diethyl-O-(p-nitrophenyl)-thiophos-phorsäureester, auch Parathion genannt. Sie ...«

»Klugscheißer.« Das kam natürlich von Brian.

»... wurde 1948 in den Bayer-Werken in Leverkusen, Deutschland entwickelt«, fuhr Nicky ungerührt fort. Mit einem Blick auf Brian ergänzte sie: »Das liegt auf dem Festland. Ungefähr in der Mitte.«

»Ah, toll, genau, good old Germany. Davon habe ich schon mal gehört«, grinste Brian sie an.

»Also weiter im Text! Das Pflanzenschutzmittel wurde nach dem Zweiten Weltkrieg frei verkauft und war damals lediglich mit einem Warnhinweis auf dem Etikett versehen. Im Februar 1954 wurde in Deutschland eine Frau verhaftet, weil sie ihre Freundin mit einer Praline vergiftet hatte, in der später nachweislich E605 gefunden wurde. Im Verlauf der Untersuchungen stellte sich heraus, dass sie bereits zwei Jahre zuvor ihren Ehemann und ein Jahr später ihren Schwiegervater ebenfalls mit diesem Gift ermordet hatte. Sie wurde im September 1954 wegen dreifachen Mordes zu lebenslangem Zuchthaus verurteilt.«

»Ja, ja, die Frauen und ihr Lieblingstatwerkzeug.« Brian ließ es sich nicht nehmen eine weitere Bemerkung zu machen.

Nicky nickte ihm zu: »In der Tat avancierte E605 danach zum „Modegift" und erhielt bald den Beinamen „Schwiegermuttergift", da es für viele bekannt gewordene Suizide und Morde missbraucht wurde.

Das Pflanzenschutzmittel ist inzwischen vergällt[17], damit es nicht versehentlich geschluckt werden kann. Häufig ist auch ein stechender knoblauchartiger Geruch festzustellen. Parathion wirkt aber auch als Kontaktgift und darf daher nicht mit der Haut in Berührung kommen. Angeblich kam es schon zu Todesfällen, als Bauern barfuß über mit Parathion gespritzte Felder gingen und den Stoff über die Fußsohlen aufnahmen. Die Giftigkeit erklärt sich auch durch die chemische Verwandtschaft mit den Kampfstoffen Tabun und Sarin, die sogar noch effektiver wirken.

Am 9. Juli 2001 erließ die Europäische Kommission eine Entscheidung, die die Abgabe, Einfuhr, Anwendung und Zulassung von Parathion enthaltenden Pflanzenschutzmitteln verbot.«

»Ach. Das ist ja interessant. Und wo stammt das in unserem Fall verwendete Pflanzengift dann her?«, fragte Alan, als er den Eindruck hatte, dass Nicky mit ihrem Vortrag fertig war.

»Tja, nicht verboten wurde die Abgabe zur Lagerung mit anschließender Ausfuhr aus dem Gebiet der Europäischen Union. Es dürfte also immer noch gewisse Bestände in Deutschland, aber auch

---

17 **Vergällung** oder **Denaturierung** nennt man das Verändern des natürlichen Geruchs, Geschmacks oder Aussehens (Farbe) einer Substanz durch die Zufügung von Hilfsstoffen. Alkohol für industrielle Zwecke oder auch Gifte werden dadurch ungenießbar.

in anderen europäischen Ländern geben. Vermutlich auch bei uns.«

»Das sollten wir genauer überprüfen, vielleicht gibt es irgendwo einen Diebstahl von dem Zeug, der gemeldet wurde und uns weiterhelfen könnte.«

»Das habe ich bereits auf meinem Merkzettel, um es noch zu überprüfen.« Nicky grinste Alan an und zeigte dabei auf ihren PC.

»Ich werde dich ab jetzt nur noch Nickypedia nennen«, frotzelte Brian.

»Ein braves Mädchen«, grinste Alan zurück. »Jetzt weiß ich was oder besser gesagt wen ich die ganze Zeit vermisst habe.«

»Hey, und was ist mit uns?«, riefen die anderen fast unisono.

»Na gut, euch natürlich auch ... wenigstens ein bisschen.«

Alan schaute Charles Pollock an. »Charly, du bist dran.«

Charles nahm seine handschriftlichen Unterlagen hoch, denn er hielt nichts davon, alles sofort mit einem Computer zu erstellen. Er liebte noch die gute alte Handschrift. Was allerdings den Nachteil hatte, dass außer ihm kein anderer seine Schrift entziffern konnte. Und manchmal hatte selbst er Probleme damit. »Der noch immer unbekannte Tote im Green Malt ist männlich, circa 40 – 45 Jahre alt und vermutlich West-Europäer. Es wurden bei den Untersuchungen keinerlei Rückstände eines bekannten Giftes gefunden. Trotz der zahlreichen Verletzungen konnte auch keine Einstichstelle ermittelt werden. Er wurde also nicht vergiftet. Die eigentliche Todesursache ist als „Tod durch Ersticken" ermittelt worden. Allerdings wurden keinerlei Würgemale oder Abwehrverletzungen gefunden. Es fanden sich auch keinerlei Stoffpartikel in den Lungen des Toten. Die Kollegen der Rechtsmedizin waren sich nicht hundertprozentig sicher, vermuteten aber, dass das Opfer zunächst betäubt worden war. Zumindest hofften sie es für das Opfer. Dass man ihm eventuell eine Plastiktüte über den Kopf gestülpt und zugebunden hatte, wäre dann eine naheliegende Erklärung für die fehlenden Spuren anderer Erstickungsarten gewesen.

Hier könnte also wirklich ein Profi am Werk gewesen sein, der zwar davon ausgegangen ist, dass die Trommel in der Port Ellen Maltings seinen Körper bis zur Unkenntlichkeit zerstören würde, aber trotzdem auf Nummer sicher ging und ihm vorher die Fingerkuppen abgeschnitten hat.«

»Also bisher zweimal definitiv Mord. Und in beiden Fällen wurden die Opfer mit ungewöhnlichen Methoden ins Jenseits befördert«, fasste Alan kurz die bisherigen Ergebnisse zusammen.

Dann schaute er in Richtung von Gilly und Andy. »Jungs ihr seid dran.«

Ewen „Gilly" Gillies fasste die bisherigen sehr dürftigen Ermittlungsergebnisse zusammen. »Das Pärchen Marejke und Sjoerd Adreansen, aus den Niederlanden, sie 24 und er 26 Jahre alt, verheiratet, verbrennen in ihrem Zelt auf dem Campingplatz bei Clachtoll. Auch hier hat sich jemand Mühe gegeben, dass es auf den ersten Blick nach einem tragischen Unfall aussah. Aber nur auf den

Ersten. Der Notarzt hat Rückstände von einem Faserstoff gefunden, vermutlich Hanf, der nicht vollständig verbrannt ist ...«

»Wie, der hat Hanf gefunden«, wurde er von Brian unterbrochen. »Davon hat er mir gar nichts gesagt, als ich vor Ort war.«

»Den hat er ja auch erst gefunden, als du schon wieder auf dem Weg in den nächsten Pub warst«, erwiderte Gilly.

»Na, nach der langen Fahrt musste ich schließlich eine Kleinigkeit essen.«

»Du meinst also ein kleines Kalb oder etwas in dieser Richtung? Aber egal, weiter im Text. Es ist auch mehr als ungewöhnlich, dass beide verbrennen, ohne laut zu schreien oder zumindest versuchen, sich zu retten.« Dann schaute Gilly seinen Kollegen Andy McPhee an. »Die rechtsmedizinische Untersuchung der beiden verbrannten Toten ist zwar schon abgeschlossen, aber Ewen und ich haben mit dem Rechtsmediziner Chris Butcher telefonisch vereinbart, dass wir morgen früh zu ihm kommen, um die Obduktionsberichte gemeinsam mit ihm durchzusprechen. Er war auch gleich damit einverstanden, speziell als ich ihm sagte, dass es eine neue Sonderkommission unter deiner Leitung gibt.« Er schaute dabei Alan an.

Alan nickte. »Gut, dann fahrt da morgen früh mal hin und richtet ihm einen schönen Gruß aus. Vielleicht findet ihr ja gemeinsam noch weitere Hinweise.«

»Ach noch etwas«, meldete sich Andy erneut zu Wort und schaute dabei Nicky an. »Wenn ich mit meinem Kollegen Burt Starr mal reden soll, der dein E605 Opfer gefunden hat, sag mir einfach Bescheid. Ich kenne ihn sehr gut.«

»Okay mache ich bei Bedarf«. Nicky nickte in seine Richtung.

Alan drehte sich in Richtung Brian, der zwar interessiert zugehört hatte, aber seine Fähigkeit ein Multitasking fähiger Mann zu sein, damit unter Beweis stellte, dass er zuhören und gleichzeitig eine ganze Packung Kekse essen konnte.

»Brian hast du, außer Kekskrümeln, sonst noch etwas zu dem Vorgang beizusteuern?«

»Na klar. Mein Fall ist so gut wie abgeschlossen. Der Kerl im Supermarkt wurde erschossen, der Täter ist unerkannt entkommen, keine Spuren, keine Anhaltspunkte, keine Verdächtigen, keine Zeugen. Also Akte zu und ab zu den ungelösten Fällen ins Archiv. Fertig!«

»Machst du dir die Sache nicht etwas zu einfach?«, fragte Alan, der genau wusste, wie Brian es eigentlich meinte. »Willst du den Fall nicht lieber lösen, als nur abzulegen.«

»Wie, Mordfälle kann man auch lösen?«, fragte Brian erstaunt. Und er spielte dabei seine Rolle wirklich gut. Leider hatte er dafür aber das falsche Publikum, denn alle kannten ihn und wussten, dass er mal wieder nur so tat, als hätte er kein Interesse an der Lösung eines Falles.

Nachdem alle stöhnten und Kommentare wie „Brian, lass gut sein" und „Du nervst" von sich gaben, wechselte Brian in seine professionelle Rolle. »Okay, okay, war ja nur Spaß. Aber die Fakten stimmen leider. Wir haben wirklich nichts in der Hand. Dieser Luc Filliers ist erschossen worden. Zwei Schuss aus einer Pistole mit Schalldämpfer.

Aufgesetzt, also aus nächster Nähe. Ich war ja persönlich vor Ort und habe ihn in der Schokolade liegen sehen. Aber wir haben weder in seinem Auto noch sonst wo irgendeine hilfreiche Spur gefunden.«

Nach einer kurzen Pause fuhr er fort: »Und genau das gibt mir zu denken. Das war keine spontane Tat. Hier war irgendein Killer unterwegs. Wer läuft denn sonst noch herum und hat eine Knarre mit Schalldämpfer dabei. Dieser Belgier wurde nicht zufällig erschossen, der war nicht einfach nur zur falschen Zeit am falschen Ort. Das war ein gezielter Anschlag von einem Profi. Der wurde eiskalt ermordet. So wie die Kassiererinnen mir bestätigt haben, hat niemand den Supermarkt in der fraglichen Zeit verlassen, ohne etwas gekauft zu haben. Der Mörder muss sich, nach der Ausführung seiner Tat, also kaltblütig an der Kasse angestellt haben, bevor er gegangen ist.«

»Ein Profi-Killer?«, fragte Alan.

»Ja, das Vorgehen spricht für jahrelanges Training und eine gewisse Abgebrühtheit bei der Durchführung. Ein Anfänger oder Beziehungstäter würde niemals so ein hohes Risiko eingehen. Das zeugt also auch von einem hohen Maß an Routine und Erfahrung. Die Tatwaffe wurde von ihm mitgebracht und auch wieder mitgenommen. Und sein Opfer in einem Supermarkt zu erschießen, wo er jederzeit entdeckt werden konnte, und nicht in der Einsamkeit der Halbinsel Kintyre, spricht für mich von einer erschreckenden Unbekümmertheit und einem hohen Vertrauen in seine Fähigkeiten. Der Kerl ist so kalt wie eine Hundeschnauze und hat keine Angst vor den Folgen seiner Tat.«

»Das wird ja immer merkwürdiger. Was ist nur in Schottland los?«, entgegnete Charly.

»Ach, noch etwas«, fuhr Brian fort. »Die Polizei hatte bei dem E605-Kandidaten ein Laptop sichergestellt. Die Kriminaltechnik hat das Teil inzwischen untersucht, der war zum Glück nicht durch das E605 kontaminiert worden. Die Jungs haben zwar das Passwort geknackt und dann die gesamte Festplatte durchsucht, inklusive aller Bilder, Dateien, E-Mails, Kontakte in sozialen Netzwerken und so weiter, also alles, was Hinweise geben könnte, ob der Täter bereits vorher mit ihm in Kontakt war. Aber sie haben nichts gefunden, was uns weiterhelfen könnte. Ich habe mir aber gedacht, ob nicht Nicky mit ihren hübschen Augen auch mal einen Blick darauf werfen will. Deshalb habe ich mir den mal von den Kollegen „geborgt“.«

Brian grinste in Nickys Richtung, griff dann unter den Tisch, wo er seine alte Aktentasche abgestellt hatte, und zog daraus ein Laptop in einer Beweismitteltüte hervor. »Du liebst doch Computer. Sogar noch mehr als mich«, sagte er dabei und reichte ihr den PC über den Tisch.

Nicky warf ihm einen angedeuteten Kuss zu und Alan nickte anerkennend. Er wusste, was er an Brian hatte und war immer wieder froh, ihn im Team zu haben.

»Haben wir irgendwo anders noch ein Handy, Tablet oder so was gefunden, aus dem wir die Adressen abgleichen können?«, fragte Alan dann mit einem Blick in die Runde.

Im Vergleich zu früher hatten die meisten Urlauber ihr ganzes Leben bei sich, also alle Adressen, Termine und Telefonlisten elektronisch gespeichert. Keiner benutzte mehr ein Adressbuch dafür. Der Vorteil für die Ermittler war, dass sie an diese elektronischen Daten herankamen. Der Nachteil war aber auch, dass alle diese Daten spurlos verschwanden, wenn entweder ein Vermisster nicht mehr gefunden wurde oder die mitgeführten elektronischen Geräte verloren gingen oder zerstört waren.

»Außer dem Laptop hatte unser E605 Opfer nur so ein ganz altmodisches Handy dabei, mit dem man wirklich nur telefonieren konnte und sonst nichts.« Nicky schüttelte dabei ungläubig den Kopf.

»Der Tote im Malz hatte nichts bei sich, weder Smartphone noch sonst was in der Art«, ergänzte Charles Pollock.

»Unsere beiden Brandleichen hatten jeder ein iPhone dabei. Aber beide sind so verbrannt, oder besser gesagt geschmolzen, dass niemand mehr daraus Daten sicherstellen kann«, antwortete Andy.

»Mein Supermarkt-Opfer hatte die komplette Ausstattung dabei. Smartphone, Digitalkamera und Laptop. Alles ist noch bei der Spurensicherung, aber, die Jungs haben mir versprochen, dass wir morgen das ganze Zeug haben können. Dann mache ich noch ein Schleifchen drum und gebe alles an Nicky weiter.« Brian grinste in ihre Richtung, aber Nicky verdrehte nur ihre Augen.

»Okay, dann noch zu meiner Akte mit dem Toten an der Klippe auf Islay. Das Handy unserer Klippen-Leiche ist übrigens verschwunden. Vielleicht im Meer gelandet. Sonst hatte er nichts dabei.«

Auch Alan nahm für seine weitere Zusammenfassung einen Computerausdruck zur Hand.

»Es handelt sich um Klaus Böckling aus Buxtehude, ebenfalls Deutschland, 21 Jahre alt, ebenfalls alleinreisend. Letzter Aufenthaltsort war die Jugendherberge in Port Charlotte auf Islay. Der Herbergsleiter hatte ihn als vermisst gemeldet. Seine Zimmergenossen, die er erst dort kennengelernt hatte, hatten diesen alarmiert. War nach zwei Tagen immer noch nicht von einem Ausflug zurückgekommen. Wollte zum American Monument. Stürzte nicht weit davon über eine Klippe. In diesem Fall liegen uns keinerlei Hinweise vor, die gegen einen bedauerlichen Unfall sprechen. Selbstmord kann definitiv ausgeschlossen werden. Die Spuren haben eindeutig ergeben, dass der Deutsche eine Zeit lang an der Klippe hing und wiederholt versucht hat hochzuklettern. Das ist ihm aber nicht gelungen und letztendlich ist er abstürzt und dabei zu Tode gekommen.«

»Wenn es kein Selbstmord war, was macht uns dann so sicher, dass es kein Mord, sondern ein Unfall war?«, fragte Nicky.

»Wenn ihn jemand von der Klippe gestoßen hätte, wäre er nicht direkt nach unten gestürzt und wäre dann auch weiter weg von der Klippe gelandet. Aber, wie schon gesagt, er hatte sich an den Klippenrand geklammert und ist erst später hinabgestürzt.« Alan schaute fragend in die Runde.

»Und wenn er doch gestoßen worden ist, aber nur so, dass er bis über den Rand der Klippe gerutscht ist und sich dabei dann noch festhalten konnte?«, fragte Brian.

»Nun ja, das wäre eine Möglichkeit. Aber schon eine sehr unwahrscheinliche.« Alan war beeindruckt, wie schnell sein Team sich in die Fälle eingearbeitet und die Knackpunkte aus den Unterlagen herausgefiltert bzw. bei anderen Stellen besorgt hatte.

Mit einem Blick in die Runde fragte Alan: »Gibt es sonst noch etwas Nennenswertes?«

Nicky hob kurz die Hand, dann schaute sie auf eine weitere Datei auf ihrem Display. »Die Jungs, die uns unterstützen und für die Überprüfung der Überwachungskameras eingeteilt wurden, haben sich mal die Kameras auf den Strecken und für die Zeiten vorgenommen, auf denen jemand zum Fundort der Leichen hingefahren oder weggefahren sein müsste. Ich habe ihnen dazu die entsprechenden Zugriffe eingerichtet.«

»Wie hast du denn die Genehmigung dafür so schnell von den Kollegen der Verkehrspolizei bekommen?«, fragte Alan erstaunt.

»Ich habe sie gar nicht erst gefragt«, antwortete Nicky lakonisch.

»Das verstehe ich jetzt nicht«, erwiderte Alan, der allerdings schon etwas ahnte.

»Das willst du auch überhaupt nicht wissen.« Nicky grinste ihn schelmisch an. »Wenn du nicht fragst, brauche ich nicht lügen. Das nennt man Win-Win-Situation, glaube ich.«

»Okay, okay, heute kein Kommunikationstraining. Mach weiter.«

»Also kurz zusammengefasst leider nichts. Islay können wir vergessen, dort gibt es keine Kameras auf den Hauptstraßen. Bei dem Toten an der Telford Brücke gibt es zwar Überwachungskameras auf der A95, aber am Tattag herrschte dort dichter Nebel und deshalb war auf den Aufzeichnungen nichts anders zu sehen, als graue Schatten in grauem Dunst. Bei den beiden Brandopfern ist die Kameraüberwachung der A837 auch nur sehr dünn und hört bei Lochinver dann komplett auf. Die A83 runter nach Campbeltown wird auch nur sporadisch überwacht und die Nebenstrecke an der Ostküste von Kintyre gar nicht. Und die Nebenstrecken an allen Fundorten unterliegen auch nicht der Überwachung. Also Fehlanzeige.«

»Das heißt, wir haben also keine Spur von den Opfern oder gar dem Täter?«

»Nein. Mit der Kennzeichenerkennungs-Software konnten wir zwar die Autos von ein paar der Touristen erkennen, aber alle anderen Kennzeichen in den entsprechenden Zeiträumen waren inländische Kennzeichen und gehörten zu keiner Autovermietung.«

»Der Täter ist also Schotte?«

»Das wissen wir noch nicht ganz genau. Zumindest scheint er aber ein schottisches Auto zu benutzen. Die Fahrzeughalter werden noch ermittelt und einzeln überprüft, auch darauf, ob das Auto zum Zeitpunkt eventuell gestohlen war. Die Jungs freuen sich schon auf die Aufgabe.«

In diesem Moment klopfte es kurz an der Tür und einer der „Jungs" kam in den Raum. Er legte einen dicken Stapel Papier auf den Besprechungstisch. »Hier sind die aktuellen Zeugenaussagen zum Mord im Tesco Markt. Ich habe für jeden eine Kopie gemacht.«

»Das papierlose Büro«, meinte Brian lakonisch. »Das ist genau so wahrscheinlich wie die papierlose Toilette.«

Hanf

Die beiden Forensiker Ewen und Andy waren schon am frühem Morgen aufgebrochen und zur Universität nach Aberdeen gefahren, um dort den Chef der Rechtsmedizin, Professor Chris Butcher, zu treffen.

Beide kannten ihn von früheren Gelegenheiten her und speziell Andy war sogar ein ausgesprochener Fan von ihm. Jeder von den dreien respektierte aber auch das Fachwissen und Können des jeweils anderen. Da Andy selbst immer wieder als Coroner [18]tätig war, hatte er viel von Chris gelernt und sich

---

18 Die Bezeichnung Coroner gibt es in Schottland eigentlich nicht, denn dort heißen sie offiziell Procurator fiscal und sind eher dem deutschen Staatsanwalt vergleichbar, als einem vor Ort ermittelnden Leichenbeschauer oder Gerichtsmediziner. Da sie aber überall im gesamten Königreich Großbritannien Coroner genannt werden, hatte sich dieser Name auch in Schottland eingebürgert, zumal auch für die Schotten einfacher auszusprechen ist. Es gibt elf „Coroner" in ganz Schottland und Sie sind Verwaltungsbeamte, aber vor allem professionelle, amtliche Gerichtsmediziner, von denen, bei zweifelhafter oder unnatürlicher Todesursache oder in Katastrophenfällen, die Todesursache bestimmt werden muss. Auch die Todesart und der Todeszeitpunkt sowie die Identität soll bei der Untersuchung vor Ort ermittelt werden. Deshalb muss der Coroner in solchen Fällen an den Tatort gerufen werden. In Deutschland scheiterte ein entsprechendes Gesetz an der Zustimmung der Länder. Obwohl in einigen „Tatort" Filmen die Anwesenheit des Rechtsmediziners am Tatort durchaus gepflegt wird.

mit ihm auch regelmäßig über neue Untersuchungsmethoden ausgetauscht.

Allerdings wurden nach der Privatisierung des Forensic Science Service in Schottland führende Ermittler auch zu Beamten und Controllern gemacht, die ständig am Überprüfen waren, ob eine gewünschte Untersuchung sich noch mit dem vorhandenen Budget abwickeln ließ. Dieses Problem stellte sich Andy und Ewen zum Glück nicht, da sie sowohl von Alan als auch „von oben" in dieser Beziehung freie Hand erhalten hatten. Das hatten sie tags zuvor auch Professor Butcher mitgeteilt, der darüber ebenfalls sehr positiv angetan war und bei Bedarf umfassende Zusatzuntersuchungen versprochen hatte.

Nachdem sie das Büro des Chefs aller Rechtsmediziner betreten und sich herzlich begrüßt hatten, kamen sie auch gleich zur Sache. Sie hatten schließlich am Tag vorher schon alle erforderlichen Details besprochen und das weitere Vorgehen festgelegt. Außerdem wollten alle drei nicht unnötig Zeit verlieren.

Chris Butcher ging mit seinen beiden Besuchern deshalb gleich hinunter in den Keller des Gebäudes, in dem sich die Obduktionssäle befanden.

Dienstag war immer der arbeitsreichste Tag der Woche, was Obduktionen betraf. Montags fand die Leichenschau statt für alle diejenigen, die von Freitagabend bis Sonntagnacht hereingekommen waren, und dienstags begannen dann die Obduktionen. Manchmal mussten etliche der Fälle auf einen späteren Wochentag verschoben werden, je nachdem, wie viele es übers Wochenende waren. Aber ein Mordfall, der einer Mordserie zuzuordnen war, hatte natürlich immer Vorrang.

Heute am Donnerstag war es allerdings deutlich ruhiger und es gab nur wenige „Kunden", die auf die rechtsmedizinische Untersuchung warteten. Im offiziellen Terminus der Rechtsmedizin wurden die Leichen, die geöffnet werden sollten, allerdings als „Untersuchungsgut" bezeichnet. Rechtlich gesehen stellte daher die Autopsie keine Körperverletzung, sondern lediglich eine Sachbeschädigung dar. Das war gerichtlich wichtig, denn sie wurde folglich nur als Ordnungswidrigkeit geahndet, wenn sie gegen den Willen der Angehörigen durchgeführt wurde und die dagegen erfolgreich klagten.

Die Untersuchungen erfolgten alle auf einem Sektionstisch aus Edelstahl mit Ablaufrinne. Matt silbern glänzten die fünf Tische im Licht der Lampen. In der Luft hing der ganz spezielle Geruch von Desinfektionsmitteln, verbunden mit einem etwas süßlichen aber gleichzeitig auch stechenden Geruch des Todes.

Zwei Rechtsmediziner und ein Sektionsassistent sind gemäß den Vorschriften in jedem Fall anwesend. Wenn offensichtlich ein Gewaltverbrechen vorliegt, ist auch zusätzlich jemand von der Staatsanwaltschaft mit dabei. Und oft sind auch Spurensicherer der Polizei anwesend. Die standardmäßige Untersuchung dauert mindestens zwei Stunden, nach oben gibt es praktisch keine Grenze. Die Rechtsmedizin liefert wichtige Puzzleteile für die Wahrheitssuche. Ihre Gutachten dienen in Gerichtsprozessen als Beweismittel und können einen Fall durchaus entscheiden.

Die Obduktion beginnt immer damit, dass zunächst eine sogenannte äußere Leichenschau durchgeführt wird. Dabei wird der gesamte Körper nach Merkmalen von Gewalteinwirkung oder Ähnlichem untersucht. Auch die Kleidung wird ausführlich begutachtet, ebenso sämtliche Körperöffnungen. Befunde werden dabei in ein Diktiergerät gesprochen.

Ewen und Andy wussten, dass dieser Teil heute nicht erfolgen würde. Genauso wenig, wie die anschließende übliche Durchführung der inneren Leichenschau. Kein Y-Schnitt würde gesetzt werden. Dafür war von den Toten einfach zu wenig übrig.

Wie auf ein geheimes Zeichen rollte Butchers Assistent einen Transportwagen herein, auf dem irgendetwas mit einem Tuch abgedeckt lag. Die rechtsmedizinisch-technischen Assistenten, früher einfach Laborgehilfen genannt, sind diejenigen, von denen normalerweise die Leichen aufgeschnitten und für die weitere Untersuchung durch den Rechtsmediziner vorbereitet werden.

Als der Sektionsassistent bei den drei Männern angekommen war, schlug er mit einer Bewegung das Tuch zurück. Er praktizierte das nicht weniger elegant, wie die Bedienung in einem Sternerestaurant, wenn sie die silberne Speiseglocke vom Hauptgericht wegzog.

Das, was sich den dreien dann aber offenbarte, hatte nichts mit einem edlen Gericht oder gar ästhetischen Anblick zu tun. Zwei Körper, die nur noch entfernt an Menschen erinnerten und durchs

Verbrennen so geschrumpft waren, dass sie zusammen auf einen Seziertisch passten.

»Ich hatte mir die beiden natürlich schon angesehen, als sie am letzten Donnerstag bei mir eintrafen. Da die Todesursache durch Verbrennen aber sehr offensichtlich und eindeutig ist und auch keine anderen Einwirkungen von Gewalt erkennbar waren, habe ich sie dann wieder zurückgestellt und auf Eis gelegt, um mich meinen anderen Kunden zu widmen.« Professor Butcher schaute seine zwei Kollegen an. »Die Leichenschau war übrigens ein Schwerpunktthema bei unserer diesjährigen Jahrestagung der Britischen Gesellschaft für Rechtsmedizin. Und natürlich habe ich den Vortrag gehalten.«

»Viel ist tatsächlich nicht mehr übrig, was man untersuchen könnte«, stimmte ihm Ewen zu und ignorierte dabei den letzten Satz von Chris Butcher.

»In der Tat«, nickte Chris. »Und weder an den Knochen noch an dem Restgewebe waren Stichverletzungen oder Spuren einer Kugel oder sonstige Kratzer erkennbar.«

»Überhaupt nichts?«, fragte Andy.

»Nein, nichts, nothing, nada, rien, niente. Das könnt ihr mir durchaus glauben.«

»Das zweifeln wir ja auch überhaupt nicht an«, bestätigte ihm Andy schnell.

»Der Notarzt hat angeblich Rückstände von einem Faserstoff gefunden, vermutlich Hanf?«, brachte Ewen die beiden auf andere Gedanken.

»Es handelte sich tatsächlich um Hanf. Die Untersuchung der Fasern war eindeutig. Entsprechende Rückstände habe ich an den Handgelenken, den Knöcheln und auch in Höhe der Knie gefunden. Die beiden waren also eindeutig gefesselt worden.«

»Warum hat die aber niemand schreien hören? Das müssen doch höllische Schmerzen gewesen sein.« Andy schaute Chris fragend an.

»Oh ja, das war bestimmt kein angenehmer Tod«, antwortete der. »Aber die konnten nicht laut schreien, höchstens leise wimmern. Ich habe im Rachen der zwei Toten Rückstände von einem Leinenmaterial gefunden. Vermutlich handelte es sich dabei entweder um ein Kleidungsstück oder gar einen Knebel, der ihnen fest in den Mund gepresst worden war. Der war vielleicht sogar mit einem Band am Kopf befestigt worden. Aber davon ist nichts mehr übrig.«

»Unglaublich! Wer tut denn so etwas.«

»Das ist eure Aufgabe. Das müsst ihr mit dem Team von Alan herausfinden. Ich kann euch nur die Fakten liefern.«

»Ja, schon klar, das wissen wir.« Andy, selbst Coroner, kannte die Spielregeln.

»Apropos Fakten«, ergänzte Chris Butcher. »Ich habe bei beiden Toten übrigens zweimal Hanf gefunden.«

»Wie zweimal? Das verstehe ich jetzt nicht«, erwiderte Ewen.

»Innen und außen. Nun, ich habe das, was von den Lungen noch übrig ist, auf Rußpartikel etc. untersucht. Dabei wurde klar, dass sie noch lebten, als ihre Körper schon in Flammen standen. Sie haben den Ruß und das CO_2 vom Brand eingeatmet. Aber, sie hatten auch noch etwas anderes in der Lunge. Hanf!«

»Sie haben Rückstände von dem Hanfseil eingeatmet?«

Butcher lachte. »Nein, nicht von dem Seil. Sie haben den Hanf geraucht.«

»Sie haben an einem Hanfseil geschnüffelt?«, fragte Ewen etwas begriffsstutzig. Andy grinste bereits, er wusste schon, worauf Chris hinauswollte.

»Nein, kein Seil. Hanf, in diesem Fall besser bekannt als Cannabis oder Haschisch beziehungsweise Marihuana.«

»Ach so, ich verstehe.« Ewen errötete leicht.

»Spuren von zwei verschiedenen Brandbeschleunigern konnte ich ebenfalls nachweisen. Es handelt sich um ein handelsübliches Benzin und ein Lampenöl.«

»Hier hat sich einer also wirklich Mühe gegeben, das Ganze wie ein Unfall aussehen zu lassen.«

»Ja, eigentlich schon. Aber wir sind ihm dennoch auf die Schliche gekommen.«

»Zum Glück.«

»Das hat mit Glück nichts zu tun. Lediglich mit Können.« Butcher war wie immer sehr von sich überzeugt.

Nachdem sie sich gemeinsam den Obduktionsbericht zu den beiden Brandopfern durchgesehen hatten, schaute Ewen erst Andy und dann Chris Butcher an.

»Okay, dann lasst uns noch zu den anderen Opfern kommen.« sagte er dann. Andy und er hatten Chris Butcher in ihrem Telefonat am Vortag darum gebeten, auch einen Einblick in die Untersuchungsergebnisse zu den anderen Toten zu erhalten.

»Ja, ja, hierher kommen sie alle. Die Rechtsmedizin ist für viele der letzte Arztbesuch«, sinnierte Chris. »Aber gut, lasst uns über die anderen Opfer reden. Bei dem Toten im Supermarkt haben wir Schmauchspuren an der Kleidung des Opfers festgestellt, und zwar in der Nähe der Einschussstellen. Die Waffe muss also sehr nahe am Opfer abgefeuert worden sein, fast schon aufgesetzt. Aber nur fast.« Er machte eine kleine Pause.

»Und sonst?«, fragte Ewen.

»Das Opfer war gesund, seine inneren Organe waren in einem vorbildlichen Zustand. Der hätte problemlos seine Rente genießen können. Wenn ihm da nicht zwei Kugeln in die Quere gekommen wären. Und beide waren tödlich. Der muss schon tot gewesen sein, als er noch in Richtung Schokolade fiel.« Chris kannte natürlich auch die Tatortfotos.

»Sonst habe ich nichts Interessantes bei ihm gefunden. Keine Abwehrspuren, keine Fremdpartikel unter den Fingernägeln, keine Faserspuren auf seiner Kleidung. Das Einzige vom Mörder, was ihn berührt hat, waren die beiden Kugeln.«

»Also nichts, was für eine DNA-Untersuchung ausgewertet werden kann.«

»Nein, leider nichts. Spuren gab es zwar genug am Tatort. Aber das ist auch nicht weiter verwunderlich. Schließlich handelt es sich um einen Supermarkt, in dem viele Leute ein und ausgehen.«

»Die Überprüfung der anderen Spuren läuft noch«, bestätigte ihm Andy. »Wir machen uns dabei aber auch keine große Hoffnung. Wir gehen von einem Profi aus, der genau weiß, wie er möglichst keine Spuren hinterlässt. Aber der Abgleich mit der

NDNAD[19] läuft noch, vielleicht ergibt sich ja doch was.«

»Ja, ja, die Mörder werden auch immer besser. Aber das macht meinen Job nur noch interessanter.« Bevor aus den erstaunten Gesichtern seiner Besucher Fragen resultierten, fuhr er weiter fort. »Ähnliches gilt auch für euren Cliffhanger und den E605 Kandidaten. In beiden Fällen war auch keine Fremd-DNA zu finden. Falls bei dem Mann an der Klippe jemals etwas existiert hat, hat das Meer diese Spuren weggewaschen. Und bei dem E605 Opfer war der Täter im eigenen Interesse noch vorsichtiger als sonst. Da hat er uns auch keine Souvenirs hinterlassen.«

Ewen und Andy kamen mit der schnodderigen Art von Chris ganz gut zurecht. Sie wussten beide aus Erfahrung, dass Menschen, die tagaus tagein nur mit Toten zu tun hatten, mit der Zeit den Bezug zum Leben und die Achtung vor den Toten verloren.

»Interessanter sind aber die Ergebnisse bei eurer Gerstenleiche. Ich habe Hinweise auf Traumata an den Handgelenken und auch an den Fußgelenken gefunden. Das war gar nicht einfach festzustellen bei den vielen Verletzungen und Quetschungen,

---

19 Die erste DNA-Datenbank der Welt entstand in England. In der nationalen Datenbank in Großbritannien, der National DNA Database (NDNAD), die 1995 angelegt wurde, werden derzeit die Profile von rund sieben Millionen erfassten Menschen und Tatorten gespeichert. Sie ist damit die größte forensische Gendatenbank der Welt. Sie entspricht der DNA-Analyse-Datei, kurz DAD, die am 17. April 1998 zur Speicherung von DNA-Profilen als Datenbank für Deutschland eingerichtet wurde. In der NDNAD wird bei Schwerstkriminalität nicht nur nach der DNA des Täters, sondern auch nach Profilen von Verwandten gesucht. Das Familienraster wird aber nur dann eingesetzt, wenn das am Tatort gefundene DNA-Material nicht exakt mit einer Person übereinstimmt. Dieses „familial DNA searching" ermittelt dann Profile, die mit dem gesuchten annähernd identisch sind. Wer in Großbritannien erkennungsdienstlich behandelt wird, gibt in der Regel auch eine Speichelprobe ab, deren DNA-Profil in die Datenbank wandert und nicht mehr gelöscht wird.

die er hatte. Aber, ich gehe davon aus, dass der Mann vor seinem Tod längere Zeit gefesselt war und sich heftig gegen die Fesseln gewehrt hat.«

»Wow, das sind wirklich neue Erkenntnisse. Warum wissen wir davon noch nichts?«, fragte Ewen.

»Weil der endgültige Untersuchungsbericht erst heute Morgen fertig geworden ist. Ich hatte die ganze Zeit schon einen Verdacht, dem ich gestern nachgegangen bin, nachdem die Sache mit dem Budget kein Problem mehr war. Deshalb habe ich mir nach unserem Telefonat die Überreste noch mal vorgenommen.«

»Einen Verdacht? Was denn für einen?«, hakte Ewen noch mal nach.

»Wir haben keinerlei Rückstände von Fesseln an der Leiche gefunden. Auch die Spurensicherung fand nichts im Gerstenmalz. Er muss also betäubt gewesen sein oder tot, sonst hätte er das nicht mit sich machen lassen. Und so betäubt kann eigentlich auch keiner sein, dass er sich langsam zerquetschen lässt, ohne aufzuwachen.«

»Und?«

»Und deshalb habe ich ihn noch mal komplett untersucht und auch was gefunden.«

»Was denn nun. Machen Sie es doch nicht so spannend, Mann!« Jetzt schaltete sich auch Andy ein.

»Rohypnol!«

»Was? Die Vergewaltigungsdroge?« Ewen und Andy schauten den Professor verblüfft an.

»Genau. Sie wird meist als sogenannte Vergewaltigungsdroge eingesetzt. Dabei wurde sie schon sehr oft viel zu hoch dosiert, was dann tödlich endete. Mancher Idiot verpasste seiner Freundin eine Dosis, um sie damit im Bett gefügiger zu machen.

Sexualtäter benutzen sie, um ihre Opfer zu betäuben. Die Frauen wurden aber nicht in jedem Fall gleich ohnmächtig. Bei einigen setzte zunächst die gewünschte Wirkung ein, dass sie bereitwillig auch auf noch so abwegige Forderungen eingingen, andere schliefen gleich ein und bekamen gar nichts mehr mit, und wieder andere benahmen sich ganz normal, so als hätten sie gar keine Dosis erhalten. Aber fast alle erinnerten sich hinterher an gar nichts mehr.

Aber viele starben nach Verabreichung der Droge, weil sie viel zu hoch dosiert worden war.« Chris Butcher kam ins Dozieren. »Dass jemand diese Droge aber bei Männern einsetzt, nicht um sie für sexuelle Spielereien gefügig zu machen, sondern um sie einfach nur zu betäuben, das war mir neu. So etwas hatte ich in meiner Praxis noch nie gehört. Und ihr könnt mir glauben, ich habe da schon viel erlebt.«

»Und warum stand das im vorläufigen Untersuchungsbericht noch nicht drin?«, fragte Andy.

»Weil es nach so langer Zeit eigentlich nicht mehr nachweisbar ist. Eigentlich! Aber wenn jemand meine Fachexpertise besitzt und auch meine technischen Möglichkeiten und dann gezielt danach sucht, dann ist fast nichts unmöglich.« Stolz schaute er die beiden an.

»Sehr gut«, lobte ihn Andy dann auch.

»Und noch eine Info außerhalb vom Protokoll«, fügte Chris geschmeichelt hinzu. »Ich gehe davon aus, dass der Malz-Mann zuerst mit Rohypnol betäubt und gefesselt wurde und dann erst später, als er wieder bei Bewusstsein war, erstickt wurde.«

»Erstickt? Aber davon stand auch nichts im vorläufigen Befund!«

»Wie gesagt außerhalb vom Protokoll. Wir ihr beide wisst, kommt es beim Ersticken oder Erwürgen zu punktförmigen Blutungen in den Augen und in der Haut hinter den Ohrmuscheln. Diese Unterblutungen wurden nicht gefunden. Ich vermute deshalb, dass dem Kerl eine Plastiktüte über den Kopf gestülpt wurde und er dann langsam erstickt ist, sodass keine Stauungsblutungen entstanden sind.«

»Wow.« Das war alles, was Ewen dazu einfiel.

»Wie gesagt, nur eine Vermutung«, betonte Chris nochmals nachdrücklich.

»Dennoch, eine interessante These«, erwiderte Andy.

»Vielen Dank für die Informationen. Das war sehr hilfreich«, bestätigte auch Ewen.

»Aber gerne. Ich helfe doch, wo ich kann.«

Nachdem sich Andy und Ewen von Professor Butcher verabschiedet hatten, machten sie sich auf die Rückfahrt nach Inverness zu ihren Kollegen.

Auge

Zur gleichen Zeit, als sich Ewen und Andy von Chris Butcher verabschiedeten, um sich auf den Rückweg nach Inverness zu machen, saß Alan mit Brian in dessen Büro zusammen.

»Was meinst du?«, fragte Alan seinen Freund. »Handelt es sich bei den uns bekannten Morden oder Unfällen um unterschiedliche Fälle, die nichts miteinander zu tun haben, oder doch um einen einzigen Fall?«

»Du weißt doch: Ein Toter – das ist Pech. Zwei – sieht sehr nach Zufall aus. Aber drei – das ist eine Serie. Und in unserem aktuellen Fall haben wir eigentlich genug Tote, um über eine Serie sprechen zu können, aber immer noch keine Verbindung. Was verbindet diese Menschen untereinander, was haben die Opfer gemeinsam, in welchem Zusammenhang stehen sie mit dem Täter – oder den Tätern?«

»Diese Fragen stelle ich mir auch die ganze Zeit, aber du hast meine eigentliche Frage noch nicht beantwortet.«

»Weil ich es auch noch nicht mit Sicherheit sagen kann. Aber mein Bauch sagt mir, dass es einen Zusammenhang gibt. Und es muss auch ein Motiv geben. Selbst wenn das für niemanden außer dem Täter nachvollziehbar erscheint. Für ihn muss es einen Sinn machen.«

»Danke, dass du das so siehst. Ich bin mir nämlich auch ziemlich sicher, dass wir es hier mit einem Serienmörder zu tun haben, vielleicht sogar mit einem Auftragskiller.«

Die neugegründete Sonderkommission hatte leider immer noch keinerlei Verdachtsmomente gefunden, die eine Verbindung zwischen den Fällen zuließen und es bestand die Gefahr, dass die Ermittlungen ganz schnell zum Stillstand kommen würden.

Alan kannte diese frustrierenden Momente bei einer Untersuchung. Wenn der Täter clever genug war und es ihm gelang seine Spuren gekonnt zu vertuschen, war es fast unmöglich ihn zu überführen, wenn keine klare Verbindung zwischen ihm und dem Opfer bestand. Bei einem intelligenten Serienmörder mussten die ermittelnden Beamten deshalb leider oft bis zum nächsten oder gar übernächsten Opfer warten, um genügend Spuren und Anhaltspunkte zu finden. Und in ihrem Fall hatten sie bereits sechs Tote und noch immer keine heiße Spur.

»Ich bin mal gespannt, ob jemand aus dem Team etwas herausgefunden hat, wenn wir uns nach dem Mittagessen um 13:00 Uhr wieder alle treffen.«

»Apropos, lass uns lieber gleich was essen gehen. Mit einem riesigen Loch im Magen kann ich einfach nicht vernünftig denken.«

Alan lachte, stand aber auf, um mit Brian in die Kantine zu gehen.

Im Nebenraum saß Nicky vor ihren Bildschirmen und arbeitete mit zwei Mäusen gleichzeitig, um sich die Informationen auf dem linken und rechten Bildschirm anzeigen zu lassen.

Sie hatte sich inzwischen zum IT-Forensiker weitergebildet und jagte in dieser Funktion sehr erfolgreich Cyber-Kriminelle. Phishing, Scamming oder Hacking waren längst schon keine Fremdwörter mehr für sie. Im Gegenteil. Bei ihrer digitalen Spurensuche war es ihr bereits mehrfach gelungen die zahlreichen Spuren, die heutzutage fast jeder im Netz hinterlässt, sei es mit seinem Computer, Smartphone, Tablet oder der Spielekonsole, so auszuwerten, dass damit ein Entführungsfall und sogar ein Mord aufgeklärt werden konnten.

Wann hat ein Laptop welches WLAN-Netzwerk genutzt? War ein USB-Stick tatsächlich an einem bestimmten Rechner angeschlossen? Das waren Fragen, die sie dabei beschäftigten. Aber Nicky war wie immer ihrer Zeit noch einen deutlichen Schritt weiter voraus und die Justizbehörden konnten froh sein, dass sie auf ihrer Seite war und nicht auf der Seite des organisierten Verbrechens arbeitete.

Sie machte sich gerade auf die Suche nach Botschaften in den sozialen Netzwerken, die eventuell vom Mörder stammen konnten. Psychopaten hatten schließlich die Tendenz, sich in die Ermittlungen ihrer eigenen Taten einzuschalten und dazu die eine oder andere Nachricht zu platzieren. Sie fand aber nichts Auffälliges, sondern nur harmlose Botschaften. Sie hatte aber auch nichts anderes erwartet, da es sich aus ihrer Sicht bei dem Mörder nicht um einen Psycho handelte, sondern eher um einen Profi, der keine Spuren hinterlassen wollte.

Doch dann kam ihr eine Idee, die sie sogleich im Internet recherchierte. Und es dauerte nicht lange, bis sich ein zufriedenes Lächeln auf ihrem Gesicht breitmachte. Die anderen würden Augen machen, dachte sie und war schon ein wenig stolz auf das, was sie gerade herausgefunden hatte.

Sie wollte aufspringen und zu Alan hinübergehen, aber mit einem Blick auf die Uhr sah sie, dass vermutlich alle schon beim Essen waren. Und dort wollte sie es ihnen nicht mitteilen. Da mussten die halt bis zur Nachmittagsbesprechung warten. Deshalb nahm sie einen großen Apfel aus der Schreibtischschublade, der ihr Mittagessen darstellte, und biss genüsslich hinein.

Alan war nach dem Mittagessen mit Brian und auch einem Teil der anderen Soko-Mitglieder, noch mal in sein provisorisches Büro gegangen, um sich auf die 13:00 Uhr Besprechung vorzubereiten.

Als er pünktlich um 13:00 Uhr den Besprechungsraum betrat, waren alle anderen aus dem Team schon da, auch Ewen und Andy waren rechtzeitig zurückgekehrt und auch Brian saß am Tisch und machte einen zufriedenen Eindruck.

Mit einem Blick auf den leeren Tisch vor Brian, fragte Alan verwundert: »Ich hatte doch wieder neue Kekse bestellt. Wo sind die denn nur? Brian hast du die Kekse gesehen?«

»Kurz.«

»Wie kurz? Was soll das denn heißen?«, fragte Alan, der schon etwas ahnte.

»Na kurz halt. Dann waren sie plötzlich weg ... aber die hätten euch eh nicht geschmeckt.«

»So, so.«

»Ja, ich habe mich für euch geopfert. Die waren schließlich schon von gestern.«

»Na dann.«

»Schon gut, kein Dank!«

Alle lachten, auch Brian. Und sogar Nicky grinste.

»Also ihr Lieben«, Alan schaute in die Runde. »Die wichtigsten Fragen, die sich uns stellen, sind immer noch: Was verbindet die Toten und was haben sie gemeinsam?«

Nicky stand auf, um die Aufmerksamkeit der anderen auf sich zu ziehen. »Auf den ersten Blick erst einmal nichts. Sie kommen aus verschiedenen Ländern und selbst die Deutschen kommen aus so unterschiedlichen Regionen, dass sie sich höchstwahrscheinlich nicht kannten. Auch Whisky kann kein gemeinsamer Nenner sein, denn sie sind fast alle in unterschiedlichen Regionen Schottlands unterwegs gewesen und nicht alle kamen dabei in die Nähe von Brennereien und haben deshalb auch zum Glück kein erkennbares Interesse an Whisky.« Nicky spielte dabei auf die doch recht kuriose Tatsache an, dass die letzten von ihnen bearbeiteten Serienmorde immer irgendwie mit Scotch Whisky zusammenhingen.«

»Aber irgendetwas muss es doch geben. Ich kann mir nicht vorstellen, dass die willkürlich ausgewählt wurden. Da muss ein Plan dahinterstecken«, erwiderte Brian.

»Ja, aber welcher?«, fragte Charly.

»Eine Gemeinsamkeit haben die doch!«, sagte Nicky. Eine gespannte Stille breitete sich in dem Raum aus.

»Welche?«, fragte endlich Alan und löste damit die Spannung.

»Die sind alle mit ihrem eigenen Fahrzeug in Schottland unterwegs.«

»Ja und? Glaubst du etwa, dass da eine internationale, verbrecherische Autovermietung dahintersteckt?« Das kam natürlich von Brian.

»Nee du Scherzkeks. Aber was glaubst du wohl, wie die ihre privaten Autos nach Schottland gebracht haben?«

»Mensch klar, mit der Fähre.« Brian schlug sich die rechte Hand vor die Stirn.

»Genau. Und was ist, wenn die alle mit der gleichen Fähre angekommen sind? Wenn die sich vielleicht sogar auf der Fähre kennengelernt haben?«, fragte Nicky.

»Und wenn die vielleicht bei der Überfahrt etwas mitbekommen haben, was jetzt tödliche Auswirkungen auf sie hat?« Das kam von Ewen und Andy nickte dazu.

»Stimmt, das könnte die Verbindung sein.«

»Vielleicht waren die ja dort alle Auge in Auge mit einem Mörder, ohne den geringsten Hauch einer Ahnung.«

»Ich habe da noch etwas weiter recherchiert und kann euch noch eine wichtige Information geben«, ergänzte Nicky, die immer noch als Einzige stand. Zum Erstaunen aller zog sie aus ihrer Laptoptasche einen kleinen Stoß Papier und verteilte je ein

Blatt an die Anwesenden mit den Worten: »Hier ist ein Ausdruck der Passagierliste der King Seaways. Ich weiß doch, wie sehr ihr Papier liebt. Und, um es für euch etwas einfacher zu machen, habe ich da vor dem Drucken ein paar Namen gelb hinterlegt.« Danach setzte sie sich und wartete auf die Reaktion ihrer Kollegen, die auch nicht lange ausblieb.

»Das gibt es doch nicht!«

»Wahnsinn!«

»Unglaublich!«

»Nicky, das ist der Hit!«

Alle riefen fast gleichzeitig und aufgeregt durcheinander.

»Nicky, ich bin stolz auf dich!«, sagte dann Brian ruhig und laut. Und es kehrte langsam wieder Ruhe ein.

»Bis auf den Toten in der Mälzerei sind die uns bekannten Touristen gemeinsam mit der Fähre von Amsterdam Ijmuiden nach Newcastle angereist. Sie sind zusammen in Nord-England angekommen und dann mit unterschiedlichen Zielen nach Schottland weitergefahren.« Nicky schaute in die Runde.

Brian schaute Alan an. »Jetzt haben wir EINEN Fall. Das ist kein Zufall mehr.«

»Ja, das sehe ich auch so.« Alan nickte dabei anerkennend in Nickys Richtung. »Super, Nicky sei Dank wissen wir jetzt, was die Touristen verbindet. Eine gemeinsame Fahrt mit der Fähre. Da sie sich offensichtlich vorher nicht kannten und auch nach der Ankunft wieder getrennte Wege gegangen sind, müssen sie auf der Fähre etwas mitbekommen haben, was sie besser nie gesehen oder gehört hätten. Aber was?«

»Was mich auch wundert, ist, dass wir sechs Tote in sieben Tagen hatten. Von dem Toten in den Maltings mal abgesehen. Da brauchen wir noch ein genaues Datum. Auf jeden Fall aber ist er nach Ankunft der Fähre gestorben, so viel ist sicher. Und seit fünf Tagen ist es ruhig an der Mörderfront. Hat der Täter seine Arbeit erledigt und ist wieder daheim? Auch das würde für einen oder mehrere Auftragskiller sprechen, die schnell gehandelt haben. Aber um was zu verhindern?«

»Wie schafft es der Mörder eigentlich, an zwei Orten nahezu zeitgleich zu sein? Kann der sich klonen?«

»Na hoffentlich nicht, das würde uns gerade noch fehlen. Das ist doch aber auch ein weiterer Hinweis, dass es sich vermutlich um mehr als nur einen Täter handelt?«

»Na ja, wäre möglich. Aber die Vorgehensweise ist doch in fast allen Fällen gleich. Ein Mord, der nach Unfall aussieht und professionell ausgeführt wird.«

»Vielleicht ein Team, das zusammenarbeitet?«

»Möglich. Das könnte zumindest erklären, warum der Mord im Supermarkt deutlich vom bisherigen Muster abweicht.«

»Die perfekten Morde werden von Tätern verübt, die clever genug sind, diese wie Unfälle aussehen zu lassen und auch hinterher die Klappe zu halten und nicht damit zu prahlen.«

»Was ist, wenn der Laster mit der Gerste ebenfalls auf der gleichen Fähre war?«, fragte Nicky plötzlich.

Alle schauten sie verblüfft an. Nach einem kurzen Moment der Stille begannen alle durcheinander zu spekulieren. Alan liebte es, wenn sein Team über Ideen und Möglichkeiten ausgiebig diskutierte. Das war es, was er an diesen Leuten so schätzte. Alle Mitglieder hatten sich mit Begeisterung, sowohl früher als auch in diesem Fall, allerhand Spekulationen gewidmet, unterschiedliche Theorien ausprobiert und sie anhand der vorliegenden Indizien ausgetestet und mit allen Anwesenden hin und her diskutiert.

Nach weniger als zehn Minuten angeregten „Brainstormings", wie das Ganze so schön genannt wurde, brachte Brian die Diskussion auf den Punkt: »Das könnte tatsächlich der große Zusammenhang sein.«

»Wir brauchen dringend die Frachtpapiere der Fähre, inklusive aller Angaben zu Fahrern, Ladegut etc.«, sagte Alan.

»Ich kümmere mich gleich nachher darum«, antwortete Nicky.

»Gut, danke. Was haben wir noch?«

»Ich habe mir persönlich mal die Auswertungen der privaten Überwachungskameras von den Supermärkten, vor allem dem in Campbeltown und anderen Einrichtungen in der Nähe der Tatorte angesehen«, sagte Nicky. Mit einem Blick auf Alan fuhr sie fort: »Nein, frag nicht. Die Aufzeichnungen werden alle nach 24 Stunden gelöscht, egal ob sie auf Band oder digital aufgezeichnet wurden. Die ermittelnden Polizisten haben aber leider nicht danach gefragt. Deshalb sind auch keine Aufzeichnungen vorhanden. Beim Supermarkt in Campbeltown allerdings hat der ermittelnde Beamte«, sie nickte Brian anerkennend zu, »sowohl die Aufzeichnungen im Supermarkt als auch die vom Parkplatz sichergestellt.«

»Und«, fragte Brian. »Hast du was gefunden?«

»Leider nicht, lieber Brian. Zumindest nichts, was uns wirklich weiterhilft. Schaut selbst.«

Alle richteten ihre Blicke auf das interaktive Whiteboard, auf dem ein Bild erschien, nach dem Nicky ein paar Tasten gedrückt hatte.

»Ich habe die Aufnahmen von drei Kameras, die vom Parkplatz und die beiden vom Inneren des Supermarktes, so zusammengeschnitten, dass ihr jetzt das Wesentliche sehen könnt.«

Nachdem Nicky eine weitere Taste gedrückt hatte, wurde aus dem Standbild ein Film.

Sie sahen, wie Luc Filliers vom Parkplatz auf den Eingang des Supermarktes zuging und dann den Markt betrat. Keine andere Person folgte ihm, obwohl die im Film eingeblendete laufende Uhr mehrere Minuten anzeigte. Dann war die Rückansicht von Luc zu sehen, wie er erst Wasser kaufte und dann in die Reihe mit den Schokoladen Artikeln einbog.

Plötzlich trat ein dunkel gekleideter Mann mit nach vorne gezogener Kapuze ins Bild, der von hinten an Luc herantrat. Genau wie sein Opfer war er im Film nur von hinten zu sehen. Der Mann bewegte seinen rechten Arm als er ganz dicht hinter ihm stand und blieb direkt neben ihm stehen. Kurz darauf drehte er sich um und ging ohne Eile auf die Kamera zu. Dabei steckte er eine Waffe unter seine Jacke und drehte sich dann kurz um.

Auch die Beamten vor dem Monitor konnten sehen, wie sein Opfer in dem Moment an dem Supermarktregal langsam zusammenbrach. Der Mann ging unbeirrt weiter in Richtung Kasse, hatte seinen von der Kapuze bedeckten Kopf aber so tief gehalten, dass von seinem Gesicht nichts zu erkennen war. Offensichtlich war er sich des Risikos bewusst, in der Kameraaufzeichnung festgehalten zu werden.

Die dritte Kameraaufzeichnung zeigte den Zeitraum nach der Tat und es waren einige Personen zu erkennen, die den Supermarkt verließen und zu ihren Autos gingen. Aber keine dieser Personen hatte Ähnlichkeit mit dem Mörder oder dessen Kleidung.

»So, das war es leider auch schon. Wir können nur sagen, dass der Täter mittelgroß ist, von normaler Statur und eine Kapuzenjacke trägt. Mehr Hinweise auf ihn gibt es leider nicht. Und selbst das Geschlecht ist nur eine Vermutung.« Nicky schaute alle entmutigt an.

»Mist, davon hatte ich mir wesentlich mehr versprochen. Jetzt hat man schon eine Videoaufzeichnung und trotzdem gibt es keine konkreten Hinweise.« Alan klang richtig enttäuscht.

»Warum ist der Typ nicht zu sehen, wenn er den Supermarkt betritt und auch nicht wenn er ihn wieder verlässt? Und warum auch nicht an der Kasse? Ich dachte, dass auf jeden Fall dort eine Überwachung stattfindet.« Brian konzentrierte sich wieder aufs Wesentliche.

»Weil die im direkten Eingangsbereich keine Kamera haben. Wenn der direkt am Ausgang, an der Wand entlang, nach links oder rechts weggeht, erfasst ihn keine Kamera. Und die an der Kasse war seit Tagen defekt und noch nicht repariert worden.«

»Das konnte der Täter aber doch nicht wissen und der hat bestimmt auch nicht schon Tage vorher alle Kameras in allen Supermärkten sabotiert.«

»Stimmt, aber er konnte direkt vom Eingang aus sehen, ob die Kamera blinkt oder nicht. Und da sie defekt war, hat sie halt auch nicht geblinkt.«

»Mist! Es schein fast so, als wüsste er ganz genau, von wo aus er überwacht wurde. Er ist ganz geschickt allen Kameras ausgewichen.«

»Ja, so war es wohl.«

Fähre

Rückblick

Pünktlich um 17:30 Uhr kündete ein tiefes Grollen das endgültige Ablegen der Fähre an. Die Männer am Kai hatten die letzte Trosse vom Poller gelöst und die Schiffsbesatzung hatte sie mit der Motorwinde eingeholt und schiffsseitig befestigt. Die Querstrahlruder hatten die gut 31.000 Bruttoregistertonnen von der Kaimauer weg manövriert. Der Kapitän begann nun damit, die *King Seaways* vom Felison Terminal in die Fahrrinne des Nordseekanals und dann, keine zwei Kilometer weiter, in die offene Nordsee zu steuern.

Der Hafen von Ijmuiden bei Amsterdam entwickelte sich, neben Europoort bei Rotterdam, zum zweitwichtigsten Fährhafen in Richtung Schottland. Täglich verließ eine Fähre der DFDS-Seaways das Hafenbecken, um mit ihren 21 Knoten Reisegeschwindigkeit die 267 nautischen Meilen oder 495 Kilometer bis Newcastle nach gut 16 Stunden hinter sich zu bringen.

Viele der rund 1.200 Passagiere des fast voll besetzten Schiffes hatten das Ablegemanöver an Deck oder durch die Fenster ihrer Kabinen beobachtet. Der nahezu wolkenlose Himmel und das fast schon sommerliche Wetter in Ijmuiden wären sogar für Krönungsfeiern ideal gewesen. Deshalb verblieben auch die meisten der Schaulustigen an diesem warmen Nachmittag an Deck und versorgten sich in einer der beiden Bars mit dem ersten „Ablege-Bier". Viele saßen auf den Stühlen an der Reling und ließen die Kaianlagen an sich vorüberziehen.

Da die meisten Passagiere schon vor einer Stunde oder länger eingecheckt und das Gepäck auf eine der 478 Kabinen gebracht hatten, wartete nun nur noch das Abendessen oder der eine oder andere Drink auf sie. Die in den Prospekten der Fährgesellschaft angekündigte grenzenlose Entspannung an Bord konnte jetzt tatsächlich beginnen.

Speziell bei den Teilnehmern der Mini Cruises herrschte bereits Hochstimmung. Besonders an Samstagen starteten sehr viele Mini-Kreuzfahrer ihren 3-tägigen Kurztrip von Amsterdam nach Newcastle. Die meisten entschieden sich dabei für die günstigste Variante, bei der die Übernachtung in einer der 4-Bett Standard-Kabinen im Preis enthalten war.

Da die meisten aber die Enge dieser Kabinen möglichst lange vermeiden und nur für das absolute Minimum an Schlaf nutzen wollten, würden speziell diese Gäste im Verlauf des Abends noch für einen stetig ansteigenden Lautstärkepegel an Bord und auch in den Gängen sorgen.

Zahlreiche Gruppen, die gemeinsam auf Junggesellen- und natürlich auch Junggesellinnen-Abschieds-Tour waren, bereicherten das Bild zu-

sätzlich. Viele rannten bereits jetzt schon mit lustigen oder zumindest vermeintlich lustigen T-Shirts
bekleidet durch die Gänge und sprachen dabei
dem mitgebrachten oder dem an Bord gekauften
Alkohol reichlich zu.

Eine Stunde später allerdings, auf offener See,
konnte auch der Hartgesottenste nicht länger
leugnen, dass der Frühling eher Landbewohner
sein musste. Die Temperatur fiel empfindlich und
der raue Westwind tat sein Übriges, um die immer
noch dünn bekleideten Passagiere vom Deck zu
treiben. Lediglich die Raucher standen, mit dicken
Jacken ausgerüstet und den Rücken in den Wind
gedreht, auf den ihnen zugewiesenen Flächen und
frönten ihrem Hobby.

Die meisten anderen waren bereits auf dem Weg
in eine der zahlreichen gastronomischen Einrichtungen des Schiffes, wie dem *Explorers Steakhouse*
auf Deck 7, oder dem *Seven Seas Buffet Restaurant*
auf Deck 6, um allen zu zeigen, dass Seekrankheit
nur im Fernsehen vorkommt.

Zudem konnte man an Bord, auf Deck 7, vom
einfachen Burger im *Lighthouse Café* für den
schmalen Studenten-Geldbeutel bis zum 3-Gänge-
Menü für 37,00 Euro im *Blue Riband Restaurant,*
alles finden, was das Herz begehrte und der Magen
nicht verweigerte.

Gegen 21:00 Uhr, nachdem die meisten Passagiere
ihr Abendessen genossen und die Personen mit

Kindern diese in die diversen Kojen verfrachtet hatten, konzentrierte sich das gesellschaftliche Leben an Bord in den zahlreichen Bars, dem Casino oder auf ein Tänzchen im Columbus Club auf Deck 8.

Für ein gepflegtes Glas Rotwein traf man sich im *Navigators Pub* oder der *Compass Bar.* Die Leute mit dem Hang zu handfesteren Getränken ließen sich in der *Compass Bar* auf Deck 7 nieder. Wer clever war und rechnen konnte, hatte die Whiskyprobe „Grand Tour" bereits im Voraus gebucht. Für € 8,50 konnte man fünf „Classic Malts of Scotland", nämlich Dalwhinnie, Cragganmore, Caol Ila, Glenkinchie und Talisker, probieren.

Vier Passagiere, die diese Whiskyprobe schon vor Reiseantritt vorgebucht hatten sowie drei weitere, die sich spontan an der Bar dafür entschieden hatten, wurden vom schwarzgekleideten Steward pünktlich um 21:30 Uhr an zwei nebeneinanderstehenden Vierertischen platziert.

Die leicht schummerige Atmosphäre der Bar mit ihren stoffbespannten Wänden und der in Rot und Blau indirekt beleuchteten Decke passte genau zu dem kommenden Event. Im Hintergrund konnte man, in dezenter Lautstärke, schottische und irische Lieder vernehmen. Gekonnt professionell stellte sich der Steward als Colin aus Irland vor und fragte die Runde, aus welchen Ländern sie jeweils kommen würden. Da es sich um zwei Deutsche, einen Belgier, einen Italiener, einen Engländer und ein holländisches Pärchen handelte, bat er darum, auf Englisch zu kommunizieren, was alle befürworteten.

Eine etwas dralle Kollegin von Colin überreichte jedem Teilnehmer ein Holzbrettchen mit fünf Vertiefungen, in denen jeweils ein Nosingglas mit einem Zentiliter einer blonden bis bernsteinfarbenen Flüssigkeit ruhte. Dann begann er das Tasting, indem er sich mit den stets gleichen Fragen nach dem jeweiligen Kenntnisstand über den schottischen Whisky an die Teilnehmer wandte. Zwei der Anwesenden glänzten - zumindest verbal - mit bereits profundem Wissen, während andere zugaben, lediglich vom niedrigen Preis für eine Menge Whisky angelockt worden zu sein. Fast alle waren aber auch der Auffassung, dass es doch einfach ein Muss wäre, vor dem Betreten des „Heiligen Landes der Whiskytrinker" zumindest einmal das gottgleiche Destillat probiert zu haben.

Colin nahm wie immer jeden Kommentar mit einem Lächeln entgegen und spulte seinen kleinen Vortrag über die Whiskys aus den verschiedenen Teilen Schottlands herunter. Er machte auf die generellen Unterschiede eines grasigen Lowlands (Glenkinchie) zu einem fruchtigen Vertreter aus der Speyside (Cragganmore) aufmerksam, Und natürlich erntete er, wie jedes Mal, ein paar Lacher, wenn er den Caol Ila von Islay mit dem Bremsmanöver von ein paar Autoreifen verglich. Bei jedem der fünf Getränke forderte er die Teilnehmer auf, zunächst das Aroma durch intensives Riechen aufzunehmen. Dazu erklärte er den einen oder anderen ungewohnten Geruch wie altes Holz oder feuchtes Leder. Danach sollten alle einen kleinen Schluck des Getränks im Mund behalten, es hin und her spülen und danach erzählen, ob der Geschmack zu den zuvor festgestellten Gerüchen passe. Dies machte er so mit allen fünf Whiskys reihum und ließ die Gruppe dann die verschiedenen Vertreter des Destillats miteinander vergleichen.

Nach einer halben Stunde wünschte er den Gästen noch viele Erfahrungen mit den verbliebenen spärlichen Resten der fünf Whiskys in ihren Gläsern und überließ die Gruppe sich selbst, um sich den anderen Gästen zu widmen.

Prompt übernahmen die beiden „profunden Whiskykenner" Colins Rolle und sinnierten ausgiebig über die mehr als 200 Aromen, die ein Single Malt verströmen konnte. Amüsiert lauschten die anderen den sich immer weiter übertrumpfenden Floskeln der beiden, während die dralle Kellnerin eine um die andere Runde Whisky, Bier oder Wodka Lemon servierte. Einer der Deutschen, der sich als Andy vorgestellt hatte, erzählte den anderen inzwischen zu Whiskyexperten herangereiften Teilnehmern, dass sie sich die Sonderangebote an Whisky im Sea Shop nicht entgehen lassen sollten. Er hatte selbst bereits die Best Buy Angebote genutzt und sich mit einigen Flaschen eingedeckt. Bei zwei Literflaschen namhaften Single Malt Whiskys für zusammen 69,95 Euro konnte man schließlich nichts falsch machen.

Um Viertel nach elf war man sich, auf Basis der gemeinsam erlebten Vergangenheit, sprich einem Whisky-Tasting vor gut zwei Stunden und dem darauf folgenden „einen oder anderen" alkoholischen Getränk, mittlerweile näher gekommen. Die obligatorischen Handyfotos von den Whiskys oder völlig verwackelten Selfies durften natürlich nicht fehlen.

Jeder erzählte den anderen seine Beweggründe, warum er oder sie nach Schottland reiste und warum Individual-Tourismus mit dem eigenen Auto sowieso die einzig wahre Art dafür sei, hier Urlaub zu machen. Nur so und nicht anders könne man Land und Leute kennenlernen. Wobei einige bei ihren Ausführungen offensichtlich bereits unter leichten Muskellähmungen im Gesichtsbereich litten. Dies wurde natürlich mit lautem Gegröle quittiert und dem Hinweis, dass bei derartigen Seemannskrankheiten ausschließlich ein weiteres Glas Whisky helfen würde.

Die meisten der Gruppe waren tatsächlich wegen des Whiskys nach Schottland aufgebrochen. Einer der Deutschen meinte, er könnte partout mit den torfigen Versionen nichts anfangen. Er wollte sich dafür die fruchtigen, im Sherryfass gelagerten Exemplare aus der Speyside näher zu Gemüte führen. Der Italiener wollte sich die Insel Skye und seine Lieblingsbrennerei Talisker ansehen. Der Belgier und der andere Deutsche wollten unabhängig voneinander sogar das Whiskyfestival auf der Insel Islay besuchen.

Mit fortschreitendem Abend wurden die Geschichten der „Glorreichen Sieben", wie sie sich mittlerweile nannten, immer abenteuerlicher. Einer der Deutschen erklärte sich bereits zum neuen Whisky-Papst. Nur dank ihm und seinen Vorträgen hätte das Getränk überhaupt den Siegeszug nach Europa antreten können.

Die beiden holländischen Teilnehmer behaupteten daraufhin sie seien die größten Drogenkuriere Hollands des letzten Jahrhunderts. In der Tat hatten sie sich vor der Abreise in einem Coffeeshop ausreichend mit Joints eingedeckt. So fiel es ihnen leicht den Anderen ihre Behauptung damit zu beweisen, dass sie zusammen auf ein Außendeck schlichen und dort zwei der mitgebrachten Joints rauchten.

Daraufhin spendete der andere Deutsche sein gesamtes zu sich genommene Abendessen den Fischen, was – laut Aussage des holländischen Mädchens – nur ein weiterer Beweis für die exzellente Qualität des Stoffs war.

Der Engländer stellte sich als Under-Cover-Reporter vor, der gerade auf der Spur eines der größten Mafia-Deals Europas war. Er hätte sich selbst in die Bande eingeschleust und würde nun die Fährte von genmanipuliertem Getreide verfolgen. Dies wäre seine letzte Reise, dann hätte er alle erforderlichen Fakten beisammen. Mit großem Applaus wurde seine Geschichte zur besten des Abends gekürt, was dazu führte, dass der Engländer noch mehr ins Detail ging, mit zahlreichen Namen und Orten glänzte, während die anderen die Erzählung mit weiteren Getränke-Runden belohnten.

Irgendwann wurden natürlich die übrigen Gäste der Bar auf diese feucht-fröhliche Gruppe aufmerksam. Einige von ihnen fühlten sich durch den Lärm, den die Sieben mittlerweile verbreiteten, so gestört, dass sie sich beim Bar-Keeper beschwerten und dann die Bar verließen.

Zahlreiche Getränkerunden später, als die „Glorreichen" auch noch anfingen gemeinsam einige der mittlerweile dargebotenen Oldies aus den 70ern lautstark mitzusingen, wurde es dann auch den letzten Gästen zu bunt. Bis auf ganz wenige, meist schon stark angetrunkene Gäste, leerte sich die Bar fast vollends.

Auf der anderen Seite der Bar saß seit einiger Zeit ein Gast, der so gar kein Interesse an irgendwelchen alkoholischen Getränken zeigte. Dafür war sein Interesse an den Gesprächen der Whiskygruppe umso größer. Nachdem er nach dem Abendessen erfahren hatte, dass der Kerl sich in der Bar vergnügen wollte, konnte er ungestört dessen Kabine durchsuchen.

Er hatte sich ja gleich gedacht, dass mit dem irgendetwas nicht stimmte. Dem hatte er von Anfang an nicht vertraut. Und das war auch gut so. Jetzt hatte er den Beweis. Das gab den letzten Ausschlag. Sie hatten also tatsächlich recht gehabt mit ihm. Die Unterlagen, die er in der Kabine gefunden hatte, sprachen Bände.

Aber das war nur das eine Problem, was es zu lösen galt, stellte er fest, als er anschließend in die Bar gegangen war. Er hatte sich so hingesetzt, dass der Engländer ihm den Rücken zuwandte und er selbst immer noch in Hörweite war. Bei der lauten Gesprächsführung der sieben Feiernden war das auch kein Problem.

Der Idiot ließ sich in der Bar volllaufen und erzählte, mit seinem besoffenen Kopf, lauthals, was er alles wusste. Noch dämlicher ging es ja wohl gar nicht mehr! Na gut, für ihn war eh die Messe gelesen. Wirklich leid tat es ihm aber um all die jungen Saufkumpane, die da drüben am Tisch so bereitwillig seinen Geschichten lauschten.

Er hatte bereits zahlreiche Fotos mit seinem Handy geschossen, was bei der Vielzahl der genutzten Smartphones kaum auffiel. Zudem hatte er sich an der Bar, unter dem Vorwand, auch einmal eine Whiskyprobe mitzumachen, an die dralle Kellnerin gewandt. Diese erklärte ihm dann auch bereitwillig, wie man so ein Event vorbuchen könnte oder, wenn es keine volle Gruppe wäre, auch einfach so teilnehmen könne.

Dabei nutze er die Gelegenheit und fotografierte unauffällig die an der Bar liegende Liste mit allen Buchungen für diesen Abend. Insgesamt waren drei Gruppen aufgeführt. Zwei Weinproben mit jeweils vier Teilnehmern und eben die beobachtete Whiskygruppe auch mit vier Teilnehmern. Also hatten drei von den sieben, inklusive dem Engländer, spontan teilgenommen. Na, immerhin beschränkte das die aufwendige Suche auf nur noch zwei Personen, da ihm nun fünf von denen bekannt waren.

Dumm nur, dass er keinen Handyempfang auf dem Schiff hatte. Er musste also warten, bis sie die nordenglische Küste erreichten oder sogar so lange, bis sie an Land waren. Aber er musste schnellstens seinen Boss anrufen. Der würde entscheiden, wie es weitergehen sollte. Und er würde ihm die Fotos von diesen Touristen mailen, damit er sie bei Bedarf verwenden konnte.

Gegen 01:15 Uhr machte Colin die feucht-fröhliche Gruppe sowie die wenigen übrigen Gäste höflich darauf aufmerksam, dass die Bar nun bald schließen würde. Da keiner der Gruppe noch etwas bestellen wollte (oder konnte), tranken alle ihre Gläser aus, versicherten sich ewiger Freundschaft, umarmten sich und versuchten möglichst aufrecht ihre Kabinen zu erreichen.

Da sich diese über sechs Decks erstreckten, betraten einige gemeinsam eine Aufzugkabine, während die anderen die Treppenhäuser benutzten, da sie nur eine Etage nach oben oder unten mussten.

Am nächsten Morgen drang der fröhliche Weckruf des Kapitäns pünktlich um 06:30 Uhr aus allen Lautsprechern. Ob gewünscht oder nicht wurden alle Passagiere über die Schönheit der nahenden schottischen Küste und diverse Möglichkeiten eines Frühstücks an Bord aufgeklärt.

Trotz des strahlend blauen Himmels über der morgendlichen Nordsee erlebten zumindest sieben der Passagiere einen ziemlich vernebelten Morgen an Bord. Da das leichte Schwanken des Schiffes sein Übriges tat, verzichteten eben diese sieben Passagiere auf das Frühstück und leisteten sich bestenfalls einen schwarzen Kaffee in einem der zahlreichen Coffeeshops.

So kam es, dass die verschworene Gemeinschaft der ehemals so glorreichen Sieben sich nicht mehr sah, bevor alle über die Lautsprecher zu ihren Fahrzeugen in die unteren Decks gerufen wurden.

Pünktlich um 09:00 Uhr klappten die Tore der Fähre auf und jeder fuhr seinem geplanten Ziel entgegen.

Zufälle

Der Geruch des frisch aufgebrühten Kaffees zog durch den ganzen Raum und übertünchte sofort die Ausdünstungen des trocknenden Tapetenkleisters. »Jetzt haben wir extra den Bio-Kleister genommen, weil der angeblich weniger schädlich sein soll. Und nun riecht es trotzdem schon tagelang nach dem Zeug. Wie man es macht, man macht es verkehrt.« Zornig schüttelte Susan den Kopf, während sie die Schale voll Gebäck auf den Esstisch stellte.

»Ach, du Herzchen«, lächelte Ishbel sie an, während sie sich ein paar Tropfen Sahne aus dem kleinen altmodischen Kännchen in ihren Kaffee goss. »Wir sind ja auch beide große Fans von allem Bio und Organic und so. Aber trotzdem kann man wohl auch da nicht alles glauben, nicht wahr Graeme?«

»Was? Oh, ja. Stimmt. Da sind wir einer Meinung.« Graham wusste zwar gerade nicht, worum es ging, aber er war der Meinung, dass man bei der

Kommunikation mit seiner Frau genauso professionell handeln sollte wie bei einer Besprechung mit seinen Chefs. Was nichts anderes bedeutete, als dass man grundsätzlich eine halbwegs intelligente Floskel auf Lager haben sollte. Auch wenn man die letzte halbe Stunde lediglich die Kühe auf der Wiese vorm Fenster gezählt hatte, anstatt zuzuhören. Diesmal hatte er natürlich keine Kühe zur Verfügung. Er hatte sich intensiv mit den Mustern der neuen Design-Wandbekleidung im Wohnzimmer befasst, wie Susan sie eingangs nannte. Er versuchte gerade, den genauen Unterschied zu einer simplen Tapete herauszubekommen.

»Graham hör doch wenigstens aus Höflichkeit zu«, ermahnte Ishbel ihn. Ihr blieb einfach nichts verborgen.

Graham lief ein wenig rot an und fühlte sich vor Susan ertappt. »Nein, nein, ich hab schon aufgepasst. Kleister und so. Für mich ist das eh alles Knochenleim von alten Pferden. Nichts was man wirklich verbessern könnte.« Puh, dachte er. Gerade noch die Kurve gekriegt! »Aber wo bleibt denn nun Alan? Gibt's doch Probleme?« Er wollte lieber schnell das Thema wechseln.

Susan sah auf ihre kleine Armbanduhr aus Edelstahl und verzog die Lippen. »Schon bald halb sechs. Na ja, ihr kennt ihn ja. Sein Job ist geradezu gemacht für Probleme. Vielleicht rufe ich ihn doch an.« Sie griff in eine Tasche ihrer grauen hüftlangen Strickjacke.

»Nein, lass ihn mal«, bremste Ishbel sie aus. »Wir haben doch Zeit genug. Da brauchst du ihn nicht unter Druck zu setzen. Der Kuchen wird uns auch so schmecken, nicht?«

Susan lächelte ihre beiden Gäste dankbar an. Alan jetzt anzurufen und ihn zu ermahnen würde nur weiteren Stress erzeugen. Das war nicht nötig. »Stimmt! Also greift zu und lasst es euch schmecken!«

Seitdem Susan im Krankenhaus hier in Huntly ihren Job angetreten war, hatte sie sehr viel mehr Zeit und Ruhe. Sie konnte jetzt doch tatsächlich so etwas wie Freundschaften pflegen. Etwas, von dem sie zu ihrer Zeit als Notärztin nur hatte träumen können. Sie beneidete immer die Frauen aus den TV-Soaps, die sich regelmäßig am Vormittag mit ihren Freundinnen aus der Nachbarschaft zum Plausch trafen.

Zu den Frauen aus ihrer Nachbarschaft hatte sie zwar noch kein so inniges Verhältnis, obwohl sie sich mit allen sehr gut verstand, dafür hatte sich die Freundschaft mit Ishbel aber intensiviert. Die kaum dreißig Minuten Fahrt zueinander hatte dazu geführt, dass die Frauen sich nun nahezu wöchentlich trafen, um über dies oder das zu plaudern. Wenn es sich irgendwie einrichten ließ, kamen auch mal ihre Männer dazu.

Heute war genau einer dieser seltenen Tage, an dem vermeintlich alle vier einmal Zeit hatten. Susan wollte den beiden Gästen Alans und Brians Künste im Bereich Innenarchitektur präsentieren. Die zwei hatten es doch tatsächlich geschafft, an einem Tag sowohl die Diele als auch das Esszimmer komplett zu tapezieren. Und das ohne Falten, Beulen, Blasen oder herabhängende Ecken. Zudem konnte sie den erhofften Applaus für ihre gekonnte Auswahl an Tapetendesigns einstreichen.

»Und das haben die beiden Kriminalisten wirklich mit ihren eigenen Händen hinbekommen?« Ungläubig starrte Graham immer noch auf die mit leichten Silber- und Goldornamenten bedruckte beigefarbene Tapete. »Da musste man doch richtig mit Ansatz und Stoß arbeiten! Nicht schlecht.« Genüsslich biss Graham in seinen Pekannuss-Strudel.

»Das Kompliment kannst du ihm gerne persönlich machen, wenn er gleich kommt. Ich jedenfalls habe keine Heinzelmänner verschwinden sehen als ich neulich dazu kam.«

Keine zehn Minuten später hörten die Drei durch die offene Terrassentür des Esszimmers einen Wagen näher kommen. »Gottseidank, da ist er ja.« Susan konnte ihr erleichtertes Lächeln nicht verbergen. »Langsam geht mir diese unausgegorene Situation mit seinem Arbeitsplatz mächtig aufs Gemüt. Aber das erwähnt ihr ihm gegenüber bitte nicht, okay?«

»Kein Thema«, nuschelte Graham kauend. »Das ist nur euer Bier.«

Noch einmal zwei Minuten später trat Alan nebenan ins Wohnzimmer, warf seine Aktentasche und einen Pilotenkoffer auf einen Sessel und betrat mit einem breiten Lächeln das Esszimmer durch die offene Doppelflügeltür. »Hallo, meine Lieben. Schön euch zu sehen!« Alan umarmte zunächst Susan, die aufgestanden war, und küsste sie auf den Mund. Dann drückte er Ishbel einen Kuss auf die Wange und klopfte Graham jovial auf die Schulter. »Schön zu sehen, dass sich unser neu gestaltetes Esszimmer mit hohem Besuch schmücken darf. Wie gefällt es euch? Hat alles Susan ausgesucht.«

»Und du hast es verarbeitet. Mit Brians Hilfe. Haben wir alles schon erfahren. Wirklich wunderschön!« Ishbel nickte anerkennend mit dem Kopf.

»Wirklich toll«, pflichtete nun auch Graham bei. »Man sieht gar keine Falten.«

Ishbel boxte Graham auf den Oberarm. »Du maßloser Charmeur!«

»Was denn?«, fragte Graham verständnislos, während Alan ihn angrinste.

»Danke, danke ihr Lieben. Brians ruhige Hand war beim Tapezieren Gold wert. Ihr kennt ja seine Neigung zu filigranen Arbeiten«, antwortete Alan tiefgründig. »Aber wie geht's euch denn nun nach eurem Urlaub?«

»Ganz gut«, antwortete Graham. »Obwohl der Mistkerl von Port Ellen es fast geschafft hätte, uns den Urlaub zu vermiesen.«

»Dir, mein Lieber, dir!«, warf Ishbel ein. »Glücklicherweise hat es erst nach unserer Abreise die beiden Toten gegeben, nicht wahr, Alan? Das hätte mir den Urlaub vermiest.«

»Und kaum waren wir zu Hause, wird der Gast meiner Tante ermordet«, ergänzte Graham. »Da braucht man schon ein starkes Gemüt, um sich nicht seine Urlaubsfreude rauben zu lassen.«

Sinnierend blickten alle ein paar Sekunden in ihre Kaffeetassen, während sich Alan seines Jacketts entledigte und sich hinsetzte. »Nun, ich will ja nicht die Stimmung verderben, Alan. Aber wie sieht's denn in diesen Fällen aus? Du hast ja wohl alle auf deinem Tisch, oder?« Graham konnte sein geheimes Interesse an kuriosen Verbrechen doch nicht ganz verleugnen.

Alans Miene verdunkelte sich. »Deshalb komme ich ja erst so spät. In Schottland türmen sich schon wieder die Leichen«, sagte Alan. Das Fragezeichen in Grahams Gesicht war so groß, dass der Ben Nevis dagegen winzig ausgesehen hätte. »Dieses Mal sind aber keine von deinen Brennereien darin verwickelt. Aber wirklich ganz im Vertrauen, wir kommen irgendwie nicht voran. Es fehlt der zündende Funke. Alle Fäden laufen zwar zusammen, aber wir finden den Knoten nicht. Da alles Touristen sind, stehen wir natürlich doppelt unter Druck. Die Botschaften der betroffenen Länder wollen täglich ein Update. Von unseren Ministerien mal ganz abgesehen. Die Hochsaison in der Tourismusbranche läuft gerade an. Die drehen alle am Rad! Und mich haben sie darauf geschnallt.« Missmutig nahm Alan einen Schluck von seinem Kaffee.

»Fünf sind es mittlerweile. Richtig, Alan?« Ishbel schien nun auch interessiert. »Oder sollen wir das Thema besser lassen?«

»Nein, nein, schon gut. Es geht mir ja eh die ganze Zeit im Kopf herum. Aber nein, es sind wohl sechs Touristen, die tot sind. Bei dem Jungen, der auf Islay von der Klippe runtergefallen ist, waren wir nicht ganz sicher. Da wir mittlerweile aber wissen, dass alle mit der gleichen Fähre aus Amsterdam gekommen sind, liegt der Verdacht sehr nahe.« Alan sah Ishbel an. »Nur gut, dass diesmal kein Whisky im Spiel ist. Sonst müsstest du Graeme wieder zu Hause anbinden, was?«

»Ja, dem Himmel sein Dank!«, antwortete Ishbel zufrieden. »Dass der eine Mann Gast seiner Tante war, hätte schon fast wieder gereicht, rumzuschnüffeln«, ergänzte sie mit einem Seitenblick auf Graham.

»Ja, ja«, antwortete der. »Ich habe es ja verstanden. Aber trotzdem ist so etwas sehr interessant. Wenn ihr schon die Verbindung habt, also die gemeinsame Reise auf der Fähre, dann müsste es doch mit dem Teufel zugehen, wenn ihr nicht was finden würdet. Kannten sich die Opfer denn schon vorher? Oder hatten die ein gemeinsames Hotel?« Alle konnten schnell feststellen, wie Grahams Interesse zwei Gänge hochschaltete.

»Langsam, mein Guter, langsam. Du weißt aus eigener Erfahrung, dass meine Leute schon aufrecht gehen und außerdem leidlich lesen und schreiben können?«

»Ich will doch keinen beleidigen!«, empörte sich Graham. »Aber wie so häufig fehlt oft nur der kleine Blick eines Außenstehenden auf das Ganze, um die kleinen Ungereimtheiten sehen zu können.«

»Und dieser Außenstehende bist höchstwahrscheinlich du, nicht wahr?«, fragte Alan amüsiert.

»Nicht unbedingt«, antwortete Graham und lehnte sich zurück, um gespielt die Lampe über dem Esstisch zu betrachten. »Aber wenn gerade kein anderer kriminalistisch erfahrener und nicht betriebsblinder Laie in der Nähe ist ...«

»Betriebs ... was?« Alan wollte sich gerade aufregen, als er das Grinsen von zwei Damen und einem Herrn an seinem Tisch sah. »Ihr seid doch ... ach, was! Von mir aus! Ob wir nun Rommé spielen oder Kriminalfälle bearbeiten, ist für euch doch alles gleich! Ihr seid ja nur genusssüchtig! So!« Mit einer gespielten Verärgerung stand Alan auf, ging zum Sideboard im Wohnzimmer und kam mit einer Flasche Ben Rhinnes, 18 Jahre alt, Exclusive Batch, Sherry Cask zurück. »Damit doch wieder ein wenig Whisky mitspielt.«

Graham und Ishbel hatten den beiden die Flasche zu Weihnachten mitgebracht. Gut die Hälfte fehlte schon, beziehungsweise gut die Hälfte wartete noch auf einen Genießer. Während Alan noch vier Nosing Gläser mit dem Emblem der Ben Rhinnes Distillery aus dem Schrank holte, schenkte Susan allen am Tisch Kaffee nach.

»Na bei so viel geistreicher Unterstützung haben wir den Fall bis zum Abendessen gelöst und ich prophezeie euch, es ist doch Whisky im Spiel!« Graham rieb sich die Hände und sah erwartungsvoll auf die Flasche.

Zumindest am Wochenende hatte Alan sich inzwischen angewöhnt, einen Single Malt bewusst zu genießen. Dabei hatte der Kontakt zu Graham eine Rolle gespielt, der ihn erst auf den Geschmack gebracht hatte. Gelegentlich nahm er auch unter der Woche, am Ende eines anstrengenden Tages, ein Gläschen zu sich. Dabei beschränkte er sich aber immer nur auf ein Glas zum Entspannen. Der Whisky, den er sich an diesem Abend einschenkte, war allerdings um einiges größer als sonst.

Während Alan auch den anderen einschenkte und ein Glas Graham reichte, sah er ihn mit einem kritischen Blick an. »Du weißt schon, dass das hier wirkliche ermordete Menschen sind, oder? Wir spielen nicht Cluedo, das ist dir doch klar?«

Susan stieß Alan in die Seite. »Bitte!«

»Nein, Susan, es tut mir leid. Alan hat ganz recht.« Beschämt blickte Graham auf die Ärmel seines rotkarierten Hemdes. »Ich weiß, dass dies kein Spiel ist. Da sind mir die Pferde durchgegangen. Ich möchte hier wirklich nur helfen. Das wisst ihr doch hoffentlich?«

Alan beugte sich über den Tisch und klopfte Graham auf den Arm. »Alles klar. Das weiß ich. Ich bin ja doch ab und an auch mal froh, wenn ein frischer Gedanke über einen Fall weht. Wenn er denn nicht allzu abwegig ist ...« Alan ging ins Wohnzimmer und öffnete den Pilotenkoffer aus dem er eine DIN-A5-Kladde herauszog.

»Ah, das schlaue Buch vom Fähnlein Fieselschweif!«, kommentierte Susan.

»Das ... was?«, fragte Ishbel irritiert.

»Ach, lass mal. Das ist was für Leute mit einer schlimmen Kindheit und zu vielen Comics«, antwortete Susan grinsend. »Das ist Alans persönliches Notizbuch. Sozusagen sein papiergewordener Geist.«

Alan schob seinen Kuchenteller beiseite und öffnete die abgegriffene Kladde mit dem Stofflesezeichen. Er blickte Graham und Ishbel an. »Das ist absolut vertraulich, das ist euch klar, nicht?«

»Ist es«, antworteten beide unisono.

»Also gut, für euch die Zusammenfassung in Schnellform. Sechs Menschen sterben innerhalb von acht Tagen gewaltsam. Zumindest fünf davon sind ausländische Touristen. Der Sechste, also der aus den Tanks bei Port Ellen, könnte auch ein Tourist sein, wissen wir aber noch nicht. Den Toten an den Klippen auf Islay rechnen wir dazu, weil er auch die gleiche Fähre benutzt hat. Zwei Deutsche, ein Belgier, ein Pärchen aus Holland. Fünf von ihnen kamen definitiv morgens mit der Fähre aus Amsterdam in Newcastle an und fuhren jeweils mit dem eigenen Auto zu verschiedenen Zielen weiter. Das ist anhand der bei den Leichen gefundenen Reiseunterlagen bestätigt.

Bei dem Pärchen aus Holland waren zwar alle persönlichen Gegenstände mit verbrannt, hier haben wir aber die Bestätigung der Anverwandten und dann die der Fährgesellschaft bekommen.

Lediglich bei diesem kuriosen Todesfall in der Mälzerei in Port Ellen müssen wir spekulieren. Der Sattelzug mit der Getreideladung, in der dann später der Mann gefunden wurde, könnte auch mit der gleichen Fähre angekommen sein, wie die anderen Opfer auch. Wenn das stimmen sollte, können wir davon ausgehen, dass besagtes Opfer ebenfalls auf der Fähre war. Aber gut, soweit die Fakten und Vermutungen.«

Graham nickte. »Interessant. Gemeinsame Kabinen an Bord?«

»Ach Graham.« Alan schüttelte den Kopf. »Wenn es so einfach wäre. Natürlich haben wir die Unterlagen der Fährgesellschaft überprüft. Verschiedene Kabinen auf verschiedenen Decks. Einmal Außenkabine, einmal Standard, einmal Premium Class ... keinerlei Übereinstimmung.«

»Dann haben alle über dasselbe Reisebüro gebucht ... und nicht bezahlt. Und jetzt ist der Reisebüromensch hinter ihnen her und ...«

Ishbel stoppte sanft seinen Redefluss. »Graham, Reisebüros waren zu unserer Zeit. Heute bucht man online, anonym, auf irgendwelchen Portalen. Richtig Alan?«

»Richtig, Ishbel«, antwortete Alan. »Alle haben auf unterschiedlichen Plattformen im Internet gebucht. Keinerlei Verbindung.

»Autos? Mietwagen?«

»Auch nichts. Alles ältere Privatwagen.«

»Ehemalige Austauschschüler vielleicht? Oder Bekannte aus anderen Urlauben?«

Alan machte sich eine Notiz in sein Büchlein. »Interessante Idee. Die Kollegen im Ausland haben bereits zu den Verwandten Kontakt aufgenommen. Da könnten sie weitergraben.«

»Dann vielleicht doch Whisky. Der Gast meiner Tante Sally war auf jeden Fall wegen der Destillerien hier. Das hat sie mir erzählt. Und der Junge auf Islay wollte zum Whisky Festival bleiben.«

»Woher in aller Welt weißt du das denn schon wieder?«, regte sich Alan auf.

»Na, mein Kollege Ashley Dunnett, der Manager der Port Ellen Maltings hat mir das erzählt. Sein Kumpel Sean, der die Jugendherberge hat, der hat ihm erzählt ...«

»Himmel!« Alan warf sich in seinem Stuhl zurück. »Warum machen wir uns eigentlich noch so viel Mühe? Bei den ganzen Miss Marples und Poirots und Sam Spades auf der Welt bräuchten wir uns doch eigentlich nur in unsere gemütlichen Polizeireviere zurückzuziehen und abzuwarten, nicht?«

»Na ja, wenn man es so sieht ...« Offensichtlich hatte Graham den Zynismus in der Frage nicht ganz verstanden. Daher versuchte Susan die Situation zu retten, indem sie auf den Tisch klopfte und fröhlich verkündete, dass die Damen doch mal die Küche belagern sollten, um das Abendessen vorzubereiten. Dabei könnten die Herren ihren Plausch doch im Wohnzimmer fortsetzen.

Bereitwillig nahmen die beiden auch den Vorschlag auf und verzogen sich samt frisch gefülltem Whiskyglas auf die gemütlichen Sessel.

Graham ergriff wieder das Wort. »Also könnte dann nicht doch ein gemeinsames Interesse am Whisky ..?«

»Nein«, unterbrach ihn Alan. DA denken wir bitte jetzt mal nicht dran.«

»Also gut«, murrte Graham. »Haben die Leute vielleicht auf dem Schiff irgendetwas zusammen gemacht?«

»Nicht, dass wir wüssten. Die Kollegen in Newcastle haben bereits einige der Besatzungsmitglieder befragt. Natürlich Fehlanzeige. Bei weit über 1000 Passagieren, die alle mehr oder weniger anonym aufs Schiff gehen, ist das auch kein Wunder. Wenn nicht einer der Passagiere nackt auf der Reling tanzt, fällt niemandem irgendetwas auf.«

»Schade, aber trotzdem ... Wenn die ganzen Leute sich vorher wirklich nicht gekannt haben und sich nach der Schifffahrt auch später nicht mehr gesehen haben, dann muss doch auf der Fähre irgendetwas gewesen sein.«

»Graeme, soweit waren wir auch schon, glaub mir.« Alan nahm einen großzügigen Schluck aus seinem Glas, während er neben sich die Stehlampe einschaltete. Die Dämmerung zog langsam in der östlichen Speyside auf.

»Vielleicht haben die auf dem Schiff irgendetwas zusammen gemacht? Einen Film geschaut? Da sind Kinos an Bord.«

»Kann sein oder auch nicht. Darüber haben wir keine Infos bekommen. Alles an Bord kann man bar bezahlen. Keine der Kreditkarten wurde irgendwie belastet. Das haben wir natürlich sofort gecheckt.« Alan winkte ab.

Plötzlich steckte Ishbel den Kopf aus der Verbindungstür zur Küche. »Hatten die vielleicht Fotoapparate dabei? Vielleicht haben die auf dem Schiff ja ein paar Fotos gemacht.«

Alan musste schmunzeln. »Fotoapparate? Ishbel, du bist ja goldig. Ich glaube, kein Mensch unter 30 benutzt heute noch einen Fotoapparat. Wenn überhaupt, haben die alle Handykameras. Und alle identifizierten Opfer waren unter 30!«

»Und? Haben die Opfer zufälligerweise einen Bankraub fotografiert?«, wollte Graham nun wissen. Zudem wollte er den hintergründigen Vorwurf über Ishbels antiquierte Vorstellungen über die moderne Technik nicht so im Raum stehen lassen.

»Nein, leider nicht. Zumindest auf den Handys, die wir sicherstellen konnten, war nichts Ergiebiges drauf. Die Handys der beiden Holländer waren verbrannt. Das Handy des Klippenopfers ist beim Sturz wohl kaputt gegangen oder von der Flut weggeschwemmt worden. Und auf den Handys, die wir haben, also von dem Gast deiner Tante und dem Erschossenen in Campbeltown, ist nur der übliche Kram. Bilder von sich selbst scheinen besonders in Mode zu sein.«

»Selfies!« brüllte Susan aus der Küche. »Und dann auf Facebook posten. Ich in der Küche mit Geschirrtuch. Dann ich in der Küche mit Kochlöffel.« In echter Künstlerpose erschien Susan samt besagtem Kochlöffel im Türrahmen.« Damit jeder meiner 500 Follower ... nein, Friends, weiß, wie toll ich kochen kann. Los, Alan, knips mich!«

»Ich knips dir gleich in deinen Po!«, neckte Alan sie. »Dich und deine Follower. Aber im Ernst. So ein Quatsch!«

»Stimmt«, pflichtete ihm Graham bei. »Aber habt ihr trotzdem mal diese Sozialnetze überprüft?«

»Du meinst die sozialen Netzwerke oder genauer die potenziellen Facebook-Accounts der Opfer? Da ist Nicky bereits dran. Sie hat noch nichts gefunden. Da wir die Zugangsdaten nicht haben, ist es nicht so einfach, da rein zu kommen. Sie hat aber schon Kontakt zu ihren speziellen Freunden beim Geheimdienst aufgenommen. Die haben noch ein paar Möglichkeiten mehr als wir, die notwendigen Daten ... wie sagen die immer ... transparent zu machen. Aber das dauert.«

»Und sonst? Keine Fotos von Leuten, die gerade Drogen über Bord werfen oder so?«

»Nein, Graham, leider nicht. Sonst nur noch haufenweise Whisky und Gebäude.« In dieser Sekunde bereute Alan bereits das Gesagte, da er wusste, was jetzt passieren musste.

»Whisky? Bilder? Welche? Kann ich die mal sehen?« Graham schaltete in den sechsten Gang.

»Ich Idiot!« Alan schüttelte den Kopf. »Was hab ich getan?« Resignierend griff er neben sich in seine Aktentasche und zog einen Schnellhefter heraus. »Hier, alle Fotos fein säuberlich ausgedruckt. Was erwartest du denn von einem Touristen, der durch die Speyside zockelt und einem der sich in Campbeltown rumtreibt. Das haben wir doch alles schon gecheckt. Der Belgier war kurz vorher bei deinem lieben Berufskollegen Frank McHardy von Springbank und der Deutsche bei deiner Tante hatte nachweislich bereits Termine mit einigen Destillerien gemacht. Was sollen diese Whiskyfreaks denn sonst fotografiert haben? Etwa Frauen oder Autos?«

Etwas indigniert schaute Graham ihn an. »Freaks?«

»Entschuldigung. War nicht so gemeint. Aber ein bisschen spinnert sind die ganzen Whiskyliebhaber doch schon. Das musst du zugeben.«

»Na ja, einige vielleicht. Aber die meisten sind einfach nur Leute, die es verstehen zu genießen, nicht wahr?« Mit einem Augenzwinkern machte er Alan auf das leere Glas in seiner Hand aufmerksam und nahm den ihm hingehaltenen Schnellhefter entgegen.

Während Alan beide Gläser erneut füllte, blätterte Graham die ausgedruckte Bildersammlung durch. Dabei betrachtete er die neuesten Bilder zuerst und wanderte dann visuell in der Zeit zurück. Zu dem einen oder anderen Bild konnte er sich einen Kommentar dann doch nicht verkneifen. »Ha! In der Destillerie ist es noch genauso dreckig wie früher! Das Putzen haben die auch nicht erfunden! Die Flasche haben die doch aus reiner Geldgier abgefüllt. Das Zeug ist doch nicht genießbar!« Und so weiter und so fort. »Habt ihr die Leute auf den Bildern zuordnen können?«, wollte Graham dann wissen.

»Zumindest ist keines der Opfer dabei. Die anderen kennen wir noch nicht.«

»Schade.« Nach einer Minute stockte Graham und blätterte plötzlich hin und her. Dann wechselte er hektisch immer wieder von einer bestimmten Seite zu einer anderen. »Hab ich's doch gewusst! Also doch Whisky!« Triumphierend sah er Alan an.

Der konnte Grahams Blick nur verblüfft erwidern, während die beiden Frauen wie auf ein stummes Signal hin aus der Küche kamen. »Was?«

Graham öffnete die Bügel des Schnellhefters und nahm zwei einzelne Seiten heraus, um sie nebeneinander auf den Wohnzimmertisch zu legen. »Da ist die Verbindung!«

Alan, Susan und Ishbel blickten gespannt auf die beiden Seiten mit den jeweils vier Fotografien. »Und?«, ergriff Alan das Wort. »Ich sehe Gläser mit, ich nehme es zumindest an, Whisky darin.

»Genau!«, erwiderte Graham. »Sag ich doch.«

»Ja und? Wo ist da jetzt die Verbindung?«

»Ja mein Gott! Schaut doch alle mal hin. Seht ihr denn nichts? Das sind alles Whiskys der Classic Malt Serie! Drei Stück nebeneinander. Und hier, auf den anderen Bildern sind sie auch wieder!« Graham tippte dabei auf die andere Seite. »Und seht ihr das Brettchen darunter? Hier und hier? Das ist ein typisches Tasting-Brett. Darauf macht man eine Verkostung der Classic Malts.«

Susan sah Graham immer noch mit leicht offenem Mund an. »Ich verstehe immer noch nicht so ganz …«

»Och, Kinder! Das ist doch sonnenklar! Die beiden haben an einem Tasting teilgenommen. An einem Whisky-Tasting auf dem Schiff, wie das Datum und die Uhrzeit unschwer erkennen lassen. Das ist ein Standard-Tasting auf den Fähren von DFDS Seaways. Darum haben wir uns bei SWS auch mal beworben. Die Konkurrenz hat aber wohl preislich maßlos unterboten. Also, ich für meinen Teil hatte ja auch auf Qualität gesetzt, aber die bei der Reederei wollten ja unbedingt …«

»Graham!« Alan unterbrach den Redefluss. »Die Geschichte kannst du ein andermal erzählen. Aber du hast verdammt recht. Das ist wirklich keinem aufgefallen. Sicher, alle haben gesehen, dass die beiden auf dem Schiff ihre Getränke fotografiert haben ... aber ein Tasting?! Bist du dir wirklich sicher?«

Graham zog nur die Augenbrauen hoch. »Diese Tastings kann man vorbuchen. Ich würde vorschlagen, ihr schaut euch die Buchungen der Leute noch mal genauer an, ob nicht der eine oder andere genau das getan hat. Das könnte ich mir bei den „Whiskyfreaks", wie du sie nennst, gut vorstellen. Wie gesagt, es könnte sich um Zufälle handeln, aber so günstig kommt man nicht so oft an halbwegs passable Whiskys heran.

Und vielleicht solltet ihr mal mit dem entsprechenden Barmann reden. Die halten die Tastings an Bord. Ich hab mir rein aus akademischem Interesse auch schon ein oder zweimal so ein Bord-Tasting genehmigt. Ist zwar schon fast zwei Wochen her aber vielleicht erinnert er sich ja noch ...«

Die letzten Worte hatte Alan gar nicht mehr mitbekommen. Mit dem Handy an seinem Ohr versuchte er bereits eine Verbindung mit Nickys Äquivalent herzustellen, während er nach weiteren Akten in seiner Tasche kramte. »Nicky? – Geschenkt – Ist dein Rechner noch an? – Klar, blöde Frage. Pass auf! Check die Fährbuchungen der Opfer nochmals. Sieh nach, ob die irgendwelche Abendarrangements wie Essen, Tastings oder sonst was vorgebucht hatten. – Weiß ich. – Dann knack den Rechner der Fährgesellschaft. Das kannst du doch. - Ist mir doch egal. – Danke! Du bist ein Schatz! Ich bin online.«

Alan legte auf und schaute Graham mit einer Mischung aus Verwunderung und Belustigung an. »Du bist eine Marke, weißt du das? Ein ganzer Trupp hochspezialisierter Kriminalisten sieht sich die Unterlagen an und dann kommst du. Unglaublich!«

Graham lächelte etwas beschämt zurück, während Ishbel ihm einen Kuss auf seine mittlerweile recht hohe Stirn gab. »Na ja, ich hab's ja gesagt. Betriebsblind. Das kenn ich doch auch ...«

Da keiner in der folgenden halben Stunde die richtigen Worte fand, saßen alle vier einfach nur um den Couchtisch herum.

Die beiden Frauen teilten sich eine Flasche Rosé, die sie bereits in der Küche geöffnet hatten, und alle unterhielten sich über Belanglosigkeiten. Graham stellte noch ein paar Fragen zu den Opfern und Alan kramte in seinen Unterlagen, während er Susan träumerisch immer wieder einen Blick zuwarf. Sie trug immer noch ihre Küchenschürze, an der sie gedankenverloren herumzupfte. Es dauerte eine gefühlte Ewigkeit, bis endlich Alans Handy klingelte.

»Nicky! Hast du was herausgefunden?« Selbst Alan konnte seine Anspannung nicht ganz überspielen, während sein Bleistift über das Papier seines Notizblocks glitt und er Nicky lauschte. »Echt? – Das glaub ich jetzt nicht! – Wie bist du daran gekommen? Nein, warte, ich will's gar nicht wissen! – Was sagt der dazu? - Und das haben diese Vollidioten die ganze Zeit gewusst?« Alan wurde langsam immer lauter. »Nein, schon gut. Ich reg mich ja gar nicht auf! – Okay - Danke. Das war super. Mach genau da weiter. Wir sehen uns morgen um neun. – Genau! – Du auch! Bye!«

Alan legte sein Handy betont ruhig auf den Couchtisch, nahm einen Schluck Whisky, ließ ihn lange im Mund herumwandern und schluckte ihn schließlich geräuschvoll hinunter. Man konnte förmlich spüren, wie die drei anderen vor Spannung fast platzten.

»Verdammt! Jetzt rede endlich. Sonst rufe ich Nicky auf der Stelle an!« Susan warf ihm eines der Kissen an den Kopf, was er mit einem Lachen quittierte. »Ist Graeme nun ein Genie oder verrückt?«

»Ein verrücktes Genie vermutlich. Aber, sagen wir mal so, unser lieber Graham hat dank seiner unkonventionellen Art durchaus auch mal unkonventionelle Gedanken. Und die können an der einen oder anderen Stelle auch recht fruchtbar sein. Oder ganz unpoetisch ausgedrückt: Graham, es scheint so, als hättest du, entgegen aller Erwartungen, ins Schwarze getroffen.

Dank deiner Idee hat Nicky sich die Onlinebuchungen aller Opfer direkt angesehen. Bislang haben wir nur die Unterlagen gesichtet, die die Opfer bei sich hatten. Also Ausdrucke mit den Bordkarten, Abfahrtszeiten und Kabinenbestätigungen und so etwas. Was aber nicht dabei war, waren die ... wie heißen die gleich ... Vouchers, genau. Also die Gutscheine für gebuchte Zusatzleistungen an Bord.

Die hatten die Opfer allerdings bereits für die jeweiligen Leistungen eingetauscht. Natürlich sind sie aber auf den original Online-Buchungen und Rechnungen vermerkt. Und siehe da: Neben den diversen Abendessen hatten unsere beiden Fotografen tatsächlich ein Bord-Tasting gebucht. Für unschlagbar günstige 8,50 Euro.«

Graham holte schon Luft, um gleich wieder loszulästern, Alan stoppte ihn aber mit einer rigorosen Handbewegung. »Was aber noch erstaunlicher ist: daraufhin hat Nicky unseren Ansprechpartner bei der Fährgesellschaft mit den Fakten konfrontiert und der konnte doch tatsächlich innerhalb von wenigen Minuten alle Buchungen für Whisky-Tastings der besagten Überfahrt aus seinem Computer holen und sie ihr übermitteln.«

»Ja, verdammt! Warum haben die das denn nicht gleich getan, wenn das alles so einfach ist?«, wollte Susan nun ärgerlich wissen.

»Weil keiner bei der Fährgesellschaft ein Krimineler ist und schlicht nicht auf die Idee gekommen ist, bei den von uns abgefragten Passagieren nach solchen Zusatzbuchungen zu schauen. Kein Mensch ist bislang auf die Idee gekommen, dass solche Informationen wichtig sein könnten. – Nicht mal wir. Mist! Keiner von uns ist auf die Idee gekommen, dass es solche Events auf einer Fähre überhaupt gibt! Oh, Mann!« Alan schüttete sich den Rest seines Whiskys in den Mund. »Wir Idioten!«

»Ach Alan«, versuchte Graham ihn zu beruhigen. »Sieh's doch mal so: Reisen bildet! Und da ihr Staatsbeamten immer so eingespannt seid, kommt ihr halt nie zu einer Kreuzfahrt.«

»Netter Versuch, Graham, danke. Aber weiter.« Alan blätterte durch seine gekritzelten Informationen. »Es haben vier Personen im Voraus das Tasting gebucht. Unsere beiden Fotografen, also der Belgier Luc Filliers und der Deutsche Andreas Vollmer. Zudem ein weiterer Deutscher namens

Klaus Böckling und ein Italiener namens Germano Alberti.« Alans Stimme brach sich in einem leichten Zittern. Ein leichter Glanz trat in seine Augen als er weiter redete. »Und wisst ihr was? Dieser Klaus Böckling aus Deutschland ist unser Klippenopfer von Islay. Das ist nun der endgültige Beweis, dass er auch zu den Gewaltopfern gezählt werden muss.«

Für eine gefühlte Ewigkeit sprach keiner ein Wort. Dann redeten alle gleichzeitig. Schließlich verstummten alle wieder als sie merkten, dass sie eigentlich nur Lärm produzierten.

Alan ergriff wieder das Wort. »Nicky bekommt bis morgen alle Daten, die wir bisher noch nicht haben, und wird sich zudem morgen mit dem Kellner in Verbindung setzen, der das Tasting gehalten hat. Sein Name ist ebenfalls im Reedereicomputer vermerkt. Vielleicht erleben wir ja noch weitere Überraschungen.«

Immer noch völlig perplex ließ sich Graham in seinen Sessel fallen. »Ich habe ja fast selbst nicht dran geglaubt. Aber es war doch wieder Whisky, der uns zum Ziel führt.«

Alan schüttelte besorgt den Kopf. »Graham, du hast mal wieder meine schlimmsten Befürchtungen bestätigt. Kein Serienmord in Schottland ohne deine Teilnahme. Aber die allerschlimmste Befürchtung steht uns noch bevor.«

»Was denn, um Gottes willen?«, wollte Ishbel mit aufgerissenen Augen wissen.

»Na, wenn tatsächlich alle Teilnehmer dieses Tastings sterben mussten, wo ist dann dieser Italiener? Lebt der noch oder finden wir bald noch eine Leiche?«

Morden im Norden

Am nächsten Morgen informierte Alan die anderen Mitglieder der Sonderkommission bei ihrem täglichen Briefing über sein abendliches Gespräch mit Graham und dessen Erleuchtung über den Zusammenhang der Touristen untereinander.

Nicky lächelte ihn an und sagte: »Das hat er sehr gut gemacht und ich kann allen Zweiflern hier im Raum bestätigen, dass er mit seiner Vermutung absolut richtig liegt.«

»Wie denn das?«, fragte Brian erstaunt.

»Schau her, mein Lieber.«

Auf dem Whiteboard erschien wie von Zauberhand ein Beleg, der mit „Grand Tour Whisky Probe" überschrieben war. Daneben stand das Datum der Veranstaltung und darunter folgten vier Namen:

Luc Filliers
Andreas Vollmer
Klaus Böckling
Germano Alberti

Zusätzlich wurden neben den Namen Buchungsnummern, Kabinennummern sowie andere Kürzel und Zahlen aufgeführt.

»Mein lieber Scholli«, rief Charly laut aus. »Drei von den vier Namen kennen wir mittlerweile nur zu gut. Aber wer ist der Vierte? Dem Namen nach vermutlich Italiener.«

»Ist der vielleicht auch ein Opfer?«, fragte Andy.

»Vielleicht der aus der Mälzerei?«, kam es von Ewen.

»Mann-o-Mann, das wird ja immer verrückter«, meinte Brian.

»Vielleicht hat der ja auch gar nichts mit den anderen dreien und unserem Fall zu tun?«, fragte sich Charly laut.

»Das glaube ich nicht«, sagte Brian. »Das wäre wirklich mehr als nur ein großer Zufall, wenn ausgerechnet der vierte Mann beim Tasting völlig unbeteiligt wäre. Könnte aber auch unser Täter sein.«

»So, so, und was ist mit den anderen Opfern, die inzwischen gefunden wurden?«, fragte Charly wieder.

»Na, die hatten sich nicht im Vorfeld angemeldet, sondern waren einfach so dazu gekommen. Hast du mal wieder nicht aufgepasst, als Alan das Prozedere erklärt hat?«, feixte Brian zurück.

»Stimmt, das hatte ich schon wieder verdrängt«, kam es entschuldigend zurück.

»Ich bin mittlerweile überzeugt davon, dass das Whisky-Tasting an Bord der Fähre der Zeitpunkt war, als sich alle kennenlernten. Und irgendetwas müssen die beim Tasting oder danach erfahren haben, das für irgendjemanden dann ein triftiger Grund war, dass alle sterben mussten.« Brian stand auf und schaute sich suchend im Raum um. »Ich brauche dringend ein paar Kekse. Das halten meine Nerven sonst nicht aus.«

Alan und auch Nicky hatten die ganze Zeit schweigend die Diskussion am Tisch verfolgt. Wieder einmal war Alan stolz darauf, wie sein Team bei diesem Fall die neuen Erkenntnisse sofort verarbeitete und damit zu weiteren Schlussfolgerungen kam. Allen voran zeigte Brian mal wieder, was in ihm steckte und wie scharfsinnig er kombinieren konnte.

»Das habt ihr gut gemacht, Jungs«, sagte daraufhin auch Alan an die Runde gewandt. »Nicky und ich sind gestern Abend zum gleichen Ergebnis gekommen.« Mit einem Blick auf Charly fuhr er fort: »Der Italiener gibt aber auch uns noch Rätsel auf. Wenn tatsächlich alle Teilnehmer dieses Tastings sterben mussten, wo ist er dann? Läuft er als potenzieller Täter weiter mordend durch Schottland? Oder liegt er irgendwo als Leiche rum und wurde nur noch nicht gefunden?«

»Das glaube ich inzwischen nicht mehr«, antwortete Nicky. »Alle anderen wurden so getötet, dass sie auch gefunden wurden. Dem Täter oder den Tätern kommt es nicht darauf an, dass die Opfer nicht entdeckt werden. Aus meiner Sicht ist entweder genau das Gegenteil der Fall oder aber es ist dem völlig egal.«

Alan nickte anerkennend. »Genau dieser Meinung bin ich auch. Also müssen wir alles daran setzen, dass wir diesen Alberti finden. Und zwar vor dem Killer!«

»Ich kümmere mich gleich darum. Ich werde nochmals die funktionsfähigen Handys überprüfen. Jetzt, wo wir einen Namen haben, finde ich dort vielleicht neben den Bildern auch eine passende Handynummer dazu. Vorher habe ich aber noch eine andere wichtige Information für euch«, sagte Nicky und schaute Alan an. »Nachdem du mich gestern Abend zu nachtschlafender Zeit so um 18:00 Uhr angerufen hast – ist schon erstaunlich, wie früh Polizeibeamte in gehobener Position Feierabend machen dürfen – habe ich den verbleibenden Abend genutzt und noch etwas weiter recherchiert.

»Nicky, Nicky«, grinste Alan sie an. »Ich sage gleich Brian zu dir.«

»Nein, bitte nicht, ich will auch wieder artig sein«, lachte Nicky.

»Waff iss?«, antwortete Brian fast zeitgleich aber deutlich unverständlicher, weil er inzwischen die Kekse gefunden hatte.

»Also«, fuhr Nicky fort. »Ich habe inzwischen die Frachtpapiere der Spedition überprüft, von der die Gerste an die Port Ellen Maltings geliefert wurde und mit der Ladeliste der Fähre abgeglichen.« Kurze Pause. Aber bevor die Ersten „Und" oder ähnliches sagen konnten, sprach sie auch schon weiter. »Bei der Spedition handelt es sich um die Firma Van de Berghstraat, mit Sitz in Gent, Belgien. Und die hatten 2 Trucks mit Silo-Aufliegern auf unserer Fähre.« Allgemeines Raunen folgte auf ihre Worte.

»Dann haben wir mit der Fähre jetzt also auch eine mögliche Verbindung zwischen den Touristen und der Gerstenlieferung?«, antwortete Alan.

»Ja, durchaus möglich. Wir wissen zwar noch nicht, welcher der beiden Trucks nach Islay fuhr, da dort nur der Name der Spedition, das Datum und die Uhrzeit der Anlieferung sowie die Art und Menge der Gerste in die Papiere aufgenommen werden und nicht die Fahrzeugdaten. Aber wir sind einen deutlichen Schritt weitergekommen. Und zwei Sattelzüge zu überprüfen, ist immer noch besser als drei oder vier.«

»Haben wir die Daten der Fahrer und ihrer Beifahrer?«

»Nein, noch nicht«, antwortete Nicky. »Da bin ich gestern Abend nicht weitergekommen. Da wollte ich mich auch nachher noch darum kümmern. Die Fährgesellschaft hat die Fahrer der Sattelzüge registriert. Sobald die aus ihrem Nachtschlaf erwachen, kommen wir an die Daten.«

»Gut, vielen Dank für deine Mühe, Nicky. Super Arbeit«, antwortete Alan. »Dann lasst uns mal die Arbeit etwas aufteilen. Nicky kümmerst du dich bitte zunächst ausschließlich um unseren Alberti, der hat absoluten Vorrang. Charly, du kannst Nicky dabei unterstützen. Andy und Gilly kümmert ihr euch bitte um die beiden Trucks und speziell die Fahrer. Wie Nicky vorgeschlagen hat, hängt euch an die Fährgesellschaft. Klärt mal, ob es Passbilder und andere persönlichen Daten von denen gibt.« Alle genannten nickten zu Alans Anweisungen, nur Brian nicht.

»Und was soll ich tun?«, brummte er dann.

»Du kannst zum übernächsten Supermarkt fahren und Kekse kaufen. Soweit ich gehört habe, gibt es inzwischen im Umkreis von drei Meilen keine mehr«, frotzelte Alan.

»Ach was, Kekse, ich mag doch eigentlich keine Kekse. Lass mich lieber ein paar Kilo Fleisch kaufen, dann grille ich uns was«, kam sofort Brians schlagfertige Antwort zurück.

»Vergiss es. Aber du kannst mit mir gemeinsam mal ein Amtshilfe-Ersuchen an das Interpol-Büro in Manchester verfassen. Ich glaube es ist an der Zeit, dass wir die Spedition vor Ort auch mal kontaktieren und nach den Fahrern und Hintergründen für die Lieferungen befragen.«

Nachdem sich die Soko-Mitglieder in ihre Büros zurückgezogen hatten, um ihren aktuellen Aufgaben nachzugehen, füllten Alan und Brian das Formular aus, das sie anschließend an die englischen Kollegen in Manchester faxen wollten.

Brian hing dabei aber auch seinen eigenen Gedanken nach. Er wusste, dass bei der Ermittlung in einem Mordfall die Identifizierung der Leiche immer der erste und wichtigste Schritt war. Sobald feststand, wer das Opfer war, konnten die Ermittler mit ihren Recherchen beginnen. Sie konnten klären, wo das Opfer zuletzt gesehen worden war, mit wem es gesprochen hatte, wo es wohnte, wer seine Freunde waren, mit wem es zusammen war, wo es arbeitete, was es für Hobbys hatte, wer seine Familie, seine Freunde und wer seine Feinde waren und so weiter. In nahezu jedem dieser Ermittlungsverfahren führten das Opfer und sein Umfeld die Beamten früher oder später zu einem Verdächtigen oder gar dem Täter.

In ihrem aktuellen Fall half ihnen dieses Lehrbuch-erprobte Wissen jedoch nicht wirklich weiter.

Bei den Touristen, die fern von ihrem Heimatort und ihrem gewohnten Umfeld waren, machte eine Befragung der Nachbarn natürlich keinen Sinn. Und da sie so gut wie keine sozialen Kontakte in Schottland aufgebaut hatten, außer zu den Vermietern der B&Bs, in denen sie wohnten, halfen auch die Gespräche mit diesen nicht sonderlich weiter.

»Na mein Lieber, was grübelst du denn so?«, unterbrach Alan seine Gedanken.

»Ach, ich habe mir nur überlegt, dass wir eigentlich immer noch so gut wie gar nichts über die Hintergründe zu unserem Fall wissen. Selbst wenn wir jetzt den Fahrer ermitteln, was hilft uns das? Wie sollen wir den Mörder finden, wenn der keinerlei Verbindung zu den Toten hat, außer dem letzten tödlichen Kontakt?«

»Genau das bereitet mir auch Sorgen. Das „Warum" kennen wir immer noch nicht.«

»Stimmt. Und ohne das „Warum" finden wir auch keinen Täter«

»Deshalb sollen ja auch die englischen Beamten mit unseren Kollegen in Belgien Kontakt aufnehmen. Wenn die vor Ort Befragungen durchführen, finden die vielleicht etwas, das weitergehende Maßnahmen wie Durchsuchungen oder Vernehmungen ermöglicht.«

»Du denkst also auch, dass hier etwas Größeres dahintersteckt?«

»Natürlich. Warum sonst sollte hier ein Profi-Killer am Werk sein. Wer kann sich so einen schon leisten, außer jemand aus dem sogenannten organisierten Verbrechen?«

»Ja, ja, wir ticken beide doch wirklich extrem ähnlich. Genau dieser Meinung bin ich auch.«

Als beide ihr Ersuchen fertiggestellt und gefaxt hatten und noch etwas weiterphilosophierten, klopfte es an der Tür und Nicky betrat den Raum.

Ohne irgendwelche Begrüßungsfloskeln rief sie aufgeregt: »Ich habe ihn!«

Beide wussten sofort, wer gemeint war.

»Ich habe die Telefonnummer unter dem Namen „Germano" im Handy von unserem Campbeltown Opfer gefunden.«

»Sehr gut«, lobte Alan. »Dann lasst uns diesen Alberti mal anrufen und sehen, ob er noch lebt.«

Der nächste Tag begann damit, dass sich der stellvertretende Leiter der Mordkommission North wieder einmal auf die Jagd begab. Oder mit anderen Worten, Brian suchte wieder mal nach Keksen. Natürlich nur, um seinen Kaffee nicht so trocken herunterwürgen zu müssen, wie er immer wieder gerne betonte.

Nachdem alle zum allmorgendlichen Briefing auf ihren Plätzen rund um den Tisch im Besprechungszimmer Platz genommen hatten, informierte Alan seine Kollegen über die aktuelle Situation wie sie sich seit den Erkenntnissen des gestrigen Tages darstellte. »Nicky hatte ja die Telefonnummer unseres Italieners herausgefunden. Ich hatte auch gleich versucht ihn anzurufen, aber keine Verbindung herstellen können. Vielleicht war er ja gerade in einem Funkloch. Die Kollegen der Bereitschaft versuchen es seitdem weiterhin und melden sich sofort bei uns, wenn sie ihn erreicht haben.«

Alan ließ seinen Blick über die Anwesenden schweifen und richtete dann sein Wort an Andy und Gilly: »Wie sieht es bei euch aus? Habt ihr die Daten der Fahrer und ihrer Beifahrer herausfinden können?«

»Ja und nein«, antwortete Andy.

»Ich liebe klare Aussagen. Die machen das Leben doch um vieles leichter«, brummte Brian.

»Ja«, fuhr Andy unbeirrt fort. »Wir haben die Identität der beiden Fahrer der Zugmaschinen festgestellt.«

»Und nein«, ergänzte Gilly, »von den jeweiligen Beifahrern fehlen uns die persönlichen Daten.«

»Wie denn das?«, fragte Alan erstaunt.

»Also der Reihe nach. Bei den Fahrern handelt es sich um Renato Carraggi, einen Belgier und Daniel Drablow, einem Deutschen von der Niederlassung der Van de Berghstraat aus Bremen. Laut Fracht-papieren hatten beide Gerste in ihren Silo-Aufliegern geladen. Nur bei Carraggi handelte es sich bei der Ladung allerdings um Bio-Gerste.«

»Renato Karatschi? Das ist doch kein belgischer Name, oder?« Brian war überrascht.

»Der Mann ist Belgier, hat zumindest einen bel-gischen Pass und ist in Brügge geboren. Seine Vor-fahren sind Italiener, keine Pakistani. Deshalb schreibt der sich auch anders«, antwortete Andy.

»Alter Schwede! Schon wieder Italiener. Das kommt mir langsam spanisch vor. Wenn das mal nicht getürkt ist.«

»Das kann auch Zufall sein, mein Lieber. Und Erdkunde ist wohl nicht ganz dein Metier?« Das kam von Gilly, der dabei allerdings grinste.

»Morden im Norden, das ist mein Metier. Dafür bin ich zuständig.«

»Jungs, lasst uns endlich weitermachen.« Alan brachte alle wieder auf das Thema zurück.

»Also gut. Wie gesagt, die beiden Namen der Fahrer haben wir und auch die Frachtpapiere«, fasste Andy kurz zusammen.

»Der Deutsche war alleine unterwegs«, ergänzte Gilly. »Das scheint gar nicht so ungewöhnlich zu sein, da bei diesen kurzen Strecken kein Fahrerwechsel erforderlich ist. Die Fracht war für Glenkinchie bestimmt.«

»Und unser italienischer Belgier«, fuhr Andy mit einem Seitenblick auf Brian fort, »hatte vermutlich einen Beifahrer, aber wir haben weder einen Namen noch ein Passfoto. Es hat den Anschein, als wäre er alleine gefahren, was bei den zurückgelegten Strecken aber keinen Sinn macht. Und eigentlich auch nicht sein darf. Möglicherweise ist der Beifahrer in Amsterdam zurückgeblieben, um die Fährkosten zu sparen.«

»Möglich, aber nicht sehr wahrscheinlich. Die mussten ja auch in Schottland noch ganz schön weit fahren«, ließ sich Brian wieder hören. »Wie soll der aber denn durch die Zollkontrolle gekommen sein, wenn es einen Beifahrer gab?«

»Das wissen wir noch nicht. Entsprechende Anfrage an den schottischen Zoll läuft noch.«

Alan wedelte mit einem Fax in seiner rechten Hand.

»Ich hatte vorhin bei unseren „Brüdern" in Manchester um Amtshilfe in Belgien nachgesucht. Die sollten die belgischen Kollegen um Unterstützung bitten und die Spedition besuchen lassen. Kurz vor unserem Treffen kam die Bestätigung, dass die Anfrage bereits weitergeleitet wurde. Und sie haben mir die Kontaktdaten dort gegeben.«

»Na, da soll mal noch einer was gegen die Engländer sagen, gell Brian?« Das kam natürlich von Charly.

»Ausnahmen bestätigen die Regel«, kam es sofort zurück.

»Jedenfalls werde ich die Kollegen in Belgien kontaktieren und ihnen die neuesten Erkenntnisse mitteilen. Die sollen mal prüfen, ob es sich bei der Spedition um einen regelmäßigen Lieferanten handelt, ob der Fahrer vielleicht mit einem neuen Kollegen unterwegs war und ob die den Namen kennen. Vielleicht war der ja gar nicht angemeldet und ist schwarz mitgefahren. Dann können die Belgier den Zoll und auch die Steuerfahndung einschalten.«

»Vielleicht sollten wir in Deutschland auch mal nachfragen lassen«, meinte Brian.

»Gute Idee, das kann sicherlich nichts schaden. Ich kümmere mich darum«, nickte Alan.

»Ich habe da auch noch was«, meldete sich Nicky. Sie war die ganze Zeit ruhig gewesen und hatte sich konzentriert mit ihrem Notebook beschäftigt. »Falls ihr den Alberti telefonisch nicht erreicht, dann habe ich hier seine Anmeldedaten von der Fähre.«

Auf dem Whiteboard erschien ein Buchungsbeleg. »Da steht auch seine Heimat-Adresse und auch eine Telefonnummer in Italien drauf. Vielleicht meldet sich ja da jemand.«

»Super Nicky. Du bist ein Genie.«

»Vielleicht sollten wird dort sogar gleich anrufen. Und wenn er lebt, was ich für ihn und für uns hoffe, dann sollten wir uns schnellstens mit ihm treffen«, antwortete Nicky.

»Ja, bevor ihn ein anderer trifft«, ergänzte Brian zweideutig, während Alan schon zum Telefon griff.

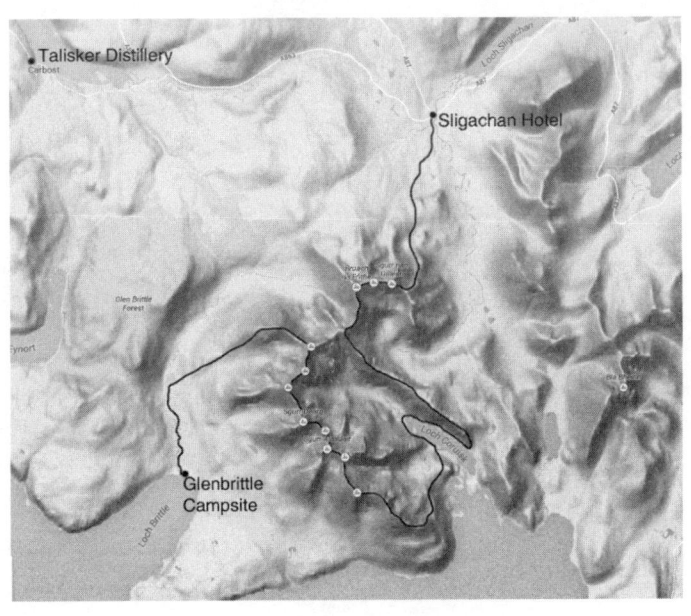

Der Berg ruft

Das Cluanie Inn, am westlichen Ende des Loch Cluanie und östlich der Five Sisters im Glen Shiel gelegen, bot Brian immer einen festen Bezugspunkt auf seinen mittlerweile eher seltenen Fahrten an die Westküste und auf die Insel Skye.

Da es ungefähr auf der Hälfte der Strecke lag, konnte er bei privaten Ausflügen seiner Jane die für weibliche Autofahrer so eklatant wichtige Toilettenpause natürlich nicht verwehren. Da es hier zudem eine Tankstelle gab, konnte er die Pause auch immer gleich mit dem Nützlichen verbinden. Zumal dieser nach seinen Maßstäben einsame Außenposten der Zivilisation, eingebettet zwischen die Munros und Corbetts des Glen Shiel, die letzte Möglichkeit einer warmen Mahlzeit bot. Es hätte ja durchaus auch einmal sein können, dass auf den restlichen 50 Meilen bis zur Küste ein plötzlicher Schneesturm oder Erdrutsche oder Meteoriten Einschläge eine Weiterfahrt unmöglich gemacht hätten. Also sah man besser zu, dass der Magen gut gefüllt war.

Dieser überlebenswichtigen Tätigkeit nachgehend sah Brian Alans dunkelblaue Vauxhall Dienstlimousine näher kommen. Er parkte direkt neben Brians Volvo, streckte sich nach dem Aussteigen in alle Richtungen und kam Brian lächelnd entgegen. »Grüß dich, Großer. Na, da hast du uns aber ein feines Wetter für unseren Ausflug bestellt. Warm genug, um draußen zu sitzen, sehr schön.« Alan nahm auf einem der Holzstühle vor dem Eingang zur Gaststätte gegenüber von Brian Platz.

Brian ignorierte Alans Wetteranalyse und kam lieber auf die Unbilden des Älterwerdens zu sprechen. »Was heißt hier „Alter"? Wessen Knochen kann man denn bis hierhin knacken hören, wenn er mal ein Stündchen im Auto sitzen musste? Vermisst du schon den orthopädischen Sessel deines Luxusbüros?«

»Ich glaube, ich muss dir doch noch mal einen Auffrischungskurs in schottischer Geografie spendieren«, antwortete Alan amüsiert. »Diese Scheißfahrt von meinem „Luxusbüro" in Kincardine hier hoch hat mich glatte dreieinhalb Stunden gekostet. Obwohl die 82 komplett frei war.«

»Na, dann will ich dich in deinem hohen Alter von 46 natürlich nicht weiter brüskieren ... Wenn ich da an meine Zeit denke ...« Gestelzt zupfte sich Brian einen imaginären Fussel von seiner braunen Wildlederjacke. Nach unendlich langen zehn Sekunden brachen beide in schallendes Gelächter aus, was die sechs anderen Gäste in ihrer Nähe dazu verleitete, ebenfalls mitzulachen. Dann stand Brian auf und ging in den Gastraum, um zwei Kaffee und dazu noch ein Sandwich für Alan zu holen.

Daraus wurden dann drei. Wobei zwei davon Proviant sein sollten. Nur zur Sicherheit.

Als sie beide die letzten Krümel vom Tisch gewischt hatten, zog Brian eine Mappe aus seiner ledernen Aktentasche heraus, die die ganze Zeit auf dem Platz neben ihm gelegen hatte. Er nahm eine Harvey-Superwalker-Karte des südlichen Teils von Skye heraus und faltete sie auseinander. »Ist schon ein verdammter Mist, dass es nur noch solche ... Situationen sind, die einen mal wieder in die schönen Ecken unseres Landes führen. Aber na gut, du meinst also wirklich, wir sollten heute dabei sein?«

»Brian, ich glaube nicht und ich meine nicht.« Alan wurde ebenfalls schlagartig ernst. »Ich bin mir sicher, dass wir einfach nur unverschämtes Glück hatten.«

»Du willst sagen, dieser italienische Bursche hat unverschämtes Glück!?«

»Natürlich. Sicher. Natürlich hat ER Glück, dass er sich auf diese Wanderung gemacht hat. Ich bin felsenfest überzeugt davon, dass er ansonsten schon längst bei Butcher in Aberdeen auf dem Tisch liegen würde.«

»Na, dann danken wir mal jemandem dafür, dass der oder die Killer keine Bergsteiger sind. Und du bist dir sicher, dass wir heute schon nach Skye fahren sollten?«

»100%ig! Ja. Nicky hat mit dem örtlichen Ranger gesprochen. Der ist sich sicher, dass das Wetter heute Abend umschlägt. Und der hält große Stücke auf den Bergführer. Er wettet seine Schuhe dafür, dass der die Tour heute abkürzt und mit der

Gruppe nach Sligachan zurückkehrt. Alles andere wäre zu gefährlich, hat er gesagt. Und dieser Berg- oder Wanderführer würde den Job schon seit fünf- zehn Jahren machen. Der wäre ein Profi.«

»Na gut, aber ein Profi ohne Handy oder so kommt mir schon komisch vor, zumindest heutzu- tage.« Brian schürzte die Lippen und sah Alan fra- gend an.

»Offensichtlich scheint der Typ ein Naturbursche zu sein und diese Mehrtagestouren sollen ja auch so ein gewisses Aussteiger-Gefühl mit sich bringen. Der würde sein Handy nur einschalten, wenn es einen Notfall geben würde. Also gehen wir mal da- von aus, dass unser Italiener noch wohlauf ist.«

»Und dass unser potenzieller Täter nicht bei der Gruppe war und vielleicht gleich alle getötet hat?«

»Das haben wir doch schon gestern erörtert. Laut den Leuten im Sligachan Hotel war die Grup- pe letzten Sonntag komplett mit dem Hotel-Bus zum Glenbrittle Campingplatz gebracht worden, um dort die Tour zu starten. Das waren alles Vor- anmeldungen. Kein unbekanntes Gesicht dabei, wie sie sagen. Sie sind am Montag losgewandert und am Donnerstag hat sie der Hubschrauber der Küstenwache noch auf dem Abstieg zum Loch Coruisk gesehen. Von da aus wollten sie hier«, Alan zeichnete den beschriebenen Weg auf der ausgebreiteten Karte nach, »also hier um den See herum, über den Rücken des Druim nam Ramh wieder hoch bis zum Bidein Druim und dann nach Norden über die letzten drei Munros und hierher zurück ins Tal zum Sligachan Hotel. Dafür sind ei- gentlich für diese restliche Strecke noch vier ent- spannte Tage mit drei Übernachtungen eingeplant. Wenn es etwas schneller gehen soll, kann man das aber auch deutlich abkürzen. Und das werden sie laut dem Ranger tun. Also wird die Gruppe heute am Sonntagabend wieder zurück sein.«

»Mann, Mann.« Brian war sichtlich entsetzt. »Was kann man sich alles freiwillig antun. Und für die ganzen sieben Tage haben die ihren Proviant im Gepäck. Unglaublich. Und das nur, um so elf Berge am Stück zu machen?«

»Elf Munros und noch ein paar weiter Corbetts, um genau zu sein. Ich bin einen Teil der Tour schon vor ein paar Jahren selbst gelaufen. Echt klasse! Wenn du diese Tour mitmachen wolltest, müsste dich ja mindestens eine ganze Sherpa-Gruppe nur für die Lebensmittel begleiten«, frotzelte Alan.

»Jetzt wirst du aber unhöflich. Schließlich halte ich damit nur meine grauen Zellen in Gang. Und die haben dir schon mehr als einmal deinen dünnen Hintern gerettet.« Perfekt schmollend verschränkte Brian die Arme.

»Stimmt ja. Außerdem ist dies eine Urlaubstour für Touristen. Die echten harten Jungs, also Schotten, machen die elf Gipfel locker in 12 Stunden[20]. Ohne große Mahlzeiten. Und für ganz ausgeschlafene Jungs, die zum Cream Tea wieder bei Mutti sein wollen, geht die kürzeste Tour über alle Gipfel auch in dreieinhalb Stunden. Zumindest ist das der Rekord.«

---

20 Die Tour über alle elf Cuillin-Munros ist in der Tat eine der schönsten, aber auch herausforderndsten Touren in den schottischen Bergen. Die meisten Bergsteiger teilen sich die Cuillin Hills in drei bis vier Touren auf. Wer es allerdings auf die harte Tour erfahren will, übernachtet am Besten am Südhang des Sgurr nan Eag und folgt ab dem frühen Morgen dem Gratbogen über alle Gipfel nach Norden bis zum Sgurr nan Gillean. Ruhigere Gemüter steigen zwischendurch hinab zum Loch Coruisk und umwandern diesen.

»Na, das ist dann schon eher meine Kragenweite. Ich wusste doch, dass du mich kennst. Aber jetzt mal zurück zu diesem Geronimo ...«

»Der heißt Germano und ist Italiener und kein Indianer.«

»Ist das nicht das Gleiche?«, grinste Brian.

»Nicht ganz. Aber das soll dir mal deine Jane erklären, wenn sie mit dir nach Venedig möchte.«

»Schon klar. Aber was machen wir mit ihm, wenn er tatsächlich heute frisch und munter auftauchen sollte?«

»Na, zunächst einmal sorgen wir dafür, dass er das auch bleibt.«

»Darum kümmern sich die Kollegen vor Ort doch schon. Zumindest hoffe ich das.«

»Dann will ich so schnell wie möglich alles von ihm über die Zeit auf der Fähre erfahren. Wir können nicht darauf warten, dass die Kollegen ihn erst nach Inverness oder Glasgow bringen müssen.

»Na, dann hoffen wir mal inständig, dass er überhaupt was zu erzählen hat. Sonst weiß ich nämlich auch nicht mehr weiter.« Mit einer leisen Spur von Unruhe blätterte Brian in seinen Unterlagen. Und das auch nicht ganz unberechtigt, wie sich alle im Soko-Team einig waren.

Als Nicky Germano Albertis Telefonnummer gefunden hatte, hatten sich zunächst alle gefreut. Wie immer in solchen Situationen hielt die Freude aber nur kurz. Das Handy war und blieb ausgeschaltet.

Auch eine von Nicky organisierte Suchortung blieb ergebnislos. Das Handy schien wirklich ausgeschaltet zu sein. Daraufhin keimten natürlich die ärgsten Befürchtungen auf.

Über die Unterlagen der Fährgesellschaft hatte Nicky zum Glück schon alle privaten Daten Albertis ermittelt. Dass der anschließende Kontakt zu Germanos Geschwistern dazu führte, dass sein Bruder Alberto ihnen fast detailgetreu sagen konnte, was Germano in seinem Urlaub geplant hatte, war wieder mal mehr als nur eine glückliche Fügung.

Alberto Alberti selbst war über viele Jahre Saisonarbeiter im Sligachan Hotel gewesen. Selbst Brian brauchte bei Nickys Schilderung gut zwei Minuten, um zu begreifen, was manche Eltern ihren Kindern bei der Namensgebung antun konnten.

Von Sligachan aus hatte dieser Alberto die großen Touren in die Cuillin Hills organisiert und oft begleitet. Genau so eine große Tour hatte er seinem Bruder zum Abschluss seines Studiums geschenkt. Beide Brüder liebten das Wandern und Bergsteigen und folgten gerne dem Ruf der Berge in den unterschiedlichsten Winkeln der Erde.

Von Montag, den 20. bis Montag, den 27. Mai sollte die große Tour durch und um die Cuillins gehen. Vorher war für ihn eine Woche Rundreise an der Westküste geplant. Im Anschluss daran hatte Alberto für ihn eine Woche im Sligachan Hotel gebucht, während der er Skye und insbesondere seine geliebte Talisker Distillery kennenlernen konnte. Anschließend sollte Germano gemütlich die Heimreise antreten.

Es schien offensichtlich, dass es ausschließlich dem Umstand zu verdanken war, dass sein Bruder die Übernachtungen telefonisch gebucht hatte, dass der oder die Täter noch nicht seiner habhaft geworden waren. Sie hatten bislang wohl auch die

Dreistigkeit unterlassen, aus irgendeinem Vorwand bei Germanos Familie anzurufen, um seinen Aufenthaltsort zu erfahren.

Trotzdem war sich Alan in all seinen Knochen absolut sicher, dass die Täter auf Germano warten würden. Das waren, nach all dem was bislang passiert war, absolute Profis. Dass diese Profis allerdings auch Top-Bergwanderer waren und eine entsprechende Ausrüstung bei sich trugen, hielt er für unwahrscheinlich.

Diese Typen konnten warten, ohne nervös zu werden. Diese Typen waren nur durch ihre unbändige Geduld immer wieder so erfolgreich, sprich nicht greifbar. Daher wollte Alan gemeinsam mit Brian schon vor der geplanten Rückkehr von Germano und seiner Gruppe vor Ort sein.

Die spontane Idee war, sich als Erholung suchende Großstädter im Sligachan Hotel einzuquartieren und ... ja was eigentlich? Ab hier wollte er ehrlich gesagt improvisieren. Neun Mann der bewaffneten Eingreiftruppe waren bereits gestern Abend als Touristen verkleidet in Wohnmobilen auf dem zum Hotel gehörigen Campingplatz eingetroffen. Vier dieser Männer sollten heute sehr früh der Bergwandergruppe auf der vermuteten Route entgegen gehen. Für ihn und Brian hatte nur die „politische Überredungskunst" seiner Kollegen vor Ort geholfen, ein Doppelzimmer in dem ausgebuchten Hotel zu bekommen. Ansonsten wollte die örtliche Polizei für die Überwachung des Umfelds sorgen.

»Also gut, dann danke ich dir erstmals dafür, dass du mich ab hier mitnehmen kannst. Ich habe echt keine Lust mehr weiter zu fahren. Außerdem kommen wir dann stilecht in einem Wagen im Hotel an, wenn wir uns schon ein Zimmer teilen müssen. Also lass uns starten, der Berg ruft.« Alan erhob sich, um dem Wirt an der Bar mitzuteilen, dass er sein Auto für ein oder zwei Tage stehen lassen wollte. Brian packte seine Unterlagen wieder zusammen und ging in Richtung Parkplatz um Alans Gepäck umzuladen.

Anschließend setzten sie die Fahrt gemeinsam über die A87 bis Kyle of Lochalsh fort. Dort überquerten sie die Brücke zur Insel Skye und folgten der Straße weiter über Broadford, bis sie schließlich gegen 12:30 Uhr am Sligachan Hotel eintrafen.

Wie zu erwarten, war der Parkplatz vor dem Hotel an einem so schönen Mai-Sonntag natürlich mehr als nur voll. Zahlreiche Touristen, die Skye besuchten, hatten diesen Sonntag genutzt, um von hier aus einen der fantastischen Blicke auf die Cuillins zu werfen. Dazu gesellten sich viele Einheimische, die diesen Sonntag nicht am heimischen Herd verbringen wollten. Das Essen in der Seumas Bar war durchaus passabel und einigermaßen preiswert. Zudem versprach die dazugehörige Cuillin Brewery einen alkoholischen Genuss mit ihren vier Sorten Ale „Eagle", „Skye", „Pinnacle" and „Blackface". Und wer am Abend größere kulinarische Ambitionen hegte, konnte im Cairidh Restaurant auch mal mehr Geld loswerden.

Brian fand schließlich einen Parkplatz neben der Seumas Bar. In ihrem legeren Outfit mit lockerer Wanderhose, festen Schuhen und Polohemd fielen sie kaum auf. Sie nahmen ihre Rucksäcke aus dem Kofferraum des Volvo und schlenderten bewusst lässig zur Rezeption. Man konnte nie wissen, wer einen beobachtete und wenn man eine Rolle spielte, dann nur ganz oder gar nicht.

Nachdem sie ihr Zimmer bezogen hatten, gingen sie zurück auf die Straße und dann in die Seumas Bar. Das rustikale Innere konnte Alans Blick nicht von der Bar selbst ablenken. Über 300 Whiskys reihten sich auf den Regalen. »Na, das wäre aber ein Ort für unseren Graeme!«, bemerkte Alan beeindruckt. »Erinnert mich ein wenig an die Whisky-Bar im Craigellachie Hotel. Wahnsinn!«

Brians fachmännischer Blick ruhte indes auf den vier Zapfhähnen für das lokale Bier. »Hierher muss ich unbedingt noch einmal mit Jane kommen. Das ist ja wirklich klasse. Und da drüben wird gerade ein Tisch frei. Da am Ende.« Brian nutze die Gunst der Stunde und zog Alan am Ärmel seines weinroten Polohemds zu den freiwerdenden Plätzen. Der Rest des Lokals war mit schwatzenden und essenden Menschen gefüllt, die kaum Notiz von den beiden nahmen.

Nachdem Brian, obwohl er ja noch im Dienst war und mit der Bemerkung „Heute ist schließlich Sonntag" zwei Pint Ale von der Bar mitgebracht hatte, sahen sie sich unauffällig um. »Wie erkennen wir denn nun unseren Täter? Nadelstreifenanzug oder Rambo-Stirnband?« Brian schien ihre dienstliche Anwesenheit tatsächlich als einen Ausflug zu betrachten. Entspannt nippte er an seinem Bier.

»Ich habe im Moment wirklich keine Ahnung. Wir werden abwarten und sehen was passiert.« Insgeheim hoffte Alan wirklich auf eine Eingebung oder zur Not auch einen Lichtstrahl vom Himmel. Er glaubte genauso wenig wie Brian, dass man den oder die Täter einfach so erkennen würde. Er hoffte nur, mit ihrer Anwesenheit das Schlimmste verhindern zu können.

Aus seinen düsteren Gedanken wurde er von einer jungen Kellnerin gerissen, die zwei riesige Teller vor sie hinstellte. »Einmal Beefburger mit Tomatensalsa und einmal Venison-Burger mit Red Onion Marmelade. Beide mit Pommes und Krautsalat. Guten Appetit. Soßen findet ihr da drüben im Körbchen.« Genauso schnell, wie sie aufgetaucht war, war sie auch schon wieder Richtung Bar verschwunden.

»Himmel! Wer soll das denn alles essen?« Alan blickte verzweifelt auf seinen Teller.

»Keine Angst, mein Junge. Ich bin bei dir.« Wohlwollend klopfte Brian auf Alans Schulter.

»Na dann kann mir ja nichts mehr passieren.«

Eine halbe Stunde später, nachdem die flinke Kellnerin die leeren Teller abgeräumt hatte und Brian sein zweites Pint genoss, gesellte sich ein Hüne von einem Mann an ihren Tisch und schwenkte eine Wanderkarte. »Guten Tag, die Herren. Könnte ich sie vielleicht was fragen?«

Alan und Brian zuckten kurz zusammen und sahen sich den Mann genauer an. Offensichtlich durchtrainierter Körper unter dem orangekarierten Hemd und der braunen Outdoor-Hose, leichte Bräune und blendend weiße Zähne. Dazu stahlgraue Augen. Alan fasste sich als Erster wieder und drückte Brians geballte Faust unter den Tisch. »Lass stecken, mein Lieber. Dabei würdest selbst du alt aussehen.« Und zu dem Mann gewandt

»Setzten sie sich doch. Was können wir für sie tun?«

Der blonde Hüne nahm Platz und faltete die Karte auseinander, während alle drei keine Mine verzogen. Lediglich Brian drückte ein kurzes »Was...?« hervor.

Alan beugte sich lässig über die aufgefaltete Karte und sagte leise »Ich kenne sie. Warten sie ... Mahoney, stimmt's?«

Genauso unbeteiligt wie Alan blickte der Mann auf die Karte. »Stimmt, Sir! Sie haben ein blendendes Gedächtnis, Sir!«

Brian verdrehte die Augen. »Natürlich, ohne Skimaske kaum zu erkennen. Unser Scharfschütze von damals. Mann, wann war das denn? Hier auf Skye. Sie waren ja der Mann der Stunde!«

»Danke, Sir! Das war vor über sieben Jahren. Im Herbst 2005.«

Alans Mine blieb weiter unbeteiligt. »In Portree. Stronarchie Distillery. Der „Whisky-Mörder" Robert Boyd. Sie haben ihn gefasst. War eine filmreife Leistung. Wie geht's ihnen? Noch immer schussbereit?«

»Ach, das war Routine, Sir. Und immer noch schussbereit. Allerdings darf ich jetzt einem müden Haufen Anfänger sagen, wo beim Gewehr vorne und hinten ist.«

Brian nickte anerkennend. »Also sind sie jetzt der Chef der Einsatztruppe. Respekt. Was ist übrigens aus Boyd geworden? Habe schon ewig nichts mehr gehört.«

Alan trank den letzten Schluck seines Kaffees und schaute sich den Kaffeesatz in der Tasse an. »Wiederholt für unzurechnungsfähig erklärt. Wird wohl tatsächlich den Rest seines Lebens in der Geschlossenen verbringen. Tja. Aber einer von der Sorte reicht mir. Ich fände es nicht schön, wenn Skye irgendwann in den Zeitungen als die „Insel der Psychopathen-Killer" auftaucht. Also, Mahoney. Wenn sie das Sagen hier haben, wie sieht es denn aus?«

Mahoney schaute sich verstohlen nach den anderen Gästen um und tat so, als hätte er eine Frage zu einer Route auf der Karte. »Vier meiner Männer haben wie gefordert heute Morgen um sechs diese Route hier begonnen. Sobald sie Kontakt zur Zielgruppe bekommen, melden sie sich. Zwei observieren unauffällig den Campingplatz und checken alle Camper und Neuankömmlinge, einer observiert die Lobby des Hotels und einer passt auf, dass Ihnen nichts passiert.« Mahoney konnte sich ein leichtes Schmunzeln nicht verkneifen.

Alan und Brian schauten sich unauffällig aber verdutzt um, bis die junge Kellnerin wieder bei ihrem Tisch erschien und fragend einen Finger über ihrem elektronischen Bestellblock kreisen ließ. Erst als beide die stahlharten Muskeln und Sehnen an den Armen der vermeintlichen Kellnerin wahrnahmen, ging ihnen ein Licht auf.

»Mann, das stellt die Welt auf den Kopf.« Brian versuchte ruhig zu bleiben. »Kellnern ist okay. Von mir aus auch noch Bogenschießen oder Yoga. Aber an als Saftschubse getarnte Kampfamazonen kann ich mich in meinem Alter nicht mehr gewöhnen.« Brian blickte die junge Frau trotzdem amüsiert an und sprach leise »Hör zu, meine Liebe. Wenn du jetzt auch noch Lara Croft heißt, lass ich mich Frühpensionieren. Aber vorher bringst du uns noch eine Runde von dem leckeren Zeug hier, okay? Moderne Zeiten!«

Als die „Kellnerin" wieder verschwunden war, kam Alan wieder zur Sache. »Verdammt gut, Mahoney. Verdammt gut! Wo ist die Einsatzzentrale?«

»In einem unserer Wohnmobile drüben auf dem Campingplatz. Da habe ich übrigens auch ihre Outdoor-Ausrüstung vorrätig. Zweimal Walther P99, Westen und Funk. Ich werde die Sachen nachher auf ihr Zimmer bringen lassen. Ansonsten ist uns seit gestern Abend absolut nichts Verdächtiges aufgefallen. Alle Hotelgäste und alle Wagen auf dem Campingplatz sind überprüft. Nichts dabei. Auch die Angestellten und Ferienjobber sind sauber.

Zudem haben wir heute Nacht die Umgebung vom Rettungs-Hubschrauber aus mit Wärmebildkameras gecheckt. Alle, die hier im Umkreis wild campen haben wir uns bis eben auch noch unauffällig angesehen. Nichts für uns dabei. Es tut mir leid, Sir. Die Einzigen, die uns momentan Sorgen machen, sind alle Wanderer, die in der Umgebung unterwegs sind und die, die nicht mit einem Fahrzeug hierhergekommen sind. Sie sehen ja, wie viele das mittlerweile sind.« Mit einem nachdenklichen Blick aus dem Fenster auf die vorbeiströmenden Gäste und Touristen beendete Mahoney seinen Bericht.

»Und wenn er doch woanders nächtigt?«, wollte Brian wissen.

»Kann ich mir nicht vorstellen. Er muss hier sein, wenn er unseren Mann nicht verpassen will. Der kann nicht wissen, wann genau Alberti wiederkommt. Er wird auch nicht mehr Informationen bekommen haben als wir. Wenn er richtig gut ist, kennt er die Gruppe und die Tour mit der Alberti unterwegs ist. Sie zu verfolgen mit der Hoffnung, irgendwo einen Unfall zu inszenieren, wäre für einen ungeübten Bergsteiger Wahnsinn. Das birgt viel zu viele Risiken und Unbekannte.

Wenn es der gleiche Täter ist wie bei den letzten Touristen, dann ist das ein ganz ausgekochter Profi. Der macht keinen Handgriff zu viel. Das ist ein Jäger. Der wird in aller Ruhe notfalls auch eine ganze Woche lang hier irgendwo sitzen und warten, bis ihm das Wild vor die Flinte läuft.«

»Na, dann müssen wir uns alle ja nur nach dem passenden Hochsitz umschauen«, ergänzte Brian.

»Stimmt, Brian. Eigentlich ganz einfach. Und da er neben der fehlenden Ankunftszeit ebenfalls nicht weiß, auf welcher Route Alberti mit seiner Gruppe exakt zurückkehrt und insbesondere wohin er danach als Nächstes verschwindet, bleibt ihm als Hochsitz nur dieser Ort hier. Genau wie uns.« Alan klopfte hart mit dem Finger auf den Punkt der Karte, der rot eingekreist war: das Hotel.

Eine Stunde später traten Brian und Alan vor das Hotel. Unter den leichten Outdoor-Jacken fielen die schusssicheren Westen kaum auf. Die kleinen Funkgeräte passten ebenfalls unauffällig in die Brusttasche. Nur das Tragen des Schulterholsters mit der Pistole wirke sich für Ungeübte etwas störend aus.

Sie schlenderten in Richtung der hölzernen Bänke und Tische, die im Vorfeld des Hotels aufgestellt waren, und nahmen an einem freien Tisch Platz. Alan zog eine Wanderkarte aus seinem kleinen Rucksack und faltete sie auf. Vier rote Linien waren mit dem Hotel verbunden. Sie kennzeichneten die möglichen Wege, auf denen die erwartete Wandergruppe die letzte Etappe ihrer Tour bewältigen konnte. Alan fuhr die Linien mit dem Finger nach. »Dies hier wäre die ursprüngliche, längste Variante. Laut dem Ranger werden sie die ja wohl nicht mehr nehmen. Bleiben also diese drei. Da es in den letzten Tagen nicht geregnet hat, können sie hier bei den Wasserfällen über den Fluss. Das wäre wohl die schönste Route.« Alan faltete die Karte so zusammen, dass der besprochene Ausschnitt sichtbar blieb, und erhob sich. »So, mein Lieber, dann werden wir doch mal unsere müden Büromuskeln ignorieren und den Wanderern entgegen gehen. Vielleicht haben wir ja Glück und die Jungs aus Mahoneys Team treffen die Gruppe. Dann könnten sie Alberti in Sicherheit bringen, noch bevor sie wieder hier im Hotel eintreffen.«

»Dann wären wir aber vielleicht unseren Täter los«, gab Brian zu bedenken und folge Alan über den Parkplatz.

»Willst du warten, bis der Typ irgendwo aus dem Hinterhalt Alberti in unserem Beisein abknallt? Die Methode, wie er den Belgier im Supermarkt in Campbeltown getötet hat, sagt mir wirklich genug. Und wir wissen ja immer noch nicht, ob es nur einer ist oder mehrere. Nach meinem Geschmack habe ich lieber eine Leiche weniger und suche den Täter noch weiter.«

»Na, dann sehen wir mal ...«, murmelte Brian vielsagend und klopfte dabei verstohlen auf die Beule in seiner Jacke.

Direkt vor dem Hotel überquerten sie die A863 und folgten dem Fußpfad bis zum Bach Allt Dearg Mor. Alan sah sich in alle Richtungen um und zog dann das kleine Funkgerät aus der Brusttasche. »Assistant Chief Constable Derringer hier. Wir sind jetzt am Bach. Mahoney bitte melden.« Er ließ die Sendetaste wieder los und wartete.

Kurz darauf hörte er die Stimme aus dem kleinen Lautsprecher. »Mahoney hier, Sir. Auf dem Campingplatz alles ruhig. Im Hotel auch. Team „Berg" hat vor fünfundzwanzig Minuten gemeldet, dass sie eine Gruppe gesichtet haben. Könnte unsere Zielgruppe sein. Wir erwarten Kontakt in ... zwanzig Minuten. Alles in Alarmbereitschaft.«

Alan sprach wieder ins Mikrofon. »Alles klar. Wir gehen jetzt noch ein Stück weiter. Sobald das Team unser Ziel erreicht hat, sichern und Hubschrauber verständigen. Dann fliegen wir ihn sofort hier raus. Ende.«

»Verstanden. Ende.«

Insgeheim konnte Alan seine Polizistenseele aber nicht ganz verleugnen. Irgendwo in seinem Hinterkopf machte sich der Wunsch breit, dass sie mit ihrem hoffentlich unerwarteten Eingreifen den Täter aus der Deckung locken und ihn zu einer unüberlegten Handlung treiben würden. Natürlich sollte dabei niemand verletzt werden. Der Täter würde gefasst und anschließend würde er alle Informationen und auch seine Hintermänner bekannt geben.

Soweit zum Wunschdenken ... In der Realität machte es Alan zu schaffen, dass ihnen immer mehr Touristen folgten und auch entgegen kamen. Er konnte nur ganz Mahoney und seinen Leuten vertrauen. Falls im allerschlimmsten Szenario hier auch noch ein weiterer unbeteiligter Tourist zu Schaden kommen würde, wäre das das Ende seiner kurzen Karriere als ACC. Für eine Sekunde huschte der Gedanke durch seinen Kopf, dass insbesondere Susan diese Möglichkeit eventuell recht attraktiv finden würde. Aber nur für eine beschämende Sekunde, denn Susan würde niemals auch nur im Ansatz die Gesundheit eines Menschen für ihr persönliches Wohl opfern.

Einen Kilometer, zwanzig Minuten und einige Schweißtropfen später, meldete Mahoney an Alan und Brian den positiven Kontakt seines Teams zur Wandergruppe. Zwei der vier Beamten hätten sich zur Gruppe gesellt, Alberti identifiziert und ihn sowie den Bergführer in Kenntnis gesetzt. Die anderen beiden Beamten würden die nähere Umgebung sichern.

Alan und Brian hatten das Ende des relativ ebenen Geländes erreicht, bevor es nun in die Nordhänge der Cuillins ging. Das Umfeld war gesprenkelt mit kleineren und größeren Teichen, aber so, dass ein Hubschrauber sicher landen konnte und das Umfeld relativ gut einsehbar war. Weiter oben würde sich eine sichere Aufnahme des Italieners schwieriger gestalten.

Laut Mahoney würde die gesamte Gruppe noch gut eineinhalb Stunden benötigen, bis sie bei Alan und Brian eintreffen würde. In der Zwischenzeit informierte Mahoney den Hubschrauber und die restlichen Beamten, während Brian trotz der spürbaren Anspannung seine mitgebrachten Sandwiches verspeiste.

Immer wieder schreckten beide zusammen und griffen zu ihren Waffen, wenn sich ein Wanderer näherte. Bisher entpuppten sich diese Situationen aber als Fehlalarm. Bei der nächsten Wanderin erkannten beide sofort das Gesicht. Die vermeintliche Kellnerin aus der Seumas Bar, dicht gefolgt von einem Mann, näherten sich Alan und Brian und nickten zum Gruß.

»Auf dem Weg hierher ist uns nichts aufgefallen, Sir. Das hier ist übrigens Sergeant Willis, mein bester Schütze.« Alle begrüßten sich kurz, während Willis sich in der Nähe hinter einen größeren Felsbrocken kauerte, und seinen Rucksack öffnete. Er entnahm ihm drei Teile, die er mit leisem Klicken zu einem Gewehr samt Zieloptik zusammensteckte. Dann begann er damit, die Umgebung abzusuchen.

Einige Zeit später informierte Willis die anderen, dass eine größere Gruppe oberhalb ihres Standortes nun den Abhang herunterkommen würde. Leise Gespräche wurden per Funk geführt, bis Willis rief „Sir, das sind unsere Leute. Sie kommen!« Im gleichen Moment konnten sie ganz in der Ferne das charakteristische Geräusch eines heranfliegenden Hubschraubers hören.

Dann passierte für lange zwanzig Minuten gar nichts. Jeder beobachtete gespannt abwechselnd die Umgebung und die Wandergruppe, während die ersten Mücken dabei versuchten die Wartenden zu quälen.

Als Erstes traf der hellgelb lackierte Hubschrauber vom Typ Sea King der Search and Rescue Force der

RAF ein. Sicher setzte der Pilot die riesige Maschine keine 80 Meter entfernt auf einem Schotterplateau ab. Aus der geöffneten Schiebetür winkten ihnen drei Männer zu.

Kurz darauf traf die Wandergruppe ein. Zwei Beamte sonderten den völlig verstört dreinschauenden Italiener von der Gruppe ab und führten ihn in Richtung Hubschrauber, während der Rest der Gruppe trotz der neugierigen Blicke von den anderen beiden Beamten weiter den Weg hinab zum Sligachan Hotel bugsiert wurde. Die wartende Beamtin gesellte sich neben Germano Alberti und begleitete ihn.

Als die vier gut die Hälfte der Strecke zum Hubschrauber zurückgelegt hatten, stockte Brian plötzlich der Atem. »Scheiße! Genau darauf hat der Kerl doch nur gewartet!« Er winkte den Vieren zu und brüllte aus vollem Hals »Lauft! Los! Lauft! Schnell!«

Die drei Beamten drehten sich kurz zu ihm um, stutzen eine halbe Sekunde bis ihre eintrainierten Bewegungsabläufe ansprangen, drückten zeitgleich den Italiener in ihre Mitte und sprinteten geduckt los. Alberto konnte sich nur auf die zahlreichen Arme, die ihn beim Rennen festhielten, stützen und sich mitschleifen lassen. Seine durch die mehrtägige Tour geschwächten Beine konnten diesen Tempowechsel nicht mehr verkraften.

In diesem Moment krachte der erste Schuss und schlug in die Schutzweste eines der laufenden Beamten ein. Den Schmerz durch das Adrenalin ignorierend lief der ungehindert weiter. Der zweite Schuss allerdings durchschlug den Unterarm der rennenden Beamtin und bohrte sich tief in die Schulter von Germano Alberti. Der dritte Schuss verfehlte nur knapp den Hals eines weiteren Beamten.

Alle anderen Anwesenden wussten für einen langen Moment nicht, was sie tun sollten. Die beiden Polizisten, die die restliche Wandergruppe begleiteten, zogen ihre Pistolen und befahlen allen sich hinzulegen. Alan und Brian stürmten erst hektisch auf die zum Hubschrauber rennende Gruppe zu, dann knieten beide ebenfalls nieder, zogen ihre Pistolen und beobachteten die Umgebung. Der RAF-Soldat im Hubschrauber legte seine Maschinenpistole an und feuerte mehrere kurze Salven in Richtung eines ausgedehnten Buschwerks keine einhundert Meter entfernt.

Nur ein Mann namens Willis blieb völlig ruhig in seiner Position hocken. Die folgenden drei Gewehrschüsse, diesmal aus Willis Waffe, klangen irgendwie anders, eher kompakter und dumpfer. Es waren die letzten Schüsse, die an diesem Tag hier an der Nordflanke der Cuillins zu hören waren.

Typisch schottisch

Graham konnte einfach nicht aus seiner Haut. Hatte er sich doch in den letzten Tagen stoisch gegen seine Neugier gestemmt, so brach es letztendlich nun doch aus ihm heraus. Er musste einfach wissen, wieso ein einfacher Tourist im Herzen der Speyside einfach mal so mir nichts dir nichts mit etwas Ekeligem umgebracht wurde. Und die ganzen anderen Touristen? Das war nicht mehr sein Schottland und so ein Mord war zudem ausgesprochen unschottisch.

Wissensdurst und gesunde Neugier waren in seinen Augen dagegen typisch schottisch. Wie hätte dieses herrliche Land sonst seine großen Forscher und Entdecker hervorgebracht? Was war mit den bekannten Größen wie Alexander Fleming, Mungo Park, David Livingstone, Sir Alexander McKenzie? Und natürlich die großen Schriftsteller Sir Walter Scott, Sir Arthur Conan Doyle und Robert Lewis Stevenson? Hätten die sich nicht mit gesunder Neugier und Biss durchs Leben bewegt, wo wäre die Welt dann heute?

Es war nur gut, dass im Moment kein Spiegel in Grahams Nähe war, da er wohl sonst unbewusst eine napoleonische Haltung davor eingenommen hätte. So lief er einfach nur in sein Wohnzimmer und sah aus dem Fenster hinüber zu den Hängen des Spey-Tals.

Sicherlich hatte seine brillante Idee Alan und sein Team auf die richtige Fährte gebracht. Er hatte es ja von Anfang an im Blut gehabt. Und sicherlich hatte sich Alan auch überschwänglich bei ihm bedankt. Nur flossen die Informationen danach doch deutlich spärlicher als von ihm erhofft. Alan hatte ihn zwar noch einmal angerufen, um ihm zu sagen, dass sie dank seiner Idee nun den bislang unbekannten Tasting-Teilnehmer gefunden hätten, aber das war es dann auch schon gewesen.

Erst durch mehrfache Telefonate konnte er schließlich in Erfahrung bringen, dass man diesen italienischen Touristen nun auf Skye gefunden hätte. Und Alan und Brian wären nun aufgebrochen, um ihn dort zu kontaktieren.

Diese Informationen waren eigentlich streng vertraulich. Da Susan aber von Alans plötzlicher Reise und der Aussicht, dass diese wohl mehrere Tage dauern könnte, nicht sonderlich begeistert gewesen war, hatte sie sich gestern telefonisch bei Ishbel vertraulich darüber ausgelassen, was Alan doch manchmal für ein Schuft sein konnte. Erst ihren Urlaub absagen und dann noch schöne Inselreisen machen! Ishbel hatte zwar versucht, Susan davon zu überzeugen, dass ihre Meinung eher etwas undankbar sei, kam aber nicht sonderlich weit. Daher hatte sie spontan beschlossen, den heutigen Sonntag zu nutzen, um dieses Gespräch mit Susan von Angesicht zu Angesicht zu führen.

So stand Graham nun am Sonntagmorgen in seinem neuen hellgrauen Bademantel allein in ihrem gemeinsamen Wohnzimmer und fühlte sich ... „unterfordert". Ishbel durfte Psychologin spielen und arme Seelen retten, während Alan und Brian und wahrscheinlich alle schottischen Polizisten zusammen auf Skye wichtige Abenteuer erlebten. Nur er war wieder, wie meistens, vom wahren Leben völlig abgeschnitten.

Eine weitere Viertelstunde tigerte er durch die leere Wohnung, schenkte sich den restlichen Kaffee aus der Kanne ein, räumte das Frühstück vom Esstisch ab und sah zum x-ten Mal in die Sonntagszeitung, ohne sich wirklich auf die Artikel konzentrieren zu können.

Schließlich wurde es ihm zu viel und er beschloss, aktiv zu werden. „Nur durch Taten wird man groß", wusste er sich zu sagen, zog leichte Freizeitkleidung an und verließ das Haus. Als er in seinem Defender saß und den Motor startete, wollte er zuerst spontan nach Skye fahren. Diese Möglichkeit schien ihm aber dann doch zu abwegig, zumal er sich die Kommentare von Alan durchaus vorstellen konnte. Also kam Aktionsplan zwei in Betracht. Er fuhr aus der Ausfahrt und auf direktem Weg zur Polizeiwache.

Dort erwartete ihn ein leicht verdutzter Sergeant Eddie Thompson. »Graham, du hier? Ist was passiert?«

»Eddie, du hast Dienst. Das ist gut. Ich brauche ein paar Informationen. Wie ich sehe, hast du ja gerade nichts zu tun.« Auf Sergeant Thompsons Schreibtisch stapelten sich diverse Sudoku-Hefte und zwei Tageszeitungen.

»Äh, wieso? Ich meine, worum geht es denn?«

»Ganz einfach, mein Freund.« Graham fasste Eddie an der Schulter und zog ihn zu dem kleinen Resopal-Tisch mit den drei Plastikstühlen, der die hintere Ecke des Polizeibüros ausfüllte. Lediglich ein spärlicher Gummibaum ergänzte das Ambiente. »Du hast doch den Fall des Ermordeten von der Telford Bridge geleitet, nicht wahr?«

»Ja, das heißt nein, ich meine, ich hab den Toten gefunden und so. Aber geleitet hat den Fall Billy-Boy, ich meine, Inspector Shortbread. Zumindest, bis ihm die hohen Tiere den Fall wieder abgenommen haben. Du kennst doch die Überflieger. Das sind doch deine Freunde. Aber was geht dich das eigentlich …«

»Kein „Aber“, Eddie! Du bist mir noch was schuldig, das weißt du.« Damit spielte Graham auf die Geschichte im letzten Winter an, als Eddie Thompson seinen Nachmittag in einem warmen Pub in Rothes verbrachte, während sein Vorgesetzter ihn dringend gebraucht hätte. Graham hatte kurzerhand erklärt, dass er Eddie wegen eines vermeintlichen Diebstahls eingespannt hätte. Daraufhin hatte Billy-Boy ihn wieder in Ruhe gelassen.

»Schon gut, schon gut«, antwortete Eddie kleinlaut. »Also, was willst du wissen?«

»Na, zunächst mal alles! Wieso wird ein harmloser Tourist, der obendrein bei meiner Tante Sally übernachtet, einfach mal so mit Säure übergossen?«

»Pflanzenschutzmittel, nicht Säure.«

»Egal, kommt dasselbe dabei raus. Also, was habt ihr recherchiert? Was habt ihr rausbekommen?« Graham beugte sich vor und sah Eddie erwartungsvoll an.

Der erzählte Graham pflichtschuldigst alles, was er zu dem Fall wusste. Er zeigte ihm sogar noch die in der Wache verbliebenen Fallunterlagen und Fotos und beantwortete gezwungenermaßen alle Fragen, so gut er konnte.

Nach einer halben Stunde stand Graham auf, klopfte Eddie auf die Schulter und bedankte sich bei ihm. »Keine Angst«, sagte er zum Abschied noch, »jetzt sind wir quitt!«

Eine weitere halbe Stunde später saß er im Wohnzimmer des B&B seiner Tante Sally in Dufftown und trank widerwillig eine Tasse Tee. Da seine Tante ausgesprochene Teetrinkerin war und ihr Kaffee deshalb auch eine entsprechende Qualität hatte, also aus Grahams Sicht untrinkbar war, war Tee das kleinere Übel.

Das „Castleview B&B" war, wie bei seiner Tante nicht anders zu erwarten, liebevoll mit allen möglichen alten und uralten Möbelstücken vollgestopft. Wenn man auf einem der vielen Ohrensessel Platz nehmen wollte, musste man sich zuerst an den zahllosen Beistelltischchen und Bodenvasen vorbeischlängeln. Meist waren die Sessel dann auch noch mit Büchern und Fotobänden belegt.

Die Gäste liebten diese Atmosphäre. Nicht ganz uneigennützig hatte Graham seiner Tante ein schönes Regal mit schmiedeeisernen Türen gekauft, hinter denen sich eine erquickliche Anzahl ausgesuchter Single Malts präsentierte. Dass diese allesamt aus Grahams Destillerien stammten, musste nicht extra erwähnt werden.

Tante Sally hatte ihn, ohne großen Aufhebens, hier hingesetzt, da sie momentan im Esszimmer dabei war, ihre Halbtagskraft darin zu trainieren, „richtig" sauber zu machen. Wobei Tante Sally trotz ihrer Vergangenheit auf einer Farm zu „richtig sauber" sehr präzise Vorstellungen hegte – oder gerade deswegen.

Wenn Graham in Jugendtagen seine Tante und seinen Onkel auf ihrer Farm besuchte, wunderte er sich jedes Mal, warum es in einem Farmhaus so ausnehmend sauber war, obwohl doch direkt vor der Tür „dir die Kühe auf die Stiefel schissen". Zumindest hatte sein Onkel Ben es immer so umschrieben, wenn ihm der Sauberkeitsfimmel seiner Frau mal wieder zu viel wurde.

So vertrieb sich Graham die Zeit damit, sich all die alten Bilder und Fotografien anzusehen, die die weinrot tapezierten Wände des Wohnzimmers bedeckten. Selbst diesen hässlichen Schinken von einem Gemälde mit dem röhrenden Hirsch vor einer Waldhütte hatte sie von der Farm mitgebracht und über dem Kamin aufgehängt, dachte Graham als er plötzlich das kleine Schwarzweißfoto rechts daneben entdeckte.

Er stand auf und schaute es sich aus der Nähe an. Zu sehen war ein Bauer auf einem altertümlichen Traktor. Und auf dem Kotflügel des Traktors saß ein kleiner Bursche mit kurzen Hosen und einem Gerstenhalm im Mund. Das war er mit seinem Onkel Ben. Graham war gerührt.

Kurze Zeit später kam seine Tante herein und setzte sich schnaufend auf einen der Sessel. »Oje, mein lieber Graeme. In was für Zeiten leben wir nur? Was lernen diese ganzen Mädchen heutzutage nur im Hauswirtschaftsunterricht? Keine Ahnung vom Kochen, keine Ahnung vom Putzen!«

»Ach liebe Tante Sally!« Graham musste lachen. »Wenn ich recht vermute, gibt es das Fach Hauswirtschaftsunterricht seit 1956 nicht mehr als Pflichtfach. Selbst zu meiner Schulzeit konnte man stattdessen …«

»Ja, ja, sag nichts«, unterbrach ihn Sally und winkte mit der Hand ab. »Stattdessen konnte man Autofahren oder Korbflechten wählen, ich weiß. Und genauso benehmen sich die jungen Dinger auch. Und die sollen mal eines Tages dieses Land regieren! Aber, mein Junge, deswegen bist du mit Sicherheit nicht den weiten Weg zu mir gekommen. Du bist ja immer so viel beschäftigt, wie du sagst. Mit deinem Alkohol. Also, was führt dich her?«

»Whisky, Tante, Whisky! Das schottischste aller Getränke! Nicht nur Alkohol.« Graham wusste um die Ablehnung, die seine Tante allem Hochprozentigen entgegenbrachte. Zu ihrer Zeit hatten es viele damit zu gut gemeint. Und ein Trinker war damals ein Garant für eine gescheiterte Existenz. »Aber gut, egal. Also, ich bin gekommen, um mit dir etwas über deinen Gast zu plaudern, der neulich so schrecklich ums Leben gekommen ist.«

»Ach, auf einmal?« Seine Tante wirkte sofort verschnupft. »Erst vertreiben mir die Polizisten alle Gäste und dann hört man wochenlang keinen Ton mehr. Auch von dir nicht! Das ist nicht in Ordnung! Und wieso kommst du jetzt damit?«

»Ach, Tante, erstens ist es keine zwei Wochen her und außerdem ... wie soll ich es sagen, helfe ich in dem Fall ein wenig meinen Freunden bei der Polizei.« Graham kreuzte heimlich seine Finger und hoffte inständig, dass man mit dem Belügen seiner nächsten Verwandten nicht seinen Sonnenplatz im Himmel verwirkte.

»Ach, diese Polizei-Direktoren? Das ist aber nett.« Sally strahlte wieder über beide Wangen. »Ich wusste doch, dass noch mehr in dir steckt als nur Alkohol brennen. Und das haben deine Freunde auch erkannt. Das ist aber schön!«

»Genau. Und deshalb erzähl mir doch noch mal alles, was dir zu diesem deutschen Touristen einfällt und was sonst noch so passiert ist.

Eine Stunde und eine Kanne Tee später ging Graham im Wohnzimmer auf und ab und war seiner Meinung nach keinen Millimeter weiter als heute Vormittag. Seine Tante hatte ihn mit einer Flut an Informationen versorgt, die alle recht nett aber für einen waschechten Kriminalfall völlig belanglos waren. Falls sie seinerzeit bei der Befragung der Polizei genauso gesprächig gewesen war, taten ihm Eddie Thompson und Billy Shortbread fast schon ein bisschen leid.

»Und trotzdem verstehe ich nicht, warum der arme Mann mit Pflanzenschutzmittel übergossen wurde. Ich habe es dem Inspector auch immer wieder gesagt. Ein richtiger Mord mit Pistole und Messer und so. Ja, das ist ein schlimmes Verbrechen! Aber so mit irgendwas übergossen? Das war bestimmt ein Versehen und gar kein Mord.«

»Ein Versehen?« Graham war etwas entsetzt. »Wie in aller Welt kommst du auf ein Versehen?«

»Na, was glaubst du denn, wie oft wir damals die ganzen Mittel mal aus Versehen verschüttet haben? Wenn wir die Tanks der Spritzmaschine gefüllt haben. Mein Gott, davon stirbt doch keiner.« Sally zeigte mit dem Finger auf ein weiteres Schwarzweißfoto neben dem Fenster. »Selbst du hast doch als kleiner Bub dabei geholfen.«

Graham sah sich das Bild ebenfalls aus der Nähe an. Tatsächlich. Wieder war er auf dem Trecker seines Onkels zu sehen. Diesmal hingen am Trecker der große Tank und die Sprühausleger, die sogenannte Giftspritze. »Mein Gott, was waren wir damals noch naiv, was solche gefährlichen Gifte anging. Eigentlich müssen wir von Glück reden, dass wir überhaupt noch alle leben.«

»Ach, jetzt mach aber mal einen Punkt, Graham.« Tante Sally wurde leicht zornig. »Dieses ganze Geschwätz von Umwelt und Bio und alles vergiftet und so! Wenn das alles stimmen würde, hätte uns die Regierung doch längst gewarnt. Das ist alles nur Panikmache der Kommunisten und der Katholiken! Das weiß doch jeder. Das muss man mit der typisch schottischen Gelassenheit hinnehmen und fertig!«

Graham war wieder einmal beeindruckt, wie seine Tante die geopolitischen Probleme auf eine simple Formel zu reduzieren verstand. Gerne hätte er allerdings gewusst, was Marx und der Papst zu dieser Theorie gemeint hätten. »Sicher, Tante Sally, sicher.«

»Ja, und wenn das alles angeblich so gefährlich ist, warum sammelt die Regierung dann nicht das ganze Zeug ein? Warum lassen die damit ahnungslose Bürger weiter ihren Garten pflegen? Ha! Jetzt weißt du aber auch nicht weiter, was?« Triumphierend trank Sally ihre Tasse Tee aus und blickte stolz in ihren Garten. »Die Regierung weiß genau, wie wir diese wunderschönen schottischen Gärten zaubern.«

Graham brauchte eine gefühlte Ewigkeit, bis er das soeben Gehörte in einen sinnvollen Zusammenhang packen konnte. Immer wieder wechselte sein Blick zwischen der Fotografie und dem zugegebenermaßen makellosen Garten seiner Tante hin und her. »Möchtest du mir damit etwa sagen, dass du dieses Pflanzenschutzmittel immer noch verwendest?« Graham sprach diese Frage so leise aus, dass seine Tante sie möglichst nicht verstehen konnte. Er wollte die Antwort nämlich gar nicht hören.

Leider besitzen wohl alle alten Tanten auf dieser Welt ein makelloses Fledermaus-Gehör für die Dinge, die sie eigentlich nicht hören sollen. »Ja aber sicher, Graham. Das gute Mittel ist das Beste, was es gibt. Und man kann es sehr sparsam anwenden. Und außerdem war es ja auch sehr teuer. Deshalb habe ich auch alles von der Farm mit hierher genommen. Womöglich hättest du bestimmt alles fortgeschüttet, wenn ich es auf der Farm zurückgelassen hätte.«

Graham konnte immer noch nicht fassen, was er da soeben erfahren hatte. Seine Tante lagerte offensichtlich Gift, mit dem einer ihrer Gäste vor Kurzem getötet wurde. »Wo in aller Welt hast du das E605 stehen?«

»Na, im Gartenschuppen, wo denn sonst?«

»Und der ist nicht verschlossen und jeder deiner Gäste kommt da ungehindert hinein?«

»Ja, natürlich! Was soll die Fragerei? Manche meiner Gäste möchten mir ja sogar im Garten helfen, weil er so schön ist. Was man von dir natürlich nicht sagen kann.«

Die Frage, ob es hier einen Zusammenhang geben konnte, erschien selbst Graham nahezu überflüssig. Seit fast zwei Wochen versuchte die Polizei krampfhaft herauszufinden, woher der Mörder das Gift haben könnte. Jetzt war ihm alles klar. Der Deutsche musste das Zeug hier von seiner Tante mitgenommen haben, warum auch immer.

Graham malte sich die Szenerie genau aus. Das Opfer transportierte das Mittel in seinem Auto zur Telford Bridge. Dort wollte er es vernichten, um seine Tante zu schützen. Er wollte es in den Fluss schütten. Dabei hat ihn ein militanter Umweltschützer erwischt und sich bitter gerächt. Oder zumindest so ähnlich.

Grahams Gedanken verwoben zu immer abstruseren Theorien. Heftig schüttelte er den Kopf. Mittlerweile tat es ihm mehr als leid, dass er sich wieder in die Ermittlungen einmischen musste. Was sollte er nur mit diesen Informationen anfangen? Und warum war die Polizei nicht selbst auf diese Möglichkeit gekommen? Eine blöde Frage! Weil es nun wirklich zu abwegig war.

»Tante Sally, ich danke dir. Aber du musst dieses Zeug vernichten. Das ist wirklich gefährlich, glaub mir. Am besten, ich kümmere mich darum, okay?« Er drückte seiner Tante einen Kuss auf die Stirn und verließ das B&B ohne eine Antwort abzuwarten. Hätte er doch bloß nie gefragt. Am besten würde er warten, bis Alan von seiner Reise zurück war und es ihm dann in Ruhe erzählen. Bis dahin würde er sein Wissen erst mal für sich behalten und seinen typisch schottischen Wissensdurst mit anderen Mitteln löschen.

Am frühen Abend, als Ishbel endlich wieder von ihrem Besuch bei Susan zurück war, saßen sie beide im Garten und genossen die warme Frühlingsluft mit ihren Düften nach all den schönen Pflanzen, die diese Jahreszeit so besonders machte.

Doch Graham konnte sich nur bedingt an diesem Genuss erfreuen. Er hatte Ishbel seinen kleinen Ausflug in die Ermittler-Szene gebeichtet. Zumindest den Besuch bei seiner Tante. Das vorhergehende Gespräch mit Sergeant Thompson auf der Wache ließ er fürs Erste einfach mal außer Acht. Ishbel war glücklicherweise von ihrem Ausflug und den stundenlangen Frauengesprächen so geschafft, dass das erwartete große Donnerwetter ausblieb und sie sich mit einigen spitzen Bemerkungen begnügte. Zudem stimmte sie ihm zu, dass er diese Neuigkeiten unverzüglich an Alan weitergeben musste, sobald dieser von Skye zurück wäre.

Köder

Alan und Brian knieten beide neben der Leiche hinter dem niedrigen Gebüsch, während sie auf das Eintreffen des Coastguard-Hubschraubers warteten, der das Tatortteam und den Fotografen herbringen und anschließend alle, inklusive dem Toten, vom Berg hinunterfliegen sollte. Es blieb allen nicht mehr viel Zeit, denn die letzten Sonnenstrahlen wurden gerade im Westen von einer bedrohlich herannahenden Unwetterfront verschluckt.

Die restlichen Sonderbeamten hatten sich in der Nähe verteilt und sicherten das Gelände gegen das Betreten der immer wieder vom Berg herunter kommenden Wanderer. Inzwischen hatte der erste Hubschrauber die drei Verletzten zunächst ins nahe gelegene MacKinnon Hospital nach Broadford geflogen. Nach erster Überprüfung der Verletzungen stellten sich diese als relativ leicht heraus. Die Gewehrkugel hatte zwar die Weste des Polizisten durchschlagen, danach aber nur noch eine harmlose Fleischwunde verursacht. Genauso verhielt es sich mit den Verletzungen der Beamtin und des Italieners. Der zunächst geplante Flug zum General Hospital nach Inverness konnte also entfallen. Alan und Brian konnten Germano Alberti nun doch wie geplant direkt hier vor Ort befragen.

»Mannomann, Brian! Woher hattest du nur diesen Geistesblitz?« Alan musste immer wieder ungläubig den Kopf schütteln, während er weiter vorsichtig die Taschen des Toten mit seinen Latexhandschuhen durchsuchte. »Einen Moment dachte ich, es geht alles schief!«

Brian setzte den Flachmann mit dem aus der Bar mitgebrachten Single Malt ab und leckte einen Tropfen von seinen Lippen. Ein leichtes Zittern in den Fingern verriet aber immer noch seine verbliebene Anspannung. »Weiß ich auch nicht so genau. Ich habe die ganze Zeit über die Gruppe vom Berg herunterkommen sehen. Ich konnte unsere Kollegen nicht von den Wanderern unterscheiden. Die sahen alle gleich aus. Mit ihren North-Face oder Wolfskin oder Sonst-was-Klamotten. Alle in gelb und grün und rot. Mit ihren Mützen und Kappen und diesen dusseligen Regenbogen-farbenen Sonnenbrillen. Irgendwie hab ich mich gefragt, wer denn davon nun unser Italiener ist.«

Brian reichte den Flachmann an Alan weiter, der diesen dankbar annahm. »Und dann gingen drei von der Gruppe davon, also die beiden Sheriffs und der Alberti, in Richtung Hubschrauber. Das hab ich dann auch noch nicht so richtig realisiert. Erst als dann unsere Lara Croft neben Alberti lief und die drei ihn dann in die Mitte nahmen, wusste ich plötzlich genau, wer unser Mann sein muss. Und dann kam mir in den Sinn, dass ja auch der Killer gar nicht früher wissen konnte, wer sein Ziel ist. Er hätte die einzelnen Wanderer auf die Entfernung genauso wenig auseinanderhalten können wie wir. Erst als wir den Italiener von der Gruppe separiert hatten, war das seine Chance. Das kam mir dann ganz plötzlich in den Sinn.«

Alan sah von der Leiche auf und Brian an. »Also haben wir ... habe ich dem Typ hier sein Opfer praktisch erst auf dem Serviertablett geliefert. Tolle Leistung!«

»Ach, Alan, scheiß drauf! Das Ergebnis zählt.«

»Trotzdem ... Danke!« Alan reichte Brian seinen Flachmann zurück.

»Kein Danke«, erwiderte Brian. »Dafür bin ich doch da. Wenn einer von uns mal wieder sein Hirn völlig abschaltet, dann kann der andere, also meistens ich, immer noch die Kühe vom Eis ziehen.« Grinsend prostete er Alan zu und trank den Flachmann leer.

»Und wenn unser Schütze hier nicht aufgetaucht wäre?«

»Na, dann hätte das Antreiben der Bande wenigstens dazu getaugt, dass der Hubschrauber weniger Sprit beim Warten verbraucht hätte. Ist doch auch was.«

»Stimmt genau. Aber wieso wusste der Kerl, wo wir sind? Uns ist definitiv keiner gefolgt. Lara Croft, wie du sie nennst und Willis waren ja hinter uns. Der muss das irgendwie spitzbekommen haben.«

In dem Moment tauchte Willis auf, der die letzten Sätze von Alan noch gehört hatte. »Sergeant Marjorie Genders wird sich über den Spitznamen freuen, Sir. Sie ist ein großer Lara Croft Fan.«

»Sergeant Willis. Nochmals Glückwunsch zu ihrer ruhigen Hand. Und ich hoffe, ich kann der Kollegin nachher im Krankenhaus das Kompliment selber geben.« Alan erhob sich und blickte mit Sorge auf die mittlerweile dunkelgraue Wolkenbank, die zwischenzeitlich die Westküste erreicht hatte. »Hoffentlich kommen die Kollegen schnell. Sonst schwimmt uns hier alles weg. Und wir mit ihnen.«

Im gleichen Moment sah man den rot-weißen Hubschrauber der Küstenwache von Osten anfliegen und alle atmeten erleichtert auf. Willis klappte vorsichtig mit einem Kugelschreiber den neben dem Toten liegenden Rucksack auf. »Deswegen wusste er, wo wir sind.« Zum Vorschein kam ein kompakter, hochmoderner Funkempfänger. »Der hat den Flugfunk der Hubschrauber abgehört. Clever.«

Alan klatschte sich auf die Stirn. »Na sicher! Ein Hubschrauber, der auf Stand-by steht. Mahoney, der ihn per Funk hierher beordert. Und ein Killer am Funkgerät, der sich fragt, warum ein Hubschrauber ohne vorherigen Notruf plötzlich losgeschickt wird. Wahrscheinlich hat er mit dem Ding auch noch den Polizeifunk und den Militärfunk abgehört. Mann sind wir dämlich!«

Brian stand nun ebenfalls auf und griff Alan an den Oberarm. »Herr Kollege! Wir haben kaum 48 Stunden Zeit gehabt, um diese Aktion hier vorzubereiten. Mach dir das bitte klar! Am Freitagvormittag kam die Info aus Italien, wo dieser Germano sich aufhalten soll. Jetzt, am Sonntagnachmittag steht hier ein ganzes Rollkommando.« Brian wies mit einer theatralischen Geste auf die umherstehenden Beamten und den einfliegenden

Hubschrauber. »Das würde man sonst in ganz Europa nicht hinkriegen!«

Alan nickte Brian und Sergeant Willis ernst zu und widmete sich wieder der Leiche. Zwei Einschüsse hatten sie beim ersten Betrachten feststellen können. Einen seitlich im Brustkorb und einen in der Schläfe, was den Anblick des Toten nicht appetitlicher machte. »Ich kann keine Papiere oder sonstige Sachen finden. Alle Taschen leer. Aber warten wir, was die Spusi findet.«

Ein paar Minuten später stapften zwei Männer in weißen Overalls und Plastikschuhen mit mehreren Alu-Koffern auf sie zu und verscheuchten sie aus dem Umfeld der Leiche.

Der Regen peitschte in Wellen gegen die Scheiben des Personal-Aufenthaltsraums im Broadford Hospital. Das kleine Krankenhaus mit seinen geradmal 23 Betten hatte keine Kantine oder gar einen Besprechungsraum. Daher musste Alan mit den anderen hierhin ausweichen. Glücklicherweise hatte die Spurensicherung ihre Arbeit gerade noch rechtzeitig beenden können, bevor der große Regen einsetzte.

Als man Alan und Brian auf dem Rückflug am Sligachan Hotel absetzte, goss es allerdings schon aus den sprichwörtlichen Eimern. Den dann nach Portree weiterfliegenden Hubschrauber konnten sie schon nach einhundert Metern nicht mehr sehen.

Völlig durchnässt kamen die beiden dann nach den 300 Metern Fußmarsch im Hotel an. Nachdem sie sich umgezogen und geduscht hatten, fuhren sie am Abend mit ihrem Wagen die 17 Meilen bis ins Krankenhaus nach Broadford.

Der Vorteil eines Personal-Aufenthaltsraums bestand allerdings auch darin, dass eine Kaffeemaschine unbegrenzt zur Verfügung stand und man auf echtes Besteck zurückgreifen konnte. Damit pickten die Anwesenden gerade genüsslich die letzten Pommes aus ihren Fish 'n' Chips-Schachteln. Zuerst wollte man sich Pizza kommen lassen, dagegen hatte aber Germano Alberti massiv interveniert. Er wäre nicht extra nach Schottland gekommen und hier fast gestorben, nur um dann, nach seiner Auferstehung, Pizza zu essen. Dabei bekreuzigte er sich flüchtig. Offensichtlich schlummerte eine leise religiöse Ader in Alberti. Der leitende Arzt hatte dann auf die ausgezeichneten Fish 'n' Chips hingewiesen, die ein Laden gleich um die Ecke machen würde.

Nachdem sich die meisten nach dem Essen einen Kaffee eingeschenkt hatten, stand Alan auf und richtete das Wort an die Anwesenden. »Sergeant Genders, Sergeant Stephens. Ich danke ihnen nochmals für ihren Einsatz. Ich bin mehr als froh, dass es bei diesen … naja, einfacheren Verletzungen geblieben ist.«

Der verletzte Beamte nicke zum Dank in seinem halb offenen Bademantel, unter dem man den bandagierten Bauch sehen konnte, während die Beamtin, immer noch über ihren neuen Titel Lara Croft grinsend, ihren einbandagierten Arm hob.

»Inspector Mahoney, ich danke ihnen für die gelungene Durchführung der Aktion. Das war in der kurzen Zeit wirklich eine tolle Leistung.«

Mit einem unglücklichen Blick auf die beiden verletzten Beamten nahm Mahoney den Dank entgegen. »Das hätte besser klappen können, Sir!«

Lächelnd sah Alan den Inspector der Sondereinheit an. »Aber auch verdammt viel schlechter! Wir haben das Ziel erreicht und keine Wunden, die nicht nach einem kurzen Urlaub verheilen würden. Sparen sie sich ihre Selbstvorwürfe, sonst müssen sie mit unserem anerkannten Seelentröster Superintendent Strachan eine Therapie-Sitzung absolvieren. Und jetzt möchte ich ihnen nicht noch mehr Genesungszeit rauben. Ich denke, sie werden noch interne Gespräche führen wollen.«

Die Beamten der Sondereinheit standen auf, nickten allen noch einmal zu und verließen den Raum. Am Tisch zurück blieben Alan, Brian, Germano Alberti, die Leiterin der Polizei auf Skye, Inspector Lynda Ellis und ein Laptop, auf dem man das Konterfei von Nicky McGovern sehen konnte.

Alan wandte sich an Alberto. »Nachdem wir nun gesättigt sind, kommen wir bitte noch mal auf Ihre Anreise mit der Fähre zurück. Ist das okay für sie?«

Alberto blickte auf seinen ruhig gestellten Arm. »Wenn die Schmerzmittel weiter wirken, kein Problem. Ist ja nur eine Fleischwunde. Kein Knochen kaputt.«

»Und einen Dolmetscher brauchen wir auch nicht?«

»Wenn sie kein Fachenglisch reden, komme ich schon klar.«

»Wenn ich so gut italienisch singen könnte, wie sie englisch reden, hätten meine Frau und ich schon mindestens 17 Kinder«, kommentierte Brian aus dem Hintergrund, während er den Kühlschrank des Personals inspizierte. »La donna è mobile ...«, schmetterte er plötzlich.

Nicky hielt sich sofort die Ohren zu. »Brian!«, klang es aus dem Lautsprecher. »Lass es! Geh doch mit Jane in die Oper! Das ist Körperverletzung!«

»Ach, Banausen ... und trügerische Weiberherzen«, kam nur zur Antwort.

»So, jetzt bitte noch mal zur Fähre.« Alan brachte alle wieder zurück zum Thema, indem er Fotos von allen bisherigen Opfern in DIN A4-Größe auf dem Tisch ausbreitete. Inspector Ellis hatte dankenswerterweise bereits das Geschirr abgeräumt. Es handelte sich bei den Fotos natürlich um vergrößerte Passbildkopien und nicht etwa um Bilder der Leichen. »Sie haben uns erzählt, dass sie mit diesen Leuten gemeinsam den Abend an Bord verbracht haben. Bitte versuchen sie sich noch, an die Details zu erinnern.« Alan schaltete das kleine Diktiergerät ein.

Germano Alberti blickte über die Bilder, die er sich heute schon einmal angesehen hatte. »Ich hab's ihnen doch schon gesagt. Wir haben ein Whisky-Tasting gemacht und dann war ich irgendwann blau wie tausend Russen. Die anderen auch. Am nächsten Morgen hatte ich einen Schädel wie eine Rathausuhr. Mehr ist nicht mehr da. Wirklich. Wir haben alle irrsinnig viel getrunken, glaube ich. Zumindest ich hab das alles nicht so gut vertragen. Wir haben einen völligen Blödsinn erzählt. Jeder hatte irgendeine Geschichte parat. Und jeder hat dann versucht mit seiner Geschichte, die des Vorhergehenden zu übertrumpfen. Aber was genau erzählt wurde, weiß ich nicht mehr.« Germano machte eine Pause. »Und die sind jetzt alle tot?«

»Ja, leider. Und wir wissen überhaupt nicht warum. Sie sind unser einziger Schlüssel. Wenn sie, wie sie gesagt haben, die anderen hier noch nie vorher gesehen haben, dann kann es nur mit ihrem Abend auf der Fähre zu tun haben.« Alan blickte nun zum Laptop. »Nicky, was haben die Bilder gebracht?«

Alan hatte, kurz nachdem Alberti im Krankenhaus ankam, bereits einen Beamten beauftragt, sich dessen Handy zu besorgen und die Fotos und Kontaktdaten an Nicky zu übermitteln. Während Alberto noch von der Kugel befreit wurde, die in seiner Schulter steckte, analysierten Nicky und ein Kollege bereits die Daten. »Also, wie Herr Alberti bereits bestätigt hat, sind auf den Bildern des besagten Abends unsere Opfer und eine weitere Person zu sehen. Ich habe die Gesichter durch unsere Software gejagt und dieses Bild erstellt.« Nickys Anblick wurde durch eine Fotografie ersetzt, die einen Mann in mittlerem Alter zeigte. Kurz geschorene, leicht angegraute Haare. Hagerer Typ mit dunklen Augen.

Alan sah wieder Germano an. »Wer ist das? Bitte, denken sie nach. Diesen Mann kennen wir nicht. Das kann ein weiteres Opfer sein. Wenn wir Glück haben und sie uns was sagen können, finden wir ihn ... lebend.«

»Oh Mann. Kann das auch der Killer sein?« Germano blickte lange auf das Foto am Bildschirm.

»Das hatten wir anfangs auch in Betracht gezogen. Der Vergleich mit unserem Täter verlief aber leider negativ. Stimmt's, Nicky?«

Das SpuSi-Team hatte ihnen allen und auch Nicky noch vom Tatort Fotos des Täters zugeschickt. Alle verfügbaren Beamten der Truppe von

Sergeant Ellis klapperten bereits die B&Bs, Hotels und Campingplätze mit Fotos ab, um den bisherigen Aufenthaltsort des Täters zu ermitteln.

Der Bildschirm wechselte wieder zu Nicky, die Alan zunächst stumm zunickte. Dann sah man das Foto des toten Attentäters. Durch den Kopfschuss wahrlich kein schöner Anblick für ungeübte Augen. Da die Gesichtsknochen von dem Schuss aber nicht betroffen waren, waren die Gesichtszüge und Konturen weitestgehend erhalten geblieben.

»Haben sie den schon mal gesehen?«, wollte Alan von Alberti wissen.

Germanos Gesichtsausdruck war mehr von morbider Faszination als von Ekel geprägt. »Nein. Da bin ich mir sicher.«

Alan nickte, dann ergriff Nicky wieder das Wort. »Wir lassen das Bild des Toten an alle nationalen und internationalen Stellen verschicken. Irgendetwas werden wir auch über den rausbekommen. Da arbeiten wir parallel auch mit Hochdruck dran.«

Nun blickten alle wieder Germano an. »Nun? Ihr Fährenfreund?«

»Der hat genauso mitgetrunken wie alle anderen. Der ist Engländer. Ich meine, der hätte gesagt er würde Sean heißen, oder so. Wegen Sean Connery. Ach ja, und weil er irgendwas als Detektiv oder Agent macht oder so. Stimmt, da war so eine völlig abgedrehte Geschichte mit verdeckten Ermittlungen. Ich glaube, die kam von ihm. Es ging um Mais oder Getreide oder so. Irgendwas Verseuchtes oder Gen-manipuliertes. Mehr weiß ich aber wirklich nicht mehr.«

Genau zu diesem Zeitpunkt kam der behandelnde Arzt herein und sah sich Germano an. »Ich glaube, es ist Zeit für ein bisschen Ruhe. Ihr Bett wartet und eine weitere Infusion. Also bitte.« Der Arzt nickte Alan und dann Inspector Ellis zu. »Geht doch in Ordnung, Lynda?«

»Sir?« Lynda Ellis sah Alan an, der ebenfalls nickte. »Ruhen Sie sich aus. Wir haben eine Wache vor ihrem Zimmer. Nur zur Beruhigung. Ich denke, die Herren werden morgen früh noch mal mit ihnen reden, oder?«

Wieder nickte Alan zur Bestätigung. »So machen wir es. Danke.«

Alan wartete, bis der Arzt Germano Alberti aus dem Raum begleitet hatte. Dann wandte er sich wieder an Nicky. »Gib's zu, du hast doch noch was. Sonst wärst du nicht so ruhig.«

»Es ist schlimm, wenn die Vorgesetzten einen so gut kennen. Aber gut, du hast recht. Eine Info habe ich wirklich noch.« Wieder wechselte die Ansicht und die Kopie eines britischen Reisepasses tauchte auf. Das Passbild zeigte eindeutig das Bild des unbekannten Tasting-Teilnehmers unter dem Namen Sean Abercrombie.

»Ist ja Wahnsinn«, kommentiere Inspector Ellis. »Wie sind sie denn so schnell da dran gekommen? Haben sie etwa seine Leiche gefunden?«

Wieder war Nicky zu sehen. »Nein, zum Glück nicht. Das ist nur der Scan seines Passes. Ich habe das Bild unseres Unbekannten den Kollegen bei der Einwanderungskontrolle überlassen. Und keine Stunde später hat ihn deren Computer gefunden. Gut, dass wir in unserem Königreich nicht auf die Passkontrollen verzichtet haben. Und da mittlerweile jeder Pass bei der Einreise gescannt wird, haben wir jetzt unseren Mann. Das wäre den Kontinentaleuropäern nicht so leicht gefallen!«

»Möchten sie damit sagen, dass sie ein Befürworter der unkontrollierten Datenspeicherung sind?« Inspector Ellis Ton wurde etwas frostiger.

Alan erfasste das sich aufziehende Gewitter in Sekundenschnelle und versuchte zu schlichten. »Na, wir wollen doch jetzt keine politische Grundsatzdiskussion. Das heben wir uns für später auf. Miss McGovern ist eine Freundin aller digitalen Informationen, müssen sie wissen. Unabhängig der Herkunft. Aber lassen wir das mal. Nicky, das war echt gute Arbeit. Lass uns alles über diesen Sean rausfinden, was du kriegen kannst. Hast du schon die Adresse gecheckt? Nachbarn?«

»Na ja, hätte ich natürlich gerne getan. Das Problem ist aber, dass dieser Pass gefälscht ist. Das haben wir erst gemerkt, als wir ihn in die Suche-Datenbank eingegeben hatten. Es gibt zwar einen Abercrombie aus Hastings. Der hat auch an der angegebenen Adresse gelebt. Nur war der 78 Jahre alt, ist letztes Jahr an Altersschwäche verstorben und hatte nachweislich weder einen Sohn namens Sean und auch sonst keinen.«

»Wow«, war alles, was Brian dazu noch sagen konnte. »Und was jetzt? Veröffentlichen wir das Bild? In den Nachrichten?«

»Nein, Brian«, antwortete Nicky. »Das kommt zum Schluss. Zunächst lassen wir das Bild durch alle Suchmaschinen laufen, die wir anzapf ... äh, zur Verfügung haben.« Mit einem kritischen Seitenblick auf Inspector Ellis fuhr sie fort. »Wenn es irgendeine Übereinstimmung gibt, finden wir die. Erst wenn das nichts bringt, kommst du mit den klassischen Methoden.«

Alan erhob sich. »Danke, Nicky. Das muss ich jetzt alles erst mal verdauen. Wir machen Schluss

für heute. Meine Knochen sind an solche Gewalt-
märsche und Abenteuer nicht mehr gewöhnt. Lass
uns ausruhen. Sobald du was hast, informierst du
mich.« Und zu Lynda Ellis gewandt »Wenn
Mahoney seinen Bericht fertig hat und mit ihnen,
Sergeant Ellis abgestimmt hat, bringen sie ihn mir
bitte sofort ins Hotel, in Ordnung? Ich möchte heute Abend noch Deputy Chief Constable Timmins
umfangreich informieren. Wie ich ihn kenne, wird
er morgen sofort eine Pressekonferenz einberufen
wollen. Dass wir den Mörder der Touristen stoppen
konnten, wird momentan für ihn Vorrang vor allen
anderen Themen haben. Und dass wir dabei den
Alberti als Köder benutzt haben, müssen wir ja
nicht an die große Glocke hängen.«

»Aber Sir«, unterbrach Inspector Ellis ihn. »Ob
der Mann auch der Mörder der anderen Touristen
ist, wissen wir doch ...«

Alan unterbrach Ellis mit einer Handbewegung.
»Das überlassen sie bitte mir ganz allein. Das Risi-
ko gehe ich bewusst ein. Alles andere wäre für
DCC Timmins nicht akzeptabel, glauben sie mir.
Ich bin mir sicher, dass mein Team bis morgen
auch ein paar Zusammenhänge zwischen unserem
Täter und den anderen Fällen herstellen kann.«

Mit dieser Hoffnung verabschiedeten sich Alan
und Brian von Inspector Ellis und Nicky und verließen das Krankenhaus. Die Rückfahrt durch die
sturmgepeitschte Nacht zum Hotel verbrachten
beide in nachdenklichem Schweigen.

Zu viel für eine kleine Insel

Die Polizei von Skye bestand aus genau zwei Polizeiwachen, eine in Dunvegan und eine in Portree. In letzterer befand sich das sogenannte Hauptquartier, in dem auch die Chefin der lokalen Polizei, Sergeant Lynda Ellis, ihr Büro hatte.

Sie war, wie Alan gebeten hatte, gestern Abend gegen 22:00 Uhr noch ins Hotel gekommen, um Alan den Bericht von ihr und Sergeant Mahoney zu bringen. Sinnigerweise hatte sie alles auch gleich in der Digitalversion auf einem Stick mitgebracht, sodass Alan seinen zusammenfassenden Bericht wiederum direkt online an ACC Timmins Büro senden konnte.

Um Mitternacht fielen beide, Alan und Brian, dann in einen totenähnlichen Schlaf, aus dem sie unsanft gegen 7:00 Uhr durch einen Anruf von Nicky gerissen wurden.

Was Alan und Brian kaum verwunderte war, dass Nicky und ihre Kollegen wohl deutlich mehr als die halbe Nacht durchgearbeitet hatten. Insofern war er auch nicht überrascht, dass Nicky keine allzu freundlichen Bemerkungen zum „senilen Schlafverhalten einiger Vorgesetzter" parat hatte. Letztendlich einigte man sich nach weiterer freundschaftlichen Kabbeleien, um 9:00 Uhr eine Online-Konferenz in der Polizeistation abzuhalten.

So konnten Alan und Brian wenigstens noch ein echtes Skye-Frühstück genießen, welches sich nach näherem Betrachten nur dadurch von einem „Full Scottish Breakfast" unterschied, dass es eben auf Skye serviert wurde. Das tat den zahlreichen Leckereien aber natürlich keinen Abbruch.

Pünktlich um 09:00 Uhr erreichten sie das Gebäude und stellten fest, dass sich das Hauptquartier direkt am zentralen Busbahnhof befand und Lynda in einem unscheinbaren schmutzig-gelben Gebäude residierte. Brian war sich beim Betreten sicher, dass es für ein B&B zu hässlich und zum Abreißen zu schön gewesen war. Nur deshalb hatte man die Polizei hier einquartiert.

»Bitte, Brian, sag das jetzt nicht zum Sergeant, ja? Sie ist auch so schon völlig nervös.« Alan sah Brian nochmals an, um festzustellen, ob dieser wirklich seine Bitte verstanden hatte. Als Brian ihm zunickte, war Alan beruhigt.

Der bittere Geruch von Filterkaffee war das Erste, was Alan roch, als er das Gebäude betrat. Dann gingen sie gemeinsam die Treppe hoch in den ersten Stock. Hier sollte sich laut Lynda Ellis der Besprechungsraum befinden.

Während sie die Treppe hochgingen, hatte Brian ein ganz bestimmtes Bild vor Augen: einen Raum, überfüllt mit Polizisten. Etliche saßen auf den Tischen, mit dem Rücken an nackte Wände gelehnt, und hatten ihre Füße auf Drehstühle gesetzt. Obwohl keiner rauchte, roch der Raum dennoch nach Nikotin und schalem Bier. Ausdünstungen von Männern, die in letzter Zeit zu wenig Schlaf und nur schlechtes Essen bekommen hatten. Heraushängende Hemden mit Supermarktkrawatten, zwei zum Preis von einer, war bei ihnen zum Einheitslook geworden.

Alan klopfte kurz an der Tür zum Besprechungszimmer an und trat, gefolgt von Brian ein. Sofort zerplatzte das Bild in Brians Kopf. Beide waren zunächst überrascht von der Helligkeit. Drei große Fenster, durch die der momentan völlig bewölkte Himmel zu sehen war, führten auf ein Flachdach, das offensichtlich von den Rauchern als Terrasse genutzt wurde. Da aber kein höheres Gebäude mehr in Richtung Küste stand, konnte man zudem ein schönes Stück vom Loch Portree sehen.

Was beide aber vollends faszinierte, war die Ausstattung des Raumes. Er hatte eigentlich einen etwas altmodischen Besprechungsraum mit zusammengewürfelten Stühlen und einem alten IBM-Computer in der Ecke erwartet. Zu sehen bekam er aber einen modern eingerichteten Kommunikationsraum mit zehn ergonomischen Stühlen an einem segmentierten Tisch, den man in zahlreiche Einzeltische zerlegen konnte. Der Raum wurde von einer Unzahl von LED-Strahlern beleuchtet und die gesamte Stirnwand war mit einem interaktiven Whiteboard bestückt. Auf einem halbhohen Aktenschrank standen weitere vier 27"-Monitore, auf denen die Bilder von rund 40 Überwachungskameras zu sehen waren. »Wow!«, lautete zunächst sein einziger Kommentar.

Lächelnd kam Sergeant Ellis auf sie zu. »Guten Morgen, Sir. Ich hoffe, sie hatten beide eine angenehme Nacht auf unserer schönen Insel? Fein. Und ja, sie sehen richtig. Das ist alles echt.« Lynda Ellis blickte sich stolz um.

»Lassen sie mich raten. Das haben sie alles einer Elektronikschieberbande abgenommen, richtig? Wir haben da nämlich auch so eine Geschichte mit einem Dienstwagen ...« Brian wollte gerade loslegen als er Alans Blick sah.

»Nein, Sir. So was gibt es bei uns nicht. Dies hier ist das Pilotprojekt unserer neuen Polizeiorganisation. Weniger Personal, dafür mehr Hightech. Man hat mir die Personalstellen auf ein unerträgliches Minimum runter gekürzt und dafür alles an Technik hingestellt, was gut und teuer ist. Dafür kann ich meine Insel jetzt aber lückenlos am Bildschirm sehen. Über 80 neue digitale Kameras. Toll.«

Alan musste schmunzeln. Jetzt verstand er Ellis reservierte Haltung zum Thema Überwachungsstaat. »Nicky würde sofort nach Skye umsiedeln, wenn sie das hier sehen würde.«

»Würde sie nicht!«, erklang es resolut aus mehreren verborgenen Lautsprechern. Alan und Brian zucken gleichzeitig zusammen. »Viel zu wenig gute Cafés und viel zu viele gut aussehende, sportliche Touristen.«

Lynda Ellis drückte grinsend auf eine Taste einer weißen Bluetooth-Tastatur vor sich auf dem Tisch. Nickys Oberkörper im grauen Sport-T-Shirt der Police Scotland erschien überlebensgroß auf dem Whiteboard.

»Ich habe mir von Lynda bereits eingehende Informationen geben lassen zu diesen Themen. So leicht wirst du mich nicht los, Chef!«

Alan und Brian zogen ihre Jacken aus und nahmen Platz, während Lynda ihnen Kaffee einschenkte. »So, so. Frauenpower also. Na, dann bin ich ja froh, dass jetzt so eine gute Stimmung zwischen uns herrscht.« Alan nippte an seinem Kaffee während Brian schon wieder die Schale mit Keksen entdeckt hatte. »Ich kann nur sagen, ich bin platt. Das Zeug hier haben wir nicht mal in unserer Zentrale in Alloa. Respekt.«

»Alles verschwendete Steuergelder. Damit fängst du keinen Kriminellen.« Brians Begeisterung hielt sich in Grenzen.

Alan zog einen Schnellhefter aus seiner Schultertasche, die er auf den Stuhl neben sich gelegt hatte. »Dann wollen wir das viele Steuergeld mal sinnvoll nutzen. Nicky, schenk mir ein wissendes Lächeln und sag mir, dass ich Timmins heute nicht enttäuschen muss.«

Nach einer künstlerischen Pause von etwa drei Sekunden zuckten Nickys Mundwinkel nach oben. »Musst du nicht. Wir waren heute Nacht ja nicht ganz so untätig wie einige andere.« Den weiteren Seitenhieb auf Alans und Brians Schlafbedürfnis konnte sogar Lynda Ellis verstehen, was auf einen längeren Plausch der beiden Frauen in den Morgenstunden hindeutete.

»Diese lästerliche Bemerkung über deine momentanen Dienstherren ist nur mit sensationellen Neuigkeiten zu unseren Fällen wieder auszugleichen.« Brian zeigte wieder ganz den Kaufmann in sich.

»Na, da komme ich aber billig weg.« Offensichtlich drückte sie ein paar Tasten, denn die Ansicht wechselte zu einem Foto des toten Schützen. »Sensation Numero Eins. Kommt euch dieses Gesicht von eurem Wanderausflug gestern bekannt vor? Dann schaut mal hier.« Ein weiteres Foto erschien neben dem Ersten. Und dann noch eins. Und noch eins. Alle zeigten das gleiche Konterfei mit leicht veränderten Frisuren, Bärten und Hauttönungen. »Youssef Karkuri. Algerier. Oder Franzose. Je nachdem, welchen Pass er gerade benutzt. Sohn eines französischen Diplomaten und einer algerischen Herrschertochter. Zumindest ist das eine der vielen Geschichte, die man über ihn finden kann.«

»Red einfach weiter«, war alles, was Alan sagen konnte und wollte.

Diesmal erschien eine Vielzahl von Pässen auf dem Monitor. Ein deutscher, ein holländischer und ein neuseeländischer waren darunter. Selbst ein südafrikanischer war zu sehen. Jeder Pass zeigte einen anderen Namen. »Tarik Bloemenfeld, Jean-Pierre Hadji, Steven Naybet. Und jeder dieser Namen hat eine Geschichte, eine Familie, eine Herkunft. Absolut faszinierend. Perfekte Identitäten.«

»Ja und was ist das nun für ein Typ?«, wollte Brian endlich wissen.

»Das, mein guter Brian ist ein „Mann ohne Schatten". Es gibt ihn in zahlreichen Varianten und keine Einzige davon ist auch nur im Ansatz echt. Eigentlich gibt es ihn gar nicht, deshalb wirft er ja auch keinen Schatten. Dieser Mann ist ein international gesuchter Profikiller. Ein Aufräumer. Intelligent bis zum Abwinken, spricht mehrere Sprachen fließend und ist nahezu unsichtbar. Wird mittlerweile seit fast fünfzehn Jahren in zahlreichen Ländern gesucht. Der steht bei meinen Kontakten beim SIS ganz hoch im Kurs. Das scheint ihn aber alles nur noch mehr anzuspornen. Er liebt es wohl, mit der Gefahr zu spielen. Liebte, wollte ich sagen. Wenn er es denn wirklich ist. Es existiert keinerlei DNA von ihm zum Abgleich oder auch nur der Hauch eines Fingerabdrucks. Wir können nicht beweisen, dass er es ist.«

»Das wäre ja der Treffer des Jahrhunderts, oder Sir?« Lynda Ellis zeigte sich mehr als beeindruckt.

»Dafür war es dann aber fast zu einfach, oder?« Alan blickte in die Runde. »So ein Profi hätte sich doch nicht so leicht von uns abknallen lassen, oder?«

Nicky zuckte mit den Schultern. »Vielleicht doch. Unbekanntes Terrain. Sitzt seit einer Woche bei euch rum und muss warten. Hat vielleicht woanders schon einen anderen Job und wird eventuell doch ungeduldig. Jeder wird mal älter. Und dann muss er improvisieren und macht einen Fehler. Ein einziger Fehler reicht ja meistens.«

»Könnte sein.« Alan trank seinen Kaffee aus. »Aber das macht unsere Fälle nur noch komplizierter. Warum jagt ein echter Top-Profi, der normalerweise auf Politiker oder Mafiabosse angesetzt wird, plötzlich kleine Touristen in Schottland? Das passt doch nicht. Und, was jetzt im Moment noch viel wichtiger ist, wie kriegen wir einen Zusammenhang zu den anderen Opfern hin?«

»Sensation Numero Zwei!« Nicky blendete sich selbst wieder auf dem Monitor ein.« Auch hier hat es uns Herr Karkuri oder Bloemenfeld oder wie-auch-immer dankenswerterweise leicht gemacht. Man glaubt doch manchmal gar nicht, wie arrogant diese Typen sein können. Ihr wisst doch, dass der tote Deutsche, das E605-Opfer aus Craigellachie, in einem B&B in Dufftown gewohnt hat?«

»Genau. In dem von Graham Morrice' Tante«, warf Brian ein.

»Wer ist Graham Morrice?«, wollte Lynda nun wissen.

»Ach, das ist eine lange Geschichte«, antwortete Alan und nickte Nicky zu. »Bitte weiter.«

»Genau! Also, die Kollegen vor Ort haben nach dem Mord doch die anderen Gäste der Pension zu dem Opfer befragt. Und für spätere Nachfragen die Personalien aufgenommen. Einer der Gäste war bereits abgereist, aber über seinen Namen und die Passnummer haben wir beim Zoll ein Bild gefunden. Es geht doch nicht über eine sehr ordentliche B&B Wirtin.« Der Bildschirm zeigte nun einen britischen Pass. Das Bild war dem des Auftragsmörders extrem ähnlich. »Roman Singh heißt er diesmal. Und er hat angegeben, er sei Mitinhaber eines indischen Restaurants in London. Und frag nicht, das Restaurant gibt es wirklich. Und den Mitinhaber auch. Nur hat ihn dort noch nie jemand gesehen, weil es eine stille Beteiligung ist. Und angeblich wäre er zurzeit in Indien. Das ist doch wohl so was von dreist, findet ihr nicht? Da nistet sich dieses Schwein direkt in derselben Pension wie das Opfer ein. Unglaublich.« Nicky tauchte wieder auf dem Bildschirm auf.

»Nicky, das ist ausgezeichnet, wirklich. Hast du noch mehr?«

»Sicher. Aber jetzt wird's leider etwas dürftiger. Wir haben die Zeugenbeschreibung des Campingplatzwirtes mit ihm verglichen. Das passt nicht zusammen. Die Kollegen vor Ort fahren aber gerade mit dem Bild hin, um den Wirt noch mal zu befragen.« Im Hintergrund hörte man Nicky rascheln, dann lief wieder der Film der Überwachungskameras aus Campbeltown ab. Allerdings waren diesmal auch ein Haufen zuckender gelber Linien und Zahlen zu sehen. »Die Kameraaufnahmen vom Supermarkt haben wir uns natürlich als Erstes noch mal vorgenommen. Wegen der gleichen Tötungsart. Leider haben wir ja nur Aufnahmen des Täters von hinten oder ohne erkennbares Gesicht. Aber die neue Body-Scan-Software unseres Security Service ist nicht schlecht. Die setzen sie an den Flughäfen ein. Die kann dir anhand der Aufnahmen durch Vergleiche mit der Umgebung die genaue Größe und andere Körpermaße berechnen. Und auf das Gewicht schließen. Selbst das Alter kann anhand von analysierten Bewegungsmustern eingegrenzt werden. Nicht schlecht.«

Brian wurde ungeduldig bei so viel Schwärmerei für Technik. »Komm auf den Punkt, Barbarella[21]!«

»Na gut. Also, die Auswertung gibt uns eine ziemlich hohe Trefferquote. Die Körpermaße stimmen exakt. Auch seine Hände passen genau.«

»Seine Hände?«, fragte Alan verdutzt.

»Genau. Die Hände kann man als einzige unbekleidete Körperteile auf den Videos sehen. Und mit den Fotos von der Leiche, beziehungsweise der Hände der Leiche, haben wir eine weitere Vergleichsmöglichkeit. Auch hier: maximale Übereinstimmung.«

---

21 Anm.d.Red. Zur Info für alle jüngeren Leser (also die unter 50): Barbarella hieß die Sci-Fi-Queen (eigentlich „Astronavigatrice") in dem gleichnamigen Spielfilm aus dem Jahre 1968. Die Rolle wurde gespielt von Jane Fonda. Der Striptease in der Schwerelosigkeit ist sehenswert! Sex mit Hilfe von sogenannten „Verzückungsübertragungspillen" lässt allerdings auf eine eher traurige Zukunft schließen.

»Perfekt!«, rief Brian nun. »Dann haben wir also unseren Mann, oder?«

»Fast perfekt«, schränkte Nicky ein. »Wir können mit hoher Wahrscheinlichkeit nach den vorliegenden Indizien einen Zusammenhang zu zumindest zwei weiteren Morden herstellen. Das holländische Pärchen scheidet wohl definitiv aus und der Tourist und der Mälzerei Tote auf Islay wären damit auch noch offen.«

Alan nickte Nicky zu. »Danke. Wie ich das in meinem Bericht formuliere, lass mal meine Sorge sein. Also müssen wir zunächst von einem zweiten Killer ausgehen. Na, prima.«

»So wie ich die Unterlagen kenne, Sir, sieht es ja auch nach zwei Mustern aus. Der Täter, der es nach Unfällen aussehen lässt und jetzt unser Mann, der eher offen und eiskalt mordet«, spekulierte Lynda Ellis.

»Sehe ich genauso«, bestätigte Alan. »Aber immerhin. Nur, wenn dieser Typ, Roman Singh oder wie auch immer, mit dem Mord gestern durchgekommen wäre, so hätten wir ihn doch früher oder später erwischt, oder? Mit den Papieren, die wir von ihm haben ...?«

»Eher nicht«, unterbrach Nicky. »Jedes Mal, wenn eine seiner Identitäten erfasst wurde, hat er sie gewechselt. Der wäre garantiert mit einem anderen Pass außer Landes gereist. Dafür ist er wohl bekannt ... gewesen.«

Nun stand Inspector Ellis auf, öffnete ein Fenster und lief im Raum auf und ab. »Da brauche ich frische Luft. Internationale Killer, Mafia, Serienmorde. Das ist nun wirklich zu viel für eine kleine Insel, Sir! Und wir sollen am Personal sparen.

Hah!« Lynda lachte gekünstelt. »Wenn das nicht witzig ist!«

Auch Brian und Alan vertraten sich kurz die Füße, um das eben gehörte zu verdauen. Dann schenkten sie sich frischen Kaffee nach und warteten, bis Nicky wieder vor ihrer PC-Kamera Platz nahm. Ein Kollege schien ihr einige Blätter Papier zu reichen. »Ah, danke. So, hier habe ich die letzten Infos, die mir noch fehlten.«

»Bevor du weiter machst, Nicky. Das mit diesen falschen Identitäten kommt mir bekannt vor. Das scheint ja Mode zu werden. Du hast uns gestern von dem letzten Tasting-Teilnehmer berichtet.« Alan schaute in seine Unterlagen. »Sean Abercrombie. Auch eine geklaute Identität. Hängen die beiden Typen vielleicht zusammen?«

»Wenn du mich nicht dauernd unterbrechen würdest, hättest du die Antwort bereits«, antwortete Nicky gekonnt zickig. »Um vorweg zu greifen: Nein, ich glaube nicht, dass die beiden bislang in Zusammenhang standen. Aber von Anfang an. Also, ich habe gerade die letzte Info bekommen. Sensation Numero Drei! Besagter Sean Abercrombie, der nicht so heißt, war auf der Fähre als Beifahrer eines Transporters für Lebensmittel eingetragen. Laut den Unterlagen der Fährgesellschaft und dem Zoll handelt es sich dabei um eine Ladung Bio-Gerste aus Belgien. Bestimmungsort war die Port Ellen Maltings, Isle of Islay.«

Sekundenlanges Schweigen. »Und dann finden wir die professionell filetierte Leiche in genau dieser Gerste, willst du uns das sagen? Ich glaub es nicht! Was in aller Welt steckt denn hier dahinter?« Brian schlug mit der geballten Faust so fest auf den Tisch, dass die Kekse vor ihm hüpften.

»Moooment, lieber Brian!« Nicky schüttelte den Kopf. »So schnell kommen wir da nicht zusammen. Ob dieser Abercrombie die Leiche in den Maltings ist, wissen wir noch lange nicht. Anhand des Zustands der Leiche ist eine Identifikation ohne DNS eher ausgeschlossen. Es gibt Ähnlichkeiten, das haben wir schon geprüft. Wissen tun wir aber gar nichts.«

»Dieser Abercrombie könnte ja auch der zweite Killer sein, oder?«, fragte Lynda.

»Sicher«, antwortete Alan. »Auch das ist möglich.«

»Bevor ihr euch in Verzweiflung übt, lasst mich doch einfach fortfahren«, schlug Nicky amüsiert vor. »Ich bin ja noch nicht fertig. Also, Sensation Numero Vier! Nennen wir unseren Sean Abercrombie doch einfach Colin Timney, okay?«

Ein dreistimmiges »Was?«, kam als Antwort.

»Colin Timney, 42 Jahre alt, aus Chigwell bei London. Seit zwanzig Jahren unterwegs als Sensationsreporter, insbesondere in Krisengebieten und bei heiklen Themen. Arbeitet immer undercover. Hat sich in seinen Jugendjahren schon mit mehreren Diktatoren angelegt. Mittelamerika, Nordafrika. Hat bisher aber wohl immer Schwein gehabt.«

»Und woher weißt du das alles wieder so schnell? Ich dachte, der Typ arbeitet nur undercover. Wir haben doch nur eine Nacht verschlafen, oder?«

»Na, sonst müsste ich dich ja auch Dornröschen nennen«, flachste Brian.

»Was man in einer Nacht so alles zusammentragen kann, ist wirklich erstaunlich«, meinte Lynda.

Nicky fuhr fort. »In der Tat. Wenn man die richtigen Quellen hat.«

»Nicky, hab ich dir eigentlich schon mal gesagt, wie erschreckend das für mich ist, wie du so schnell an all die Daten kommst?«, sagte Alan.

»Schon oft«, antwortete sie lachend.

»Du solltest sie dir besser nicht zum Feind machen«, murmelte Brian.

Alan wurde irgendwie ganz mulmig bei dem, was Nicky alles so lapidar erzählte. Er wusste, dass sie eine der besten IT-Spezialistinnen in „seinem Konzern" war. Er wusste auch, teilweise von ihr selbst, dass sowohl der GCHQ[22] als auch der Security Service, also der MI5 oder Inlandsgeheimdienst schon mehrere offizielle Angebote zur Versetzung gemacht hatte. Das war nicht ungewöhnlich, schließlich unterstanden sie alle der gleichen Regierung.

Wahrscheinlich lagen Nicky aber noch weitaus mehr inoffizielle Angebote vor. Und er war sich sicher, dass auch der SIS oder MI6, also der Auslandsgeheimdienst bereits seine Finger nach ihr ausgestreckt hatte. Ihre Kontakte in diese sonst eher abgeschotteten Bereiche des alten Secret Service waren merkwürdig eng und fruchtbar. Wie leicht es ihr immer fiel, doch eigentlich private Details aus dem Leben von Personen zu eruieren.

Er hoffte inständig, dass sie nicht irgendwann das Lager oder – noch schlimmer – die Seiten wechseln würde. Er mochte sich gar nicht ausma-

---

22 Das Government Communications Headquarters (GCHQ) ist die britische Regierungsbehörde, die sich vorrangig mit Kryptografie, Verfahren zur Datenübertragung und der Fernmeldeaufklärung, also technischen Methoden zur Nachrichtengewinnung befasst. Sie ist vergleichbar mit der amerikanischen NSA.

len, was sie alles über ihn und sein Privatleben wissen könnte. Durch das Klappern einer Kaffeetasse wurde er aus seinen Gedanken gerissen und konzentrierte sich wieder auf Nickys Worte.

»Unser Colin hätte sich auch weiter auf brisante Themen im Ausland beschränken sollen. Dann wäre er auch weiterhin für uns unsichtbar geblieben. Ist aber wohl in den letzten Jahren sesshaft geworden und hat sich auf inländische Themen konzentriert. Alles glühend heiße Eisen. Illegale Einwanderung, Organhandel, Waffenschiebereien. Dabei ist er wohl unseren Jungs vom MI5 des Öfteren auf die Füße getreten. Daher stand der bei ihnen auf der Liste. Der falsche Pass hat sofort die Alarmglocken bei denen läuten lassen. Da ich behauptet habe, dass er tot sei, haben sie mir diese Informationen großzügigerweise überlassen. Sonst hätten die wohl geblockt.«

»Na das wird ja immer abenteuerlicher«, warf Lynda nun ein. »Und da rege ich mich über eine Ladung Cannabis auf einem Fischtrawler auf.«

»So weit so gut. Nicky, ich bin mehr als beeindruckt. Timmins wird sprühen vor Freude. Das wird ihm noch eine Medaille bescheren vor seinem Ruhestand. Aber eine Kleinigkeit ist noch offen. Wir müssen noch belegen, dass der Tote nun wirklich wie Brian vermutet unser Starreporter war. Ist das irgendwie möglich?«

»Hier hoffe ich auf die weitere Unterstützung unserer ganz Geheimen. Die wissen natürlich, wo Colin Timney gelebt hat oder besser gesagt immer untertauchte. Dort wird man was von ihm finden, was einen DNA-Abgleich möglich macht. Ich habe schon freundlich darum gebeten und mit den Titeln unserer „Senior Officers", dem ACC und den ganzen DCC und so mit deinem Einverständnis rumgewedelt. Zur Not gehen wir über den Innenminister. Wenn alles super läuft, haben wir bis morgen Abend ein halbwegs klares Ergebnis.«

Alan legte seine Finger zusammen und schaute in die Runde. »Und noch eine weitere Kleinigkeit ist leider offen. Es tut mir leid, meine Freunde. Wir wissen jetzt, WER WO getötet wurde, WANN, WIE und WOMIT. Und mehr oder weniger auch von WEM. Nur die entscheidende Frage können wir immer noch nicht beantworten: WARUM?«

Alan hatte ab dem späten Vormittag, nachdem Nicky zum Ende ihrer Ausführungen gekommen war, die nächsten Stunden dafür genutzt, den vorläufigen Bericht für seine Vorgesetzten um die heute erhaltenen Fakten zu ergänzen. Dazu hatte er Nicky virtuell hinzugezogen, die ihm einzelne Ergebnisse verständlich textuell aufbereitete und mit den passenden Quellen verknüpfte.

Da Brian und Lynda Ellis zu dieser Arbeit momentan nichts beitragen konnten, beschloss Brian, dass er seinen Muskelkater nur durch leichtes Jogging durch die besten Pubs am Hafen bekämpfen könnte. Hierzu sollte ihm Lynda als Personal Trainer dienen.

Also verbrachten die beiden die nächsten zwei Stunden auf der Bosville Terrace und der Quay Street mit den bunten Fassaden beziehungsweise in diversen Tavernen, die laut Straßenschild ausgezeichnetes Bar Meal servierten. Brian war von dem kleinen Hafenort begeistert zumal sich das schlechte Wetter im Moment in Grenzen hielt. Lediglich das »Pink Guest House" am Hafen ließ Brian ein paar zweideutige Spekulationen anstellen. Am Ende ihrer Tour kehrten sie mit einem „Doggy Bag" für Alan zur Polizeiwache zurück.

Da Alan seinen Bericht soeben an Timmins Büro gemailt hatte, nahm er den Cheeseburger und die Pommes dankend entgegen. Da es für sie persönlich momentan nichts mehr auf Skye zu tun gab, beschlossen sie, eine weitere Nacht im Hotel abzusagen und noch am Abend nach Hause zurückzufahren.

Die weiteren Schritte waren alle eingeleitet. Nun galt es innezuhalten, und auf die nächsten Ergebnisse zu warten. Da alle Aussagen von Germano Alberti offiziell protokolliert und alle verfügbaren Fotos und sonstigen Informationen als Beweismittel gesichert waren, konnte man von einer weiteren Gefährdung durch einen eventuell existierenden zweiten Auftragsmörder höchstwahrscheinlich absehen. Eine Ermordung Albertis hätte für den Fall keinerlei Bewandtnis mehr. Trotzdem ließ ihn Alan für die nächste Woche in ein sicheres Haus bringen.

Nach einem letzten Spaziergang in Sichtweite der Cuillins packten beide gegen Abend dann ihre Koffer und Rucksäcke zusammen und fuhren los.

Gnadenlos
Rückblick

Zwei Männer in zwei verschiedenen Autos trafen sich knapp zwei Wochen zuvor auf einem großen Parkplatz bei Gretna Green, dem beschaulichen kleinen Ort an der Grenze zu England. Seit über 200 Jahren bekannt dafür, dass sich hier Minderjährige oder Jugendliche ohne die Erlaubnis der Eltern trauen lassen konnten. Es ist auch heute immer noch einer der beliebtesten Hochzeitsorte der Welt. Obwohl sich die beiden Männer vom Sehen her kannten, grüßten sie sich nicht und blieben beide in ihren Wagen sitzen und warteten. Um zu heiraten, waren sie beide definitiv nicht hierhergekommen.

Beide Fahrzeuge hatten schottische Kennzeichen und waren rechtsgesteuert. Beide Fahrer waren aber keine Schotten. Sie stammten sogar noch nicht einmal aus Großbritannien.

Während der Fahrer der dunkelblauen Rover Limousine offensichtlich in einem Buch las, hing

327

der Fahrer des schwarzen Vauxhall seinen Gedanken nach.

Er wäre eigentlich viel lieber mit dem Renault Espace gefahren, weil er darin gemütlicher und auch höher saß als in dem Vauxhall, den er südlich von Amsterdam übernommen hatte. Aber den Espace brauchte seine Frau, um die Kinder zur Schule und zum Sport zu bringen, bis er von seiner Geschäftsreise wieder zurück war.

Er warf einen flüchtigen Blick auf den Fahrer des Rovers. Der Algerier, so nannte man ihn. Er mochte ihn nicht, obwohl er ihn eigentlich persönlich gar nicht kannte und noch nie mehr als ein paar wenige Worte mit ihm gewechselt hatte. Der hatte so was Eiskaltes an sich, das alle davon abhielt, sich ihm zu nähern. Er wusste, dass der andere ein Killer war. Gut, das war er schließlich auch. Aber im Gegensatz zu ihm war der andere gnadenlos, wenn es darum ging, seinen Auftrag auszuführen. Er schreckte auch nicht davor zurück, Frauen oder Kinder zu töten. Hauptsache die Kohle stimmte.

Aber er war der Beste, zumindest sagte man ihm das nach. Er hatte noch niemals einen Auftrag versaut. Aber er war auch wählerisch. Er nahm nur die Aufträge an, die ihm in den Kram passten. Und das bedeutete ausschließlich Geld. Aufträge mit religiösem oder politischem Hintergrund lehnte er kategorisch ab. Bei diesen Jobs wechselten seiner Meinung nach zu oft im Nachhinein die Seiten. Das kann für einen Auftragskiller dann sehr schnell sehr unangenehm werden. So hatte er die vielen Jahre überlebt. Früher einmal war dieser Algerier sein geheimes Vorbild gewesen. Aber jetzt hatte er seine eigene Handschrift entwickelt.

Auch wenn er sein Geld ebenfalls mit dem Töten verdiente, gab es dennoch mittlerweile einen deutlichen Unterschied zwischen ihnen beiden. Er verstand sich eher als Künstler und hatte kein Verständnis dafür, wenn jemand seine Opfer einfach nur gnadenlos hinrichtete. Das hatte einfach keinen Stil. Und das würde bei seinem Kollegen und ehemaligen Vorbild bestimmt auch mal schlecht enden. Aber das sollte nicht sein Problem sein.

Ihm war aber auch klar, dass sein Leben keinen Pfifferling mehr wert war, falls er irgendwann mal auf der falschen Seite stehen sollte. Alleine die Tatsache, dass er das Gesicht des anderen kannte, war ein tödliches Wissen. Tödlich für ihn selbst. Aber er hatte für so einen Fall gut vorgesorgt.

Seine Gedanken wurden unterbrochen, als ein Sattelzug mit Silo-Auflieger auf den Parkplatz fuhr und unweit von ihnen parkte.

Wenig später hatten sich die beiden Männer mit dem Fahrer des Sattelzugs an einen Picknick-Tisch gesetzt, der abseits am Parkplatzrand stand und durch Hecken vom Rest des Rastplatzes geschützt war. Hier konnten sie nur schwer beobachtet werden und das war auch der Grund, warum sie sich diesen Parkplatz ausgesucht hatten.

Der Fahrer des Sattelzuges hatte vor zwei Tagen ihrem Auftraggeber etliche Handyfotos ihrer Zielpersonen sowie deren Namen übermittelt. Die Namen auf der Buchungsbestätigung des Tastings konnten durch die entsprechenden Experten ihres Auftraggebers durch einfaches Auslesen der Fähr-Buchungsdaten weiter verarbeitet werden. Die hierbei zwangsweise hinterlegten persönlichen Daten wie Heimat- und E-Mail-Adressen, Kreditkartennummern, Handynummern und so weiter führten zu weiteren Informationen im allgegenwärtigen digitalen Netz.

Sie waren alle drei Profis und sprachen nur das Notwendigste. Als der Fahrer sagte: »Der Beifahrer ist nicht mehr im Spiel«, reichte das den beiden Killern aus, um zu wissen, dass sich um diese Person keiner mehr Gedanken machen musste. Vermutlich noch nicht einmal ein Bestatter.

Sechs Bilder, die sechs verschiedene Personen zeigten, lagen vor ihnen auf dem Tisch.

»Wer nimmt wen?«, fragte der Fahrer des Sattelzuges. Zwei Bilder lagen direkt nebeneinander, weil es sich bei den beiden abgebildeten Personen um ein Pärchen handelte. Da die persönliche Wahl eines Opfers immer etwas mit Emotionen zu tun hatte, lehnten die zwei Profis eine Auswahl ab. Also drehte der Fahrer des Sattelzugs alle Bilder um, mischte sie und verteilte sie wie ein Croupier die Karten beim Blackjack.

Der Zufall entschied also, wer von ihnen sich um welchen Touristen „kümmern" sollte. Insbesondere der russische Geheimdienst FSB hatte während der Zeit des Kalten Krieges Attentate immer durch drei Agenten durchführen lassen, um keinerlei persönliche Bindungen zum Opfer aufkommen zu lassen. Der erste besorgte alle Informationen, der zweite die Tatwaffe und die Ausrüstung und der dritte führte die Tat aus. Alle drei trafen sich immer erst kurz vor dem geplanten Attentat.

Die Anzahl der Touristen war nun unter ihnen gerecht aufgeteilt worden, damit auch jeder den annähernd gleichen Aufwand hatte seinen Auftrag auszuführen. Da die Zeit drängte, hatte man dieses Mal zwei Problemlöser eingesetzt. Neben den drei Bildern bekam jeder von ihnen anschließend noch die Infos über den vermutlichen Aufenthaltsort beziehungsweise das Reiseziel ihrer Opfer.

Ihr Auftrag lautete, dass alle sechs Personen aufgespürt und in „Unfälle" verwickelt werden sollten. Er selbst glaubte nicht daran, dass der Algerier diesen Wunsch sonderlich ernst nahm. Wenn es den Auftraggebern wirklich so wichtig gewesen wäre, hätten sie den Algerier erst gar nicht engagiert. Er wiederum nahm die Wünsche seiner Kunden sehr ernst. Schließlich arbeitete er ja in einem Dienstleistungsgewerbe.

Kurz darauf machten sich die beiden „Dienstleister" auf den Weg zu ihren Fahrzeugen und fuhren zu fünf verschiedenen Zielen davon. Der Fahrer des Sattelzugs machte sich auf den Weg nach Newcastle zur Fähre, um von dort seine Heimreise antreten zu können.

Sein erstes Ziel war die Whisky-Insel Islay. In der Jugendherberge in Port Charlotte war sein erstes Opfer laut seinen Unterlagen bereits eingetroffen.

Die Aufenthalts-Adressen der Touristen in Schottland hatten die Experten sehr schnell herausgefunden. Da die meisten von ihnen ihre Übernachtungen im Voraus gebucht und reserviert hatten, konnten sie die vorgebuchten B&Bs oder Campingplätze und deren Reservierungsbestätigungen ganz einfach in den E-Mail-Postfächern der jeweiligen Personen finden. Solche Accounts waren für Menschen mit den entsprechenden Erfahrungen und Fertigkeiten wie ein offenes Buch.

Deshalb wusste er auch ganz genau, wo er nach seinem ersten Opfer suchen musste. Und es war tatsächlich nicht schwer gewesen dort diesen Deutschen zu finden, denn es gab schließlich nur eine Jugendherberge auf Islay.

Er hatte ihn sofort auf dem Bild erkannt und war ihm morgens gefolgt, als dieser sich zum Wandern auf den Weg gemacht hatte.

Da er im Vorfeld nur selten wusste, wie seine Zielpersonen ihren Tag gestalten würden, war er auf die häufigsten Szenarien gepäckmäßig vorbereitet. Dass dieser Deutsche zum Wandern hergekommen war, stellte für ihn keine Herausforderung dar. Wie immer hatte er sich ebenfalls mit Wandersachen und einem Rucksack ausgestattet, die hinter ihm im Auto lagen. Er folgte ihm zunächst in den Südosten der Insel Islay in Richtung Port Ellen. Vorher bogen sie dann ab zur Halbinsel „The Oa". Der Deutsche fuhr danach bis Risabus und weiter nach Inerval. Er folgte ihm in gebührendem Abstand und überlegte sich dabei, wie er vorgehen sollte, um seinen Auftrag zu erfüllen.

Als er hinter dem Deutschen auf dem kleinen Parkplatz am Ende der Straße anhielt, wusste er immer noch nicht, welches Ziel der andere hatte. Er wusste dafür aber umso besser, was er mit ihm anstellen würde. Er begrüßte den anderen auf Französisch, weil er wusste, dass die meisten Deutschen diese Sprache nicht wirklich gut beherrschten. Und so war es auch in diesem Fall. Sein Gegenüber stammelte etwas als Antwort, das nur sehr schwer als Französisch gedeutet werden konnte. Er grinste innerlich und wechselte ins

Englische, das er ebenfalls sehr gut beherrschte und sein Gegenüber war sichtlich erleichtert.

»Hallo«, stellte er sich dem Deutschen mit einem gewinnenden Lächeln vor. »Mein Name ist Pierre Bocuse. Wo soll es denn hingehen?«

»Ich heiße Klaus Böckling und will zum Port an Eas wandern. Und Sie?«

»So ein Zufall, ich auch. Da haben wir ja das gleiche Ziel.«

»Na, dann können wir uns gerne gemeinsam auf den Weg dorthin machen.« Klaus Böckling war offensichtlich froh, dass er einen anderen Wanderer gefunden hatte, mit dem er sich unterwegs unterhalten konnte.

»Prima, sehr gerne.« Das war ja viel einfacher als ich je zu hoffen gewagt hätte, dachte er noch. Gemeinsam schnürten sie sich ihre Wanderschuhe und legten jeweils den Rucksack an. Grinsend bemerkten beide, dass sie Wanderstöcke von der gleichen Firma besaßen.

Auf dem Weg zu den Klippen unterhielten sie sich sehr angeregt und es entwickelte sich eine gewisse gegenseitige Sympathie. Die aufkeimende Freundschaft nahm an der Klippe jedoch ein jähes Ende, als er dem Deutschen von hinten einen kurzen, kräftigen Stoß versetzte, sodass dieser über den Rand der Klippe stürzte. Dank eines sehr guten Reflexes konnte der Deutsche sich aber gerade noch so am Klippenrand festhalten und hing dann dort.

Er sah sich also genötigt noch eine Weile dort auszuharren, bis er sicher war, dass der Deutsche sich nicht mehr aus eigener Kraft retten konnte. Da weit und breit niemand zu sehen war, der seine

Schreie hören oder ihn gar retten konnte, machte er sich wieder auf den Weg zu seinem Auto.

Er wollte nicht mit ansehen, wie sein Opfer hinabstürzte und unten aufschlug. Er machte sich aber auch keine Sorgen, dass man ihn finden würde. Vermutlich würde ihn später die Flut weit hinausziehen, sodass er einfach auf Nimmerwiedersehen verschwinden würde.

Bei der Weiterfahrt dachte er kurz daran, dass der „Algerier" sich bestimmt nicht so freundlich verhalten hätte. Der hätte ihn vermutlich auf dem Parkplatz einfach erschossen. Unter „schrecklichen Unfällen" verstand der nichts anderes. Wozu auch? Das Geld gab's für das Ergebnis. Tot ist tot. So ein Banause!

Bei den beiden Holländern war es dann um einiges schwieriger. Hier hatte schon der Fahrer des Sattelzugs seine Probleme, da er nur ein Bild während des Tastings erstellen konnte. Da die zwei das Tasting nicht vorgebucht hatten, konnte er auch keine Namen herausfinden. Also hatte er sie, als sie zu Bett gingen, einfach bis zu ihrer Kabine verfolgt und sich dann ihre Kabinennummer notiert. Danach war es einfach, die Namen herauszufinden.

Auch für ihn gestaltete sich das Aufspüren deutlich schwieriger als geplant. Er wusste zwar, dass sie an der Westküste nach Norden fahren wollten, sie hatten aber keinen Campingplatz vorgebucht. Es blieb ihm also nichts weiter übrig, als alle Campingplätze in Richtung Norden abzuklappern, bis er sie endlich gefunden hatte.

Aber auch das konnte durch die heute allseits und permanent offenen Augen der digitalen Welt unterstützt werden. Hatte man einmal eine Handynummer, so war es geradezu ein Kinderspiel, den Aufenthaltsort des Nutzers weitestgehend zu lokalisieren.

Seine „Kollegen" daheim riefen ihn an und informierten ihn über die Funkzellen, in denen sich das Handy der Holländer eingewählt hatte. Deshalb dauerte es nicht lange, bis er sie auf dem Weg nach Clachtoll entdeckte und ihnen vor Erreichen des Campingplatzes bei ihren Liebesspielen am Strand zusah.

Auch hier nutzte er dann abends seine Sprachkenntnisse und seine sympathische Erscheinung, um schnell das Vertrauen des Pärchens zu erreichen. Sie verbrachten zusammen einen schönen Abend und dann ging er an die Erledigung seines Auftrages.

Während er mit seinem Auto nördlich von Tain an der Glenmorangie Distillery vorbeifuhr, und dabei leise die Lieder seiner Lieblings-CD, die er übers Autoradio abspielte, vor sich hin summte, dachte er bei sich: Endlich mal wieder ein schöner Auftrag, der ihm nicht nur Spaß machte, sondern auch noch die Möglichkeit bot die schöne Landschaft von Schottland zu genießen.

Er machte sich keine Sorgen, dass es der schottischen Polizei gelang sein Auto über ihr automatisches Nummernschild-Erkennungssystem zuzuordnen. Er wusste zwar, dass das ANPR die Nummernschilder aller Fahrzeuge auf den Autobahnen und den meisten Hauptstraßen automatisch erfassen würde. Aber der anschließende, ebenfalls automatische Abgleich mit Fahrzeugen, die von der Polizei gesucht wurden, würde keinen Treffer ergeben.

Genau wie sein „Kollege" nutzte er unauffällige Kennzeichen, die von ihnen sogar der jeweiligen Region in der sie operierten entsprechend angepasst wurden. Beide hatten eine entsprechende Auswahl an Kennzeichen im Kofferraum des Autos. Und sein aktuelles schottisches Kennzeichen existierte tatsächlich. Es gehörte einem Rentner, dessen Wagen schon seit Jahren in der Garage stand und nicht mehr genutzt wurde. Keiner suchte ein Fahrzeug mit diesen Nummernschildern.

Jetzt war er auf der A9 und fuhr von Inverness über Perth kommend Richtung Edinburgh. Kurz danach überquerte er die Forth Road Brücke und schaute dabei rüber zu der beeindruckenden Eisenbahnbrücke[23]. Er dachte an den Spruch von Dominique Pire, der sagte: *„Die Menschen bauen zu viele Mauern und zu wenig Brücken".*

Hinter Edinburgh beschloss er, dass er lieber die landschaftlich schönere Straße an der Ostküste entlang nehmen würde, die ihn über Berwick-upon-Tweed nach Newcastle führen würde. Vielleicht konnte er sich unterwegs sogar noch Alnwick Castle ansehen. Seine Frau war ein Fan der Downton Abbey Serie, für die dieses Schloss die Kulisse bildete. Er war noch sehr gut in der Zeit und würde die Abendfähre problemlos erreichen. Sicherheitshalber hatte er sich aber vorgenommen,

---

23 Die Eisenbahnbrücke über die Mündung des River Forth verbindet Edinburgh mit der Halbinsel Fife. Sie ist die wichtigste Eisenbahntrasse am Übergang der Lowlands in die Highlands. Keine andere Brücke der Welt hatte im Jahr der Eröffnung 1890 eine solch große Spannweite.

niemals an einem Whisky Tasting auf der Princess Seaways teilzunehmen. So etwas konnte sehr leicht tödlich enden.

Morgen würde er wieder zu Hause bei seiner Familie sein. Und er würde um einen hohen fünfstelligen Betrag reicher sein. Das Leben meinte es wirklich gut mit ihm.

Er freute sich schon auf seine Frau und vor allem auf seine beiden kleinen Töchter, die er abgöttisch liebte und die sich sicherlich sehr freuen würden, ihren geliebten Daddy wiederzusehen. Er durfte nicht vergessen, seinen Kindern von der Fähre noch etwas mitzubringen. Vielleicht fand er ja auch noch eine Kleinigkeit für seine Frau.

Machtspiele

Als Brian und Alan am späten Abend wieder am Cluanie Inn ankamen, um Alan dort an seinem Auto abzusetzen, waren beide in einer extrem nachdenklichen Stimmung. Eigentlich sogar noch viel nachdenklicher, als zu dem Zweitpunkt, als sie Portree und die Insel Skye verlassen hatten.

Auf halber Strecke von Skye Richtung Cluanie Inn erreichte Alan der Anruf seines Vorgesetzten DCC Bill Timmins. Dieser fiel allerdings deutlich emotionsloser aus als er erwartet hatte. Timmins bedankte sich zwar bei ihm und den anderen Kollegen für die bisherigen Erfolge, nur die erwartete Begeisterung blieb weitestgehend aus. Auch die von Alan erwartete große Pressekonferenz schien es wohl nicht zu geben. Lediglich ein Pressestatement sollte morgen verbreitet werden.

Timmins informierte Alan, dass seine weitere vordringliche Aufgabe nun die Suche nach dem vermuteten zweiten Täter wäre. Wobei er Alan und Brian deutlich einschärfte, dass es gegenüber der

Presse keinen solchen zweiten Täter geben würde. Zudem setzte er sie in Kenntnis, dass die weitere Ermittlungsarbeit in Bezug auf den vermutlich ermordeten Reporter durch Kollegen aus dem „Thames House"[24] übernommen würde. Die Ermittlungsarbeit hinsichtlich des auf Skye erschossenen Mörders könnten sie als abgeschlossen betrachten.

Alan reagierte natürlich mit völligem Unverständnis auf diese Anweisung, da ja die Zusammenhänge zu den anderen Morden noch nicht hinlänglich geklärt wären.

Timmins antwortete darauf nur »hinlänglich genug«, beendete freundlich das Gespräch und ließ zwei völlig perplexe Beamte zurück.

Beim Abendessen im Cluanie Inn, zu dem Brian ihn mit der Begründung überredet hatte, dass sie schließlich noch ein bis zwei Stündchen im Auto verbringen müssten, bevor sie den heimischen Herd erreichen würden, erhielt Alan einen noch viel merkwürdigeren Anruf.

Alan legte sein Besteck beiseite und griff zu seinem Handy. »Ja, hallo?«

»Sergeant Lynda Ellis hier, Sir. Kann ich sie kurz stören?«

»Oh, Sergeant Ellis. Natürlich können sie! Was gibt es Neues?«

»Können sie gerade sprechen, Sir?«

»Äh, ja. Kein Problem. Nur DS Strachan sitzt mir gegenüber.«

---

24 Das Thames House ist seit 1994 der Hauptsitz des Inlandsgeheimdienstes MI5 bzw. Security Service. Interessant ist, dass, obwohl schon 1916 eingerichtet, erst gegen Ende der 1980er die Existenz des Dienstes offiziell zugegeben wurde.

»Gut. Also, ich weiß nicht mehr, ob ich paranoid bin oder nicht.«

Alan verstand kein Wort. Auch Brian wurde durch Alans Mimik nun neugierig. »Bitte was?«

»Ich habe heute Nachmittag, kurz nachdem sie in Portree weggefahren sind, einen Anruf erhalten. Von ganz oben. Also wirklich ganz oben.«

Alan kniff die Augenbrauen zusammen »Ah ja. Und?«

»Nun, um es ganz lapidar zu sagen: Ich bin aus dem Fall raus. Vielmehr wir alle hier auf Skye.«

Alan konnte zunächst mit diesem Umstand nicht viel anfangen, fand es aber auch nicht dramatisch. »Nun, das tut mir leid. Aber vielleicht will man nicht zu viele Beamte mit dem Fall binden. Wie sie selber gesagt haben, ist ihre Personaldecke ...«

»Nein, nein, Sir«, unterbrach Lynda. »Das ist es nicht. Da ist noch was. Meine Beamten haben vor etwas über einer Stunde die Unterkunft des Täters ausfindig machen können. Er hatte bereits seit einer Woche im Old Inn, in der Nähe der Talisker Distillery gewohnt. Der Wirt hat ihn auf dem Foto wiedererkannt. Er hatte bar bezahlt und hat sich wieder mit einem anderen Namen eingetragen.«

»Ja, und? War etwas in seinen Sachen, was uns weiterhilft?«

»Das weiß ich nicht, Sir.«

»Was meinen sie jetzt damit?« Das Gespräch nahm nach Alans Meinung einen immer merkwürdigeren Verlauf.

»Ich war nach dem eben erwähnten Anruf nicht befugt, die Räumlichkeiten geschweige denn die persönlichen Sachen des Täters zu untersuchen. Wir sollten vor Ort warten, bis ein paar „Sonderbeamte", wie man sie nannte, eintreffen würden. Dies war komischerweise auch keine zwanzig Minuten später der Fall. Als ob die Herren schon irgendwo gelauert hätten. Sie haben alles mitgenommen, selbst das Auto des Täters. Auf meine entsprechende Frage hin hat man mir nur noch gesagt, dass man wohl keinerlei persönliche Gegenstände gefunden hätte. Kein Handy, kein Laptop, keine Papiere, nichts auch nur annähernd Verwertbares. Dann schoben sie wieder ab. Wenigstens trugen sie keine Sonnenbrillen.« Alan konnte noch ein verächtliches Schnauben hören.

Lange Zeit sagte Alan kein Wort und lauschte dem Rauschen des Telefons. Dann sagte er »Sie wissen schon, dass sie dieser Anruf um Kopf und Kragen bringen kann? «

»Weil dieses Gespräch vielleicht mitgehört wird? Ich sagte ihnen doch, Sir, langsam werde ich paranoid ... oder gewöhne mich daran und fange an zu trinken. So oder so, irgendjemandem musste ich es erzählen. Sie waren für mich noch der objektivste Beamte in diesem System. Ach, und noch was. Auch wenn es vielleicht nicht mehr von Bedeutung ist. Wir wissen jetzt zumindest, woher der Killer wusste, wann Alberti wieder zurückkommen würde. Der Ranger hat sich erinnert, dass der Mann auf dem Foto letzte Woche bei ihm war und mit ihm über die Touren geplaudert hatte. Da er sich als Italiener vorgestellt hatte, kamen sie irgendwann zwangsläufig auf Alberti zu sprechen und dass er seinen Landsmann wohl um einen Tag verpasst hätte. Tja. Aber das alles hab ich ihnen ja gar nicht erzählt.«

»Dann danke ich ihnen auch nicht für die Infos, die sie mir nicht gegeben haben. Passen sie auf sich auf.« Alan beendete das Gespräch und sah einem völlig verständnislosen Brian ins Gesicht.

»Was war das denn?«, wollte der nur wissen.

»Das, mein Lieber, war zwar nicht die Antwort auf unsere letztendlich offene Frage nach dem WARUM? Es war aber der deutliche Hinweis, dass andere der Antwort schon ein deutliches Stück näher sind und wir uns ab jetzt wieder um Parksünder kümmern sollen.« Alan klärte Brian über den Gesprächsinhalt auf.

»Na, dann verstehe ich auch Timmins reservierte Art von eben. Da tritt ihm ein Spielkamerad wohl auf die Füße. Die vier Großen: GCHQ, MI5, MI6 und Polizei haben sich also wieder zum Quartett spielen getroffen. Und Timmins soll seine Karten abgeben. Diese Machtspiele werden ihm nicht gefallen.«

Alan nickte. »Da wir von dem Haufen aber die Einzigen sind, die hier im Land die Exekutivrechte haben, kann man am Ende aber doch nicht ganz auf uns verzichten. Dumm gelaufen.«

»Ja, meinen diese Penner denn ernsthaft, dass wir nur noch zum Handschellenanlegen kommen, wenn man uns herbei pfeift?« Brian trank wütend sein Pint aus und wedelte mit dem leeren Glas in Richtung Tresen.

»Ich denke, dieser Wunsch wurde heute Morgen an ACC Timmins gerichtet. Aber er hat uns doch vorhin deutlich gesagt, dass wir zumindest noch den zweiten Mörder suchen sollen, oder?«

»Das heißt, wir machen trotzdem weiter?«

»Hast du je daran gezweifelt?«, entgegnete Alan grinsend und orderte auch noch ein weiteres Bier. »Apropos Handschellen anlegen. Hast du deine überhaupt dabei?«

»Nein, die sind noch im Schlafzimmer.«

Beide lachten und ihre Stimmung besserte sich wieder etwas.

Seepferdchen

Nach einer ruhigen Weiterfahrt vom Cluanie Inn aus trafen Brian und Alan spät am Abend wieder zu Hause ein.

Während aber Brian von seiner Frau Jane überschwänglich begrüßt wurde, erwartete Alan eine Überraschung. Anstatt eine freudig lächelnde Susan, erwartete ihn eine wütende Version seiner Lebensgefährtin, die ihn auch sofort mit der vorwurfsvollen Frage konfrontierte, warum er denn erst jetzt nach Hause komme. Millisekunden später folgte der Tadel, dass er nicht nur ihren gemeinsamen Urlaub opferte, um lieber irgendwelche Idioten zu jagen, sondern danach auch scheinbar kein Interesse hatte wenigstens die verbleibende freie Zeit mit ihr zu verbringen.

An dieser Stelle hätte Alan merken müssen, dass er im Fach „Frauenverstehen" noch immer sein „Seepferdchen" machen musste. Allerdings würden wohl nur Menschen mit dem viel gepriesenen sechsten Sinn, also Kleinkinder, Frauen und nur

Männer mit mehr als zehn Jahren Eheerfahrung, in solch einer Situation korrekt handeln. Alan machte den typischsten aller Männer-Fehler: Anstatt einfach die Klappe zu halten und Susan in den Arm zu nehmen, fing er an, sich zu rechtfertigen. Insbesondere Gegenfragen sind bei solchen Gelegenheiten sehr „beliebt". »Wieso denn Freizeit? Was meinst du denn damit? Ich komme gerade von Skye. Stell dir vor, wir haben das Schwein! Außerdem bin ich doch einen Tag eher hier als ursprünglich erwartet ...«

Susan interessierte sich aber im Moment recht wenig für den Erwerb irgendwelcher Nutztierrassen. »Ach, einen Tag eher. Und du bist direkt, nachdem du dir das Blut deiner Feinde abgewischt hast, zu mir geeilt, um mir von deinen Heldentaten zu berichten!«

»Na, Schatz, wenn du es so sagen willst, ja das bin ich ...«

»Spar dir den Schatz! Du hast also nicht erst heute Nachmittag eine gemütliche Wanderung mit deinem Freund gemacht? Und du warst nicht mit deinem Kumpel heute Abend erst noch gemeinsam essen?«

»Äh, nein, ich meine ja, doch. Aber woher weißt du ...?«

»Ach, war das geheim? Soooo! Na dann hättest du es mir ja auch gar nicht erzählen dürfen. Klar! Jetzt verstehe ich.« Susan drehte sich um und lief von der Diele durch das Esszimmer in die Küche, um dort ein Glas Wein in einem Zug leer zu trinken.

Alan folgte ihr und sah den für zwei Personen fein gedeckten Esstisch. »Oh, du hast gekocht ...«

»Ja, klar habe ich gekocht!« Wutentbrannt schüttete Susan sich noch ein Glas Wein ein. »Ich dachte ja, du kommst erst morgen und da hab ich natürlich meinen Hausfreund eingeladen und wollte ihn mit Austern verwöhnen, als du kamst!« Susan Stimme steigerte sich mit jedem Satz und sie kochte erneut, diesmal aber vor Zorn.

»Ja aber, ich hab dir doch gar nicht gesagt, dass ich … woher wusstest du denn … ich …« Alan gingen so langsam die Worte aus.

»Ja, woher auch? Der Herr Alan, der braucht ja nicht zu Hause anzurufen, nein. Selbst sein Kumpel Brian ruft seine Frau an, um ihr zu erzählen, was los ist. Ja, der macht das, aber unser feiner Herr Alan nicht. Jane weiß schon seit heute Nachmittag, dass ihr heute nach Hause kommt. Und dass ihr euch noch die Füße vertreten musstet. Und dass ihr erst noch etwas essen wollt. Aber ich, ich muss das ja nicht wissen, nein!«

Spätestens jetzt hätte Alan seine im Beruf erlernten Gesprächs- und Verhörtaktiken noch anwenden können, um das Ruder zu wenden. Leider war er aber immer noch in der Rolle des unerfahrenen Lebenspartners gefangen und konnte nicht so spontan auf seine Berufserfahrung umschalten. Also beging er den zweiten fatalen Fehler: Er widersprach und versuchte es mit Vernunft. »Ach Susan, jetzt mache aber mal einen Punkt. So war es doch nun wirklich nicht. Fakt ist, …«

Gegen vier Uhr am Morgen schliefen beide endlich völlig erschöpft ein. Keiner konnte mehr irgendetwas sagen, was nicht schon x-mal gesagt worden war und die drei Flaschen Wein waren leer. Gegen sieben Uhr wurde Alan von seinem Wecker rabiat aus seinem unruhigen Schlaf gerissen.

Entsprechend schlecht gelaunt verbrachte er den Tag im Büro in der Polizeizentrale in Inverness. Der Blick in die Tageszeitungen weckte zudem tiefen Argwohn in ihm. Der Vorfall auf Skye wurde als generalstabsmäßig vorbereiteter voller Erfolg der schottischen Polizei beschrieben. Einem wahnsinnigen Touristenmörder war gezielt das Handwerk gelegt worden. Ein hervorragendes Ergebnis dank der kooperativen Zusammenarbeit aller Dienststellen und der Sonderkommission und nicht zuletzt der modernsten technischen Ausstattung der Polizei. Sergeant Lynda Ellis würde bestimmt vor Wut schäumen, wenn sie das las.

Der weitere Tagesablauf trug dann auch nicht dazu bei, seine Stimmung zu verbessern. Die Ergebnisse der Ereignisse auf Skye mussten weiter intern dokumentiert werden. Ein kurzes Briefing der Sonderkommission reichte aus, um die ToDo's für den heutigen Tag zu verteilen. Alle neuen Erkenntnisse mündeten allerdings in weiteren Rechercheaktionen. Dies alles konnte er aber zum Glück delegieren. Danach blieb ihm nur noch das Abwarten.

Das war die Krux an seiner leitenden Stellung. Die echte Fußarbeit wurde nun von anderen erledigt. In dieser Zeit konnte er „Schreibtische polieren", wie er es nannte. Ihm verblieb das Formulieren von Anfragen an andere Abteilungen oder Behörden zur Kooperation oder der Einsicht von Beweismitteln. Und selbst diese Briefe wurden von seiner Sekretärin geschrieben und gingen zunächst an Timmins Büro, der sie entsprechend weiterleiten würde. Auf eine Antwort brauchte er heute also nicht mehr zu hoffen.

Somit hatte er viel Zeit, um über sich, seine hierarchische Stellung bei der Polizei, seine eigentliche Tätigkeit und natürlich auch sein Privatleben zu grübeln. Als ACC war er nun fast ganz oben in der Kette der Befehlsempfänger. Und was hatte er davon? Alle anderen konnten in einem Fall, in dem es nicht Schlag auf Schlag weiter ging, trotzdem in Aktionismus statt ins Grübeln verfallen. Zeugen konnten erneut befragt werden, Tatorte erneut besichtigt werden und Spuren erneut analysiert werden. Er konnte dies nur anordnen – und auf Ergebnisse warten. Selbst Brian konnte sich hier in seinem Revier wenigstens seinen anderen zahlreichen Fällen widmen. Ein kurzes privates Gespräch über den gestrigen Abend war alles, was er mit Brian austauschte. Mehr wollte er auch gar nicht darüber reden. Also widmete sich auch Brian seinen anderen Aufgaben und ließ Alan alleine im Büro zurück.

Sicherlich könnte er auch als ACC an Haustüren klingeln und Zeugenbefragungen durchführen. Aber das wäre ungefähr so, als hätte Steve Jobs zu Lebzeiten persönlich im Kaufhaus gestanden, um ein iPhone zu verkaufen. Das konnte man in besonderen Situationen durchaus einmal tun, aber eben nur als absolute Ausnahme.

Zwischendurch meldeten sich Nicky oder Brian oder ein anderer der aktiven Kollegen, um die eine oder andere Frage zu stellen. Aber es passierte nichts, was ihn nachhaltig aus seinen Gedanken riss. Lediglich Graham hatte ein paar Mal telefonisch versucht, zu ihm durchzudringen. Da er aber nicht die geringste Lust verspürte, dessen unbändige Neugier zu befriedigen, geschweige denn seinem Tatendrang nachzugeben, drückte er ihn kurzerhand jedes Mal auf seinem Handy weg.

Schließlich beschloss er gegen Nachmittag, den Tag im Büro ausklingen zu lassen und, sozusagen als Sühneopfer, den restlichen und auch den nächsten Tag zu Hause bei Susan zu bleiben, um mit ihr die eigentlich für ihren Urlaub geplanten Renovierungen fortzuführen. Auf dem Nachhauseweg kaufte er in einem Gartenmarkt zwei herrlich anzusehende Stauden für den Garten.

Nachdem er Susan seinen botanischen Neuerwerb geschenkt und sie über seine Terminabsichten für den nächsten Tag informiert hatte, besserte sich ihre Laune zumindest soweit, dass sie wenigstens wieder mit ihm sprach.

Alan zog sich deshalb hoffnungsvoll seine Arbeitskleidung an und begann in der Garage damit, die Fliesen für das Gästebad zu schneiden. Gegen 00:30 Uhr fielen beide, im Zimmer neben dem inzwischen vollständig gefliesten Bad, wieder in einen totenähnlichen Schlaf. Diesmal geschafft von der gemeinsamen Arbeit.

Versprechen sind bekanntlich nur dann etwas wert, wenn sie auch in die Tat umgesetzt werden. Und da das Schicksal nicht nur ein Spieler, sondern auch ein makabrer Witzbold ist, hoffte Alan inständig, dass er den nächsten Tag mit Susan auch ungestört verbringen konnte. Nicht, dass irgendein Killer ausgerechnet heute wieder zuschlagen musste.

Entgegen allen Befürchtungen blieb sein Telefon aber stumm und seine Mailbox leer, von den drei Anrufen Grahams, die er ignoriert hatte, einmal abgesehen. Sein Mail-Account füllte sich lediglich mit den üblichen Rundschreiben und einigen unkritischen Anfragen.

So konnte er am Abend tatsächlich ein vollständig fertiges Gästebad vorweisen. Alle Fliesen waren verfugt, die Elektrik angeschlossen und die Armaturen eingebaut. Kaltes und heißes Wasser flossen aus den dafür vorgesehenen Hähnen und nirgendwo sonst heraus. Und Susan hatte sich so weit wieder beruhigt, dass sie erneut ein Abendessen gezaubert hatte.

Nachdem sie beide die Baustelle beseitigt und grundgereinigt hatten, duschte er ausgiebig und nutzte die Gelegenheit ein letztes Mal seine Mails zu überprüfen. Es war heute offenbar wirklich nichts Kritisches passiert.

Gegen halb acht setzte er sich an den gedeckten Esstisch und wurde mit einem wunderbaren Lächeln empfangen. Sein Stimmungsbarometer stand wieder auf Sonne. Susan stelle den Teller frischer Karotten-Ingwer-Suppe vor ihn hin und setzte sich ebenfalls.

In diesem Moment signalisierte sein Laptop im Wohnzimmer durch ein nerviges Piepsen den Eingang einer Mail. Sekunden später wieder. Eine halbe Minute danach noch einmal. Alan versuchte mit aller Kraft, äußerlich völlig ruhig zu bleiben. Mit keiner Reaktion wollte er irgendein mögliches Interesse an diesen Geräuschen demonstrieren.

Kurz darauf klingelte jedoch sein Handy auf dem Wohnzimmertisch. Da er verschiedene Klingeltöne verwendete, war es sofort klar, dass es das Büro beziehungsweise einer seiner Mitarbeiter war.

Susans Innehalten beim Essen ließ die Oberfläche der bis eben noch heißen Suppe gefrieren. Die Tischdecke wurde förmlich mit einer Reifschicht überzogen. Alan atmete die eisige Luft kontrolliert ein und aus. Wenn es etwas Wichtiges war, würde der Anrufer anschließend bei seinem Stellvertreter Brian anrufen. Und wenn es lebenswichtig wäre, würde dieser dann wiederum Susan anrufen. Alan hatte sich vollständig im Griff. Nach ein paar Sekunden sah er Susan mit dem unschuldigsten Gesicht an, zu dem er fähig war, und fragte beiläufig »Ist was? Mir schmeckt es super.«

Die Eisschicht schmolz, die Temperatur stieg wieder auf die gewohnten 21°C und Susan setzte lächelnd das Essen fort.

Susans Handy klingelte auch in den folgenden Stunden nicht und so renkte sich alles wieder ein und blieb auch bis spät in die Nacht so.

Am kommenden Morgen war sich Alan sicher, dass er seine Seepferdchen-Prüfung im Fach Frauenverstehen bestanden hatte. Sein Buch mit dem Titel Lebensweisheiten war um ein Kapitel dicker geworden.

Entsprechend froh gelaunt fuhr er ins Büro nach Inverness. Noch heute Morgen, als Susan im Bad ihre Haare föhnte, hatte er schnell und heimlich die Anrufe und Mails gecheckt. Es war nur Brian, der ihn und die anderen Ermittler zu einer

Teambesprechung eingeladen hatte. Als ob das viel besprochene Schicksal ein Einsehen mit ihm hätte, begrüßte ihn bereits Nicky auf dem Flur mit den Worten »Morgen, Chef. Wir haben einiges. Komme gleich.«

Auch Brian klopfte ihm vielsagend auf die Schulter mit den Worten »Na, da erkenne ich aber wieder ordentlich Kraft für „unser täglich Brot". Alles im Lot?« Ohne eine Antwort abzuwarten, ging er vor in den Besprechungsraum.

Dort saßen bereits Andy McPhee, Ewen Gillies, Charles Pollock und weitere Mitglieder der SoKo. Brian schien heute eine größere Runde zu benötigen, denn er hatte sie allesamt gestern Abend noch einbestellt. Alan setzte sich in freudiger Erwartung auf seinen Platz und überließ Brian die Einstiegsrede.

»Guten Morgen, liebe Kollegen männlichen und weiblichen Geschlechts. Ich sehe, ihr seid alle bester Laune.« Augenzwinkernd blickte er zu Alan. »Ich habe euch heute alle hierher gebeten, da uns seit gestern Abend einige interessante Informationen zur Verfügung stehen, die nach meinem Dafürhalten einen Meilenstein in unserem Fall darstellen.« Nicky wedelte unauffällig mit ihrem Aktenstapel. »Diese wurden heute Morgen zudem durch weitere Fakten ergänzt. Danke, Nicky.« Brian sortierte seine Ausdrucke vor sich und nahm wieder Platz. »Gut, also genug der frommen Worte. Nicky, du schnippst so schön mit dem Finger, dann nehme ich dich auch als Erste dran.«

»Danke Herr Lehrer.« Nicky lächelte Brian an und stand auf, um wie üblich mit ihrem „Präsentationsspielzeug anzugeben". Am Großbildschirm erschien auf einen Tastendruck hin das Bild des toten Attentäters. »So, Alans und Brians Fang auf Skye. Fangen wir mit diesem Herren an. Auf einen weiteren Tastendruck hin erschien ein DIN-A4-Dokument mit dem blassrosa Wasserzeichen „Streng vertraulich". »Was ich euch bereits am Sonntag mitgeteilt habe, wurde gestern Abend nun offiziell bestätigt. Aber, liebe Kollegen, wie ihr seht, ist alles, was jetzt kommt, noch als streng vertraulich zu behandeln. Also nichts von dem, was ich euch jetzt erzähle, findet momentan Einzug in unsere Akten.« Ein allgemeines Gemurmel mit „Oh Mann" und „Ach Gott" erfüllte den Raum.

Alan beugte sich vor und stütze die Ellbogen auf den Tisch. Er lauschte gebannt Nickys Worten. Bislang hatte sie zwar noch nicht viel gesagt, was er nicht schon selbst wusste oder glaubte, aber er liebte ihre Art, wie sie die Dinge in übersichtlicher, ordentlicher Reihenfolge und Überzeugung darstellte. Das machte es für ihn oft klarer und manchmal ergab sich daraus auch ein neues Bild für ihn, das ihm zu neuen Ansätzen verhalf.

»Also«, fuhr Nicky fort und wischte sich mit einer graziösen Bewegung eine Haarsträhne hinters Ohr. »Was man bereit war uns, beziehungsweise DCC Timmins, mitzuteilen war, dass es sich wohl tatsächlich um besagten Auftragskiller mit den vielen Namen handelt. Fakt ist zudem, dass es sich in den Fällen, wo dieser hoch dotierte freischaffende Künstler engagiert wird, wohl immer um internationales organisiertes Verbrechen handelt. Fakt ist weiterhin, dass man alles, seine Leiche, sein Auto und alle persönlichen Sachen schön eingepackt und fortgeschafft hat und wir davon nichts mehr zu sehen bekommen. Und noch ein Fakt ist, dass man die Frage nach dem Zusammenhang zwischen dem Killer, seinen Opfern und dem möglichen Hintergrund nicht beantwortet. Ein entsprechender Hinweis seitens Chief Constable House persönlich, dass diese Fälle hiermit abzuschließen wären, lag dem Memo bei. Ende der Diskussion.«

Nicky legte einen Teil der Blätter, die sie in ihren Händen hielt auf den Tisch, der Bildschirm wechselte zu einem anderen Porträt und Nicky blickte wieder in die schweigende Runde. »Der Narretei zweiter Akt. Heute Morgen kam der Bericht aus London zu unserem Gersten-Opfer beziehungsweise unserem Reporter.« Dabei wies sie auf die Abbildung des gefälschten Passes. »Es handelt sich wohl bei beiden tatsächlich um ein und dieselbe Person. Ein Gen-Schnelltest hat dies wohl belegt. Andy oder Charly, dazu könnt ihr ja nachher noch etwas sagen. Bei dem Opfer handelt es sich wirklich um Colin Timney, unseren Starreporter. Also«, fuhr Nicky fort und konnte sich ein Lächeln nicht verkneifen, »da hat es doch wohl in unserer Landeshauptstadt – entschuldige Brian, ich meine London, nicht Edinburgh – ein paar Rangeleien zwischen der Metropolitan Police, also Scotland Yard, der City of London Police und dem Security Service gegeben. Die Bleibe befand sich direkt im Stadtzentrum. Jeder wollte die Durchsuchung des Unterschlupfs von dieser Person wohl für sich beanspruchen. Cowley, Bodie und Doyle[25] hatten da wohl ein wenig Mist gebaut und Timney vor fast vier Monaten aus den Augen verloren. Erst durch den falschen Pass sind sie ihm wieder auf die Spur gekommen. Danach ist er in den letzten Monaten

---

25 Anspielung auf den MI5. Cowley, Bodie und Doyle waren die Protagonisten in der bekannten britischen Fernsehserie „CI5 – Die Profis" (Original: „The Professionals") von 1977 – 1983.

mit diesem Pass bislang dreimal in Schottland eingereist und wieder aus. Jedes Mal als Beifahrer oder Fahrer einer Getreidelieferung. Immer für ein belgisches Speditionsunternehmen namens Van de Berghstraat. Internationale Spedition für Lebensmitteltransporte. Das letzte Mal dann die Einreise am 05. dieses Monats. Das Letzte, was sie wohl wissen, ist, dass er mit seinem richtigen Pass im Januar nach Holland ausgereist ist. Von dort fuhr er in einem Mietwagen bis nach Gent in Belgien. Ab da hatten sie ihn dann verloren.«

Ein paar Bemerkungen zur Polizeiarbeit der Engländer, Ermittlern und der Unfähigkeit von Agenten gingen durch den Raum. Als dabei auch James Bond verunglimpft wurde, griff Brian ein. »Also, Kollegen, keine Witze über Bond. Der ist schließlich waschechter Schotte. Ein wahres Vorbild!«

Schließlich berichtete Nicky weiter. »Gut, also die Durchsuchung des Unterschlupfs von Timney ergab leider recht wenig. Ein paar Aufzeichnungen über Lebensmittelmengen im Königreich, Import- und Exportzahlen. Hauptsächlich Basisprodukte, Getreidesorten, Milch und so. Zudem haben uns die Kollegen netterweise das Bewegungsprofil seines Handys der letzten Monate vor seinem Verschwinden übermittelt. Danach hat er sich häufiger bei den großen Agrarfirmen aufgehalten. Ein Internetprofil haben sie nicht. Da war unser Timney wohl zu clever. War aber wohl immer auf der Suche nach der ganz großen Story. War wohl auf den Pulitzerpreis aus.«

»Aber am Ende nicht clever genug«, ergänzte Brian. »So, jetzt seid ihr im Bilde. Kommen wir zu unserem weiteren großen Fragezeichen. Inwieweit lässt sich anhand der neuen Erkenntnisse der Täter den anderen Opfern zuordnen? Ihr drei Leichenschänder seit jetzt seit Sonntag damit beschäftigt. Seit ihr euer horrendes Gehalt wert?« Mit todernster Miene sah er Andy, Ewen und Charles an.

Charles ergriff das Wort und antwortete ebenso ernst. »Wenn wir den Betrag am Ende des Monats bekämen, den du bekommst, könnte man vielleicht von Gehalt sprechen. Alles andere ist reine Aufwandsentschädigung. Und mit dir als Ermittlungsleiter wohl eher Schmerzensgeld.« Alle brachen in schallendes Gelächter aus, bis Alan wieder um Ruhe bat.

»Also, Charly, bitte in kurzen, für Laien verständlichen Worten. Was haben wir?«

»Alan, es tut mir leid. In absoluter Kurzform: Nichts Neues. Punkt. Etwas ausführlicher bedeutet dies, dass wir nicht mehr wissen als das, was wir schon hatten. Der Campingplatzmord bleibt offen. Der Tote von Skye passt nicht zu dem Mann, den der Platzwart gesehen hat. Auch die anderen Camper wurden nochmals befragt. Keine Übereinstimmung. Wir haben nach Auswertung aller Details nichts finden können, woran man den Täter festmachen könnte. Das einzige Fremdmaterial, das Hanf, ist so gewöhnlich, dass es als Indiz nichts taugt. Und damit wissen wir nicht mal, ob der Mann, den der Platzwart gesehen hat und der am Morgen so geheimnisvoll verschwunden ist, überhaupt der Täter war. Vielleicht war es wirklich nur ein Camper, der früh los wollte.« Charles zuckte mit den Schultern. »Unsere dritte suspekte Leiche, das Klippenopfer auf Islay. Das gleiche Bild. Keine neuen Erkenntnisse. Niemand hat jemand Verdächtigen bemerkt, geschweige denn unseren Auftragskiller. Keinerlei Spuren an der Leiche, die auch nur den geringsten verwertbaren Beweis einer Fremdeinwirkung belegen könnten. Wir haben alles mehrfach geprüft. Und schließlich unser Reporter.« Charles zeigte auf das Bild, welches man immer noch auf dem Monitor sehen konnte. »Außer dem ominösen Fundort haben wir nur die rätselhafte Tatsache der sauber abgetrennten Fingerkuppen. Sonst rein gar nichts. Diese wurden ihm post mortem mit einem sehr scharfen Gegenstand, wohl einem Skalpell, abgetrennt. Und jetzt zu deinem DNA-Test, Nicky.« Charles blätterte in seinem Schnellhefter. »Man hatte in der Unterkunft in London wohl Haare gefunden. Diese stimmen nach der Untersuchung mit unserer Leiche überein. Das können wir bestätigen. Mehr nicht.« Charles Pollock klappte den Schnellhefter wieder zu und ließ sich in die Lehne seines Stuhls fallen.

Es entstand eine kurze Pause bis Alan schließlich aufstand und vor dem Fenster auf und ab lief. »Toll, oder auch nicht, ich weiß es noch nicht. Danke erst mal für eure Arbeit. Ich weiß, ihr habt in den letzten Tagen und Nächten hart gearbeitet. Leider hilft uns das nicht in dem Maß weiter, wie ich gehofft hatte. Wenn ich die Ergebnisse nun mal ungefiltert zusammenfasse, so werden mich Timmins und House zu folgendem Ergebnis verdonnern: Mord Campbeltown, Craigellachie und Attentat Skye geklärt. Mord Campingplatz ungeklärt. Einzeltat eines Irren. Oder besser noch: „Zwei killende Ausländer zünden sich an. Fatale Folgen des Drogenkonsums". Klippenopfer Islay: ein bedauernswerter Unfall eines unvorsichtigen Touristen. Gerstenleiche bei Port Ellen: offen. Eventuell ein ganz dummer Unfall eines Truck-

Fahrers. Die offensichtlichen Zusammenhänge aller Opfer auf der Fähre werden unter den Tisch gekehrt. Die Öffentlichkeit ist wieder zufrieden und den Rest klären die europäischen Geheimdienste unter sich. So in etwa wird es wohl laufen.« Alan schüttelte den Kopf und sah aus dem Fenster. »Nur die Frage nach dem WARUM will keiner beantwortet haben. Was hat es mit diesen Getreidelieferungen auf sich? Warum recherchiert so ein Top-Reporter in dieser Branche? Warum Profi-Killer? Da muss doch irgendetwas ungeheuer Gewinnbringendes im Hintergrund ablaufen. Was kann an Lebensmitteln oder Getreide nur so wertvoll sein?«

In diesem Moment wurde Alan durch das dezente Klingeln des Telefons auf dem Besprechungstisch aus seinen laut formulierten Gedanken gerissen. Nicky sah auf das Display und sagte »Wenn man eine Frage ans Universum stellt, wird diese auch häufig beantwortet. Nur weiß man nicht immer die Antwort zu deuten. In deinem Fall ist es einfach. All deine Fragen könnte dir vielleicht ein Gerstenexperte beantworten. Und der ruft gerade an.«

Alan blickte irritiert aufs Telefon. »Und wer bitte soll das sein?«

»Graham Morrice, natürlich. Wer aus unserem weiteren Bekanntenkreis hat mehr Ahnung von der Beschaffung und Verwendung von Gerste als er?«

Alan wollte schon spontan zum Hörer greifen als Nicky ihn mit einer Geste davon abhielt. »Alan, bevor du mit besagtem Gerstenprofi redest, sollten wir dich besser erst über die weiteren Ermittlungsergebnisse in Kenntnis setzen. Es könnte sonst sein, dass du nicht zu Wort kommst.«

»Was?« Alan verstand nur noch Bahnhof. »Wieso? Was ist denn noch passiert? Und was hat das mit Graham zu tun? Ich befürchte Schlimmstes.« Alan setzte sich wieder, während der Anruf automatisch auf Brians Sekretariat umgeleitet wurde.

»Noch schlimmer«, sagte Brian und sah Alan teils belustigt, teils besorgt an. »Grahams Tante Sally Cairndow ist heute Morgen zur Vernehmung auf die Wache in Dufftown verbracht worden.« Brian versuchte, sich so förmlich wie möglich auszudrücken.

»Ihr habt seine Tante Sally verhaftet?«, platzte es aus Alan heraus. »Warum denn das?«

In diesem Moment klopfte es kurz, Brians Sekretärin öffnete die Tür und steckte ihren Kopf herein. »Entschuldigung. Ich habe hier einen Anrufer. Graham Morrice. Es wäre ungemein wichtig. Und er hat es sehr eilig. Und Schnappatmung. Was soll ich ihm sagen?«

Brian blickte Alan an. Alan nickte der Sekretärin zu. »Sagen sie ihm, ich würde ihn in zwanzig Minuten zurückrufen. Auf dem Handy. Danke.« Und wieder zu Brian gewandt »Ich hoffe, ihr habt eine verdammt gute Begründung.«

Brian atmete tief durch und sah Alan dann an. »Du weißt doch, dass wir herausbekommen haben, dass unser Profischütze so unverfroren war, sich sogar im B&B von Tante Sally einzuquartieren?« Alan nickte nur. »Und du weißt, dass, wenn wir solche Informationen bekommen, die Kollegen dem nachgehen müssen und den möglichen Aufenthaltsort überprüfen?«

Alan nickte wieder. »Komm auf den Punkt. Meine Lebenszeit ist begrenzt.«

»Genau. Und das Überprüfen haben die Kollegen auch getan. Und sie haben nochmals alle verfügbaren Zeugen und Beteiligten befragt. Und sich dann das B&B noch genauer angesehen, als beim letzten Mal. Hätte ja sein können, dass sie dort vielleicht doch noch auf Spuren unseres toten Freundes stoßen.«

Alan kam aus dem Nicken gar nicht mehr heraus. »Ich bin beeindruckt von eurer vorschriftsmäßigen Vorgehensweise und werde dies in eurer Personalakte vermerken. Wann kommt der Haken?«

»Na, jetzt. Also beim Durchsuchen des Grundstücks haben die Kollegen im Schuppen einen Kanister E605 gefunden. Sally Cairndow beteuerte, dass sie das Zeug beim Umzug von ihrer Farm mitgebracht hätte. Schließlich wäre es ja mal ziemlich teuer gewesen und hätte ihnen immer gute Dienste erwiesen. Außerdem wäre das Zeug doch völlig harmlos, schließlich würde sie es ja schon seit Jahren im Garten anwenden. Das ist doch wirklich unglaublich! Die erste Untersuchung ergab aber, dass es sich wohl tatsächlich um das Zeug handelt, das unser Täter verwendet hat. Und daraufhin haben die Kollegen sie heute Morgen ...«

Alan hob die Hand und unterbrach Brians Redefluss. »Also verstehe ich das richtig? Eine 80-jährige B&B-Besitzerin, die einen international gesuchten Auftragsmörder mit den notwendigen exotischen Waffen versorgt, wird verhaftet. Völlig klar. Erinnert mich an „Arsen und Spitzenhäubchen“ mit Cary Grant. Nur haben die alten Ladies dort eben mit Arsen getötet und nicht mit E605. Und es war ein Film. Dies hier ist aber das richtige Leben.«

Alan legte die Hand vor seine Augen. »Und jetzt denkt die alte Frau, sie würde wegen Mordes oder zumindest Beihilfe angeklagt und steht kurz vor einem Herzinfarkt. Und ich vermute, Graham Morrice hat schon einen hinter sich. Wenn es nicht so traurig und ernst wäre, wäre es zum Brüllen!« Jetzt tat es ihm leid, dass er Grahams Anrufe in den letzten Tagen, seit er von Skye wieder zurück war, permanent weggedrückt hatte.

Alan schlug mit der flachen Hand auf den Tisch. »Also gut. Brian, du fährst bitte nach Dufftown und leitest die Befragung. Wenn ich mir ausmale, dass die Befragung eventuell von so einem Inspector wie in Charlestown durchgeführt würde ... mein Gott!«

»Du meinst DI Shortbread?«, fragte Brian.

»Genau den!«

Während Nicky bereits in Dufftown anrief, zog Brian sich grinsend die Jacke über. »Ich glaube, DI Shortbread ist jetzt für die gesamte Speyside zuständig. Ich beeile mich besser. Und wenn die geheimen Agentenkollegen das spitzkriegen, kommen die am Ende auch noch und nehmen Tante Sally mit.« Brian verschwand aus dem Raum.

Nicky beendete das Telefonat und setzte sich wider hin. »Alles okay. Die Kollegen in Dufftown haben Sally Cairndow ins Besucherzimmer verfrachtet und mit Tee und Gebäck versorgt. Sie hat ihre Nachbarin dabei. Die war wohl mal Rechtsanwaltsgehilfin. Sie droht gerade mit dem Europäischen Gerichtshof für Menschenrechte.«

»Na, dann ist ja alles in bester Ordnung«, kommentierte Ewen.

»Trotzdem beruhigt auch mich das Ganze jetzt etwas«, sagte Nicky. »Ich habe seit dem Mord an der Brücke versucht herauszubekommen, woher der Täter das E605 hatte. Wir haben keine einzige Quelle finden können. Nirgendwo fehlte etwas. Uns blieb also nur noch der unkontrollierbare Restbestand in den diversen Schuppen und Kellern. Wie Recht wir doch hatten. Und die ganzen Gärten und Schuppen zu durchsuchen, wäre für uns nahezu unmöglich gewesen. Und auch die Frage, wieso jemand so etwas plant. Das klang doch nach einem völlig irren Psychopathen, der immer irgendwelche seltenen Gifte mit sich herumschleppt. Schließlich war die Tat doch exakt und sauber geplant und ausgeführt. Und dennoch passte die Vorgehensweise überhaupt nicht ins Muster eines Profikillers.«

»Und was denkst du heute?«, wollte Alan wissen.

»Jetzt denke ich, dass unser Killer ein absolut kranker und morbider Profi-Spinner war, der durch Zufall im B&B auf den Kanister gestoßen ist und sich dann daraus etwas abgefüllt hat. Und der sich dabei dachte: „Ich hab doch mal gehört, das Zeug soll tödlich sein. Kann ich ja mal ausprobieren". Und wenn es nicht geklappt hätte, hatte er ja immer noch die Pistole dabei. Mehr Abwechslung und Spaß bei der Arbeit! Ich könnte kotzen!«

»Ja, so könnte es gewesen sein. Das machte es dem Mörder deutlich leichter seiner Arbeit nachzugehen. Ich denke, ich sollte jetzt den armen Graham anrufen, der ja wohl nur seine Tante aus den Folterkellern der Geheimpolizei befreien will.« Alan zog sein Handy aus der Hemdtasche und wählte.

Biologisch wertvoll

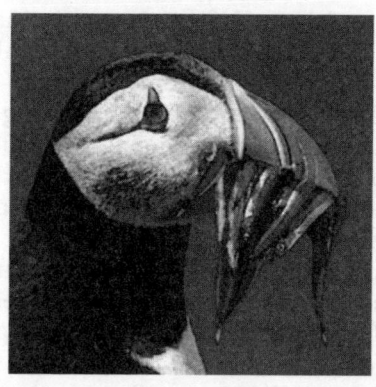

A lans Telefonat mit Graham an diesem Vormittag gestaltete sich zunächst genauso schwierig wie es zu erwarten gewesen war.

Erst überzog der Alan mit einem Schwall aus Vorwürfen und Drohszenarien. Dann beschwerte er sich lauthals darüber, dass er seit Tagen versuchen würde, ihm wichtige Informationen zu übermitteln. Aber er, Alan, würde ja überhaupt nicht mehr ans Telefon gehen. Wenn er es jetzt nicht über die Reviernummer probiert hätte, wäre er wohl nie mehr an ihn rangekommen. Er wäre so was von enttäuscht wie er von ihm behandelt werde. Anschließend hörte er Alans Beteuerungen und Erklärungen nicht zu und fing danach wieder von vorne an.

Dann verfiel Graham in eine Tirade aus Selbstvorwürfen. Schließlich hätte er ja schon seit Sonntag von dem Zeug in Sallys Schuppen gewusst. Hätte er nicht auf Alan gebaut, sondern es gleich der Presse oder einem x-beliebigen Dorfpolizisten gesteckt ... So ging es in einem Zug weiter.

Bis Alan schließlich von ihm den genauen Sachstand erfahren hatte, verging eine gute Viertelstunde. Zwischendurch versuchte Alan Graham immer wieder klar zu machen, dass seine Tante nicht verhaftet worden sei und schon gar nicht wegen des Besitzes von ein paar Litern E605.

Er erklärte ihm gefühlte zehn Mal, dass der potentielle Mörder wohl das Zeug aus Sallys Schuppen gestohlen haben musste, weil er ja dort gewohnt hatte. Und Sally wäre nur zur Befragung aufs Revier geholt worden. Aber irgendwie hatte Alan das Gefühl, dass ihm Graham gar nicht so richtig zuhörte.

Schließlich griff Alan zu der einzigen Waffe, die bei Gesprächen mit Menschen, die sich völlig festgefahren hatten, wirkte: Sie völlig aus dem Konzept zu bringen. Also sagte er »Graham, warte. Graham, bitte warte mal eine Sekunde. Wir kommen in unserem Fall nicht weiter. Wir brauchen mal wieder ein wenig deine Hilfe.« Erst redete Graham noch etwas weiter, dann verebbte plötzlich der Wortschwall.

»Was? Was hast du gerade gesagt?«

»Ich sagte, wir brauchen deine Hilfe. Der Blick eines Externen, du weißt schon.«

»Bei deinem Fall? Mich?«

»Genau. Aber bitte völlige Diskretion.«

»Du, Alan, bittest mich, Graham, noch mal um Hilfe bei deinem Fall. Das ist ja ... unglaublich. Und obwohl ich dir den Tipp mit dem Gift nicht sofort gegeben habe?« Graham schien von einer Sekunde zur nächsten seine Tante und deren Misere total vergessen zu haben.

Schnell klärten die beiden die Situation um das E605 seiner Tante auf. Alan ließ es bei einer weiteren Verwarnung für das Verschweigen von wichtigen Informationen. Worauf Graham wiederum beteuerte, dass er gut 100mal versucht hätte, Alan diese Info zu geben. Schließlich einigten sich beide auf „unentschieden".

Alan schmunzelte die anwesenden Kollegen im Besprechungsraum an. Es hatte geklappt. Also erzählte er Graham dann alles Wesentliche über die Geschehnisse auf Skye, den Reporter, die Touristen, die möglicherweise brisante Informationen mitbekommen hatten, den Auftragskiller und alles zum Thema Getreidelieferungen, was sie wussten.

»Also, Graham, was uns fehlt, ist die Antwort auf die Frage nach dem „Warum". Ich möchte bewusst die Frage noch nicht an andere Behörden weitergeben. Das könnte ich nur offiziell. Ich befürchte, dass man uns dann ganz den Informationshahn zudrehen wird. Daher frage ich dich, sozusagen auf dem ganz kleinen Dienstweg. Was könnte an Getreide so wertvoll sein, dass es sich dafür lohnt, zu sterben oder besser, zu töten?«

Grahams Antwort kam spontan. »Na, alles, wenn du so fragst. Bei Getreide geht es um enorm viel Geld.«

»Was? Nur für so Körner? Soviel Getreide wird doch gar nicht verbraucht, dass es sich wirklich lohnen könnte ...«

Graham lachte. Nun hatte ihn Alan vollends herumgekriegt. »Alan, mein guter Freund. Da bist du aber vollends auf dem Holzweg. Weißt du denn auch nur im Ansatz, über welche Mengen wir hier sprechen? Schau mal, in den EU-Ländern werden im Jahr x Millionen Tonnen Braugerste geerntet.

Und das ist völlig witterungsabhängig. Das geht rauf und runter. Aber in vielen Ländern gibt es dauerhaft zu wenig eigene Gerste. Deutschland beispielsweise muss jedes Jahr rund eine Million Tonnen Braugerste aus dem Ausland zukaufen.

Wir hatten 2012 schlechte Bedingungen in ganz Großbritannien. Daher wurden die Anbauflächen für Braugerste dieses Jahr deutlich erweitert. Also erwartet man dieses Jahr auch einen guten Überschuss, den man wiederum ins Ausland verkaufen kann. Ein reines Spekulationsgeschäft. Also Warentermingeschäfte und so weiter. Und jetzt stell dir mal vor, der Großhandelspreis von rund 160 GBP die Tonne wird mal eben auf 140 GBP gesenkt. Da kommt ganz schön was zusammen.«

Alan war beeindruckt. Mit solchen Zahlen hatte er nicht gerechnet. »Gut und schön. Das klingt beeindruckend. Aber kann man bei einzelnen Abnehmern, also zum Beispiel bei der Port Ellen Maltings, damit denn Geld machen?«

»Ja, mit Sicherheit. Gib mir ein paar Stunden Zeit, dann kann ich dir Genaueres sagen, okay?«

»Graham, ich schlage dir was anderes vor.« Alan hatte plötzlich eine Idee. Auch um bei Graham irgendwie das dumme Thema mit seiner Tante wieder gutzumachen. »Frag mal bitte Ishbel, ob sie heute erneut Lust hat, zu uns zu kommen. Ich frage Susan ebenfalls. Wenn beide zustimmen, kommt ihr heute Abend zu uns und du erzählst mir ein paar Details. Vielleicht hat Brian ja auch Zeit. Wie wäre das?«

»Das wäre prima. Ich bin mir sicher, dass Ishbel nichts dagegen hat. Also, ich rufe wieder an. Und, ach ja, hatte ich ganz vergessen. Kannst du das mit meiner Tante regeln?«

»Graham, das ist doch längst erledigt. Keine Sorge.«

»Na, prima. Also bis gleich.« Graham legte auf.

Anschließend blieb Alan nichts anderes übrig als die Soko offiziell aufzulösen, da nach Meinung seiner Vorgesetzten und „Budget-Bewilliger" hierfür keine weitere Notwendigkeit mehr bestehen würde. Also bedankte er sich bei allen, insbesondere bei Charles, Andy und Ewen. Nicky und zwei weitere Kollegen behielt er zunächst weiterhin im Team, um die eventuell noch eintrudelnden Informationen zuzuordnen, die Soko-Arbeit fachgerecht zu dokumentieren und die Fallakten zu komplettieren. Dann rief er Susan an und informierte sie über seine Idee. Sie fand diese spontan gut, insbesondere da sie sofort ihr neues Gästebad stolz vorführen konnte.

Gegen Mittag rief Graham an und bestätigte für sich und Ishbel den Termin. Kurz darauf meldete sich auch Brian und informierte Alan über den aktuellen Stand im Falle von Grahams Tante. Auch er sagte für den Abend zu. Dies fiel ihm leicht, da seine Jane mal wieder Frauenabend hatte und alleine essen nur dick machen würde.

Am Abend, gegen 19:00 Uhr, saß Alan auf seiner Terrasse und sah Susan beim Einpflanzen der von ihm vorgestern erworbenen Stauden zu. »Beeil dich ein bisschen. Unsere Gäste sollten jeden Moment eintreffen.«

»Ach was! Glaubst du, Ishbel oder Graham würden sich daran stören, dass ich Gartenerde an der Hose habe? Oder Brian?«

Alan lachte. »Na wohl eher nicht. Graham würde es wahrscheinlich nicht mal bemerken.«

Zehn Minuten nach sieben trafen Brian sowie Graham und Ishbel nahezu zeitgleich ein. Diesmal schleppte Brian eine Pflanze mit und überreichte sie Susan. »Mit einem lieben Gruß und einem dicken Schmatz von Jane.«

»Danke Brian. Wirklich nett. Kommt mit auf die Terrasse. Es ist noch so schön warm.«

Zunächst mussten die drei Besucher aber noch „zufälligerweise" einen kleinen Umweg über das Gästebad nehmen. Nachdem alle ihre volle Begeisterung über Susans Geschmack und Alans handwerkliches Geschick zum Ausdruck gebracht hatten, saßen sie kurz darauf um den Gartentisch herum und genossen ihre Getränke in der angenehmen Abendluft.

Brian berichtete zunächst aus Dufftown, wie er die arme Sally Cairndow aus den Fängen der lokalen Polizei befreit hatte. Sie hatte ausgesagt, dass sie wohl dem betreffenden Gast das Grundstück und auch den Schuppen gezeigt habe. Dabei musste er wohl die alten Kanister gesehen haben. Kurz darauf hatte man Tante Sally auch wieder nach Hause gebracht. Dennoch hatte er ihr empfohlen, juristischen Beistand zu suchen. Man wusste nie, was einen irgendwann erwartete.

Dann weitete Brian die Möglichkeit eventueller juristischer Folgen auch auf Graham aus. Völlig ernst teilte er ihm mit, dass ihm ja schließlich die Situation bekannt gewesen wäre und er seine Tante wissentlich ins offene Messer habe laufen lassen. Die Nachbarin seiner Tante würde deshalb nun eine Klage gegen Graham erwägen. Wieder einmal war Graham Brians schwarzer Humor nicht bewusst geworden. Ishbel fand diese Möglichkeit aber noch viel zu mild. Ein Jahr als Putzhilfe in Sallys B&B wäre das Mindeste, schlug sie vor und blieb dabei ebenfalls völlig ernst.

Graham konnte sich nur nochmals entschuldigen und versprach, das peinliche Thema bei seiner Tante möglichst bald wieder gutzumachen. Er bedankte sich nochmals für die Unterstützung durch Alan und Brian und zog dann die ersten Unterlagen aus seiner altmodischen Ledermappe heraus. Offensichtlich konnte er es nun doch nicht mehr erwarten, seine Rechercheergebnisse zu präsentieren.

Ishbel und Susan zogen sich lächelnd in die Küche zurück, um die Salate zuzubereiten, während Brian nun den „Spielzeuggrill" in Gang brachte und den beiden dabei weiterhin zuhörte. „Endlich" konnte er mal wieder seiner Lieblingsbeschäftigung nachgehen.

»Vegetarier wirst du wohl nie werden, was?«, schmunzelte Alan ihn an.

»Vegetarier? Das Wort kommt doch aus dem Indianischen und bedeutet: zu doof zum Jagen.«

»Da bin ich mir ganz sicher, du „Geronimo".« Alan nickte daraufhin Graham zu. »Jetzt bin ich aber mal gespannt, was unser Privatermittler zutage gefördert hat.«

Graham wurde leicht rot, fing sich aber sofort wieder. »Also, zunächst habe ich in unseren Konzern-internen Unterlagen gestöbert, dann bin ich aber noch mal mit Ash Dunnett, dem Manager der Maltings, ein paar Themen durchgegangen. Natürlich ganz unverfänglich«, ergänzte er schnell auf Alans fragenden Blick hin. »Vielleicht für euch noch ein paar Zahlen, damit die Größenordnungen klarer werden. Alan, du hattest mich doch gefragt, was die Getreidemanipulation für einen einzelnen Kunden bedeutet.«

Graham zog eine der Seiten aus seinem Stapel. »Schau mal, also zum Beispiel eine unserer größeren Destillerien, die produziert im Jahr so rund zwei Millionen Liter Alkohol. Das wird präzise festgehalten, da darauf ja die Steuer entrichtet werden muss.« Graham lächelte gequält. »Um einen Liter Alkohol zu produzieren, brauchst du im Mittel rund 2,7 kg Braugerste. Diese Destillerie hat also pro Jahr einen Bedarf an rund 5.400 Tonnen Gerste. Das bedeutet für die eine Anlieferung von bis zu drei Lastwagenladungen Gerste pro Woche. Für alle Destillerien in Schottland wären das rein rechnerisch rund eine halbe Million Tonnen Gerste. Dazu kommen noch alle anderen Verbraucher im Land, wie die Bäckereien, Bierbrauereien etc.«

»Das hat was!«, kommentierte Brian anerkennend, während er die Glut des Grills überwachte.

»Genau. Also, wenn eine normale Brennerei die Gerste für 10 bis 15 Prozent weniger einkaufen kann, hat sie schon mehr als 100.000 GBP gut gemacht.«

»Dann wird es mir langsam klar, warum man auch mit Gerste krumme Geschäfte machen kann.«

»Ja, aber warte, es kommt ja noch viel besser! Also, Ash Dunnett hat mich da noch auf eine ganz andere Idee gebracht.« Graham nahm ein anderes Blatt zur Hand. »Die Port Ellen Maltings bezieht momentan Bio-Gerste für eine besondere Abfüllung der Loch Indaal Brennerei auf Islay. Die produzieren gerade einen „Organic" und der soll so richtig biologisch wertvoll werden. Damit soll der jahrhundertealten Verbundenheit zwischen den Brennern, den Farmern und dem Land gehuldigt werden. Eine tolle Marketing-Idee. „Land and Dram united" und so. Ich war etwas beleidigt, gebe ich zu, dass die Idee nicht von mir kam. Deswegen war ich ja neulich bei Ash, um mit ihm über eine Fuhre davon für uns zu verhandeln. Aber gut, lassen wir das. Eigentlich soll der „Organic" nur aus guter lokaler, schottischer Bio-Gerste sein. Die wird zwar inzwischen auf Islay durch ein paar lokale Farmen angebaut, es gibt aber hier im Lande noch nicht genug davon, um den gesamten Produktionsbedarf abzudecken. Also kauft man Bio-Gerste auf dem Kontinent zu. Und in genau so einer Fuhre hat man neulich die Leiche gefunden."

»Ist ja ein Ding. Und wie liegen die Preisspannen da?«, wollte Alan wissen.

»Ziemlich extrem. Schaut, wenn ich Gerste für gut 160 GBP beim Großhändler beziehe, muss ich für Bio-Qualität locker 30 GBP mehr bezahlen. Fertig gemälzte und getorfte Gerste natürlich mit entsprechendem Aufschlag.«

»Und warum ist Bio so teuer?«, rief Susan aus der Küche. »Das frage ich mich immer bei den Eiern.«

»Na, das ist doch ganz einfach. Das liegt an der Ausfallquote. Zumindest bei Getreide. Ohne Pestizide, Pflanzenschutzmittel, Gifte und so ein Zeug bleibt am Ende deutlich weniger zum Ernten übrig. Das macht den Preis.«

»Dafür ist es aber auch viel gesünder!«, schallte es aus der Küche.«

»Absolut, keine Frage«, kommentierte Brian. »Seht euch diese Bio-Steaks an. Von lokalen Produzenten. Alle Rinder regelmäßig massiert und dann zu Tode gestreichelt. Da kommt beim Braten kein Milliliter Wasser raus. Purer Geschmack.« Alle leckten sich unbewusst die Lippen. Brian legte die saftig-roten Fleischscheiben auf den Grill und sofort zog allen ein herrlicher Geruch in die Nase.

»Es gibt aber auch das Gegenteil. Ihr kennt genmanipulierten Mais? Sicher. Aber es gibt auch genmanipulierte Gerste. Absolut resistent gegen Schädlinge. Tolerant gegen Witterungseinflüsse. Und ein extrem hoher Ertrag an Körnern je Pflanze.«

»Bäh. Das will doch keiner«, sagte Brian.

»Täusche dich nicht, Brian. Für schwierige Gegenden auf dieser Erde ist genau das vielleicht doch ein Segen. Das kann keiner sagen. Nur die Langzeitfolgen für den Menschen sind noch nicht abschätzbar. Daher hat das Zeug auch hier keine Zulassung. Wird aber trotzdem in großem Stil angebaut. Und ist auf dem Weltmarkt für unter 120 die Tonne zu beschaffen.«

»Aber wenn das Zeug doch hier in Europa keiner haben will, kann es doch nicht weit her sein mit den Geschäften, oder täusche ich mich da?«, wollte Alan wissen.

»Tja, Alan, da täuscht du dich wirklich. Die vor Jahren in der Schweiz entwickelte Gentech-Sorte stand in Asien kurz vor der Markteinführung. Wegen der kontroversen Debatte wurde die Einführung aber dann doch wieder ausgesetzt. Man fürchtete dort nämlich, zum Versuchskaninchen für Industrienationen und die Gen-Lobby zu werden und forderte weitere Tests. Die Entwicklung hatte bis dahin schon unzählige Millionen verschlungen. Wer so etwas entwickelt oder besser entwickeln lässt, der will irgendwann seinen „Return on Invest", verstehst du? Hinter so einem Projekt stecken Konsortien und milliardenschwere Interessen. Es geht hier um Saatgutpatente, weltweite Landwirtschaftsmonopole und jede Menge Geld. Die Mafia ist natürlich auch sehr interessiert und hat ihre Finger im Spiel, um aus „Grüner Gentechnik" möglichst viel Gewinn zu machen. Und lasst euch nicht vom „grünen Europa" täuschen! Das sind nur einzelne Länder wie zum Beispiel Deutschland, die ab und zu ein bisschen Gewitter in Brüssel machen. Europa ist Großabnehmer genmanipulierter Futtermittel. Selbst in der EU nicht genehmigte Sorten werden an Rinder, Schweine und Hühner verfüttert. Eine Kennzeichnungspflicht und Prüfsysteme gibt es nicht. Genfreundliches Brüssel! Wir brauchen definitiv eine Biosicherheitskommission!« Heroisch schlug Graham mit der Faust auf seine Unterlagen.

»Und der Leiter der Kommission wirst bestimmt du, keine Frage«, witzelte Brian. »Woher weißt du das eigentlich alles? Ich dachte, du verdienst dein Geld mit dem Brennen von Schnaps?«

Zuerst sah Graham aus, als stände er kurz vor einem akuten Herzinfarkt, bis ihm gerade noch rechtzeitig Brians doch manches Mal recht verdrehter Humor wieder einfiel. »Äh, Schnaps! Genau! Ich sitze den ganzen Tag am Destillierkolben und zähle die Tropfen. Sicher! Mensch Brian, ich bin Head of Distilleries! Ich bin laufend damit beschäftigt, unsere Kosten zu senken, das Management effizienter zu gestalten und Produkte für den Weltmarkt attraktiver zu machen. Was glaubst du wohl, wie viele Möglichkeiten mir jährlich geboten werden, zum Beispiel über den Einkauf von Gerste Geld zu sparen? Natürlich kämpfe ich dagegen an. Der schottische Single Malt wird sich nicht in die Reihe der künstlichen Profitartikel einreihen!«

Brian konnte ob der wortgewaltigen Rede nur anerkennend nicken. So hatte er Graham noch nie erlebt. Das Thema ging ihm wohl wirklich nahe.

»Also gut, Graham«, ergriff Alan wieder das Wort. »Das ist wirklich sehr interessant. Aber das alles sind doch auch irgendwie mehr oder weniger reguläre und juristisch fast einwandfreie Warenspekulationen, wie du selber sagst. Wo ist da die kriminelle Handlung?« Alan fand hierfür immer noch keinen Ansatz.

»Ja Alan, hast du es denn nicht begriffen? Susan, woran erkennst du dein Bio-Ei im Supermarkt?«

Nach einer längeren Pause hörte man ein »Na, weil es draufsteht« aus der Küche.

»Genau. Und du Brian. Woher weißt du, dass diese feinen Stücke Fleisch wirklich Bio sind und nicht einfach nur gute reguläre Qualität?«

Zuerst wollte Brian mit einem „Weil ich es schmecken kann" antworten. Dann besann er sich eines Besseren und sagte »Weil es der Metzger meines Vertrauens gesagt hat.«

»Genau. Seht ihr? Es hat nur was mit Deklaration zu tun. Wenn ich das normale Ei auf Bio umstempeln würde, käme ich wahrscheinlich mit einem dicken Bankkonto davon. Ohne umfangreiche und teure Gen-Analysen kannst du das nämlich nicht nachweisen.«

»Ja und was hat das jetzt mit der Gerste zu tun?« Alans Leitung kam ihm heute selbst recht lang vor.

»Ja Mensch, genauso«, antwortete Graham euphorisch, während Susan und Ishbel die Salate und das Brot auf den Gartentisch stellten. »Genauso ist es auch mit der Gerste. Ob eine Bio-Gerste wirklich Bio-Gerste ist, kann doch keiner im Alltag wirklich sehen. Und ob es eine reguläre oder sogar genmanipulierte Gerste ist, kann ich erst durch echte Gen-Analysen feststellen. Das macht so gut wie kein Mensch. Der Rest ist Vertrauenssache. Lebensmittel bzw. die Rückstellproben werden nur auf Pilze/Sporen und so weiter hin untersucht. Was der jeweilige Gesetzgeber halt so vorschreibt. Wenn diese okay sind, werden die Proben vernichtet. Nur die Analysen werden aufbewahrt. Ende der Beweiskette. Wenn ich also statt Bio-Gerste für 200 die Tonne dir Gen-Gerste für 120 die Tonne liefere, mache ich 80 die Tonne gut. Wäre bei der beispielhaft gewählten Brennerei also ein Reingewinn von fast 450.000 GBP pro Jahr. Wohlgemerkt im Extremfall. Da die meisten Brennereien nicht nur oder gar keine Bio-Gerste ordern, schmälert sich der Gewinn, aber es bleibt immer noch ziemlich lukrativ. Projiziere das Ganze mal auf ganz Europa.«

»Meine Herren, da kommt was zusammen. Und dann kommt da so ein kleiner Reporter in einem kleinen Land auf die Idee, dieses Geschäft zu torpedieren. Und ein paar dumme Touristen kriegen das mit. Da sind eine paar Morde keine große Sache mehr.« Alan machte sich mittlerweile selbst Notizen. Ihn packte die Aufregung, die sich immer wieder dann bei ihm einstellte, wenn in einem

Durcheinander von unzusammenhängenden Fakten und Vermutungen urplötzlich ein roter Faden zu erkennen war, eine logische Verknüpfung, eine erste heiße Spur!

»Sag ich doch«, bestätigte Graham.

»Aber wenn ich dich richtig verstehe, gibt es momentan keine Beweismittel mehr dafür.«

»Richtig. Die Rückstellproben sind alle entsorgt und die Gerste, in der die Leiche lag, ist vollständig vernichtet worden. Hat mir zumindest Ashley erzählt.«

»Das kann ich mir gut vorstellen«, sagte Alan. »Nur wie kommen wir jetzt an Beweise dran?«

Graham lächelte. »Na, ist doch ganz einfach. Neue Gerste bestellen.«

»Mein lieber Graham, du bist echt ein Genie«, kommentierte Alan den letzten Satz. »Genau das könnte uns auf die richtige Fährte bringen.«

»Dann bestell doch einfach mal ein paar Kilo«, meinte Brian mit Blick auf Graham.

»Na ja, so einfach ist das vielleicht doch nicht«, schüttelte Graham bedauernd den Kopf. »Auch wenn ich an der Sache natürlich sehr gerne mitmachen würde, weiß ich nicht genau, wie ich an eine kleinere Menge dieser Bio-Gerste rankommen soll. Deshalb war ich ja auch bei Ashley, damit der das für mich machen sollte.«

»Und wenn dein Freund Ashley erneut von dieser Gerste bestellt und uns dann informiert, wann die eintrifft? Dann könnten wir die Lieferung abfangen und den Weg zurückverfolgen.«

»Das wäre eine Idee. Und ich weiß von meinem Telefonat mit ihm, dass er inzwischen auch schon Ersatz für die verloren gegangene Charge bestellt hat.«

»Dann sollten wir ihn umgehend kontaktieren. Was meinst du Brian?«

»Das halte ich für eine gute Idee, Alan. Aber jetzt lasst uns erst einmal in Ruhe essen, die Steaks sollten jetzt genau al dente sein oder wie das heißt.«

Nachdem das Essen serviert worden war, wandte sich Alan wieder an Brian.

»Mein lieber Brian«, sagte er. »Ich denke, es ist Zeit für einen gemeinsamen Ausflug. Wir sollten zusammen nach Islay fahren.«

»Prima. Ich wollte schon immer mit dir Urlaub machen. Das stelle ich mir so richtig romantisch vor. Nur wir beide auf einer einsamen Insel.«

»Na ja, so einsam wird es dort bestimmt nicht sein«, lachte Alan.

»Ich komme dann aber auch mit«, kam es trotzig von Graham.

»Du?«, kam es unisono von Alan und Brian. Auch Ishbel sprach nur Millisekunden später das gleiche Wort aus.

Graham zuckte zunächst erschrocken zusammen, sammelte dann aber allen Mut, den er in sich finden konnte, und sprach mit nur leicht zittriger Stimme: »Ja, ich. Wer hat euch denn wieder den entscheidenden Tipp gegeben und wer von uns kennt sich am besten aus, wenn es um alle The men rund um den Whisky geht? Na wer wohl? Ihr habt's eben selbst gesagt.« Die letzten Worte kamen ziemlich trotzig daher.

»Okay du. Also wenn du mitdarfst ...«, Alan schaute hoffnungsvoll in Richtung Ishbel, aber die nickte erstaunlicherweise, »... dann nehmen wir dich halt auch mit«, beendete er eher enttäuscht seinen Satz.

Auch Graham war, zwar positiv, aber dennoch überrascht, dass er keinen Widerspruch von Ishbel erhalten hatte. Nicht, dass er Ishbel am Rockzipfel hängen oder unter ihrer Knute stehen würde. Nur war es so, dass er jedes Mal, wenn er sich auf eine Geschichte mit Alan und Brian einließ, dabei entweder fast getötet oder zumindest verletzt wurde. Auf jeden Fall endeten seine Exkurse immer in irgendeiner Katastrophe. Daher hatte er Ishbel noch vor seinem Versprechen am Altar hoch und heilig zusagen müssen, dass er derartige Ausflüge vollkommen unterlassen oder es zumindest in leichteren Fällen vorher mit ihr absprechen würde.

Da mehrere Augen nun Ishbel fragend ansahen, lachte sie kurz und sagte: »Jetzt, wo der eine Mörder erschossen und der mögliche andere wohl unbekannt verschollen ist, besteht ja keine Gefahr mehr für meinen persönlichen Privatermittler. Also soll er ruhig mal wieder seinen Spaß haben.«

Sie konnte ja nicht ahnen, wie falsch sie damit lag.

Reif für die Insel

Ashley Dunnett hatte Graham telefonisch bestätigt, dass er bereits eine neue Charge Bio-Gerste bestellt hatte. Die sollte in drei Tagen in der Port Ellen Maltings eintreffen.

Nachdem alles Weitere organisiert worden war und die Mitglieder der Soko von Alan informiert wurden, trafen die drei Seefahrer am nächsten Tag zusammen in Brians zivilem Dienstwagen in Kennacraig auf Kintyre ein, um die Fähre nach Port Ellen zu nehmen.

Alle drei standen später an der Reling und sahen der CalMac Fähre mit dem Namen Hebridean Isles beim Ablegen zu. Begleitet vom Geschrei der allgegenwärtigen Möwen, sahen sie, wie die Fähranlage und die Wohncontainer langsam hinter dem schwarzweiß gestrichenen Schiff mit dem roten Schornstein zurückblieben. Als die Fähre mit der Schottenflagge am Bug die zweistündige Fahrt nach Islay antrat, stellte sich bei Alan langsam ein

Gefühl ein, das er sich zunächst nicht erklären konnte. Dann wurde ihm langsam bewusst, dass die Hektik der letzten Tage und Wochen ihm wohl doch mehr zugesetzt hatte, als er wahrhaben wollte. Irgendwie reagierte sein Körper gerade so, als würde er sich nach der im Westen vor ihnen liegenden Insel förmlich sehnen. War er etwa reif für die Insel? Brauchte er dringend mal Urlaub? Einen anderen Job? ... Blöde Fragen! Es würde ihm durchaus reichen, wenn er den längst fälligen aber wieder gestrichenen Urlaub einfach mal genießen könnte.

»Na du Tagträumer. Ist sie denn wenigstens hübsch? Oder was beschäftigt dich gerade so, dass du deine Umwelt, also mich, völlig verdrängst?« Brians Worte rissen Alan in die Realität zurück. Obwohl sein vergeigter Urlaub für Susan und ihn sehr wohl echte Realität waren.

»Nein, weder hübsch noch Frau. Ich habe gerade darüber nachgedacht, dass ich wohl wirklich dringend meinen Urlaub brauche.«

»Wie, noch mehr Urlaub als du eh schon hast? Und das bei dem stressfreien Job von dir?«, frotzelte Brian.

»Ja, genau deshalb. Irgendwie kommt mir diese Dienstreise fast wie Urlaub vor. Aber nur fast. Lass das aber bloß nicht Susan wissen.«

Brian nickte verständnisvoll. »Na ja, lasst uns reingehen. Drinnen ist es gemütlicher und es soll sogar was zu essen geben.« Brian konzentrierte sich wie immer auf das Wesentliche.

Auf dem Weg in den großen Aufenthaltsraum betrachteten Sie die gälischen Namen, die überall auf der Fähre zusätzlich zu den englischen Namen angebracht waren. „Eileanan Innse Gall" fürs Schiff und „Àrd-deic" für Promenaden Deck. Eine Sprache, die keiner von ihnen mehr beherrschte.

Alan und Graham nahmen auf den gemütlichen Eckbänken Platz. Brian blieb stehen und schaute die beiden fragend an. »Möchte sonst noch jemand etwas essen?«, sagte er dann.

»Nein danke«, kam es von Graham, der auf seinen Rucksack zeigte. »Ishbel hat mir was zu trinken und ein „Pausenbrot" eingepackt.«

»Nur eine Kleinigkeit«, antwortete Alan grinsend. »Ich komme mit und hole mir einen Cappuccino und vielleicht einen Muffin oder so etwas.«

Gemeinsam ging er mit Brian zum Tresen. Brian bestellte sich als Kleinigkeit Schottlands bekanntestes 3-Gänge-Menü: Fisch, Kartoffelstücke und Essig. Meist schlicht Fish & Chips genannt.

Mit ihren Tabletts gingen sie dann wieder zurück zu Graham und stellten diese auf den kleinen festgeschraubten Tisch vor ihnen.

Nach dem Essen unterhielten sich alle drei über den Fall und tauschten weitere Einzelheiten aus.

Alan war der festen Überzeugung, dass der zweite Killer längst über alle Berge war und sie wahrscheinlich nie eine direkte Spur zu ihm finden würden. Ihre einzige Chance noch etwas Licht in die Hintergründe dieser Mordserie zu bringen, war und blieb die erneute Gerstenlieferung. Brian stimmte ihm zu und auch Graham nickte.

»Das ist doch schon eine bodenlose Frechheit was hier irgendwelche dubiosen Geschäftemacher mit der Gerste treiben«, regte sich Graham auf.

»Na, du hast uns doch selbst vorgerechnet, wie viel Geld damit zu verdienen ist. Glaubst du wirklich, dass kriminelle Personen dieses Geld einfach auf der Straße liegen lassen?«, lachte Alan.

»Aber das können die doch nicht auch noch beim Whisky machen. Wo kommen wir denn da hin, wenn da „Organic" draufsteht und „Gen" drin ist«, jammerte Graham.

»Du Gutmensch. Das ist denen doch völlig egal, ob es sich bei ihren Geschäften um dein Lieblingsprodukt Whisky oder Brians Lieblingsprodukt Fleisch handelt. Hauptsache die Kohle stimmt.«

»Lass ja mein Fleisch aus dem Spiel«, brummte Brian.

»Die muss man doch aufhalten.«

»Vielleicht gelingt uns ja übermorgen ein entscheidender Schritt in die richtige Richtung.«

Danach hing jeder wieder seinen eigenen Gedanken nach und Brian sinnierte dabei über die Qualität seiner künftigen Rindersteaks.

Plötzlich sprang Graham von seinem Sitzplatz auf und ging schnellen Schrittes zum Fenster hinüber, um einen besseren Blick nach draußen zu haben.

Dann drehte er sich wieder um. Fast schon aufgeregt rief er Alan und Brian zu: »Kommt, lasst uns rausgehen. Dahinten sehe ich schon den Leuchtturm von McArthur's Head. Die Fahrt an der Küste entlang und vor allem an den Brennereien vorbei, muss man einfach mal gesehen haben.«

Als alle drei an Deck waren und in einer Windgeschützen Ecke mit freiem Blick auf die Küstenlinie standen, sahen sie tatsächlich in der Ferne den weißen Leuchtturm mit der langen, weißgestrichenen und sehr kurvig verlaufenden Mauer drum herum. Er markierte die Zufahrt zu der Sound of Islay genannten Meerenge zwischen Islay und Jura.

Sie sahen, wie sich vor der Insel Islay zahlreiche Basstölpel im Sturzflug senkrecht in die Wellen stürzten, um nach Fischen zu tauchen, die sie aus der Luft erspäht hatten.

Brian hatte seine neue digitale Spiegelreflexkamera dabei, die er zu Weihnachten geschenkt bekommen hatte und schraubte das ebenfalls neue 75-300mm Tele-Zoom-Objektiv drauf. Danach brachte er sich in Positur für alles, was da kommen sollte.

Und es dauerte nicht mehr lange bis Graham seinen Arm ausstreckte und aufs Ufer zeigte. »Seht da drüben, da ist die erste Distillery.«

»Was? Wo denn? Ich sehe nichts«, kam es von Brian und auch Alan nickte zustimmend.

»Na da, der Schornstein. Der Rest kommt auch gleich ins Bild. Nur Geduld.«

Und tatsächlich tauchten nach und nach erst drei Pagodendächer und dann die Gebäude der Ardbeg Distillery auf. Das direkt am Meer gelegene weißgestrichene Lagerhaus mit der großen schwarzen Aufschrift ließ keinen Zweifel daran, um welche Brennerei es sich handelte.

Kaum war Ardbeg nach rechts aus der Sicht gewandert, entdeckten sie schon den nächsten Schornstein, dieses Mal einen roten mit schwarzer Spitze. Dann kam die Lagavulin Distillery ins Bild und wenige Minuten später sahen sie den nächsten Schornstein und zwei wuchtige Gebäude, die sich als die Lagerhäuser der Laphroaig Distillery herausstellten, deren Gebäude wenig später auftauchten. Auf allen Brennereien waren die Namen in großen, fetten, schwarzen Buchstaben angebracht.

Brian fotografierte fleißig und zoomte die Brennereien dabei so weit wie möglich ran.

»Warum haben die ihre Namen denn so groß darauf geschrieben«, fragte Alan. »Das kann man doch eigentlich nur vom Meer aus richtig lesen.«

»Man merkt doch gleich, dass du Detektiv bist«, witzelte Graham. »Du hast das sofort richtig erkannt. Und, um deine Frage zu beantworten, genau deswegen wurden die Buchstaben auch so groß geschrieben. Das stammt noch aus der Zeit des Zweiten Weltkrieges. Man wollte den feindlichen Schiffen, speziell den deutschen U-Booten, damit signalisieren, dass hier keine Vernichtungswaffen hergestellt wurden, sondern ganz andere Produkte. Und es hat offensichtlich geholfen, denn keine der Brennereien wurde angegriffen.«

»Interessant und auch ganz schön clever.«

»Ja, speziell, wenn es um unser Lebenswasser geht, sind wir Schotten sehr erfinderisch.«

»Du meinst Whisky ist die Lösung für Probleme?«

»Whisky ist keine Lösung. Er ist ein Destillat«, erwiderte Graham trocken.

»Du weißt schon, was ich meine. Aber, ist ja auch egal. Da vorne scheinen wir uns jetzt Port Ellen zu nähern.« Alan zeigte über den Bug der Fähre nach vorne.

»Ja, da kann man schon den Leuchtturm Carraig Fhada sehen, der den natürlichen Hafen markiert.«

»Sind das nicht sogar zwei Leuchttürme?«, fragte Brian, der durch den Sucher seiner Kamera schaute.

»Nein, das sieht nur aus der Ferne so aus. Das ist ein Leuchtturm, aber mit einem großen und einem kleineren Turm, die aber zusammen ein Gebäude bilden.«

»Auf jeden Fall ein schönes Fotomotiv.«

»Und da sieht man auch schon den blauen Gerstenspeicher der PE-Maltings.«

Nicht lange danach tauchten die ersten weißen Häuser mit ihren grauen Dächern von Port Ellen auf. Und natürlich auch die eindrucksvolle Silhouette der Port Ellen Maltings, die hinter den noch übriggebliebenen Gebäuden der ehemaligen Port Ellen Distillery aufragte. Auch hier war in großen schwarzen Buchstaben der Name der Brennerei auf den früheren Lagerhäusern zu lesen.

Brian hielt alles „auf dem neumodischen Zelluloid" fest, wie er es nannte.

Nach ihrer Ankunft in Port Ellen fuhren die drei zunächst zum Hotel, um einzuchecken.

Alans Sekretärin Claudia hatte nicht nur die Fährtickets, sondern auch das Hotel gebucht und durch den Status „Polizeibeamte im Einsatz" auch problemlos Tickets und Zimmer bekommen. Mit einem „Schönen Urlaub wünsch ich" hatte sie Alan alle Buchungsunterlagen mitgegeben, natürlich augenzwinkernd.

Da die geplante polizeiliche Hauptaktion in und rund um die Port Ellen Maltings stattfinden sollte, waren sie nicht im Port Charlotte Hotel im gleichnamigen Ort abgestiegen, sondern im The Islay Hotel in Port Ellen. Da sie ebenfalls die Morgenfähre genutzt hatten und diese pünktlich in Port Ellen eingetroffen war, waren sie um kurz nach 13:30 Uhr mit dem Check-in und Zimmer beziehen fertig. In dem kleinen Hotel mit seinen 13 Zimmern fühlten sie sich auf Anhieb wohl. Wieder zurück in der Lobby überlegten sie sich dann gemeinsam die nächsten Schritte für diesen Tag.

»Lasst uns zuerst bei Ashley Dunnett vorbeifahren und mit ihm das weitere Vorgehen für übermorgen Nachmittag abstimmen. Der wartet schon auf uns. Die letzten Einzelheiten können wir dann am Morgen noch mit ihm besprechen, bevor die Gerstenlieferung eintrifft«, antwortete Graham. Er fühlte sich inzwischen wie ein richtiger und ebenbürtiger Ermittler. Und er überlegte sich schon seit gestern, ob er nicht zur Polizei wechseln sollte. Brian hatte vermutlich nicht mehr so lange, bis er in Rente gehen würde und er, Graham Morrice, könnte dessen Job doch problemlos ausüben.

»Und dann?«, fragte Brian.

»Dann fahren wir zu den Kollegen in Bowmore. Ich habe unseren Besuch bereits angekündigt und die werden uns übermorgen bei der „Gerstenaktion" auch tatkräftig unterstützen«, erwiderte Alan.

»Gut, so machen wir das.«

Ashley Dunnett hatte seine Gäste tatsächlich bereits erwartet und empfing sie in seinem Büro. Er bot seinen Gästen Kaffee an und fragte dabei Graham scheinheilig, ob der lieber einen Tee trinken wollte.

»Nein, danke Ash. Ich bin doch nicht krank. Ich werde den schon irgendwie runterbringen.« Sein Lächeln nahm dabei dem Gesagten etwas an Schärfe. Aber nur etwas.

Kopfschüttelnd schenkt Ashley auch Graham einen Kaffee ein. Erstaunt sah Graham dann, wie seine beiden Begleiter den Kaffee kommentarlos und offensichtlich sogar mit Genuss tranken. *Banausen,* dachte er noch und trank dann seinen Kaffee ebenfalls, aber mit versteinertem Gesicht.

»Wie kann ich Ihnen genau helfen«, fragte Ashley die Kommissare. »Sie wissen ja schon, dass die Gerstenlieferung übermorgen Nachmittag mit der Fähre um 12:05 Uhr auf Islay eintrifft. Sie wird also etwa eine halbe Stunde später dann bei uns sein.«

»Wir möchten uns gerne mal die Stelle ansehen, wo genau die Gerstenlieferung ankommt und auch die nähere Umgebung. Ohne zu sehr in Einzelheiten zu gehen, wollen wir den Fahrer des Sattelzuges vor Ort abfangen und einer Befragung unterziehen. Dabei werden wir dann entscheiden, ob es zu einer Verhaftung kommt oder nicht.«

»Okay, dann gehen wir mal an die Einfüllöffnung für die Steeping Tanks. Unterwegs zeige ich Ihnen auch gerne alles andere, was sie interessiert.«

»Wenn wir schon hier sind, würden wir uns auch gerne ansehen, wo sie den toten Reporter im Malz gefunden haben«, sagte Alan dann.

»Wird die Gerste bei euch nicht erst in einem Silo zwischengelagert?«, fragte Graham.

»Normalerweise werden die Gerstenanlieferungen direkt am Hafen in unseren Gerstenspeicher gepumpt. Das ist das blaue Gebäude, das ihr bestimmt bei der Ankunft gesehen habt. Von dort holen wir uns was wir brauchen, zum Zeitpunkt, wann wir es brauchen. Bei dieser Bio Gerste läuft das aber anders. Da es sich um eine Probelieferung handelt, wollten wir natürlich sowohl die letzte Charge, als auch diejenige, die wir übermorgen erwarten, nicht mit „normaler" Gerste vermischen. Deswegen wird sie direkt aus dem Silo-Auflieger in die Steeping Tanks gefüllt.«

»Wird dieser Prozess von einem ihrer Mitarbeiter überwacht?«

»Nein, normalerweise nicht. Und das habe ich auch schon Sergeant Pat Duffy gesagt. Das Entleeren des Aufliegers dauert etwas und wird vom Fahrer selbst durchgeführt, ohne dass einer meiner Männer dabei ist.«

»Verstehe«, nickte Alan. Damit war es dem Fahrer der letzten Lieferung sehr leicht gemacht worden, den toten Beifahrer mit in die Steeping Tanks zu bringen.

Gemeinsam gingen sie dann zur Einfüllstelle und begutachteten sowohl den Einlasstrichter als auch die eigentlichen Tanks und die Verbindung zur Germination Drum. Dabei zeigte Ihnen Ashley auch die Trommel und die Auslassklappe, durch die der tote Reporter aufs Förderband gefallen war. Ash erklärte dabei, wie der Reporter vermutlich über die Tanks in die Trommel gekommen war.

Wieder zurück an der Einfüllstelle schauten sich Alan und Brian den Platz rund um die Einfüllung an, um mögliche Verstecke für den geplanten Polizeieinsatz aufzuspüren. Sie erwarteten zwar keine Probleme bei der Überprüfung und möglichen Verhaftung des Fahrers, da Nicky schon herausgefunden hatte, dass es ein anderer Fahrer sein würde als beim letzten Mal. Sie wollten diesen eigentlich eher befragen als verhören. Aber sie wollten auch kein unnötiges Risiko eingehen.

Nachdem sie alles gesehen hatten und auch alle ihre Fragen beantwortet waren und auch Ashley ungefähr wusste, was am übernächsten Tag ablaufen würde, verabschiedeten sie sich von ihm und gingen zurück zum Auto.

Auf der Weiterfahrt nach Bowmore zur Polizeistation nahmen sie die A846. Graham hatte vorgeschlagen, dass sie auf der Rückfahrt die parallel verlaufende alte Straße nehmen sollten, die mitten durch das Gebiet führte, in dem noch immer Torf gestochen wurde.

Unterwegs kamen sie auch am Flughafen vorbei, der aber scheinbar einsam und verlassen dalag, da gerade kein Flug abzuwickeln war.

In Bowmore kamen sie an die Runde Kirche und Graham erzählte natürlich vorher schon die Geschichte, warum die Kirche diese runde Form hatte. »Damit sich der Teufel nicht in einer Ecke verstecken kann«, endete er, als sie hinter der scharfen Kurve den Hügel hinunter in Richtung Hafen fuhren.

Wenige Minuten später erreichten sie die Polizeistation von Bowmore. Auch hier wurden sie bereits erwartet. Sie hatten gerade ihr Auto verlassen, als die Tür der Polizeistation aufging und Constable Caitlin McEachern sie in Empfang nahm.

Nachdem sie auch Sergeant Pat Duffy und Constable Steven Field begrüßt hatten, wurde ihnen auch hier sofort Kaffee angeboten. Da Kaffee fast schon als internationales Getränk von Polizisten auf der ganzen Welt bezeichnet werden konnte, waren Alan und Brian größere Mengen davon gewöhnt. Und Graham sowieso.

Als Graham kurz darauf das vertraute Blubbern einer altmodischen Kaffeemaschine hörte, hellte sich sein Gesicht auf. Und als er wenig später den Kaffee probierte, strahlte er förmlich. »Endlich mal jemand, der es versteht, richtigen Kaffee zu machen. Das ist der beste Kaffee, den ich seit Langem und vor allem hier auf Islay getrunken habe.«

Steve strahlte bei diesen Worten, denn er war derjenige gewesen, der sich immer gegen einen Vollautomaten in der Polizeistation gewehrt hatte. Zwei verwandte Seelen hatten sich gefunden und fingen sofort an über die richtige Kaffeequalität zu fachsimpeln.

»Ich unterbreche eure hochinteressante Unterhaltung ja nur ungerne«, kam Alan dann auf den Grund ihres Besuches zurück. »Aber wir haben hier auch noch etwas anderes zu besprechen.«

»Entschuldigung«, kam es von Steven. Graham schaute nur verständnislos. Was konnte es Wichtigeres geben als Kaffee? Doch dann übernahm seine detektivische Ader wieder die Oberhand.

»Wir haben da schon was vorbereitet, dass Sie interessieren könnte«, schaltete sich Pat Duffy ein. Er zeigte ihnen etliche Fotos, die er gemacht hatte. Es handelte sich dabei um die Tatortfotos, die sowohl am Fundort der Leiche in der PE-Maltings als auch an den Klippen des Port an Eas aufgenommen worden waren. Pat hatte an beiden Stellen so viele Bilder gemacht, dass nur eine Auswahl davon in die jeweilige Akte aufgenommen wurde. Aber auch die restlichen Bilder ergaben keine weiteren oder gar neuen Erkenntnisse.

Nach dem sie noch das gemeinsame Vorgehen bei der Ankunft des Gerstenlasters besprochen hatten, machten sich die drei „Chefermittler", wie Graham sie inzwischen gerne bezeichnete, wieder auf die Rückfahrt nach Port Ellen und fuhren dabei über die High Road genannte Nebenstraße.

Sie genossen gemeinsam ein ausgezeichnetes Abendessen in dem Restaurant ihres Hotels. Das Seafood Medley und das Rack of Argyll Lamb, das Alan und Graham gewählt hatten und auch das knapp 300 Gramm schwere Rib Eye of Argyll Beef für das sich Brian entschieden hatte, schmeckten hervorragend.

Auf Vorschlag von Graham gingen sie nach dem Essen noch in die Whisky Bar des Hotels. Eine Entscheidung, die sie allerdings noch bereuen sollten. Graham gelang es nämlich seinen beiden Begleitern den einen und dann noch den anderen und auch noch den dritten Whisky anzubieten, da die Bar auch mit zahlreichen Raritäten ausgestattet war, die es so kaum noch anderswo zu trinken gab.

Gegen 21:00 Uhr sah dann auf Grahams Einladung hin auch noch Gavin Cumming vorbei. Ein wettergegerbter, hochgewachsener Mittvierziger, der auch gut als Profisegler durchgegangen wäre. »Meine Freunde darf ich euch Gavin vorstellen? Das ist mein Mann für die rauchige Abteilung der SWS. Sprich, er ist der Manager unserer Killarow Distillery«

Alle begrüßten sich freundlich und Gavin stellte eine gut dreiviertelvolle Flasche Whisky ohne Etikett auf den Tisch.

»Aah! Das diesjährige Prunkstück!«, kommentierte Graham sofort. »Killarow Selected Sherry Cask 1983, 30 Jahre liebevoll gepflegt. Das darf heute Abend natürlich nicht fehlen. Danke, Gavin. Schließlich hat unser Islay-Manager extra für das Whisky Festival wie jedes Jahr eigens eine Sonderabfüllung herausgebracht. Eine der gerade einmal 280 Flaschen hast du also für uns reserviert. Dann lasst uns mal einschenken.«

Keiner der Anwesenden konnte Grahams folgendem Tasting aus dem Weg gehen. Schließlich, so Graham, musste man einen Islay auf jeden Fall auch auf Islay trinken! Das wäre schließlich in etwa so wie mit dem Chianti im Italienurlaub.

Irgendwann kam man zwangsläufig auf die Gerste im Speziellen, und Islay im Allgemeinen zu sprechen. Gavin war durch Graham schon über die wesentlichen Details des Falls aufgeklärt worden.

»Eigentlich läuft es alles sehr zufriedenstellend. Graham kennt ja die Zahlen fast besser als ich. Der Hype auf den Islay-Whisky hat mittlerweile die ganze Welt erfasst. Wenn ich sehe, was für Massen an Whiskyliebhabern mittlerweile aus allen Herren Ländern zu uns aufs Festival strömen ... meine Herren. So viele Betten gibt es hier auf der Insel gar nicht! Wenn es doch nur in den kühlen Monaten auch so wär. Da ist es hier immer noch sehr, sehr ... naja, beschaulich.« Gavin nahm einen guten Schluck von seinem Pint Bier.

»Habt ihr das hier schon gesehen?« Er wies mit dem Finger auf ein Regalbrett voller Bierflaschen über der Bar. »Wo wir gerade bei Getreide und Bio und so sind. Jetzt kommen schon die Deutschen hierher und brauen Bier auf der Insel. Auch natürlich nur mit den „reinsten und feinsten" Zutaten. Typisch Deutsch! Der Deutsche, der hinter diesen Bieren steckt, hatte sich bei mir gleich um die Ecke in Bridgend niedergelassen und laufend in den Kneipen gemeckert, dass es hier kein anständiges Bier gibt. Da hat doch Timothy, der Wirt vom *White Hart* gesagt „na, dann brau dir doch selber eins" und – du glaubst es nicht – hat sich der Kerl bei uns in der Nähe vom Islay House eine kleine Brauerei eingerichtet. Jetzt müssen wir uns dauernd das Gequatsche vom Reinheitsgebot und so anhören! Aber ich will ja nicht meckern. Eine Attraktion mehr, einige Touristen mehr und ein paar Sorten Bier mehr. Was will man also mehr? Slàinte."

Natürlich blieb es nach dieser Vorrede nicht aus, dass man einige der „Deutschen Islay-Bier-Sorten" auch probieren musste. Und da erst etliche Biere und Whiskys später Schluss war, gingen dann alle drei recht betrunken ins Bett. Nur Gavin, der Verlierer des Abends und zu betrunken, um noch selber zu fahren, musste die Nacht auf dem Notbett im Geräteschuppen des Hotels verbringen.

Smokeheads

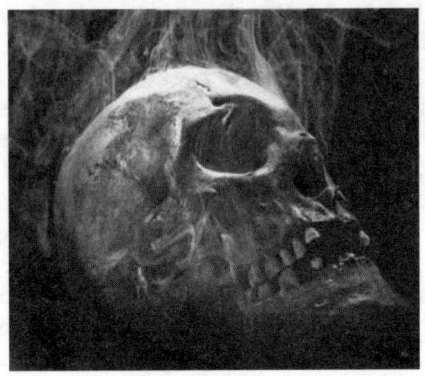

Um kurz nach 09:00 Uhr trafen sich zwei verschlafene Männer, nämlich Graham und Alan, mit einem putzmunteren Brian und einem wachen aber ziemlich zerknittert aussehenden Gavin im Frühstücksraum des Hotels.

Brian winkte den beiden fröhlich von dem Tisch aus zu, an dem Gavin und er saßen und an dem noch zwei weitere Plätze eingedeckt waren. Vor sich hatten sie zwei leere Teller stehen, auf denen noch die Krümel und Fettspuren davon zeugten, dass beide das Wort Frühstück sehr ernst genommen hatten und dieses nämlich „früh" und in einem ordentlichen „Stück" zu sich genommen hatten.

»Setzt euch ihr Lieben«, sagte Brian dann munter. »Wir haben schon mal eine kleine Vorspeise zu uns genommen. Gavin hat mir von der belebenden Wirkung der nächtlichen Islay-Luft erzählt und ich kann ihm nur zustimmen. Sehr appetitanregend.

Also nicht, dass ihr mir jetzt alles wegesst und ich verhungern muss.«

Gavin grinste dabei über beide Backen. »Landeier!«

»Warum müsst ihr denn morgens schon so fit sein?«, beschwerte sich Alan. Er rieb sich die müden Augen und wunderte sich, wie viel Energie manche Zeitgenossen nach so einem Abend schon wieder aufbringen konnten. Das konnte nicht nur an der Seeluft liegen. Die nahmen doch bestimmt heimlich irgendwelche Tabletten. Anders ging das doch gar nicht! Egal was die nahmen, das wollte er auch.

»Sprich mich nicht an, solange ich noch BC bin«, grummelte Graham.

»Bi was?«, fragte Brian verdutzt.

»BC. Das ist für mich nicht nur die Zeitrechnung für etwas, das über 2.000 Jahre alt ist, sondern vor allem eine ganz wichtige Tageszeit. Das steht nämlich bei mir für *Before Coffee* und frühestens AC bin ich ein genießbarer Mensch. Vorausgesetzt natürlich, dass der Kaffee gut war.«

Alle lachten und die Müdigkeit von Alan und Graham verbesserte sich deutlich.

Graham schenkte sich aus der Kanne, die vor Brian und Gavin auf dem Tisch stand einen Schluck Kaffee in eine der unbenutzten Tassen und probierte ihn.

»Durchaus trinkbar«, kommentierte er dann. »Der schmeckt sogar besser als in unserem letzten Hotel auf Islay und deutlich besser als bei Ash. Aber nicht so gut wie in der Polizeistation in Bowmore.«

»Na, dann kann ja fast nichts mehr schief gehen«, sagte Alan. »Komm wir gehen mal ans Buffet und schauen, ob uns Brian noch etwas übrig gelassen hat.«

»Wartet, ich komme mit. Eine Kleinigkeit geht bei mir bestimmt noch rein.« Auch Brian stand auf und folgte den beiden.

Nachdem Graham und Alan gefrühstückt hatten und auch Brian den Eindruck erweckte, dass er für die nächsten Stunden satt sein könnte, lehnte sich Alan zurück und schaute in die kleine Runde.

»Was machen wir eigentlich heute? Die Gerste kommt ja erst morgen Mittag mit der Morgenfähre hier an «, fragte er dann.

»Wie wäre es mit Urlaub?«, fragte Brian. »Ich habe Jane versprochen, ein paar schöne Bilder zu machen. Wir waren doch noch nie auf Islay und Jane möchte die Insel gerne mal besuchen. Aber nur, wenn es sich lohnt.«

»Hier soll es tolle Strände geben und auch sonst viel schöne Natur«, ergänzte Alan, der sich langsam mit dem Gedanken auf Urlaub anfreundete.

»Und jede Menge Whisky Brennereien«, ergänzte Gavin begeistert. »Eine davon gehört ja sogar zu unserem Konzern. Von der Qualität konntet ihr euch ja gestern Abend hinlänglich überzeugen.« Alle stöhnten bei der Bemerkung ein wenig. »Letzte Woche war ja hier noch das Islay Whisky Festival. Jetzt aber sind die meisten Smokeheads wieder runter von der Insel und man kann sich alles in Ruhe ansehen, ohne ständig jemandem auf den Füßen zu stehen.«

»Smokeheads? Was ist das denn?«, fragte Alan verdutzt.

»So bezeichnen wir alle Touristen, die wegen des rauchigen, torfigen Whiskys nach Schottland und speziell hierher nach Islay kommen«, grinste Gavin. »Aber ich darf euch jetzt verlassen. Ich muss zur Brennerei. Sonst wirft mich am Ende mein Boss noch wegen Faulheit raus.« Dabei stand er auf, klopfte Graham grinsend auf die Schulter und winkte allen nochmals zu.

»Darauf kannst du wetten!«, rief Graham ihm hinterher, bevor Gavin den Raum verließ.

Rechtzeitig zum Beginn des Feis Ile Festival hatte sich das Wetter schon positiv verändert. Auch wenn es die Tage davor schon nicht mehr geregnet hatte, so erreichten die Temperaturen in der Festivalwoche angenehme 18 Grad. Auch nach dem Festival hielt sich nun die Schönwetterfront und die Wettervorhersage versprach auch für heute sonnige Stunden sowie weiterhin Temperaturen zwischen 15 und 18 Grad. Also ein echter Hochsommertag in Schottland.

Das machte es den dreien dann auch einfacher die Entscheidung für eine Mischung aus Arbeit – gestern - und dann Sightseeing – heute - zu treffen.

»Also gut, meine Herren«, entschied dann laut der Dienstrang-Höchste am Tisch. »Dann lasst uns mal die schönen Seiten dieser Insel erkunden. Vielleicht haben wir ja dann sogar noch Zeit für eine Distillery.«

»Jawohl Chef«, kam es unisono aus zwei Mündern.

»Lasst uns doch erst einmal von Port Ellen aus nach Osten fahren, bis zum Kildalton Cross«, schlug Graham vor, als sich alle an Brians Auto über die Landkarte von Islay beugten. »Dann kommen wir noch mal an den Brennereien vorbei, die wir gestern von der Fähre aus gesehen haben.«

»Ja, das klingt gut. Gibt es da auch Strände?«

»Nein, eigentlich nicht. Weiter hinten bei Ardtalla gibt es zwar einen kleinen, schönen Strand, aber lasst uns dann lieber am Nachmittag die Strände im Nordwesten der Insel erkunden. Die sind viel größer und da haben wir dann sogar vier Stück relativ nahe beieinander.«

»Brauchen wir dafür nicht noch ein Lunch-Paket?«, fragte Brian.

»Nein, mein Lieber«, lachte Graham. »Wir können unterwegs etwas essen.«

»Na gut, aber auf deine Verantwortung.« Brian klang nicht überzeugt, dass er wirklich „rechtzeitig" etwas zu essen bekommen würde.

Sie fuhren auf der Nebenstraße in Richtung Ardbeg und bewunderten unterwegs die schöne Aussicht. Die traumhafte Lage der Brennereien, mit dem Blick über den Atlantik in Richtung zur Kintyre Halbinsel, beeindruckte alle. Es dauerte nicht lange, bis sie an der Laphroaig Distillery vorbeikamen. Graham, ganz der gewissenhafte Reiseführer, erklärte seinen beiden Begleitern, was das große freie Feld[26] links der Straße zu bedeuten hatte, auf dem sie kleine Fähnchen mit Länderflaggen

---

26 Die „Friends of Laphroaig" werden lebenslang Besitzer eines Square Foot (929,03 cm²) Land auf Islay. Alle neuen Mitglieder werden in große, ledergebundene Bücher eingetragen, die im Büro der Destillerie eingesehen werden können. Dieses „Grundstück" wird beim Besuch mit der Nationalflagge des „Friend" gekennzeichnet und kann besucht und natürlich fotografiert werden. Außerdem erhält der Friend als „Miete" eine Miniaturabfüllung Laphroaig.

stecken sahen. Nur wenige Minuten später fuhren sie direkt am Gebäude der Lagavulin Distillery vorbei und weiter bis zur Ardbeg Distillery.

»Hier könnte ich es durchaus aushalten«, meinte Alan dann und auch Brian nickte.

»Ihr solltet erst einmal das Haus sehen, in dem der Distillery Manager von Ardbeg wohnt und den Blick von dort. Mannomann«, ergänzte Graham schwärmerisch. »Ich hatte mir schon überlegt, ob ich meinen jetzigen Job nicht aufgeben und nur noch Distillery Manager von Ardbeg werden soll.«

»Es gibt sicherlich hässlichere Orte auf der Welt«, stimmte auch Brian zu. »Und irgendwie gefällt mir auch die Atmosphäre hier auf Islay. Die Leute sind alle so entspannt.«

»Ja, die Ileachs, wie die sich hier nennen, sehen alles nicht ganz so verbissen und genießen neben der Arbeit auch ihr Leben. Sie arbeiten quasi, um zu leben und nicht umgekehrt, wie die meisten Menschen. Was nicht heißt, dass sie ihre Arbeit dadurch vernachlässigen oder schlechter machen.«

»Das ist ja schon fast eine südländische Einstellung wie das „Mañana" der Spanier oder das „Laissez-faire" der Franzosen«, kam es von Alan.

»Stimmt genau. Nur ist das Wetter hier leider nicht oft als südländisch zu bezeichnen«, entgegnete Graham. Nachdenklich fügte er dann noch hinzu: »Trotz dieser positiven Lebenseinstellung oder vielleicht auch gerade deswegen, ist die Welt der Ileachs vor Kurzem empfindlich gestört worden. Mittlerweile weiß jeder, dass sich hier zwei Morde ereignet haben. Und das hat der friedlichen Welt von Islay einen Riss verursacht. Die brutalen Morde sind eine Bedrohung der Sicherheit der kleinen

Insel, wie man sie eigentlich nur vom Festland kannte.«

Nachdenklich fuhren alle drei weiter, bis Graham wieder das Wort ergriff: »So, da vorne kommt schon der Abzweig nach rechts zum Kildalton Cross[27]. Das sollte man zumindest einmal gesehen haben, wenn man auf Islay ist.«

Brian parkte neben der Ruine der ehemaligen Kildalton Old Parish Kapelle und die drei sahen sich sowohl das Kreuz als auch die Ruine mit den alten Grabplatten, jeweils mit dem Relief eines Kriegers, an.

»Auf der anderen Seite der Straße steht übrigens ein weiteres kleineres Kreuz, das im späten Mittelalter errichtet wurde und unvollendet blieb«, ergänzte Graham und zeigte in die Richtung.

»Tolle Lage und ein wirklich sehenswertes Kreuz«, fasste Alan seine Eindrücke zusammen. Brian war gerade auf dem Weg zum Small Cross und immer noch am Fotografieren, was aber auch dafür sprach, dass ihm die „Location" durchaus gefiel.

Als er zurückkam, meinte er allerdings zu Graham: »Es ist zwar sehr schön hier, aber wir hätten doch besser ein Lunchpaket mitnehmen sollen.«

»Keine Panik Brian, ich habe doch gesagt, dass wir unterwegs etwas essen können und ich weiß auch schon wo.«

---

27 Das 2,65 m hohe Kreuz mit seinem 1,32 m langen Querbalken wurde aus einem einzigen lokal vorkommenden grünen Stein gefertigt und ist eines der schönsten keltischen Wegkreuze aus der zweiten Hälfte des 8. Jahrhunderts. Die Ornamente und Symbole sind auch heute – trotz Verwitterung – immer noch gut zu erkennen. Vorne sehen Sie typische Ornamente, wie Drachen, Schlangen und Vögel. Auf der Rückseite befinden sich biblische Szenen.

Und so kam es, dass sie auf dem Rückweg nach Port Ellen noch bei Ardbeg im Kiln Café für eine kleine Zwischenmahlzeit einkehrten.

Als sie später, auf ihrer Fahrt nach Bowmore, an Port Ellen vorbeikamen, drehte sich ihr Gespräch natürlich um die Ereignisse, die morgen auf dem Gelände der Maltings stattfinden würden. Alan ging weiterhin davon aus, dass es lediglich zu einer Befragung des neuen Fahrers kommen würde. Nicky hatte ihn ja schon darüber informiert, dass ein anderer Fahrer den Sattelzug steuern würde.

Außerdem hatte er über die Nachfrage bei den Kollegen in Belgien inzwischen erfahren, dass der erste Fahrer scheinbar spurlos verschwunden war. Er hätte nach der Rückkehr nach Belgien seinen Sattelzug ordnungsgemäß zurückgebracht und sei am nächsten Morgen aber nicht mehr zur Arbeit erschienen. Er war weder telefonisch erreichbar noch an seiner Meldeadresse angetroffen worden. Es fehlte jede Spur von ihm.

Alan und Brian überlegten auch laut, was nach der Befragung des Fahrers geschehen sollte. Der Fall in Schottland war soweit aufgeklärt und eigentlich würden jetzt, da es sich um die Klärung eines internationalen Verbrechens handelte, die "Großkopferten" aus den Ministerien und die "Oberschlauen" des MI5 und MI6 das Ruder übernehmen. Und die würden sich von den kleinen "Dorfpolizisten", wie diese die Mannschaft unter CC House gerne nannten, sicherlich nicht in die Suppe spucken lassen.

Bestimmt war DCC Timmins bei seinem letzten Telefonat mit Alan auch deshalb so kurz angebunden gewesen, weil er schon den Druck von oben gespürt hatte. Vermutlich hatte er zu dem Zeitpunkt bereits damit angefangen, sich den internationalen Interessen beugen zu müssen.

Trotzdem hatte Alan den Antrag gestellt ein Joint Investigation Team, kurz JIT genannt, zu gründen. Einen Versuch war es zumindest wert. Vielleicht gelang es ihm ja, auch weiterhin die Fäden in der Hand zu halten und mitarbeiten zu können.

Natürlich mischte sich auch Graham immer wieder in diese Gespräche ein. Schließlich war er ja jetzt fester Bestandteil des Ermittlungsteams, so dachte er zumindest. Da es sich aber ausschließlich um interne Themen der Polizei handelte, von deren Details und Zusammenhängen er keine Ahnung hatte, trug er nichts Sinnvolles bei, sondern nervte die beiden anderen nur.

Deshalb war es gut, dass Brian hinter Bridgend und Blackrock in Richtung Craigens abgebogen und dann weiter nach Kilnave gefahren war. Am kleinen Friedhof, an der Westseite des Loch Gruinart, hielten sie an und besahen sich das alte stark verwitterte Kreuz aus dem 5. Jahrhundert.

»Na, viel ist davon ja nicht mehr übrig«, meinte Brian.

»Aber immer noch genug, um zusammen mit der Ruine der kleinen Kirche und der Lage hier ein sehenswertes Ziel zu sein«, widersprach Alan.

»Und der über sechs Kilometer lange Loch Gruinart ist ein wahres Vogelparadies und deshalb auch entsprechend geschützt«, ergänzte Graham noch. Mit einem Blick auf die Uhr ergänzte er dann: »Lasst uns noch zur Saligo Bay und dann weiter zur Machir Bay fahren. Das sind zwei sehr schöne Sandstrände.«

Die an der Westküste gelegene Saligo Bay war wirklich traumhaft schön. Sie beobachteten die

Wellen, die sich an dem breiten Sandstrand brachen und genossen die tolle Aussicht.

Auch der zwei Kilometer lange Sandstrand der Machir Bay war sehr schön. Zum Land hin war der Strand durch lange, mit Schilfgras bewachsene Sanddünen gesäumt. Es herrschten aber recht starke Winde vor, sodass sich alle drei fest in ihre Jacken einpackten.

»Ich muss unbedingt mit meiner Jane mal nach Islay kommen. Hier ist es wirklich sehr schön. Das wird ihr bestimmt gefallen«, fasste Brian seine Eindrücke zusammen.

»Lasst uns über Kilchoman zurück zur Hauptstraße fahren und dann weiter nach Port Charlotte zum Hotel, in dem Ishbel und ich das letzte Mal übernachtet haben. Bis wir dort ankommen, dürfte es fast 18:00 Uhr sein, dann können wir dort zu Abend essen.«

»Phantastische Idee«, kam es sofort von Brian. »Ich bin schon fast am Verhungern. Soviel tolle Eindrücke machen mich extrem hungrig.«

Im Port Charlotte Hotel angekommen, gingen sie erst in die Bar und tranken ein Pint des lokalen Bieres. Etwas später wurden sie an den Tisch im Restaurant geführt und genossen von dort die tolle Aussicht aufs Meer.

Nachdem das Essen serviert war, machten sie sich hungrig über die leckeren Gerichte her, die vor ihnen standen. Brian hatte natürlich das große Menü gewählt und war am Ende sehr froh über diese Wahl, sowohl was die Qualität als auch die Quantität betraf. Mit anderen Worten, er war satt und zufrieden.

»Das war ein toller Abschluss für diesen schönen Tag«, sagte Alan. »Sogar das Wetter hat mitgespielt und es war überwiegend sonnig. Und auch dir herzlichen Dank Graham, du hast uns diese Insel wirklich schmackhaft gemacht.«

»Gerne meine Freunde. Es hat mir ja auch viel Spaß gemacht. Wenn ihr wollt, könnten wir noch nach Portnahaven fahren und uns dort den Sonnenuntergang ansehen. Das ist angeblich eine der schönsten Stellen auf der Insel, um den zu bewundern.«

»Nein, du Romantiker. Vielleicht beim nächsten Mal«, lachte Alan. »Wir fahren lieber zurück und holen noch etwas Ruhe und Schlaf nach. Morgen müssen wir schließlich fit sein«.

»Außerdem, nichts für ungut lieber Graham«, ergänzte Brian grinsend, »schaue ich mir romantische Sonnenuntergänge doch lieber mit meine Jane an.«

Graham reagierte, indem er errötete.

Sie ließen die Sonne also ohne ihre Hilfe untergehen und traten die Rückfahrt über Bridgend nach Port Ellen an. Als sie unterwegs beim Abzweig nach Port Askaig nach rechts abbogen, meinte Graham: »Von dort aus fahren wir übermorgen zurück, da können wir vorher eventuell noch einen Abstecher nach Bunnahabhain machen.«

Dass die Rückfahrt von Port Askaig aber anders verlaufen sollte als geplant, konnte noch keiner von ihnen ahnen.

Schicksal

Am nächsten Mittag, pünktlich um 12:05 Uhr, traf die Fähre im Hafen von Port Ellen ein und die Fahrzeuge fuhren nach und nach über den Landungssteg auf die Insel Islay.

Rechts von der Straße, die nach Bowmore führte und damit auch in Richtung zur PE-Maltings, parkte Brian, der sah, wie der Gerstenlaster der Spedition Van de Berghstraat ebenfalls an Land fuhr und sogleich den Weg zur Maltings einschlug. Er informierte Alan über Funk darüber und folgte dem Sattelzug in gebührendem Abstand.

Alan und die Polizisten aus Bowmore waren bereits bei der PE-Maltings in Stellung gegangen, um den Laster dort in Empfang zu nehmen. Zuvor hatte Alan noch Graham im Büro von Ashley Dunnett geparkt und beide angewiesen dort zu bleiben, bis die Polizisten mit dem Fahrer Kontakt aufgenommen hatten.

Speziell Graham war über diese Maßnahme überhaupt nicht glücklich, fühlte er sich doch dadurch in seiner Bedeutung als „kleiner Chefermittler" dramatisch eingeschränkt. Er hatte sich sogar richtig in Rage geredet, was diese Kriminellen mit ihrer Schund-Gerste der Whisky-Industrie für einen Schaden zufügen würden. Und das nicht nur finanziell, sondern vor allem was das Ansehen und den guten Ruf betraf. Er war überaus zornig und wollte diese Verbrecherbande am liebsten eigenhändig ausrotten.

Aber Alan ließ sich nicht dazu bewegen ihn mit „an die Front" zu nehmen, wie es Graham bezeichnet hatte. »Die Detektei Graham & Morrice ist ab sofort geschlossen. Haben wir uns verstanden? Du hältst dich aus den Ermittlungen heraus. Ist das klar?!« Diese Schlussbemerkung von Alan, bevor er den Raum verließ, half keineswegs Grahams aufgewühlte Stimmung zu verbessern.

Und so blieb ein immer noch völlig aufgebrachter Graham im Büro von Ashley zurück, der sich nicht einmal traute Graham einen Kaffee anzubieten, weil er die Stimmung nicht noch weiter aufladen wollte.

Als der Sattelzug gegen 12:40 Uhr auf den Hof der PE-Maltings rollte, hatten die Beamten ihre jeweiligen Positionen eingenommen. Alan stand hinter dem kleinen Container für Altpapier und beobachtete, wie der Fahrer den verchromten Tankauflieger geschickt rückwärts über die Einlasstrichter rangierte. Der Auflieger und die grün-schwarz lackierte Zugmaschine wiesen in einer altmodischen roten Schrift den Namen und die Adresse der Spedition Van de Berghstraat auf.

Als die endgültige Position erreicht war, schaltete der Fahrer die Maschine unter einem heftigen Ruckeln und Zischen aus, öffnete die Fahrertür und sprang heraus.

Alan hatte allen eingebläut, sich nicht ohne sein ausdrückliches Signal einzumischen. Daher ging der Fahrer unbehelligt und vor sich hin pfeifend mit einem Bündel Formularen in der Hand zum Pförtnerbüro zurück und klopfte dort an die Scheibe.

Alan, der ihn dabei beobachtete, dachte, dass er mit seinen pechschwarzen Haaren und dem dunkeln Teint eher wie ein Italiener aussah, als wie ein Belgier. Wenn er nicht so jung aussehen würde, hätte er bestimmt bei allen weiblichen Einwohnern Port Ellens problemlos Chancen auf eine Verabredung.

Henry, der Pförtner öffnete derweil das Schiebefenster, sah kurz auf die Papiere und stempelte einige davon ab. Da er, wie die meisten anderen Mitarbeiter, nicht über den Umfang der polizeilichen Aktion informiert worden war, konnte er sich auch nicht durch eine unbedachte Äußerung dem Fahrer gegenüber verplappern. Daher behielt er sein bekannt-ausdrucksloses Gesicht bei, während der Fahrer zu seinem Laster zurückging und die Papiere in die Seitentasche der Fahrertür steckte.

Alan wunderte sich schon die ganze Zeit, dass diesmal die Fuhre ohne einen Beifahrer erfolgte. Vermutlich hatte man in Belgien oder sonst wo wirklich etwas mitbekommen und das Risiko durch zu viele Beteiligte minimieren wollen. Das war Pech, ließ sich aber nicht mehr ändern.

Der Fahrer in der dunkelgrünen Latzhose ging zum hinteren Ende des Aufliegers, öffnete dort den

Steuerkasten, und begann damit, einige Ventile zu öffnen.

Das ganze Szenario des Entladens wurde nicht nur von den drei Polizeibeamten auf dem Hof verfolgt. Ein abwechselnd puterroter und kreidebleicher Graham sah aus dem Fenster von Ashley Dunnetts Büro ebenfalls zu.

»Schau dir den Kerl doch mal an! Da, der sieht doch schon aus wie ein Gauner! Mit diesen kleinen schwarzen Augen. Garantiert ein Mafiosi!«

Ashleys Sekretärin konnte nicht mehr anders und blickte Graham über die Schulter. »Na, ich finde ihn eigentlich recht hübsch. Bisschen jung aber ziemlich knackig!« Grinsend ging sie wieder zu ihrem Schreibtisch zurück, während Ashley nur den Kopf schüttelte.

Graham sah ihr empört nach »Frauen! Was ist an diesen kriminellen Subjekten nur so interessant?« Dann blickte er wieder aus dem Fenster. »Sieh nur! Jetzt pumpt er schon die ganze Zeit die Gerste in die Steeping Tanks! Wenn wir nicht gleich handeln, ist alles weg. Ich wollte doch eine Probe fürs Labor! Es muss doch noch was im Lastwagen verbleiben, sonst können wir doch nichts beweisen! Warum greift Alan denn nicht ein?« Mit einem Ruck drehte er sich um und lief zur Tür. »Da ist bestimmt was schief gegangen. Die haben die Situation nicht mehr im Griff! Die hätten längst handeln müssen!«

Ashley versuchte noch, Graham am Ärmel festzuhalten, war jedoch nicht schnell genug. Laut schimpfend verschwand Graham im Flur.

Wenn mehrere unerwartete Dinge zeitgleich passieren und erst dieses Zusammenspiel zu einer bestimmten Handlung führt, so wird dies meistens als Zufall oder Schicksal bezeichnet.

Einige Menschen mit einem eher spirituellen Hintergrund sehen darin auch manchmal das Werk Gottes oder zumindest eine himmlische Fügung. Die Handlung manch indischer Gottheit ist auch von Rache oder zumindest gesunder Strafe geprägt. Zumindest Graham konnte sich später im Krankenhaus, bei der Aufarbeitung der Szene, mit dieser Interpretation am Besten anfreunden. Was war also geschehen?

Zunächst rollte der knallrote Peugeot der Royal Mail laut hupend auf das Gelände und kam mit einem Quietschen direkt neben dem Tanklastzug zum Stehen. Dass die Post täglich nach 13:00 Uhr eintraf, hatten alle schlicht übersehen.

Dann lief eine Gruppe Touristen, offensichtlich japanischer Herkunft, auf den Hof. Brian, der seinen Wagen draußen auf der Straße geparkt hatte, versuchte noch wild gestikulierend die Gruppe vom Betreten des Geländes abzuhalten. Aber die ignorierten ihn einfach. Manche winkten auch freundlich zurück.

In genau diesem Moment zog irgendein Gott oder eine vielleicht auch eher eine Windböe die letzten Wolken vor der hoch stehenden Mittagssonne beiseite. Die gleißenden Strahlen spiegelten sich hundertfach in dem blank polierten Tankauflieger des Lastwagens und schossen in jeden Winkel des Geländes.

Und genau in diesem Moment des heillosen Durcheinanders öffnete Graham die Treppenhaustür und stürmte wild gestikulierend mit einem Labor-Becherglas in der einen Hand und einer kleinen Schaufel in der anderen auf den Fahrer des belgischen Lastwagens zu.

Da alle anderen Anwesenden von den Lichtstrahlen kurzzeitig geblendet waren, bekam niemand so recht mit, was dann passierte. Lediglich Brian, der aber mehr durch Zufall in Grahams Richtung blickte, lief los und rief noch »Graham, NEIN!« Doch auch er konnte sich Sekunden später nur entsetzt über den stark blutenden Graham beugen, nachdem er den belgischen Fahrer mit einem Faustschlag aus vollem Lauf niedergestreckt hatte. Der blutbeschmierte Schraubenschlüssel, den der Fahrer in der Hand hielt, flog dabei über den ganzen Hof und traf fast noch einen der japanischen Touristen.

Brian, Alan und Ashley Dunnett saßen gemeinsam um Grahams Krankenbett im Islay Hospital in Bowmore und schauten ihn allesamt wütend an.

Mit seiner dicken Kopfbandage und den diversen Schürfwunden, die er sich beim Sturz auf den Asphalt noch zusätzlich zugezogen hatte, sah er mitleiderregend aus. Zum Glück hatte der Schraubenschlüssel nur eine ziemlich stark blutende Fleischwunde verursacht, die mit wenigen Stichen genäht werden konnte. Nur dank dieser Verletzung hielt er, zumindest für den Moment, das allergrößte Donnerwetter seiner Besucher von sich fern.

Alan rang nach Worten. »Hast du sie noch alle? Du hättest tot sein können! Was hast du dir eigentlich dabei gedacht, den Fahrer ohne jegliche Unterstützung durch uns anzugreifen?«

Jetzt blickte Graham sichtlich erstaunt. »Angreifen? Nein, nein, nein! Das seht ihr völlig falsch! Ich wollte niemanden angreifen. Ich wollte doch nur den Fahrer fragen, ob ich mir eine Probe abfüllen kann, bevor die ganze Gerste im Silo verschwunden ist. Wie kommt ihr denn auf Angreifen? Und wieso hat der miese Kerl versucht, mich zu töten?«

Selbst Brian musste trotz des erbärmlichen Anblicks lächeln. »Na, du hättest dich mal sehen sollen, wie du da wild mit dem Dings und deinem Schäufelchen schwenkend auf den Kerl zugerannt bist. Da hätte wohl jeder einen Überfall erwartet und nicht einen besorgten Gersten-Manager.«

»Das „Dings" war ein Laborglas«, antwortete Graham beleidigt.

»Also ich habe es zunächst auch für einen Schlagstock oder so gehalten. So wie du damit rumgeschwenkt hast.«

»Pff! Ich und Schlagstock! Blödsinn.« Graham verschränkte schmerzverzerrt die Arme vor der Brust. »Und was ist mit diesem Verbrecher?«

Alan ergriff nun wieder das Wort. »Der „Verbrecher" ist zunächst mal nur ein Lkw-Fahrer, der nichts anderes getan hat, als sich seiner Haut zu wehren. Momentan klebt ihm eine Krankenschwester unter polizeilicher Aufsicht ein Pflaster auf seine Nase. Glücklicherweise, also ich meine zu unserem Vorteil, nicht zu deinem, hat er dich ziemlich verletzt. Daher haben wir einen guten Vorwand, ihn zunächst einmal hier zu behalten. Wenn wir die diversen Zeugenaussagen ein wenig zurechtschneiden, können wir ihm vielleicht sogar eine Absicht unterstellen. Das wäre uns sonst nicht möglich gewesen. So aber gibt uns das die Gelegenheit, ihn ein wenig ... naja, ernsthafter zu befragen.«

»So, Glück also! Na, dann konnte ich ja doch mal wieder helfen.« Eine Spur der Erleichterung war auf Grahams Gesicht zu sehen.

»Na, dann bewirb dich doch als Stuntman bei der Polizei. Das kannst du wirklich gut, du Ochse!« Ashley stand auf und ging zum Fenster. Dann blickte er über die Häuser von Bowmore zum Hafen. »Wenn du tot gewesen wärst, hätte ich dich persönlich in die Steeping Tanks geworfen. Nur um Ishbel nicht erzählen zu müssen, dass du wieder Bockmist gebaut hast!«

»Weiß Ishbel etwa schon Bescheid?« Graham schreckte trotz seiner Schmerzen im Bett auf.

Ashley schüttelte den Kopf. »Nicht wirklich. Ich habe vor einer halben Stunde mit ihr telefoniert und ihr gesagt, dass dir beim Hantieren am Lkw aus Versehen ein Schraubenschlüssel an den Kopf geknallt ist. Mehr nicht. Und dass ich dich zur Sicherheit zum Arzt geschickt habe und sie sich keine Sorgen machen und bloß nicht in Panik verfallen und hierher kommen soll.«

»Und? Was hat sie gesagt?«

»Dass du doch wissen müsstest, dass du keine größeren Werkzeuge als Uhrmacherpinzetten anfassen sollst. Beim Gebrauch von allen anderen Werkzeugen würdest du grundsätzlich blutend oder hinkend aus der Garage kommen.«

Graham lief puterrot an. »Das hat sie doch nicht wirklich ...«

Brüllend schlugen sich die drei Besucher die Hände auf die Schenkel. Ashley liefen die Tränen vor Lachen herunter.

»Wisst ihr, was ihr seid?«, krakeelte Graham laut aus seinem Bett. »Eine ganz miese Bande von ... ach, was weiß ich! Einen schwerverletzten Mann so derart zu demütigen! Das ist ja fast noch schlimmer, als von belgischen Killern zusammengeschlagen zu werden!« Letztendlich konnte er sich ein Lachen aber dann doch nicht verkneifen.

»Ach Graham, Graham. Nein, im Ernst. Ishbel habe ich beruhigt. Ich habe die Sache ziemlich heruntergespielt. Jetzt mach du aber nicht nachträglich noch eine Heldengeschichte daraus! Der Arzt hat gesagt, morgen kannst du wieder raus. Solange bleibst du zur Beobachtung noch hier.«

Dann verabschiedeten sich Ashley, Alan und Brian von ihm.

»Was ist denn nun mit der Gerste?«, rief Graham ihnen noch hinterher.

»Die Probe ist auf dem Weg zum Labor nach Glasgow. Gen-Analyse. Dein Probenglas war entgegen deinem Kopf nämlich nicht kaputt gegangen. Obwohl wir nicht glauben, dass die Firma diesmal was anderes als die bestellte Bio-Gerste geliefert hat«, antwortete Ashley. »Tut mir leid.« Mit den Worten zog er die Zimmertür zu und gemeinsam gingen sie den Flur hinunter zum Fahrstuhl.

»Mannomann. Der Postwagen, die Touristen, die Sonne und wir alle mittendrin. An manchen Tagen geht aber auch alles schief«, meinte Alan betrübt.

»Stimmt, aber dafür klappt an anderen Tagen gar nichts«, versuchte Brian ihn aufzumuntern.

»Genau«, kommentierte Ashley Dunnett. »Letzte Woche hat mich zum Beispiel einer mit einem Messer bedroht. Ich erkannte aber gleich, dass das kein Profi sein konnte – es war noch Marmelade dran.«

Alan und Brian sahen ihn erschreckt von der Seite an. »Oh Gott, bitte nicht noch einen Witzbold aus der Whiskyszene!«

Allein in seinem Krankenbett zurückgelassen, verfiel Graham wieder ins Sinnieren. Wie konnte es nur sein, dass jedes Mal, aber auch wirklich jedes Mal, wenn er kriminalistisch helfen wollte, dies zwar klappte, aber eben mit dem lästigen Nebeneffekt, dass er dabei in irgendeiner Form körperlichen Schaden erlitt. Er hatte sich stets als einen nüchternen Menschen bezeichnet. Aber hier konnte er nicht umhin, doch an die Einmischung irgendeiner höheren Macht zu denken, die ihm aus reiner Schadenfreude permanent den Erfolg versalzen wollte. Missmutig blickte er aus dem Fenster in den strahlend blauen Himmel.

Into the Wild

Der Fahrer war gestern noch, nachdem man ihn ärztlich versorgt hatte, in die Polizeistation nach Bowmore gebracht worden. Diese verfügte sowohl über einen Verhörraum als auch über eine Arrestzelle. Dort hatte er unter dem Vorwand der schweren Körperverletzung auch die Nacht verbracht.

Am Morgen nach seiner Verhaftung auf dem Gelände der Port Ellen Maltings wurde er ins Verhörzimmer gebracht und angewiesen, sich dort auf einen Stuhl zu setzen. Steven Field stand in der Nähe der Tür, mit dem Rücken an die Wand gelehnt, und bewachte ihn.

Alan und Brian hatten sich abgestimmt, dass Brian die Vernehmung zunächst alleine durchführen sollte. Die Zeiten einer reinen, höflichen Befragung waren nach den Ereignissen des Vortages endgültig vorbei.

»Los Brian«, forderte Alan seinen Freund auf, nachdem sie gemeinsam ihren Verdächtigen durch das Einwegfenster hindurch beobachtet hatten. »Du bist dran – Showtime!«

Brian trat entschlossen auf die Tür zu, die in den Verhörraum führte, und öffnete diese schwungvoll.

Alan sah, wie der Verdächtige erschrocken aufblickte, als Brian den Raum betrat und mit wenigen Schritten den Tisch erreichte. Er warf eine dünne Akte darauf und setzte sich auf den freien Stuhl, auf der anderen Seite des Tisches.

Sein Gegenüber konnte sich natürlich noch sehr gut an den großen Mann erinnern, der jetzt gegenüber von ihm Platz nahm. Schließlich hatte dieser ihn gestern mit einem einzigen Fausthieb K. o. geschlagen, als er ihm mit seinem Schraubenschlüssel in der Hand gegenüberstand. Sein Kopf tat ihm auch heute noch sehr weh.

»Wir werden die Befragung auf Band aufzeichnen«, erklärte Brian knapp und drehte das Mikrofon auf dem Tisch in seine Richtung. Nachdem er die Aufnahmetaste gedrückt hatte, leierte er die vorgeschriebenen Regularien herunter – seinen Namen und den des Constable, der schon die ganze Zeit im Raum anwesend war, sowie Tag und Uhrzeit.

»Wir beginnen mit der Befragung von Louis Callebaut.« Dann schob er das Mikro in dessen Richtung.

Brian nahm aber als Nächstes lediglich die Akte in die Hand und schaute schweigend und fast regungslos hinein. Schweigen war ein hervorragendes Mittel, um die Moral von Verdächtigen zu erschüttern. Und es wirkte auch in diesem Fall.

Alan konnte sehen, wie es Louis Callebaut immer unbehaglicher wurde. Unruhig fing er an, auf seinem Stuhl herumzurutschen und knetete seine Hände. Er warf erst Brian und dann dem Constable Hilfe suchende Blicke zu. Beide ignorierten ihn. Dann hielt er es nicht mehr aus.

»Ich habe mit der ganzen Sache nichts zu tun«, rief er und richtete sich leicht von seinem Stuhl auf.

»Hinsetzen«, fuhr Brian ihn scharf an und beugte sich drohend nach vorne. Augenblicklich ließ sich Louis Callebaut wieder zurücksinken.

Aber auch dann sagte Brian nichts, sondern verschränkte lediglich die Arme und guckte grimmig. Und wenn ein sehr großer, sehr kräftiger Mann grimmig guckte, dann war das schon sehr Furcht einflößend.

Erst als Callebaut wieder sichtbar unruhig wurde, richtete Brian das Mikrofon so aus, dass es mittig zwischen ihnen beiden stand, und sagte ganz freundlich: »Nur fürs Protokoll. Sagen Sie bitte laut Ihren Namen, Ihr Alter und wo Sie wohnen.«

»Mein Name ist Louis Callebaut, ich bin 34 Jahre alt. Ich stamme aus Sint-Niklaas in der Nähe von Gent, nicht weit weg von der Spedition, bei der ich arbeite.«

»Wie lange arbeiten Sie schon bei der Spedition?«

»Ich habe vor knapp zwei Monaten dort angefangen.«

»Vor zwei Monaten erst? Und wo waren Sie vorher?«

»Da war ich bei einer anderen Spedition in Belgien. Weil Van de Berghstraat aber näher zu meinem Wohnort liegt und auch besser bezahlt, habe ich die Firma gewechselt.«

»Und was ist dort Ihre Funktion?«

»Meine Funktion? Was ist denn das für eine doofe Frage? Lastwagen fahren natürlich.«

»Und sonst haben Sie dort keine weitere Funktion?«, stellte Brian unbeirrt seine nächste Frage. Er wusste schon, wann eine scheinbar „doofe Frage" angebracht war.

»Nein, habe ich nicht. Zum Kaffeekochen hat der Chef eine Sekretärin und ich fahre. Sonst nichts.«

»Und wer organisiert die Fahrten? Wer legt fest, welcher Fahrer mit welcher Lieferung an welches Ziel fährt?«

»Das macht der Chef meist ganz alleine. Selbst seine Sekretärin darf da nicht mitmischen.«

»Welche Gerstenqualitäten haben Sie eigentlich bei der Spedition im Programm?«

»Na, die Normale und die Bio-Qualität.«

»Und wo bekommen Sie die Ware her?«

»Das weiß ich doch nicht. Ich sehe nur auf den Frachtpapieren was ich geladen habe und wo die Fuhre hingeht. Wenn ich ins Spiel komme, ist die Gerste längst im Silo-Auflieger«

»Und wer befüllt den Auflieger?«

»Keine Ahnung. Meist kommen die so aus Deutschland, von unserer Niederlassung dort, und ein Fahrer von uns übernimmt den Auflieger hier und fährt mit einem neuen Sattelzug weiter.«

»Wollen Sie mir damit weismachen, dass Sie keine Ahnung haben, wo die Gerste angebaut wurde.«

»Nein, das weiß ich wirklich nicht. Und überhaupt, was soll die ganze Fragerei wegen der blöden Gerste. Ist doch völlig egal, wo die angebaut wurde. Hauptsache die Qualität stimmt.«

»Da stimme ich Ihnen zu. Aber woher wollen Sie wissen, dass die Qualität stimmt?«

»Ich? Das ist mir doch egal. Ich habe die doch nicht gekauft, sondern nur geliefert. Das muss der Kunde mit dem Lieferanten oder Hersteller klären. Wir liefern nur von A nach B. Egal was da drin ist. Und überhaupt, was soll das ganze Gequatsche über die Gerste? Ich denke, sie halten mich hier fest, weil ich dem Spinner eine geknallt habe?«

»Warum haben Sie gestern versucht den Mann zu töten?«, änderte Brian nach dieser Steilvorlage schlagartig das Thema.

»Ich wollte den doch nicht töten, sondern der mich! Ich habe mich nur gewehrt!«

»Erklären Sie mir, was passiert ist.«

»Als ich gerade dabei war den Siloaufleger für die Befüllung des Tanks bei der Maltings zu steuern, kam der Kerl auf mich zu gerannt und hat mich angegriffen. Der hatte doch in jeder Hand eine Waffe und schon zum Schlag ausgeholt. Ich habe einfach nur in einem Reflex versucht seinen Arm abzuwehren und dabei habe ich ihn aus Versehen mit dem Schraubenschlüssel am Kopf getroffen. Ich konnte bei der Sonne doch gar nichts richtig erkennen, Mann!«

»So, so, aus Versehen?«

»Ja, ich schwöre! Das war keine Absicht! Ehrlich! Ich bin ja selbst am meisten darüber froh, dass ich den blöden Kerl nicht vor Schreck erschlagen habe.« Nach einer kurzen Pause fuhr er dann trotzig fort: »Und wenn hier einer versucht hat, jemanden zu erschlagen, dann waren Sie das!«

»Wenn ich Sie hätte erschlagen wollen, dann wären Sie jetzt auch tot und hätten nicht nur etwas Kopfweh«, sagte Brian emotionslos.

»Etwas Kopfweh? Mein Schädel brummt ganz gewaltig.«

Brian ignorierte die Bemerkung. Und nach ein paar weiterer Fragen klappte er sein Notizbuch zu, schaltete das Mikrofon aus und erhob sich. Das Gespräch mit Callebaut hatte keinerlei Licht ins Dunkel gebracht. Im Gegenteil, es hatte nur deutlich gemacht, wie steil der Weg noch sein würde, der vor den ermittelnden Beamten lag.

Mit einem »Schön artig bleiben. Ich komme wieder zurück«, verlies Brian den Raum und nickte dabei Steven Field kurz zu.

Brian ging zu Alan, der im Nebenraum auf ihn wartete und das Gespräch mitgehört hatte.

»Der leidet unter dem H-I-V-Virus«, sagte er zu Alan.

»Was?«

»Na, dem Hab-Ich-Vergessen-Virus.«

»Witzbold. Aber wenn der erst vor Kurzem bei der belgischen Spedition angefangen hat, dann muss der vermutlich gar nicht viel vergessen. Dann weiß der nämlich einfach viel zu wenig. Oder würdest du einem Neuzugang gleich alle Betriebsgeheimnisse verraten?«

»Nein, natürlich nicht. Das habe ich mir ja auch schon gedacht.«

»Na siehst du.«

»Andererseits, warum nehmen die für diese spezielle Gerstenlieferung einen völlig neuen, bei der Spedition noch unerfahrenen Mitarbeiter?«

»Vielleicht weil der in einem Verhör und sogar unter deiner ganz „persönlichen Folter" tatsächlich nichts verraten kann. Wer wirklich nichts weiß, muss auch nicht lügen.«

»Das kann tatsächlich stimmen. Aber das würde doch dann auch bedeuten, dass die Verdacht geschöpft haben und damit gerechnet haben, dass wir die nächste Lieferung Bio-Gerste überprüfen werden.«

»Davon bin ich mittlerweile überzeugt.«

»Dann wird unsere Bio-Gerste dieses Mal vermutlich auch keine Gen-Gerste sein«, resignierte Brian. »Und wir haben immer noch keinen Beweis.«

»Na ja, warten wir erst einmal das Untersuchungsergebnis ab. Aber ich mache mir tatsächlich keine großen Hoffnungen.«

»Aber eine wichtige Kleinigkeit hat er uns doch genannt: Oder heißt das jetzt kleine Wichtigkeit?«, grinste Brian.

»Was denn?« Alan war erstaunt.

»Na, dass die Gerste über Deutschland nach Belgien kommt. Vielleicht wird sie ja dort umdeklariert oder was auch immer. Zumindest könnte es sich lohnen, das vor Ort zu hinterfragen.«

»Hey, sehr gut aufgepasst«, lobte ihn Alan.

»Ich mache nichts, was ein Mann mit unbegrenzten Ressourcen, erstklassiger Ausdauer und umfassender wissenschaftlicher Kenntnis nicht auch tun könnte«, sagte Brian und grinste.

»Ich liebe deine sprichwörtliche Bescheidenheit.«

»Aber gerne doch. Aber jetzt mal ohne Spaß. Wie gehen wir jetzt weiter vor?«

»Wir sollten den Fahrer noch mal zu der Rolle der Niederlassung in Deutschland befragen.«

»Gut mache ich. Und ich habe noch eine andere Idee, die ich mal bei ihm prüfen will.«

Auf Alans fragenden Blick fügte Brian noch hinzu: »Lass dich überraschen.«

Brian setzte sich im Verhörraum wieder dem Fahrer gegenüber auf den Stuhl und schaltete das Mikrofon ein.

»Fortsetzung der Befragung von Louis Callebaut«, sagte er dann und nannte nochmals Uhrzeit und die anwesenden Personen.

»Wenn Sie Ihre Lage nicht weiter verschlechtern wollen, dann packen Sie jetzt endlich aus und legen die Karten auf den Tisch.«

»Ich habe weder Karten noch sonst etwas zum Auspacken«, meinte der Fahrer provokant. Er hatte inzwischen wieder an Selbstvertrauen gewonnen.

»Lügen Sie mich nicht an, ich weiß genau, dass Sie in die Betrügereien mit der Gen-Gerste verwickelt sind.«

»Nein, das bin ich garantiert nicht. Ich weiß noch nicht einmal, von was sie da ständig reden.«

»Ich rede von geschmuggelter Gerste. Von genmanipulierter Gerste die als Bio-Gerste deklariert wird.« Brian wurde langsam lauter. »Außerdem sind Sie in einen Mordfall verwickelt. In die Ermordung von sechs Menschen, um genau zu sein!«

»Damit habe ich nichts zu tun. Ich fahre nur das, was man mir in den Silo-Trailer füllt. Wo der Inhalt herkommt und was eventuell mit dem geschehen ist, weiß ich wirklich nicht.«

»Das können Sie Ihrer Oma erzählen, dass Sie nichts über die Machenschaften wissen, mit denen die Spedition, für die Sie arbeiten, aus billiger Gen-Gerste teure Bio-Gerste macht.«

»Mir hat kein Mensch etwas über irgendwelche Hintergründe gesagt. Jetzt glauben Sie mir doch endlich! Bitte.«

»Zum letzten Mal. Ich will jetzt die Wahrheit von Ihnen hören«, sagte Brian gefährlich leise.

»Ich kann Ihnen die Wahrheit nicht sagen.«

Brian sprang von seinem Stuhl auf, stützte beide Hände auf den Tisch und beugte sich in Richtung des Verdächtigen. Sein Kopf kam seinem Gegenüber dabei gefährlich nahe.

Brian konnte so zartfühlend und kuschelig sein wie ein Teddybär. Aber der kuschelige Teddybär hatte sich jetzt wütend aufgerichtet und starrte sein Gegenüber an. Er war jetzt alles andere als kuschelig, er war ein Grizzly. Groß, böse, aggressiv und Furcht einflößend. Wie das Tier, das ihm den Spitznamen gegeben hatte, vermittelte Brian eine enorme Bedrohung, der man niemals in der Wildnis gegenüberstehen sollte.

Callebaut zuckte auch sofort ängstlich zurück und machte sich auf seinem Stuhl so klein wie möglich. Dabei blickte er hilfesuchend den Sergeant neben der Tür an. Aber der schaute nur ernst und gar nicht hilfsbereit.

»Ich würde Ihnen ja gerne helfen und auch mit Ihnen zusammenarbeiten ...«

»Halleluja«, rief Brian aus. »Anzeichen für intelligentes Leben.«

»... aber ich kann nicht«, fuhr Callebaut kleinlaut fort. »Ehrlich! Ich kann nicht, weil ich Ihnen schon alles gesagt habe, was ich weiß. Und das ist die Wahrheit.«

Brian setzte sich wieder hin und war schlagartig wieder ruhig und friedlich. Die Nummer mit dem wilden Bären gelang ihm immer wieder perfekt. Selbst Steven Field war beeindruckt gewesen und hatte sich sicherheitshalber noch etwas weiter weg von Brian an die Wand gedrückt.

»Okay, ich glaube Ihnen«, überraschte Brian sein Gegenüber.

»Sie glauben mir?«, fragte dieser dann auch ganz erstaunt.

Brian nickte. »Ja, aber nur, wenn Sie mir jetzt alles sagen, was Sie NICHT wissen.«

»Ich verstehe Ihre Frage nicht«, antwortete Callebaut vorsichtig.

»Erzählen Sie mir alles, was Sie über die Niederlassung in Bremen wissen.«

»Darüber weiß ich ... nicht viel«, korrigierte er sich schnell, als er Brians Blick registrierte.

»Na also, geht doch. Also lassen Sie mal hören.«

»Van de Berghstraat hat in vielen europäischen Ländern Zweigstellen. Aber die in Bremen hat, neben der Zentrale in Belgien, scheinbar eine besonders wichtige Bedeutung.« Er machte eine kleine Pause, aber Brian sagte nichts. Er wusste aus Erfahrung, dass der andere gleich weitersprechen würde. Pausen waren in einem Interview oder Verhör nur schwer auszuhalten.

»Ich weiß das nur vom Hörensagen. Aber über Bremen laufen die ganzen Warenströme aus dem Osten, also dem Ostblock zusammen und werden von dort wieder weiterverteilt. Die machen dort auch immer wieder aus großen Anlieferungsmengen kleinere Partien, die dann in verschiedene Länder verteilt werden. Das gilt auch für die Gerste. In Bremen stehen vier riesige Silotanks, aus denen auch die Auflieger befüllt werden, die dann zu uns gehen. Mit anderen Worten die gesamte Distributionslogistik mit der Reduzierung von allen Schnittstellen in der Prozesskette läuft dort zusammen.«

Brian ließ sich von der Flut an Fachbegriffen, die der angeblich kleine, dumme Fahrer so von sich gab, nicht irritieren. »Und was noch?«, fragte Brian unbeeindruckt weiter.

»Und ich habe zufällig mitbekommen, dass der Chef mehrmals mit einem Typen von dort, namens Rüdiger Pfennigmeier telefoniert hat. Der scheint dort alles zu managen.«

»Können Sie den Namen mal buchstabieren. Diese schwierigen deutschen Namen nerven mich. Die kann doch keiner schreiben.«

Louis Callebaut buchstabierte den Namen. Er beherrschte wie viele Belgier neben seiner Landessprache auch fließend Englisch, Französisch und Deutsch und hatte mit den Namen in all diesen Sprachen keine Probleme.

»Gut danke. Es ist doch wirklich interessant, wie viel sie nicht wissen.«

»Kann ich jetzt gehen?«, fragte Callebaut hoffnungsvoll.

»Nein!«, kam die Antwort pfeilschnell. »Noch nicht. Ich möchte Sie erst noch etwas anderes fragen.«

»Was denn noch?«, stöhnte der Fahrer.

»Was hatten Sie für Anweisungen für die Gerstenlieferung bekommen? Irgendwelche Verhaltensvorgaben oder Kontaktaufnahmen?«

»Witzig, dass Sie das fragen. Das war schon etwas ungewöhnlich.«

»Ich höre!«

»Ich sollte meinen Chef gleich anrufen, nachdem ich die Gerste angeliefert und das Gelände der PE-Maltings wieder verlassen hatte.«

»Interessant. Noch was?«

»Ja. Ich sollte ihn dann nochmals anrufen, wenn ich mit der Fähre zurück in Kennacraig war. Und dann noch mal, wenn ich auf der Fähre nach Amsterdam war. Das ist doch völlig ungewöhnlich, auch bei einem so neuen Fahrer wie mir. Hat der denn kein Vertrauen in mich?«

»In Sie vielleicht schon, aber nicht in uns«, nickte Brian. Sein Verdacht hatte sich bestätigt.

»Das verstehe ich nicht.«

»Macht nichts. Deswegen dürfen Sie jetzt auch immer noch nicht gehen.«

Brian schaltete das Mikrofon aus und verließ den Raum.

Brian ging wieder zu Alan in den Nebenraum, wo der schon grinsend auf ihn wartete.

»Du bist nicht nur ein feinsinniger Beobachter, du hast auch noch eine wirklich sensible Fragetechnik«, lobte ihn Alan.

»Du weißt doch: Manchmal gewinne ich – manchmal verlieren die Anderen«, antwortete Brian ebenfalls grinsend.

»Wir haben jetzt also die Bestätigung, dass die neue Gerstenlieferung ein Test war. Dass die Hintermänner überprüfen wollen, ob wir ihnen auf der Spur sind und was wir machen.«

»Ja. Und den Test haben wir nicht bestanden. Die sind jetzt gewarnt.« Brian klang enttäuscht.

»Stimmt. Aber wir wissen, dass die Hintermänner vermutlich in Deutschland sitzen.«

»Das wissen wir nicht, das vermuten wir nur.«

»Stimmt wieder. Aber es ist zumindest eine Spur«, sagte Alan.

»Ja und noch dazu die Einzige, die wir momentan haben.«

»Genau!«

»Also, wie gehen wir jetzt weiter vor? Wie kommen wir an die Hintermänner ran?«, fragte Brian.

»Ich werde mit Timmins telefonieren. Ich hatte doch den Antrag zur Gründung eines Joint Investigation Teams gestellt. Mal sehen, was der dazu meint. Und dann fahren wir gemeinsam in das nach mir benannte Schloss, wie du so schön gesagt hast, und besprechen das weitere Vorgehen mit ihm.«

»Meinst du nicht, dass die Jungs vom MI5 oder MI6 uns den Ball wegnehmen, wenn sie uns damit spielen sehen?«, fragte Brian.

»Warum eigentlich soll sich der Inlandsgeheimdienst oder der Auslandsgeheimdienst um genmanipulierte Gerste kümmern? Die haben mit ihren Attentätern und ihrem Kalten Krieg doch genug zu tun.«

»Da spielen so ein paar Gerstenkörner eher eine unbedeutende Rolle. Noch dazu, wenn davon nur Schottland betroffen ist«

»Genau, London ist verdammt weit weg«, stimmte ihm Alan zu.

»Ich glaube du hast recht. Vermutlich werden die arroganten Schnösel wirklich kein Interesse an diesem Fall haben.«

Saat des Bösen

Timmins telefonierte gerade, als Alan und Brian sein Büro betraten. Er deutete mit seiner freien Hand auf die Besucherstühle vor seinem Schreibtisch und sprach weiter.

»Es ist mir völlig egal, wie Sie das regeln, Hauptsache Sie regeln es. Sie sind der zuständige Staatsanwalt, also kümmern Sie sich darum, verdammt noch mal.« Nach diesen Worten knallte er den Telefonhörer auf und rieb sich kurz über die Stirn, während er dabei einen Moment lang die Augen schloss.

Alan und Brian warteten schweigend.

»Also gut«, mit einem Seufzen schaute Timmins sie schließlich an. »Bitte sagen Sie mir, dass Sie wenigstens den Hauch einer Spur haben.«

Alan griff in seine Brusttasche und legte ein Bild vor Timmins auf den Schreibtisch.

»Was ist das?«, fragte der.

»Der Hauch einer Spur«, antwortete Alan ohne einen Anflug von Sarkasmus.

»Ein Bild, das wohl eine Spedition zeigt, wenn ich das richtig erkenne? Das soll eine Spur sein?«

»Der Hauch einer Spur«, wiederholte Alan und noch bevor Timmins laut werden konnte ergänzte er noch schnell: »Das ist die deutsche Niederlassung der belgischen Spedition Van de Berghstraat. Und wir sind uns ziemlich sicher, dass dort die Drehscheibe für die Manipulation mit der Gen-Gerste sitzt.«

»Und was gedenken Sie zu tun?«, fragte Timmins.

»Die deutschen Kollegen mit ins JIT holen, dessen Gründung Sie gerade telefonisch beantragt haben.«

»So, so, beantragt?«, grinste Timmins. »Sie kombinieren wie ein guter Ermittler.«

»Wie ein sehr Guter, Chef«, sagte Alan bescheiden. Brian stand daneben und grinste. Sie hatten bei Timmins gewonnen. Und mit seiner nächsten Frage bestätigte der dies auch.

»Ach ja? Und dann wollen Sie vermutlich sogar noch der Leiter des JIT sein, oder täusche ich mich da?«

»Nein, Sir. Sie täuschen sich doch nie.« Alle drei lachten.

»Raus jetzt«, sagte dann ACC Timmins. »Lassen Sie sich von Hollie die entsprechenden Papiere geben und suchen Sie sich die Leute, die Sie brauchen, gut aus. Ich regele inzwischen den noch verbleibenden Kleinkram.«

»Vielen Dank, Sir. Wir werden Sie nicht enttäuschen.«

»Ich weiß, Alan. Ich weiß.«

Damit verabschiedete er sich von Alan und Brian und entließ sie.

In Alans Büro angekommen, schauten beide erst einmal die Papiere durch, die ihnen Timmins Sekretärin Hollie mitgegeben hatte.

»Wie der CC vorhin mit dem Staatsanwalt gesprochen hat. Alle Achtung«, meinte Brian.

»ACC, mein Lieber. Und ja, Timmins kann klare Worte sprechen. Mit seinem Status, dass er bald in Rente geht, noch viel leichter. Was kann ihm jetzt noch passieren?«

»Na ja, zum Beispiel die Streichung der Pensionsansprüche, wenn er übertreibt.«

»Okay, das wäre theoretisch möglich«, antwortete Alan. »Aber nur theoretisch. Das würde sich kein Politiker und auch kein Staatsanwalt erlauben, deswegen eine schlechte Presse zu bekommen und dann vielleicht nicht mehr gewählt zu werden.«

»Stimmt auch wieder. Also, was machen wir jetzt?«

»Nach diesen Unterlagen hier zu urteilen, soll ich tatsächlich die Leitung der britischen Seite einer gemeinsamen Ermittlungsgruppe übernehmen. Die schottische Staatsanwaltschaft hat bereits ein eiliges Ersuchen über Interpol Manchester an die in Belgien und Deutschland zuständigen Staatsanwaltschaften gestellt. Auch Europol ist bereits eingeschaltet.«

»Verschone mich mit dem ganzen Behördenkram. Du weißt, das ist nicht meine Welt. Bis die Sesselpupser zu einer Entscheidung gekommen sind, bin ich wahrscheinlich längst in Pension.«

»Na, jetzt mach mal halblang. Die sind auch deutlich besser geworden.«

»Nicht besser, mein Lieber, nur anders.«

»Ha, hier habe ich den Gegenbeweis«, rief Alan aus. Er hatte sich weiter durch den Papierstoß gearbeitet und zog einen Vertragsentwurf heraus.

»Europol hat schon geantwortet. Hier habe ich den unterschriftsreifen Entwurf eines sogenannten Einsatzplans. Damit können wir, zusammen mit zwei oder mehreren Parteien, eine gemeinsame Einsatzform bilden.« Alan las von einem Begleitschreiben ab, das dem Entwurf beigefügt war. »Vor Beginn des Einsatzes müssen noch die schriftlichen Absprachen über die operativen Modalitäten des Einsatzes fixiert werden: zuständige Behörden, spezifischer Zweck des Einsatzes, Gebietsstaat, in dem der Einsatz stattfindet, den Zeitraum, am Einsatz teilnehmende Beamte, für den Einsatz verantwortliche Beamte, die Befugnisse der Beamten, Mitführen von Dienstwaffen, Ausrüstungsgegenständen und Munition.«

»Wow. Jetzt weiß ich noch viel besser, warum ich kein Beamter geworden bin«, meinte Brian.

»Aber du bist doch Beamter! Polizeibeamter.«

»Das ist doch was völlig anderes. Du weißt schon, welche Art von Beamten ich meine. Die beherrschen doch noch nicht einmal unsere Sprache richtig. Oder was soll dieses Kauderwelsch? „Gebietsstaat"? Das ist doch so eine Art Geheimsprache, damit keiner versteht, von was die wirklich reden. Diese Diskussion habe ich jedes Jahr mit meinem Steuerberater.«

»Wichtig ist doch aber, dass damit von Europol die Genehmigung vorliegt, eine gemeinsame, länderübergreifende Ermittlungsgruppe zu gründen.«

»Und jetzt?«

»Jetzt können wir mit den einzelnen Länderbe-hörden direkt in Kontakt treten und die weitere Vorgehensweise abstimmen.«

»Du meinst, ohne dass uns dabei einer von den Staatsdienern reinredet?«

»Na ja, schauen wir mal. So ganz ohne Bürokra-tie geht das bestimmt auch nicht.«

Alan hatte in seinen Seminarunterlagen nachgese-hen, mit welchen Kollegen aus Belgien und Deutschland er schon zusammengetroffen war. Bei Fortbildungsmaßnahmen zu internationalen The-men hatte er schon immer versucht, neben dem Fachwissen, das dabei vermittelt wurde, auch die persönlichen Kontakte zu vertiefen. Ein Netzwerk aufzubauen, in dem gleichgesinnte Kriminalbeamte miteinander verbunden waren, konnte immer wie-der einmal hilfreich sein. Auch er hatte dem einen oder anderen Kollegen aus diesem Netzwerk schon mal unbürokratisch Auskünfte erteilt.

Deshalb hatte er inzwischen seine Kontaktper-sonen in Brüssel und beim BKA in Wiesbaden an-gerufen. In Brüssel hatte er gleich einen Namen erhalten: Pascale Marolles. Nach einem kurzen Missverständnis am Telefon hatte er festgestellt, dass Pascale kein Mann, sondern eine Frau war. Und sein Kontakt hatte noch betont, dass sie eine seiner besten Ermittlerinnen sei.

Der Kontaktmann beim BKA hatte ihn nach fünfzehn Minuten zurückgerufen, und ihm den Namen eines Kommissars der K 42 beim LKA Bre-men genannt: Marc Nordermann. Auch dieser wurde ihm wärmstens empfohlen.

Alan hatte daraufhin beide angerufen und darüber informiert, um was es bei der Zusammenarbeit gehen sollte. Beide hatten sofort ihre Mitarbeit zugesagt.

Wenig später hatte Alan den Antrag für das JIT ausgefüllt und an die Behörden in Belgien und Deutschland gefaxt.

Knapp zwei Stunden später, als Alan und Brian noch dabei waren die Vorgehensweise zu planen, kam Alans Sekretärin Claudia ins Büro und reichte ihm einen mehrseitigen Ausdruck mit den Worten »Post aus Belgien.«

»Na, was sagst du nun«, wandte sich Alan an Brian. »Hier kommt schon die Zusage aus Belgien.«

»Ich bin beeindruckt«, sagte Brian. »Mit solchen Bürokraten kann man doch tatsächlich zusammenarbeiten.«

Nur wenige Minuten später kam Claudia erneut ins Büro und reichte Alan „Post aus Deutschland".

Alan warf einen kurzen Blick darauf und sagte dann zu Brian: »So mein Lieber. Jetzt kann es tatsächlich losgehen. Dann lass uns mal unsere gemeinsame Reise fertig planen, damit Claudia die Flüge buchen kann.«

Am nächsten Morgen trafen Alan und Brian mit der Ryanair Maschine in Bremen ein. Claudia hatte für sie einen Direktflug von Edinburgh nach Bremen gebucht und sie hatte auch die belgische Kollegin sowie den deutschen Kommissar informiert und alles Weitere arrangiert.

Der deutsche Kommissar Marc Nordermann hatte sie persönlich am Flughafen erwartet. Er sprach ein sehr gutes Englisch und konnte sich mit den beiden Schotten problemlos unterhalten. Der Kommissar war ein großer, schlanker Mann, der einen durchtrainierten Eindruck machte. Durch seine Körpergröße konnte er Brian durchaus „auf Augenhöhe" begegnen. Nachdem er Alan begrüßt hatte, reichte er auch Brian die Hand. »Sie sind also dieser Brian?«

»Die Legende höchstpersönlich«, witzelte Brian. Sie waren sich auf Anhieb sympathisch, speziell als Marc den Händedruck von Brian genauso fest erwidert hatte.

Marc war mit ihnen dann in die Zentrale des SEK gefahren. Dort würden sie dann auch später auf die belgische Kollegin treffen, die ebenfalls mit einem Direktflug der Billig-Airline aus Gent anreisen würde.

Marc Nordermann zeigte ihnen die Räume und stellte ihnen auch die anderen anwesenden Kollegen der SEK-Einheit vor. Dann zogen sie sich in ein Besprechungszimmer zurück und Marc versorgte seine beiden Gäste mit Kaffee. Er stellte auch eine große Dose mit Keksen vor Brian.

Auf den erstaunten Blick von Brian antwortete er: »Claudia, übrigens eine sehr nette und kompetente Dame, hatte mir gestern am Telefon gesagt, dass sie immer wieder gerne so ein oder zwei Plätzchen essen würden.«

»Sie meinte wohl eher ein oder zwei Kilo«, flachste Alan, der sich über das Lob an seiner Sekretärin freute.

»Nein, ein oder zwei Zentner!«, erwiderte Brian todernst. »In diesen Billigfliegern gibt es ja nichts zu essen.«

Sie frotzelten noch etwas miteinander und tauschten dann Informationen zu ihrer beruflichen Entwicklung aus. Dabei verstärkte sich die gemeinsame Sympathie bei allen dreien noch weiter.

Eine halbe Stunde später klopfte es an die Tür und eine Frau betrat den Raum. Es war die belgische Kollegin, die von einem anderen SEK-Beamten am Flughafen abgeholt worden war.

»Hallo, mein Name ist Pascale Marolles. Ich wurde ihrer Ermittlungsgruppe zugeteilt«, begrüßte sie die Anwesenden in perfektem Englisch mit einem leicht französischen Akzent.

Die Frau hatte ungefähr das gleiche Kampfgewicht wie Brian, nur verteilte sich dieses auf eine Körpergröße von knapp 170 cm. Dennoch machte sie einen adretten und, was für alle Beteiligten noch wichtiger war, auch sehr netten Eindruck.

Sie stellten sich gegenseitig vor und Alan wandte sich als Leiter des JIT oder der GEG, je nach nationalem Sprachgebrauch, an sein neues Team. Er informierte die beiden Neuen zunächst über die Ereignisse in Schottland, die einzelnen Morde, den Zusammenhang mit der Fähre und der Gerstenlieferung. Außerdem über die zweite Lieferung und die Verhaftung des Fahrers.

Brian war inzwischen bei der zweiten Lage der Keksdose angelangt.

Dann berichtete Pascale über die Kontakte und Befragungen bei der belgischen Zentrale der Spedition, der Tatsache, dass der erste Fahrer nach wie vor verschollen war und auch von Interpol noch keine Spur von ihm entdeckt worden war.

Die Kollegen seien mittlerweile aber sicher, dass er nicht einfach nur abgetaucht war, sondern dieser Begriff vielleicht doppeldeutig ausgelegt werden musste. Sie waren der Auffassung, dass er beseitigt worden war, um einen weiteren Mitwisser zu eliminieren. Vielleicht war er wirklich abgetaucht, aber dann mit Betonschuhen an den Füßen.

Marc schloss sich an und informierte über die Überwachung der deutschen Niederlassung der Spedition und die bisherige Überprüfung der Lieferwege.

Brian war inzwischen ebenfalls abgetaucht und auf dem Grund der Dose angekommen.

Alle hatten auf einer großen Pinnwand die entsprechenden Fakten angebracht und miteinander verbunden.

Brian richtete sich von der leeren Dose auf. »So, jetzt fühle ich mich doch deutlich besser.« Er stand auf und ging zur Pinnwand. »Wir wissen jetzt, dass auf dem Weg der Gerste diese genmanipulierte Qualität zu einer Bio-Ware umdeklariert wird. Wir wissen noch nicht genau wo, vermuten aber, dass dies in Deutschland geschieht, und zwar hier in Bremen.« Er schaute kurz auf einen Zettel, den er aus seiner Hemdtasche zog. »Mittelsmann in der Niederlassung hier könnte ein Rüdiger Pfennigmeier sein. Zumindest hat der zweite Fahrer seinen Namen erwähnt.«

Marc nickte. »Den haben wir auch schon im Visier. Es handelt sich um den Niederlassungsleiter, der aber ansonsten ein unbeschriebenes Blatt ist. Wir haben nichts über ihn gefunden, keine Straftaten oder andere Vergehen, noch nicht einmal einen Lausbubenstreich.«

»Eine völlig saubere Akte kommt mir immer verdächtig vor«, meinte Brian. »Noch nicht einmal meine Akte ist richtig sauber.«

»Wir sind an ihm dran und überwachen bereits seine Telefone inklusive Handy. Und er wird auch von drei Kollegen abwechselnd rund um die Uhr beschattet. Aber bislang gab es keine Auffälligkeiten.«

»Wir können davon ausgehen, dass die Hintermänner und damit vielleicht auch er, wenn er einer davon ist, gewarnt sind«, meldete sich Alan zu Wort. »Sie wissen zumindest, dass sie in Schottland aufgeflogen sind«

»Dann verhalten sie sich vielleicht deswegen völlig ruhig, bis Gras über die Sache gewachsen ist«, meinte Pascale. »In Gent ist es nämlich nicht anders. Alles Musterknaben! Egal wo man hinsieht.«

»Dann sollten wir die Musterknaben mal aufscheuchen und unruhig machen«, verkündete Brian. »Vielleicht wird dann ja einer nervös und macht einen Fehler.«

»Gute Idee«, meinte Marc. »Aber lasst uns erst einmal eine Kleinigkeit zu Mittag essen.«

»Ganz hervorragende Idee«, kommentierte Brian den Vorschlag.

Nach dem Essen gingen alle wieder zurück in den Besprechungsraum.

Speziell der deutsche Kommissar Marc Nordermann zeigte sich schnell als Glücksgriff bei der Zusammenstellung des Teams. Durch seine profunden Kenntnisse über das organisierte Verbrechen konnte er Alan wertvolle Hintergrundinformationen geben.

»In Europa tobt ein Krieg, den so aber kaum einer wirklich mitbekommt oder auch gar nicht wahrhaben will. Jetzt, wo Ost und West, Nord und Süd in Europa zusammengewachsen sind, findet ein ununterbrochener Kampf um die Vorherrschaft und Kontrolle der großen Geldquellen statt. Drogen waren lange der wichtigste Markt gewesen, gefolgt von Waffen, Alkohol und Zigarettenschmuggel. Heute, mit den Neuen Medien, hat der Datenschmuggel stark zugenommen. Aber der richtig große Markt heutzutage sind Frauen.«

»Frauen? Sie meinen Bordelle? Aber die gibt es doch schon ewig. Sogar bei uns in Belgien«, sagte Pascale und schmunzelte.

»Nein, nur von Bordellen oder Prostituierten zu sprechen wäre falsch und würde nur einen kleinen Teil abbilden. Es gibt sie natürlich, aber es geht um die Gesamtheit der Prostitution. Die Kontrolle über das ganz große Geschäft, vom elegantesten Hostessendienst bis zur heruntergekommenen Hure am dreckigsten Straßenstrich. Wir Männer sind scheinbar immer noch bereit viel mehr Geld für Sex auszugeben als für Alkohol oder auch Drogen.«

»Ausnahmen bei den Anwesenden, bestätigen vermutlich die Regel«, meinte Brian.

»Es gibt einen schier unerschöpflichen Vorrat an jungen Frauen aus Osteuropa, die von den Verbrecherorganisationen herangeschafft werden, sobald die vorhandenen verbraucht sind.«

»Verbraucht?«, fragte Alan ungläubig.

»Ja, verbraucht. Was wir beobachten, ist, dass Frauen heute unerhört viel schneller verschlissen werden als früher. Mit dreißig haben die meisten das Ende erreicht. Und das nicht nur im sprichwörtlichen Sinne. Die meisten sind dann nämlich tot und sterben dabei wirklich nur ganz selten auf natürliche Weise. Nachschub gibt es ja genug.«

»Das ist zwar sehr erschreckend und für mich tut sich gerade ein riesiger Abgrund auf, aber, was hat das jetzt mit unserem gemeinsamen Fall zu tun?«, fragte Alan erneut.

»Nun, inzwischen haben die Verbrechersyndikate eine weitere Einkommensquelle für sich entdeckt: die Bio-Ernährung und das milliardenschwere Potenzial, das mit der Gen-Technik verbunden ist.«

»Also zwei neue Geschäftszweige?«, fragte Pascale.

»Nicht unbedingt«, antwortete Marc. »Oft handelt es sich in beiden Fällen um eine Kombination. Aus Gen mach Bio, ist dann die Devise.«

»Dann bekommt Bio doch gleich einen neuen Namen: Die Saat des Bösen«, meinte Brian.

Mit einem Blick auf Alan fuhr Marc dann fort. »Und damit sind wir bei unserem gemeinsamen Fall.«

»Verstehe. Und welche Erkenntnisse haben wir bereits über die Organisation dahinter, die Transportwege und so weiter?«

»Leider so gut wie keine«, antwortete Marc bedauernd. »Vielleicht können wir aber mit unserem Fall tiefer in die Organisationsstruktur eindringen und die erste Transparenz erzeugen.«

»Dann lasst uns doch mal gemeinsam überlegen, wie wir vorgehen sollen, um die Jungs bei einem Verhör nervös zu machen.« Pragmatismus war schon immer Brians Stärke. »Wie sieht es aus mit Durchsuchungsbescheiden?«

Bluternte

Am nächsten Morgen um 08:10 Uhr fuhren drei Streifenwagen, gefolgt von einem Van, und alle vier mit eingeschaltetem Blaulicht, auf den Hof der Spedition Van de Berghstraat in Bremen. Die insgesamt vierzehn Beamten, bei denen auch Kollegen vom Zoll dabei waren, eilten ins Gebäude, verteilten sich und sorgten dafür, dass kein Mitarbeiter fliehen oder irgendwelche Unterlagen verschwinden lassen konnte.

Zeitgleich lief das gleiche Procedere auch bei der Zentrale der Spedition in Gent ab, um zu verhindern, dass die Speditionsmitarbeiter dort gewarnt wurden und noch rechtzeitig reagieren konnten.

An beiden Standorten beschlagnahmten die Beamten dann Computer, Handys und alle Unterlagen zu Frachtlieferungen der letzten zwölf Monate. Speziell die Büros der Geschäftsführer wurden dabei genauestens untersucht und auch deren Privat-Handys konfisziert.

Nach knapp zwei Stunden war der Spuk an den zwei Standorten wieder vorbei, die Unterlagen zur genaueren Untersuchung auf dem Weg zu Polizei und Zoll und die Mitarbeiter irritiert zurückgelassen. Telefonate übers Festnetz zwischen den Mitarbeitern in Belgien und Deutschland bestätigten ihnen, dass die Polizei an beiden Standorten zeitgleich zugeschlagen hatte. In all diesen Fällen hörten die Polizeibeamten des jeweiligen Landes die Gespräche mit, denn sie hatten auch eine Abhörgenehmigung vom zuständigen Staatsanwalt erhalten.

Der deutsche Rüdiger Pfennigmeier hatte auch eine Vorladung zur Befragung ausgehändigt bekommen und war von den Polizisten gleich mitgenommen worden.

In der Zentrale der SEK wurde er in ein Verhörzimmer gebracht, das von seiner Ausstattung her voll dem Klischee aus bekannten Kriminalfilmen entsprach und durchaus in einem „Tatort" mitspielen konnte. Auch der Einwegspiegel fehlte nicht.

Im Verhörraum selbst saß Marc Nordermann dem Niederlassungsleiter gegenüber, während im Nebenraum, auf der anderen Seite des Spiegels, Pascale, Alan und Brian standen. Sie wurden durch einen Kollegen von Marc ergänzt, der ebenfalls ein sehr gutes Englisch sprach und ihnen das Verhör simultan übersetzen sollte.

Bereits im Vorfeld zum Verhör war vereinbart worden, dass es als Befragung getarnt werden sollte und dadurch ohne Anwalt durchgeführt werden konnte. Zwischen Marc und Brian war ebenfalls abgesprochen worden, dass Brian wenig später wortlos das Verhörzimmer betrat, sich neben Marc setzte und das machte, was er in einem Verhör immer gerne machte: Er guckte sein Gegenüber grimmig an. Und damit irritierte er diesen von Anfang an.

»Beginn der Befragung um 10:41 Uhr. Anwesend sind Detective Superintendent Brian Strachan, Kommissar Marc Nordermann und Rüdiger Pfennigmeier. Wir möchten Sie zur Lieferung genmanipulierter Gerste befragen.«

Brian hatte genickt, als er seinen Namen und Titel hörte. Ansonsten verstand er kein Wort von dem, was hier gesprochen wurde. Aber das war für ihr „Spiel" ja auch nicht nötig. Er fixierte weiterhin sein Gegenüber.

»Wir suchen ...«, begann Marc.

»Kenn ich nicht!«, kam sofort die Antwort.

Auf ein vorher ausgemachtes kleines Zeichen von Marc beugte sich Brian über den Tisch und stützte seinen Oberkörper auf den Ellbogen ab.

Rüdiger Pfennigmeier schluckte, sagte aber nichts.

»Also noch mal«, sagte Marc ruhig. »Wir gehen davon aus, dass sie und Andre van Bogaert von ihrer Zentrale in Gent gemeinsame Sache machen und genmanipulierte Gerste als Bio-Ware deklarieren und verkaufen.«

»Davon weiß ich nichts. Soll das hier etwa ein Verhör werden?«

»Nein. Über das eben Gesagte sollten Sie aber wirklich noch mal genau nachdenken. Wie Sie wissen, haben wir Ihre Niederlassung vorhin besucht und alle Unterlagen mitgenommen. Die werden derzeit untersucht.«

»Darin werden Sie aber nichts finden! Überhaupt nichts«, sagte Pfennigmeier herablassend.

»Wir finden immer etwas, da können Sie sicher sein«, antwortete Marc cool. »Wie erklären Sie sich zum Beispiel, dass Gen-Gerste durch Ihre Spedition in Schottland angeliefert wurde?«, bluffte Marc.

»Gar nicht, das kann nämlich nicht sein. Die Lieferung war einwandfrei.«

»Ich meine auch nicht die zweite Lieferung, sondern die erste.« Marc gab nicht nach.

Auf ein anderes Zeichen von Marc hin, grinste Brian plötzlich. Das sah aber für Pfennigmeier weniger nach einem Grinsen, als vielmehr nach dem zufriedenen Gesicht einer Raubkatze aus, die ein leckeres Opfer entdeckt hatte und gleich verspeisen würde.

Misstrauisch und einen Moment zu zögerlich antwortete er dann: »Das kann nicht stimmen.«

»Na, wenn Sie meinen. Es ist schließlich Ihre Entscheidung, ob Sie hier mit einem blauen Auge herauskommen wollen oder lieber etliche Jahre Knast riskieren. Bedenken Sie, dass es nicht nur um die Gerste geht, sondern auch um sechsfachen Mord!«

»Sie bluffen. Sie haben keine Beweise!«, rief Pfennigmeier.

»Nun, noch haben wir keine Anklage erhoben.« Marc griff in eine dünne Mappe, die er die ganze Zeit schon vor sich liegen hatte und nahm ein Blatt Papier heraus auf dem in fetten Buchstaben „Haftbefehl" stand. Natürlich hielt er es so, dass Pfennigmeier das sehen konnte. Dann steckte er es wieder weg und stand auf. »Wir lassen Sie mal einen Moment alleine. Denken Sie in Ruhe darüber nach, welchen Weg Sie gehen wollen.«

Nach einem Nicken in Brians Richtung stand dieser ebenfalls auf und sie verließen beide den Raum.

Ein nachdenklich blickender Niederlassungsleiter blieb alleine zurück, überwacht von zwei Kameras.

Im Nebenraum angekommen, übersetzte Marc schnell das Gespräch für Brian.

»Auch wenn ich kein Wort verstanden habe, dem traue ich nur so weit, wie ich ein Klavier werfen kann«, sagte Brian.

»Na, das wären bei dir immerhin ein oder zwei Meter«, erwiderte Alan.

»Ich stimme Brian zu«, meinte Marc. »Der Kerl weiß mehr als er uns sagen will. Der verheimlicht was.«

Alle Anwesenden nickten bestätigend.

»Was sollen wir bei unserer „Befragung" noch klären, bevor der seinen Anwalt einschaltet und nichts mehr sagt?«

»Der zweite Fahrer hat doch was von mehreren Silos für die Gerste gesprochen und auch von unterschiedlichen Qualitäten. Das sollten wir noch hinterfragen«, sagte Brian.

»Stimmt, die Silos haben wir auf dem Gelände gesehen, als wir heute Morgen dort waren. Und wir haben routinemäßig auch im Grundbuchamt überprüft, ob die Spedition noch andere Grundstücke hier in Bremen besitzt. Dem ist aber nicht so.«

»Und wenn die außerhalb von Bremen noch eine Lagerstätte haben?«, fragte Alan.

»Dann wird es schwierig für uns. Speziell dann, wenn die nicht unter dem Namen der Spedition angemietet ist. Dann bleibt uns nichts anderes übrig, als die Warenströme zu verfolgen oder einen verdeckten Ermittler bei der Spedition einzuschleusen.« Nach einer kleinen Pause ergänzte Marc noch: »Wenn es sein muss werden wir aber auch diesen Weg gehen. Schließlich wollen wir jemanden wegen Mord oder zumindest Auftragsmord anklagen. Und eines der Opfer war ja aus Bremen.«

»Und ein anderes aus Belgien«, sagte Pascale.

»Und Buxtehude ist auch nicht wirklich weit weg von hier«, erwiderte Marc noch, der die Akte über die Morde inzwischen auswendig kannte.

»Gut, dann lass uns mal wieder in die Höhle des Löwen gehen«, wandte sich Brian an Marc. Er erweckte dabei den Eindruck, dass erst mit ihm der Löwe in der Höhle sein würde.

Als Marc und Brian wieder am Tisch Platz genommen hatten, beugte sich Marc in Richtung Mikrofon und sagte: »Fortsetzung der Befragung um 11:46 Uhr. Anwesend sind erneut Detective Superintendent Brian Strachan, Kommissar Marc Nordermann und Rüdiger Pfennigmeier.«

Nach einem ernsten Blick auf den Niederlassungsleiter fuhr Marc fort. »Und haben Sie sich überlegt, ob Sie mit uns kooperieren wollen?«

»Ja, habe ich. Ich bleibe dabei, ich habe mit der Sache nichts zu tun und schon gar nicht mit irgendwelchen Morden.«

»Wie Sie wollen. Dann bitten wir Sie noch um Ihre Mithilfe zu folgendem Thema. Sie haben auf Ihrem Werksgelände mehrere Silotanks stehen. Können Sie uns sagen, was darin gelagert wird?« Marc war in einen sehr freundlichen Tonfall verfallen.

»Gerste«, antwortete Pfennigmeier knapp.

»Geht das auch genauer ... bitte.«

»In allen vier Silos ist Gerste drin.« Und nach einer kurzen Pause ergänzte er noch schnell: »Wir befüllen aus diesen Tanks, die eine Kapazität von jeweils 100 Tonnen haben, unsere Silo-Auflieger, die dann an die Kunden gehen.«

»Und wo kommt die Gerste her, mit der Sie die Tanks füllen?«

»Überwiegend aus Deutschland und Frankreich, aber auch aus anderen Ländern.«

»Welche denn?«

»Wir haben auch regelmäßige Lieferungen aus den östlichen Ländern, zum Beispiel Polen und Tschechien.«

»Wie oft erhalten Sie Gerstenlieferungen?«

»Na, fast täglich.«

»Und wie unterscheiden Sie die Qualitäten der unterschiedlichen Lieferanten?«

Pfennigmeier zögerte etwas und Marc wurde hellhörig.

»Einer der Silo-Tanks wird mit Gerste befüllt, die in die Futtermittelindustrie weitergeht. Die anderen Tanks enthalten nur Gerste der Qualität „A".«

»Und diese Qualität „A" wird von allen Ihren Lieferanten gleichermaßen geliefert?«

»Ja.«

»Wollen Sie mir etwa weismachen, dass es keine Qualitätsunterschiede zwischen den Lieferanten gibt.«

»Nein.«

»Dann erklären Sie mir das mal.«

»Die „A-Gerste" hat schon Unterschiede, aber die bewegen sich alle innerhalb einer vorgegebenen und mit den Kunden abgestimmten Bandbreite.«

»Und wie stellen Sie das sicher?«

»Die Lieferanten geben uns zu jeder Charge ein Analysenzertifikat mit, aus dem die Einhaltung der Spezifikation hervorgeht.«

»Und das glauben Sie dann so einfach?«

»Das sind alles qualifizierte Lieferanten, die auch regelmäßig mit Audits überprüft werden. Die sind alle zertifiziert. DIN-ISO und so weiter.«

»Okay. Und was ist mit der „B-Gerste"?«

»Dafür gibt es diese engen Spezifikationen nicht.«

»Das heißt, da können Sie quasi alles liefern?«

»Nein, so einfach ist das auch wieder nicht.«

»Und da kann dann auch genmanipulierte Gerste zum Einsatz kommen?«

»Nein, natürlich nicht. Das ist verboten. Auch bei Futtermittel-Gerste.«

»Sie wissen, dass wir das überprüfen können und auch werden:«

»Von mir aus. Sie werden nichts finden.« Pfennigmeier klang sehr überzeugt.

»Und wo kommt die Bio-Gerste her?«

»Nicht aus den Silo-Tanks. Die wird auf Kundenauftrag hin, von dem Bauern der sie anbaut abgeholt und direkt an den Endverbraucher weitergeleitet.«

»Und das soll ich Ihnen glauben?«

»Das müssen Sie nicht. Schauen Sie sich einfach die ganzen Unterlagen an, die Sie uns weggenommen haben. In den Frachtpapieren steht alles drin.«

»Und diese vier Silo-Tanks sind die Einzigen, die Sie für die Gerstenlieferung nutzen?«

»Keine Ahnung, ob wir in Europa noch weitere Tanks haben. Ich sage jetzt nichts mehr. Ich bin diese blöde Befragung leid. Ich will jetzt meinen Anwalt.«

»Sie brauchen keinen Anwalt, weil dies kein Verhör ist.«

»Wenn das also nur eine Befragung ist, dann kann ich doch auch gehen, wann immer ich will, oder?«

»Ja.«

»Gut dann will ich jetzt entweder meinen Anwalt sehen oder gehen.«

»Dann gehen Sie halt. Aber wundern Sie sich nicht, wenn wir dann doch noch Anklage gegen Sie erheben.«

Rüdiger Pfennigmeier stand auf und ging kommentarlos zur Tür.

Als Pfennigmeier den Verhörraum verlassen hatte und zum Ausgang ging, kamen Alan und Pascale in den Raum und setzten sich Marc und Brian gegenüber.

»Wenn ich es mir genau überlege, kommen bei ihm eigentlich nur zwei Motive in Betracht: Geld oder Geld«, sagte Pascale.

»Ja, Blutgeld für eine Bluternte«, stimmte ihr Brian zu.

»Wir wissen aber leider immer noch nicht, wo die „C-Gerste" herkommt«, erwiderte Alan. »Oder „G-Gerste", wie auch immer die ihre genmanipulierte Sorte nennen.«

»Stimmt, deshalb habe ich ihn auch gehen lassen. Wir werden ihn genauestens überwachen und abwarten, ob er einen Fehler macht.«

»Dann lasst uns mal nach Belgien aufbrechen und sehen, was wir dort noch herausfinden können.«

»Ja, lasst uns die dort auch so richtig wuschelig machen«, meinte Brian. Nach einem Blick auf die Uhr legte er sich dann die rechte Hand auf den Bauch als hätte er dort Schmerzen.

»Ja, schon gut«, lachte Marc. »Vorher essen wir noch eine Kleinigkeit.«

Duell

A m späten Nachmittag trafen die Mitglieder der GEG in Gent ein. Pascale hatte unterwegs in einem Dialekt, den keiner der anderen verstanden hatte, mit ihren Kollegen telefoniert. In der Polizeistation führte sie die Kollegen zunächst in den Besprechungsraum ihrer Einheit.

Brian staunte nicht schlecht, als er neben den Tassen und den Kannen mit Kaffee und heißem Wasser für Tee auch zwei rechteckige goldfarbene Schachteln auf dem Besprechungstisch stehen sah.

Pascale grinste ihn an. »Für den kleinen Hunger gibt es belgische Pralinen. Ich habe Mischungen aus weißer und dunkler Schokolade und Vollmilch kommen lassen.«

»Hier gefällt es mir«, kommentierte Brian auch sofort. »Pascale, du bist ein Schatz.«

»Danke!«, sagte Pascale und errötete leicht.

Während sich alle am Kaffee und natürlich auch an den Pralinen bedienten, überlegten sie sich die nächsten Schritte. Alan wollte noch am gleichen Tag die Spedition besuchen und dort auch mit dem Inhaber sprechen. Pascale war der gleichen Meinung und auch die anderen stimmten zu.

Pascale sagte noch: »Lasst uns vorher noch bei meinen Kollegen vorbeifahren, die vor Ort die Spedition überwachen, damit die uns auf den neuesten Stand bringen.«

Wenig später machten sie sich auf den Weg in die Skaldenstraat, in der die Spedition Van de Berghstraat ihren Hauptsitz hatte.

Der Renault Master war einer dieser unauffällig auffällig aussehenden cremeweißen Kastenwagen, mit abgedunkelten Scheiben, beschriftet mit dem Namen und Logo einer erfundenen Schreinerei. Ein typisches Überwachungsfahrzeug.

Pascale klopfte kurz an den Hecktüren, öffnete diese dann und betrat mit ihren Kollegen den Laderaum. Innen gab es blinkende und knisternde elektronische Geräte, Monitore, schwarze Kabel, Schallisolierung. Aber er bot Platz genug für weitere vier Personen.

»Wir haben bei der Durchsuchung der Büroräume auch das Büro verkabelt. Deshalb können wir alles hören, was darin gesprochen wird, egal welches Telefon dort benutzt wird«, sagte der Überwachungsleiter nach einer kurzen Begrüßung. »Und erstaunlich ist, dass dieser Pfennigmeier und der van Bogaert miteinander telefoniert haben«, fuhr er dann fort.

»Was ist daran so erstaunlich?«, fragte Alan. Er konnte jedes Wort verstehen, denn die beiden Beamten im Wagen sprachen englisch.

»Die haben nicht das Festnetz benutzt, sondern übers Handy telefoniert. Und keiner von denen hatte eigentlich noch ein Handy, als wir sie verlassen haben. Dienst- und Privat-Handys hatten wir mitgenommen.«

»Erstaunlich ist auch, dass wir die Apparate nicht orten können. Die sind nicht angemeldet, sondern vermutlich Prepaid-Handys. Die Kollegen in Deutschland haben inzwischen das Gleiche berichtet«, ergänzte der zweite Beamte.

»Okay, und was war der Inhalt?«, fragte Pascale.

»Wir haben hier zwar nur den Mitschnitt aus dem Büro von Bogaert. Aber die Deutschen haben den Pfennigmeier ebenfalls abgehört und wir haben die Mitschnitte inzwischen ausgetauscht. Den Zusammenschnitt spiele ich Ihnen jetzt ab.«

Nachdem sie sich den Zusammenschnitt angehört hatten, gingen die vier zu Fuß zum Hauptgebäude der Spedition und dort zur Anmeldung. Da diese unbesetzt war, drückte Pascale auf einen Klingelknopf, der wie in einem guten Hotel den Concierge rufen würde.

Die Frau, die kurz danach auf schwindelerregend hohen Absätzen den Raum betrat, sah aus wie eine fleischgewordene Vision aus 30 Jahren Playboy. Kein bezopfter Modezar stahl ihr hier die Schau und mit ihrem fraulichen Aussehen und der betörenden Weiblichkeit ließ sie alle spindeldürren und durchscheinenden Skelette, die heutzutage als

Kleiderpuppen auf Modenschauen unterwegs waren, weit hinter sich. Sie stammte aus einer völlig anderen Liga, zu der diese sogenannten Super-Models nie gelangen würden.

Brian machte auch gleich große Augen und auch Alan und Marc schauten recht interessiert. Pascale murmelte abfällig aber leise und so, dass alle Herren der Schöpfung sie hören konnten „Männer!" Dann wandte sich der Frau zu und zeigte ihr ihren Dienstausweis.

»Wir möchten mit Herrn van Bogaert sprechen.«

»Der ist nicht da«, kam die schnippische Antwort.

»Dann rufen Sie ihn an.«

»Kann ich nicht. Sie haben ihm doch sein Handy abgenommen«, grinste die Frau frech.

»Und wo ist er gerade?«

»Er besucht Kunden. Aber ich weiß nicht, bei welchem er gerade ist.«

»Dann richten Sie ihm aus, dass er morgen früh aufs Präsidium kommen soll.«

»Morgen früh kann er nicht, da hat er einen wichtigen Termin«, kam die Antwort kühl. »Sprechen Sie doch am besten gleich mit seinem Anwalt. Vielleicht hat der ja Zeit für Sie.«

»Den kann er von mir aus mitbringen. Aber ich will ihn persönlich sehen. Verstanden!«

»Wäre anrufen beim Kunden nicht einfacher als bis morgen zu warten?«, fragte Marc auf Englisch.

Pascale hasste es, Befragungen am Telefon durchzuführen. Und dabei war es ihr egal, wen sie am anderen Ende der Leitung hatte. Ihr war es viel lieber, wenn sie jemandem von Angesicht zu Angesicht gegenübersaß, denn nur dann hatte sie die Möglichkeit, neben dem Gesagten, auch die Gestik und Mimik der betreffenden Person zu studieren und einzuschätzen. Für einen Ermittler war das von unschätzbarem Wert.

Deshalb antwortete sie auch: »Kann schon sein, aber ich will ihn lieber sehen, wenn ich mit ihm spreche.«

Zu der Frau gewandt sagte sie dann auf Flämisch: »In Ordnung. Wenn ihr Chef es nicht schaffen kann, bei dem Termin morgen früh dabei zu sein, werden wir ihm einen Streifenwagen schicken, der ihn abholt und zum Präsidium bringt, gerne auch mit Blaulicht und Martinshorn. Ich möchte ihm schließlich keine Umstände machen.«

»Das geht nicht«, schluckte die Frau am Tresen.

»Wenn Sie nicht in der Lage sind, für Ihren Chef einen wichtigen Termin freizuschaufeln, was machen Sie dann eigentlich hier? Nur einen guten Eindruck oder haben Sie auch eine sinnvolle Funktion?«

»Ich finde ...«

»Ich habe nicht gesagt, dass Sie etwas suchen sollen. Also brauchen Sie auch nichts zu finden!«

Mit diesen Worten ließ Pascale die Frau verdutzt stehen, drehte sich um und ging mit ihren Kollegen im Schlepptau zum Ausgang.

Am nächsten Morgen warteten die vier Kollegen in der Polizeizentrale auf den Speditionsinhaber.

Pünktlich zur vorgegebenen Uhrzeit erschien dann auch Andre van Bogaert in Begleitung seines Anwalts, den er als Pol van Mill vorstellte. Beide machten einen ärgerlichen Eindruck und waren

mit der Terminfestsetzung offensichtlich nicht einverstanden.

Nach einer entsprechend knappen Begrüßung
gingen Pascale und Marc, der recht gut niederlän-
disch sprach, mit ihren beiden „Gästen" auch direkt zum Verhörraum.

An der Tür zu dem Verhörzimmer prangte ein
harmlos wirkendes Schild mit der Aufschrift „Interview Room".

Der enge Raum, dessen Wände in einem Farbton
gestrichen waren, der irgendwo zwischen einem
stumpfen Grauton und einem fröhlichen Anthrazit
lag, hatte keinen der berühmten Einwegspiegel.
Nur nackte Wände und eine niedrige Decke, die
mit Schalldämmplatten verkleidet war. In einer der
Ecken stand eine Videokamera. In der Mitte standen sich vier Plastikstühle in Zweiergruppen an einem grauen Tisch gegenüber. Auf dem Tisch stand
ein Aufnahmegerät, das mit einem Mikrofon verbunden war.

Alan und Brian waren in einen Nebenraum gegangen, wo eine Kollegin von Pascale ihnen alles,
was gesprochen wurde, übersetzte,

»Vernehmungsbeginn um acht Uhr elf. Anwesend sind Kommissar Marc Nordermann aus Bremen, Kommissarin Pascale Marolles, der Inhaber
der Spedition Van de Berghstraat Herr Andre van
Bogaert in Begleitung seines Anwalts Pol van Mill.
Wir möchten Sie, nach Aufklärung Ihrer Rechte,
zur Lieferung genmanipulierter Gerste vernehmen.«

»Mein Mandant möchte von seinem Aussagever-
weigerungsrecht Gebrauch machen«, sagte der
Anwalt sofort.

»Von mir aus«, sagte Pascale, als würde sie das
wirklich nicht interessieren. »Aber ein paar Infor-

mationen zu sich selbst und seiner Spedition wird er uns ja wohl geben können.«

Van Bogaert schaute seinen Anwalt an und dieser nickte.

»Seit wann gibt es Ihre Spedition schon in Belgien?«, fragte Pascale.

»In den 1920er Jahren hatte mein Vater den Mut, für seinen Getränkehandel in einen Frachtwagen zu investieren. Davor wurde der Transport noch mit Pferd und Wagen durchgeführt. Die heutige Abteilung Transport bekam erst ihr richtiges Format, als ich 1974 die visionäre Entscheidungsbereitschaft aufbrachte eine Konzession anzufordern, mit der auch im Ausland gefahren werden durfte. Das war damals eine gewaltige Investition. Die Konzession kostete nämlich genauso viel wie ein ganzer Lastwagen«, sagte er sichtbar stolz auf seine Erfolge.

»Und weiter?«, fragte Pascale unbeeindruckt.

»Die heutige Spedition entstand 1989 in Gent als ich mich definitiv für das Trailer-Trucking entschied. Deshalb sind wir auch hierher umgezogen, um die Trailer, die im Hafen von Gent und Zeebrugge ankommen, besser managen zu können. Mitte der 90er Jahre kam dann eine Niederlassung in Bremen hinzu. Von dieser Niederlassung aus können wir den Kunden einen noch besseren Service bieten, durch die Mitarbeit deutscher Fahrer.«

»Und um das Geschäft noch weiter auszubauen, haben Sie auch die Lieferung von genmanipulierter Gerste ins Programm genommen«, unterbrach Pascale seine Lobhudelei.

»Einspruch«, kam es sofort vom Anwalt, der seine Hand auf den Arm seines Mandanten legte, als dieser gerade aufbrausen wollte.

»Wir sind hier nicht vor Gericht Herr Anwalt. Also müssen Sie auch keinen Einspruch einlegen.«

»Ich lege solange Einspruch ein, wie es meinem Mandanten gut tut.« Beide schauten sich giftig an und senkten ihre Köpfe, wie zwei Hirsche die gleich ein Duell um die Platzherrschaft beginnen wollten.

»Was soll das hier?«, fragte der Anwalt dann. »Werfen Sie meinem Mandanten vor, dass er bei seinen Lieferungen manipuliert?«

»Ich werfe ihm vor, dass er das sogar in so großem Stil betreibt, dass er zur Sicherung seines Geschäftes auch nicht vor Mord zurückschreckt.«

»Mord? Mein Mandant hat mich Sicherheit niemanden ermordet.«

»Vielleicht nicht selbst. Aber er hat zwei Auftragskiller beauftragt, das in seinem Namen zu tun.«

»Haben Sie dafür Beweise?«

»Wir sind dran und folgen allen Hinweisen und Indizien. Es reicht zumindest schon für einen dringenden Tatverdacht.«

»Sie können mich mal«, brauste jetzt van Bogaert auf, der sich nicht mehr länger zurückhalten konnte. Auch nicht von seinem Anwalt. »Sie werden mir niemals etwas beweisen können, Sie kleines Licht. Ich werde mich an oberster Stelle über Sie und Ihre Vorgehensweise beschweren.« Er schrie schon fast.

»Machen Sie das Mal, Sie großes Licht. Sie werden schon noch feststellen, wie schnell die „obersten Stellen" nichts mehr mit Ihnen zu tun haben wollen. Bei Mord hört für die nämlich die Kumpanei schnell auf«, antwortete Pascale ruhig und grinste dabei.

»Ich mach Sie fertig!« Jetzt schrie van Bogaert und sprang auf. Sein Anwalt, der an seinem Arm hing, wurde mitgezogen.

»Ich Sie auch«, lachte Pascale jetzt und lehnte sich in Ihrem Stuhl zurück. Auch Marc, der bisher nur zugehört hatte, grinste breit.

»Wenn Sie keinen Haftbefehl gegen meinen Mandanten haben, werden wir jetzt gehen«, versuchte der Anwalt die Situation zu retten und Schlimmeres zu verhindern.

Pascale winkte nur in Richtung Tür, und zwar auf eine Art, wie man normalerweise ein lästiges Insekt verscheucht.

Der Anwalt zog seinen Mandanten in Richtung Ausgang und verließ mit dem immer noch wutschnaubenden Speditionsinhaber den Verhörraum.

Im Nebenraum lauschten Alan und Brian gespannt der Unterhaltung und der Übersetzung durch Pascales Kollegin.

»Ich bin beeindruckt«, sagte Brian. »Pascale und ich würden ein sehr gutes Verhör-Team abgeben.«

»Ja, die kann was«, stimmte Alan zu. »Die hat die beiden tatsächlich ganz schön unruhig und nervös gemacht.«

Pascales Kollegin war auch erfreut, das Kompliment der schottischen Ermittler zu hören. Das würde sie Pascale nachher erzählen.

»Jetzt werden wir mal sehen, wie nervös die wirklich geworden sind und was die Überwachung alles an Informationen bringt«, sagte Alan.

»Ja, speziell die beiden Prepaid-Handys könnten von Interesse sein. Zumindest solange die noch glauben, dass wir von deren Existenz nichts wissen.«

»Irgendwann wird die Gerechtigkeit dann schon noch siegen«

»Du willst Gerechtigkeit? Du willst auch nicht mehr länger zusehen, dass die Mörder später vor Gericht wieder freikommen?«, fragte Brian.

»Ja!«

»Dann lass uns als Erstes alle Anwälte töten.«

Alan lachte, während die belgische Kollegin, die Brians Humor noch nicht kannte, erstaunt dreinblickte.

Pascale und Marc waren inzwischen wieder zu ihnen gestoßen und alle zusammen gingen dann wieder in den Besprechungsraum.

»Also meine Herren, was haben wir bis jetzt?«, fragte Pascale, nachdem sich alle gesetzt hatten, und blickte in die Runde. »Den Mitschnitt eines Telefonats, zwischen den Herren Pfennigmeier und van Bogaert, in dem die, zwar sehr vorsichtig, aber dennoch nachvollziehbar, über verschiedene Gersten-Qualitäten reden und auch eine „andere Gerste" erwähnen. Danach hat van Bogaert das Gespräch schnell abgebrochen.«

»Es muss irgendwo noch ein anderes Gerstensilo existieren, in dem die genmanipulierte Sorte gelagert und umdeklariert wird. Das müssen wir finden«, betonte Alan.

»Das sehe ich auch so«, meinte Brian. »Und wenn wir das gefunden haben, können wir die ganze Bande vielleicht auch wegen der Auftrags-Morde drankriegen.«

»Jedenfalls haben wir recht schnell hier in Gent und auch in Bremen Unterlagen sicherstellen können, die uns auch weiterhelfen sollten«, ergänzte Marc.

»Stimmt, dafür musste man früher noch sündhaft teure und aufwendige Kreuzzüge führen, um so etwas zu erreichen«, meinte Brian.

Es sollte aber noch viele, viele Monate und zahlreiche Videokonferenzen sowie Besuche in den Ländern dauern, bis die Zusammenarbeit der Gemeinsamen Ermittlungs-Gruppe zu einem Erfolg führte.

Göttin der Rache

Wenn das Wetter an diesem ersten Julisamstag ein Kind gewesen wäre, so hätte es sich jetzt durch besonders braves Verhalten einen Extrakeks verdient.

Die Sonne schien mit aller Kraft auf den weiten Sandstrand in der Bucht von Cullen an der Nordostküste Schottlands. Die Ebbe hatte eine große glitzernde Ebene feinsten Sandes hinterlassen, aus denen vereinzelt die sonst von der Brandung umspülten Klippen heraus stachen. Zahlreiche Touristen und Einheimische hatte es bei den sommerlichen Temperaturen ans Wasser gelockt, wo sie nun in Badekleidung ihre Freizeit genossen.

Ishbel und Susan hatten es sich in ihren mitgebrachten Klappliegestühlen direkt hinter der Mauer, die den westlich der Stadt gelegenen Golfplatz vom Strand abtrennte, bequem gemacht. Die Mauer brach den feinen aber beständigen Nordseewind. So liefen die zwei nicht Gefahr, dass ihre Aperol-Gläser mit Flugsand gefüllt wurden.

Zwischen ihre beiden Liegestühle hatten sie eine rot-grün karierte Wolldecke ausgebreitet, auf der nun Grahams gefühlt 100 Jahre alter Weiden-Picknickkorb stand. Er beherbergte die zahlreichen mitgebrachten Leckereien, die man nach Susans und Ishbels Meinung unbedingt für einen Strandausflug benötigte. Die nicht ganz stilechten Kunststoffdosen enthielten von Käsehäppchen, gefüllten Oliven, Serrano-Schinken über Weintrauben bis hin zu diversen Weißbrotsorten alles, was das Herz begehrte.

»Wie bist du nur auf diese irre Location gekommen?«, wollte Susan wissen. Sie griff gleichzeitig nach ihrem Getränk und versuchte, ihren Badeanzug glatt zu ziehen. »Jetzt habe ich so viele Jahre hier an der Nordküste gelebt und war definitiv noch nie an diesem tollen Stückchen Strand.«

Ishbel schob ihre Sonnenbrille ein Stück nach oben und sah Susan lächelnd an. »Tja, manchmal ist es schon von Vorteil, einen Gatten im hohen Alter zu haben, der bereits dem Golfspiel frönt.« Beide mussten lauthals lachen. »Nein, im Ernst, Graham ist schon seit vielen Jahren Mitglied im Cullen Golf Club. Ein paar unserer Vorstandsmitglieder bei der SWS sind auch hier im Vorstand. Deshalb kommen wir das eine oder andere Wochenende im Jahr hier her. Und dass das Clubhaus direkt hinter dieser Mauer fleißige Kellner besitzt, die feinen Ladies ihre Getränke bis an den Strand bringen, ist doch ein ganz netter Nebeneffekt, nicht wahr?« Prostend hob Ishbel nun auch ihr Glas.

»Dass ihr mich heute mitgenommen habt, fand ich echt lieb. Danke noch mal.«

»Ach, das ist doch kein Aufwand. Der kleine Umweg über Huntly ist doch nicht der Rede wert.

Du hast doch gesehen, wir haben kaum mehr als eine Stunde gebraucht. Und außerdem brauche ich ja auch ein wenig Gesellschaft, so als Dame der Golfwelt, nicht wahr?« Geziert betrachtete Ishbel ihre langsam braun werdenden Arme und begann wieder zu lachen.

»Ja will Graham sich denn nicht mal hier zu uns setzen?«, fragte Susan erstaunt.

»Graham und Sonnenbaden? Oh Susan, ich glaube, das werde selbst ich nicht schaffen. Graham wird wie immer versuchen, diese 18 Löcher zu treffen und bei jedem Abschlag seinen Mitspielern mindestens zwei Kisten Whisky zu verkaufen. Dafür werden wir aber heute Abend hier im Cullen Bay Hotel ein Abendessen vom Allerfeinsten bekommen. Meinst du denn, Alan wird es schaffen?«

Susan nickte, während sie auf die Wellen sah. »Bestimmt! Sein Flieger aus Frankfurt ist um 14:00 Uhr in Inverness gelandet. Danach wollte er noch kurz zu Brian ins Büro und sich dann umziehen. Seit er mit dieser internationalen Polizeigeschichte beauftragt wurde, hat sich unser Leben ziemlich entspannt, muss ich sagen. Er ist zwar häufig für einige Tage auf dem Kontinent. Dafür ist er in den Tagen dazwischen fast ausschließlich zu Hause. Sein Chef hat ihm das „Home Office" genehmigt und ein zweites Team-Büro hat er in Brians Abteilung in Inverness. Dort will er sich auch mit seinen ausländischen Kollegen treffen, wenn sie mal hierher kommen sollten. In die Zentrale fährt er dafür nur noch äußerst selten. Und wenn ich ihn so erzählen höre, wird sich das Ganze wohl auch für die nächsten Monate nicht ändern.«

Ishbel betrachtete Susan von der Seite. »Man könnte fast meinen, du bist glücklich?«

Susan blickte zurück. »Bin ich! Punkt! Und Prost!« Dann trank sie den Rest ihres Drinks mit einem Schluck aus. »Und nicht zu vergessen: Ab Morgen darf Alan seinen bislang gestrichenen Urlaub antreten. Zwei Wochen! Man hat Brian als temporären Stellvertreter akzeptiert. Und das bei dem herrlichen Sommeranfang. Ha!«

»Das freut mich. Dann kommt ihr jetzt endlich dazu, euer Häuschen fertig zu renovieren?«

»Renovieren? Kein Stück! Ich habe die meisten Sachen in den letzten Wochen an ein paar Handwerker aus dem Ort vergeben. Die Nachbarn hatten mir ein paar gute Adressen genannt. Nein, Alan und ich werden den Garten und die Sonne genießen und ... ja, und vielleicht ein paar Tage immer wieder mal an den Strand fahren.«

In diesem Moment hörten sie ein „Juhu" von oberhalb der Mauer und beide Frauen blickten neugierig auf. Oben, über das Geländer auf der Mauer gebeugt, sahen sie Graham, in seinem dunkelroten Polohemd mit dem Emblem der Ben Rhinnes Distillery, stehen. In beiden Händen einen Drink, in dem die Eiswürfel in der Sonne funkelten. »Na, die Damen? Noch nicht genug gegrillt? Ich habe noch eine kleine Erfrischung für euch. Wartet!« Danach verschwand er wieder aus dem Blickfeld und kam kurze Zeit später die kleine Treppe zum Strand herunter. Er ging zu den beiden Frauen und überreichte ihnen ein weiteres Glas Aperol Spritz. »Slàinte!«

»Ja, willst du denn nicht ein wenig bei uns bleiben?«, fragte Ishbel ein wenig enttäuscht.

»Ach Schatz, du weißt doch, dass ich diesen Müßiggang nicht so beherrsche. Ich habe da gerade einen sehr interessanten Österreicher kennengelernt. Der besitzt zwei Hotels irgendwo in den Alpen und die haben eine große Bar. Und dort gibt es keinen Scotch. Stell dir das mal vor! Und daher habe ich ihm ...« Beide Frauen taten so als wären sie gleichzeitig in Ohnmacht gefallen. »Oh, okay. Ja, ich habe ja schon verstanden. Bin schon wieder weg. Bis später.« Eilig ging Graham zurück zur Treppe und verschwand wieder auf dem Gelände des Golfclubs.

»Er ist manchmal schon anstrengend, oder?«, fragte Susan lächelnd und eher rhetorisch.

»Ach, aber nur ein ganz kleines bisschen«, gab Ishbel zurück.

»Wie hat er sich denn seit der Geschichte auf Islay gemacht? Entschuldige meine Neugier.«

»Kein Problem«, antwortete Ishbel. »Nachdem Gavin Cumming, unser Brennereimanager auf Islay, noch am gleichen Tag unseren Vorstand von Grahams Aktionen in der Mälzerei informiert hatte, sind dort alle hellwach geworden. Wenn denen einer die Whiskyzutaten versauen will, können die ganz schön ... aktiv werden. Daher haben sie Graham für seinen heldenhaften Einsatz gedankt, ihm den Firmenhubschrauber geschickt und ihn nach Hause fliegen lassen. Das fand ich echt nett. Dann war er ja noch ein paar Tage daheim ans Bett geschnallt, wie er es nannte. Da hatten wir ja noch telefoniert.«

»Oh, ich erinnere mich. Da warst du ziemlich genervt! Bist du noch sauer auf ihn?«

»Stimmt! Ich war fürchterlich genervt. Einen schlimmeren Patienten als ihn kannst du dir gar nicht vorstellen.«

»Doch kann ich! Alan mit Schnupfen!«, unterbrach Susan.

»Könnte sein. Sauer war ich aber nicht. Diesmal war es ja wohl eher ein blöder Zufall. So haben es zumindest alle dargestellt. Aber sobald Graham wieder einen ... naja, „klaren" Kopf hatte, war alles wieder beim Alten. ... Obwohl, so ganz bin ich mir da nicht sicher ...«

»Wieso?«, fragte Susan nun etwas besorgt. »Hat sein Kopf doch etwas abbekommen?«

»Ich weiß es nicht«, antwortet Ishbel nachdenklich. »Seitdem brabbelt er ab und zu etwas von einer indischen Göttin der Rache und göttlichen Strafe und so. Ob ich mir wohl Sorgen machen muss?«

Susan schüttelte lächelnd den Kopf. »Ganz bestimmt nicht. Manchmal steigt den Männern ihr Erfolg zu Kopf. Dann werden sie ab und zu etwas seltsam. Das kenn ich. Und das geht wieder vorbei. Dafür ruft Graham aber wohl mindestens alle zwei Tage abwechselnd Alan oder Brian an, um zu erfahren, wie sich der Gerstenfall entwickelt.«

»Da bin ich aber froh! Manche Dinge ändern sich zum Glück nie!«

Gefährliche Fracht

In den BBC News erschien am Dienstag, dem 12. November 2014, nicht nur im Fernsehen ein ausführlicher Bericht, sondern auch ein groß aufgemachter Artikel im Internet unter der Überschrift

„Gefährliche Fracht - Verbrechensbekämpfung in Zeiten der Globalisierung".

Am 14.10.2014 gelang es einer international zusammengestellten Polizeieinheit dem organisierten Handel mit genmanipulierter Gerste, die illegal als Bio-Gerste deklariert wurde, einen entscheidenden Schlag zu versetzen.

Da sich abzeichnete, dass länderübergreifende Ermittlungsmaßnahmen erforderlich werden würden, reagierte Europol, auf Anforderung durch den Leiter der Sonderkommission „Gerste", Assistant Chief Constable Alan Derringer QPM, Leiter des Bereiches Major Crime & Public Protection, bereits im Juni 2013 mit der Gründung einer gemeinsamen Ermittlungsgruppe.

Zum ersten Mal wurde ein Joint Investigation Team (JIT) auf Deutsch GEG (Gemeinsame Ermittlungsgruppe) zwischen schottischen, belgischen und deutschen Ermittlungsbehörden gebildet, um gemeinsam konstruktiv und effizient gegen die Täter vorzugehen.

Bereits am 06. Juni 2013 kam es zu einer weiteren Schmuggelfahrt. Dabei wurden in einem Sattelzug knapp 20 Tonnen Gerste über Belgien nach Großbritannien und dann weiter nach Schottland transportiert. Bei der Anlieferung der Gerste in der Port Ellen Maltings auf der Insel Islay, Schottland, wurde die Fahrt gestoppt. Die 20 Tonnen Gerste wurden sichergestellt. Der Fahrer des Gerstentransporters versuchte sich der Festnahme zu entziehen und verletzte dabei einen Distillery Manager, der die ermittelnden Beamten mit seinem Fachwissen unterstützte und deswegen vor Ort war.

Nach der Festnahme und dem Verhör des Fahrers konnten weitere Rückschlüsse gezogen werden, die zu Ermittlungen bei der Spedition in Belgien und in Deutschland führten. Unter der Leitung des Schotten Alan Derringer, unterstützt durch seinen Kollegen Brian Strachan, dem deutschen Kommissar Marc Nordermann und der belgischen Ermittlerin Pascale Marolles, wurde in den folgenden Monaten die Route der Gersten-Transporte ermittelt und überwacht.

Nachdem durch die in allen drei Ländern geführten Ermittlungen die Organisationsstruktur der Gerstenschmuggelbande mehr und mehr aufgeklärt werden konnte, wurden letztendlich die

Drahtzieher der internationalen Schmuggelbande enttarnt.

Die gentechnisch angebaute Gerste aus der Ukraine wurde teilweise in Belgien aber überwiegend in Deutschland umdeklariert und mit gefälschten Papieren als Bio-Gerste dann an die Abnehmer in der Brauerei- und auch der Whisky-Industrie geliefert. Diese genmanipulierte Gerste wurde in speziellen Silotanks gelagert, die von der belgischen Spedition in Oldenburg auf anderem Namen angemietet worden waren.

Grundlage für den erzielten Ermittlungserfolg, bei dem die kriminelle Gerstenschmuggelorganisation komplett zerschlagen werden konnte, war die reibungslose und professionelle Zusammenarbeit, über die Landesgrenzen hinaus sowie das gemeinsam mit den schottischen Behörden erstellte Ermittlungskonzept, im Rahmen des JIT.

An den 18-monatigen Ermittlungen waren auf schottischer Seite, neben der federführenden Staatsanwaltschaft Edinburgh und dem ermittlungsführenden MIT Inverness, auf deutscher Seite die Zollfahndung Bremen, die Kriminaldirektion Bremen sowie das Landeskriminalamt der Freien Hansestadt Bremen mit speziellen Fahndungskräften sowie auf belgischer Seite die Staatsanwaltschaft Brüssel und eine Spezialeinheit der belgischen Polizei zur Bekämpfung organisierter Kriminalität im Einsatz. Die abschließenden Einsatzmaßnahmen am 14.10.2014 unterstützten zudem zwei Teams von Analysten der Europol-Dienststelle Den Haag/NL.

Angesichts des Umfangs des Verfahrens, sind weitere Ermittlungen, insbesondere Auswertungsmaßnahmen und Austausch/Abgleich von sicher-

gestellten Beweismitteln und Vernehmungsmaß-
nahmen erforderlich, ehe die Vorgänge bei der
Staatsanwaltschaft abgeschlossen und gegebenen-
falls Anklagen erhoben werden können.

Zur Vertuschung einer ersten Lieferung genmanipulierter Gerste, waren in Schottland sechs Menschen getötet worden. Die Ermordung eines sieb-
ten Opfers konnte durch den Einsatz der schottischen Sonderkommission im letzten Moment verhindert werden. Dabei wurde der Auftragsmörder
getötet. Die endgültige Klärung, wer den Auftrag
für die Ermordung von sechs Personen in Schottland gegeben hatte, und vor allem die Suche nach
einem zweiten Täter wird weiterhin aktiv vorange-
trieben.

Danksagung

Als Allererstes möchten wir uns natürlich bei Ihnen bedanken, den zahlreichen Lesern unserer ersten Whisky-Krimis, die uns durch entsprechend positive Kommentare ermutigt hatten, ein weiteres Buch zu schreiben.

Wir möchten uns auch dieses Mal wieder bei dem echten Alan und dem echten Graeme bedanken. Natürlich auch bei George und Graham sowie den zahlreichen ungenannten Distillery Mitarbeitern. Sie alle sind bekannte Menschen in der schottischen Whiskyindustrie, die schon unsere zahlreichen Fragen über Fundorte und mögliche Tatabläufe für unsere ersten Bücher beantwortet hatten.

Wir danken auch dem echten LKA Kommissar Marc Nordermann, der natürlich in Wirklichkeit anders heißt, aber „vom Fach" ist, für seine Informationen zu länderübergreifenden Ermittlungsverfahren.

Mòran taing und Slàinte mhath!, liebe Freunde!
(Vielen Dank!) und (gute Gesundheit!)